LES MAÎTRES CENSEURS

ELISABETH LÉVY

Les Maîtres censeurs

LATTÈS

À Paul et Josette
À Béatrice, Clara et Zoé

« Les anciennes censures, l'ostracisme grec, l'exil ancien, l'extermination de la cité, la mise au ban, les pénalités médiévales, féodales, royales, ecclésiastiques, l'excommunication, l'*index* étaient ou comportaient des sanctions redoutables. Souvent mortelles. Elles atteignaient beaucoup moins gravement et définitivement les libertés intellectuelles que ne les atteint le savant boycottage organisé dans le monde moderne par le monde moderne contre tout ce qui toucherait à la domination du moderne. »

Charles PÉGUY

Le débat est un combat

Le réel ne passera pas ! Ce slogan [1], qui pourrait être la devise des maîtres censeurs, aurait également dû être le cri de ralliement des célébrations antifascistes qui ont suivi le premier tour de l'élection présidentielle au printemps 2002. La « quinzaine anti-Le Pen » [2] aura constitué un moment d'acmé, une apothéose dans l'étouffement du débat public sous une chape de vertu, phénomène dont j'ai tenté dans ce livre d'établir la généalogie et de recenser les accablants symptômes.

Rappelons, pour ceux qui auraient échappé à l'événement, que le 21 avril 2002, alors que les journalistes avaient, plusieurs mois durant, sommé les électeurs de choisir entre Jacques Chirac et Lionel Jospin, celui-ci a été devancé par Jean-Marie Le Pen, qui fut donc le challenger de l'actuel président de la République, finalement réélu avec 80 % des voix. Si toute cette affaire ne révélait pas la crise profonde qui affecte l'idée même du politique, et si elle ne montrait pas que la bataille pour qu'il soit permis de penser en dehors des sentiers balisés par les grands prêtres de l'orthodoxie dominante était loin d'être gagnée, j'aurais pu avoir la satisfaction – intellectuelle – de voir mes analyses confirmées avec éclat. Non que j'aie l'outrecuidance de prétendre avoir anticipé la remontée du Front natio-

---

1. C'est également le titre d'un article dans lequel je répliquai à mes accusateurs sur la question du Kosovo (voir p. 301 et suiv.).

2. Philippe Muray, « Le réel est reporté à une date ultérieure », *Le Figaro*, mai 2002.

nal après son éclatement en deux courants – je puis juste remarquer que j'envisageai la possibilité qu'il ne fût point mort ; mais durant ces deux semaines, les maîtres censeurs se déchaînèrent avec leur bonne conscience habituelle et leurs méthodes bien connues, haïssant au nom de la générosité, excluant au nom de la tolérance, méprisant au nom du respect. « L'antifascisme ne passera pas », écrivis-je alors dans *Le Figaro*[1] – en sachant parfaitement que cet antifascisme sans fascisme passerait et tenterait de balayer toute dissidence sur son passage. Cela dépassa l'imagination. Comme affectée par une névrose de répétition, l'ensemble de la classe intellectuelle et médiatique décida fermement qu'elle ne comprendrait rien à ce qui venait de se produire et appliqua avec satisfaction les recettes qui avaient amené 20 % des électeurs à accorder leur suffrage à un tribun démagogue qui, en l'occurrence, ne souhaitait pas plus être élu qu'ils n'entendaient le porter au pouvoir : ne rien voir, ne rien entendre, ne rien dire. Comme les petits singes de la fable. Ne rien voir des difficultés rencontrées par ces électeurs se recrutant largement parmi les perdants de la mondialisation ; ne rien entendre de la colère qui les avait conduits à employer le seul bulletin de vote susceptible de « faire peur aux bobos », ne rien leur dire, alors qu'il était rassurant pour sa propre vertu de les traiter de « fachos ». Quand n'importe quel observateur honnête pouvait constater que l'atmosphère en France n'avait guère à voir avec celle qui sévissait dans les rues de Berlin en 1933, on joua à se faire peur. On joua aussi beaucoup à avoir honte. Ou plutôt à avoir honte des autres. De cela, on fut même très fier[2].

On vit des professeurs sommer leurs élèves de

---

1. Élisabeth Lévy, « L'antifascisme ne passera pas », *Le Figaro*, 24 avril 2002.

2. Philippe Muray résuma parfaitement l'affaire par son incisive formule de *shame pride*.

sécher les cours pour aller manifester, des instituteurs de maternelle enjoindre les enfants d'envoyer leurs parents (bien) voter. Dans une atmosphère réellement digne d'Orwell – un Orwell revu et corrigé par l'infantilisme fusionnel de l'époque –, les médias, unanimes, portèrent inlassablement la bonne parole. Peut-être auraient-ils dû méditer ce passage de *1984* : « Mais l'étrange était bien que, bien que Goldstein fût haï et méprisé par tout le monde, bien que tous les jours et un millier de fois par jour, sur les estrades, aux télécrans, dans les journaux, dans les livres, ses théories fussent réfutées, écrasées, ridiculisées, que leur pitoyable sottise fût exposée aux regards de tous, en dépit de tout cela, son influence ne semblait jamais diminuée. » Sans être troublés par le fait que la bataille se jouait à front renversé, les supposés fascistes se terrant tandis que les courageux résistants disposaient de la totalité des médias et pouvaient se targuer du soutien de 80 % de la population – ce qui est original pour des résistants. Une mention spéciale pourrait être décernée à *France Inter* dont les journalistes et animateurs jouèrent à *Radio Londres* sans la moindre retenue. Comme si le temps n'avait pas plus de prise sur eux que la réalité, les professionnels du *show business* antilepéniste se succédèrent sur les plateaux de télévision pour enfiler des perles bien usées par quinze années d'antifascisme de bazar. On se gargarisa de peste brune et de sursaut citoyen. Quelques âmes délicates ayant annoncé qu'elles iraient « voter Chirac avec une pince à linge sur le nez », de très sérieux experts en loi électorale débattirent pour savoir si le port d'un tel ustensile invalidait ou non le vote. Avec l'absence d'humour qui caractérise les épurateurs d'aujourd'hui, on édicta une défense de rire, des « sites satiriques » annonçant qu'en cette heure grave ils cessaient d'émettre. Bref, plus on répétait que « rien ne serait jamais plus comme avant », plus tout était comme d'habitude.

Au-delà de ce festival de rhétorique fatiguée et fatigante, les réactions au « choc du 21 avril » constituent un cas d'école de débat d'autant plus escamoté qu'il est indispensable, et me permettent de prolonger brièvement le diagnostic esquissé dans cet ouvrage. Tout d'abord, l'élection présidentielle a consommé la rupture, déjà bien engagée depuis vingt ans, entre la gauche et le peuple. Se lamentant sur l'injustice faite à leur candidat qui-avait-tellement-bien-travaillé-pour-la-France, fustigeant ceux qui leur avaient infligé cette raclée électorale – et qu'ils parvenaient avec la complicité d'une droite éteinte à transformer en victoire morale –, dirigeants et militants de gauche confirmaient qu'ils estimaient bien être investis d'une onction divine. Nous sommes de gauche, répétaient-ils, assurés qu'on ne pouvait rien répliquer à une telle proclamation. La conclusion, dès lors, s'imposait à toutes les avant-gardes éclairées : on voulait bien faire le bonheur du peuple, mais on n'allait pas, en plus, lui demander son avis. Quelques semaines après le scrutin, le maire de Pau, André Labarrère, avançait un argument savoureux pour refuser la tenue dans sa cité de l'université d'été du FN : « Il n'est pas possible d'accueillir le FN après ce qui s'est passé le 21 avril », expliqua-t-il[1]. En d'autres termes, le fait de séduire un nombre croissant d'électeurs rendait le parti lepéniste encore plus infréquentable.

Tandis qu'ils feignaient de découvrir ce qu'on appela alors, de plus en plus ironiquement, « la France d'en bas », les gardiens de la bonne pensée allaient perfectionner une vieille arme de la guerre idéologique des élites contre le peuple : l'accusation de populisme. Dans *Impasse Adam Smith*, Jean-Claude Michéa[2] résume l'affaire d'un trait : « L'une des manipulations les plus

1. « Le Front national cherche une terre d'asile », *Libération*, 7 août 2002.

2. Jean-Claude Michéa, *Impasse Adam Smith*, Climats, 2002.

extraordinaires réussies par les professionnels du mensonge journalistique aura vraisemblablement été de transformer le concept de “populisme”, pièce maîtresse de l’héritage révolutionnaire depuis le XIXe siècle, en un concept-repoussoir, à peu près synonyme de nazisme. » Les contempteurs autosatisfaits de ce populisme-repoussoir trouvent en réalité fort repoussant ce peuple qui ne comprend rien à l’avenir radieux qu’on lui impose. Une vieille histoire, désormais, que cette division du monde entre des classes raisonnables, comprenant où se trouvent le Juste et le Vrai, vouées à exercer un pouvoir sur leurs semblables, des classes qui savent dans quel sens doit souffler le vent de l’Histoire – les couches moyennes urbaines aisées – et ceux qui ont raté le train, les malheureux de la mondialisation heureuse, les grincheux, les réacs. C’est bien la distinction entre les représentants d’une modernité qui ne connaît pas sa propre finitude et ceux que continue à tarauder une forme d’inquiétude proprement *humaine* qui constitue la toile de fond des années de pesanteur intellectuelle que j’ai tenté de décrire dans le présent ouvrage.

Qu’a-t-on, une fois de plus, expliqué à ce peuple qui n’existe plus que sous la forme d’un diablotin sortant de temps à autre de sa boîte ? Que le flot ininterrompu de bouleversements qu’il subissait ne saurait être l’objet de la moindre critique, ni même d’un quelconque débat, et que toute personne ne communiant pas dans l’extase devant le moderne était au mieux ringarde, au pire « facho », les deux mots devenant d’ailleurs synonymes dans la bouche des propagandistes du monde nouveau [1].

---

1. On me permettra de noter que, parmi l’abondant courrier que j’ai reçu après la publication des *Maîtres censeurs*, plusieurs lettres émanaient d’électeurs du Front national dont les propos ne témoignaient nullement d’une pensée fasciste ou raciste. J’espère, dans plusieurs cas, les avoir convaincus que leur vote ne faisait que renforcer la pesanteur idéologique dont ils tentaient de s’affranchir et l’ostracisme dont ils étaient victimes – non pas comme électeurs lepénistes mais comme « perdants ». Sans doute n’y a-t-il pas de

En réalité, que ce peuple aux allures de Deschiens se soit mis en tête de voter Le Pen – encore qu'Emmanuel Todd a souligné à raison que, compte tenu de ce qu'elles enduraient, les classes populaires avaient plutôt bien résisté aux séductions du démagogue – fit soupirer d'aise la classe dominante : vous voyez bien que nous avions raison de nous méfier de ces gens. Ne semblait-il pas judicieux, dans ces conditions, de rétablir le suffrage censitaire ? Tant qu'on y était, un peu de censure n'aurait point nui, ainsi que le souligna ironiquement Marcel Gauchet : il aurait fallu, entendait-on alors, faire silence sur l'insécurité dès lors qu'un sujet aussi sulfureux ne pouvait qu'exercer une mauvaise influence sur les électeurs. Bref, après avoir changé le peuple, il ne restait plus qu'à escamoter le réel. Bingo !

On pourrait recenser les événements et autres polémiques plus ou moins dérisoires intervenus depuis la publication de ce livre, et qui me permettraient de développer des chapitres existants ou d'en écrire de nouveaux. On se contentera de quelques exemples. Ainsi on vit, au cours de l'été 2002, rebondir « l'affaire Renaud Camus », avec usage réitéré de citations tronquées, refus affiché de lire les textes dans leur intégralité et décision de ne point discuter des thèses, pourtant éminemment discutables, de l'écrivain condamné sans procès – ou plutôt au terme d'un procès de Moscou – comme antisémite patenté. On vit encore la droite et la gauche se mettre d'accord pour exclure de la loi d'amnistie le crime de harcèlement sexuel comme si celui-ci, par son ampleur ou sa gravité supérieure à celle de tous les autres crimes, justifiait que l'on fît cette exception à l'exception[1]. On assista dans la guerre des *raves* à quelques épisodes nouveaux. Et personne ne s'émut que le ministre

---

quoi pavoiser d'un résultat aussi infime. Mais quel antifasciste professionnel peut en dire autant ?

1. Il faut ajouter que la nouvelle définition du harcèlement permet en théorie de dénoncer à peu près n'importe qui comme harceleur.

de la Culture en exercice défile au côté de son prédécesseur en tête d'une manifestation destinée à protester contre une politique gouvernementale qui ne visait, comme celle de la précédente équipe d'ailleurs, qu'à demander à ces chers bambins de respecter la loi. On ne s'en étonnera guère, les représentants du journalisme officiel s'extasièrent bruyamment de la créativité de cette jeunesse qui demandait qu'on la laissât danser – ce qui posait problème n'était point qu'elle dansât tout son soûl, mais qu'elle jugeât nécessaire pour cela de violer la tranquillité et éventuellement de saccager la propriété d'autrui. On pourrait encore évoquer la mirifique invention delanoësque, baptisée « Paris-Plage », qui donna lieu à un florilège de commentaires plus émerveillés les uns que les autres. La ville bougeait, enfin. Peu importait qu'elle bougeât pour se muer en un ridicule ersatz de station balnéaire – dont quelques palmiers en pot, une cohorte de transats plantés sur les voies sur berge, des brumisateurs dispensant des gouttelettes d'eau et, bien entendu, plusieurs clubs dédiés à des activités prétendument estivales étaient supposés évoquer l'atmosphère. De jeunes beautés arborèrent bikini et crème solaire, comme si cette mise en scène était véritablement une plage et cela malgré l'absence manifeste de ce qui, dans le monde réel, caractérise une plage, à savoir la mer. Le réel, une fois de plus, ne passait pas. La presse du monde entier salua l'audace du maire de Paris.

Il faudrait enfin, sur un registre nettement plus dramatique, s'interroger sur l'impossibilité de tout débat honnête sur les événements du Moyen-Orient, sujet que l'on m'a fréquemment reproché d'avoir esquivé dans ce livre. On me permettra, pour ma défense, d'affirmer qu'un dossier aussi touffu nécessiterait de plus longs développements que ceux qui auraient pu y trouver place. Surtout, la tragédie israélo-palestinienne ne relève pas *stricto sensu* de la censure dont j'ai esquissé l'analyse. Sans doute retrouve-t-on certains traits comme la sanctification du plus faible érigé en unique victime légitime, ou la diabolisation par chacun des camps de la position de l'adversaire. Pour autant, plutôt qu'à l'émergence d'une pensée dominante étouffant toute dissidence, on assiste à l'affrontement de deux vérités irréconciliables – en réalité deux manichéismes aussi caricaturaux l'un que l'autre. Quiconque s'interroge sur les causes des attentats-suicides perpétrés par les Palestiniens est immédiatement soupçonné de les justifier. Qui cherche à comprendre la rationalité des opérations militaires israéliennes dans les Territoires palestiniens ne peut être qu'un suppôt d'Ariel Sharon – autant dire un fasciste. Aussi faut-il s'efforcer d'échapper à la radicalité des postures pour appréhender l'ensemble d'une tragédie dans laquelle chacun a ses raisons et tout le monde tort.

Cette triste parenthèse refermée, on admettra que les maîtres censeurs ne semblent guère à court de terrains de jeux. Et l'on pourrait, si l'on ne redoutait pas l'ennui et la répétition, enrichir régulièrement – et sans doute pour longtemps encore – le présent ouvrage. Dois-je en conclure que ce livre de combat ne saurait être qu'un témoignage sur l'époque et que le règne des nouveaux missionnaires ne fait que commencer ? Ce n'est pas certain. Je ne prétends nullement avoir fait vaciller l'édifice. Évoquant dans sa recension de mon ouvrage [1] le triomphe des « nouveaux bigots », Philippe Muray conclut : « *Les Maîtres censeurs*, cette nouvelle *Trahison des clercs*, indique que ce triomphe sinistre n'est pas complet. Et qu'il ne le sera sans doute jamais. » En réalité, c'est plutôt la réception du livre, à la fois par le public et par la critique, qui annonce peut-être, sinon une pacification, du moins une dénucléarisation du champ de bataille des idées.

Je le reconnais volontiers, je n'ai nullement été censu-

---

1. Philippe Muray, « La prosternation des clercs », *Le Figaro*, 18 avril 2002.

rée – au grand dam de quelques-uns de mes adversaires, apparemment indignés que ceux qui les contestent aient le droit de s'exprimer. Visiblement surpris que l'on puisse défendre des idées par conviction, le directeur des rédactions du *Monde* m'accusa sur un plateau de télévision de fomenter toute cette agitation pour « me faire une place au soleil » – sans doute pour souligner que lui-même se contentait d'un poste dans les ténèbres. Il me faut cependant préciser que ce livre fit l'objet dans le même journal d'une critique honnête et très modérément hostile[1]. Il a en tout cas été abondamment commenté – le plus souvent élogieusement – dans la presse écrite, nationale ou régionale. J'ai été invitée par nombre de médias audiovisuels à défendre mon point de vue, ce qui n'a pas manqué de susciter quelques remarques aigres. « Vous parlez de censure, mais on vous voit partout ! » Les puissants préféreraient qu'il soit interdit de les critiquer – on les comprend. D'autres s'agacèrent d'un succès qu'ils imputèrent exclusivement à l'immérité « dopage médiatique » dont bénéficiait l'auteur. Enfin, certains notèrent avec délectation que c'était surtout la presse dite « de droite » qui défendait le livre. N'était-ce pas là la preuve irréfutable qu'il faisait partie intégrante d'un plan ourdi par les réactionnaires de tous bords pour restaurer un Ancien Régime aux relents d'ordre moral ? À vrai dire, dès lors que les propagateurs de la nouvelle foi se recrutent essentiellement dans une gauche qui ne sait plus guère se définir autrement que comme le parti du Bien, on peut comprendre que les plus fortes réticences se soient manifestées en son sein. Résumant l'énigme posée par Chigaliov dans *Les Démons* – comment, partant de la liberté illimitée, parvient-on au despotisme illimité ? –, Muray affirme qu'elle est désormais résolue : dans « le *régime* sous lequel prospère la majorité de la *"classe intellectuelle"* [...], la liberté illi-

1. Thomas Ferenczi, « Intimidation morale », *Le Monde*, 26 avril 2002.

mitée et le despotisme illimité ne sont plus aucunement en opposition. Ils ont même fusionné[1] ». Or c'est bien sous les auspices d'une gauche s'avouant candidement *morale* que cette fusion s'est réalisée.

Il me faut cependant saluer ici ceux dont les idées, les écrits ou les méthodes sont directement contestés dans ce livre, comme Bernard-Henri Lévy ou Laurent Joffrin, et qui ont néanmoins accepté le débat loyal auquel j'appelais en conclusion. Il ne s'agit nullement de me les concilier tant nos visions du monde et de l'époque restent divergentes sur le fond. Mais, au-delà de nos divergences, peut-être sommes-nous finalement d'accord sur le fait que nous perdons tous à laisser le légitime affrontement des idées se muer en tribunal d'inquisition. Le philosophe allemand Peter Sloterdijk oppose l'arène romaine, « lieu de naissance du fascisme d'amusement » au stade grec dans lequel nous pourrions puiser un exemple d'athlétisme intellectuel. Préférons le stade à l'arène.

Je ne saurais assez, pour conclure sur ce point, remercier *Libération*, dont le silence valut en quelque sorte confirmation. On me rétorquera que rien n'oblige un journal ni des journalistes à rendre compte d'un livre qu'ils sont parfaitement en droit de juger médiocre – encore que ce n'eût certes pas été le premier du genre à susciter leur intérêt. Il reste que le quotidien des ex-soixante-huitards reconvertis dans le sans-frontiérisme béat est emblématique de la nouvelle religion dont j'ai esquissé la critique. En refusant de porter cette critique à la connaissance de ses lecteurs, la rédaction du quotidien laisse penser qu'elle n'est pas en mesure de la réfuter par l'argumentation. Mieux vaut, en effet, demeurer entre gens convenables. Le débat, on sait où ça peut mener... Quant à Michel Polac, que ma « voix de chipie » et mon « sourire télé » empêchent apparemment de raisonner, il me fit le cadeau d'une critique très précisément menée

1. Thomas Ferenczi, art. cit.

selon les méthodes staliniennes que j'ai analysées[1]. Caricaturant ma position sur la Yougoslavie (sans doute par méconnaissance du dossier plus que par volonté de nuire), il conclut qu'elle s'apparentait « à l'optique de Chevènement comme à celle de Le Pen », cette assertion lui épargnant évidemment la fatigue d'une argumentation.

Reste enfin l'accueil fait au livre par le public, accueil qui fut sans doute la meilleure surprise. Les importants détecteront sans doute là de fâcheuses tendances au poujadisme. Peu importe. À l'instar des nombreux lecteurs qui m'écrivirent en substance qu'ils se sentaient moins seuls après m'avoir lue, je me suis, moi aussi, sentie moins seule. Non pas que je pousse le ridicule à m'autoportraiturer en Don Quichotte pourfendant en solo les moulins à vent du mensonge et du conformisme. Ce travail est le fruit de plusieurs années de réflexion et de combats collectifs. Par ailleurs, ce « reportage idéologique » ne saurait prétendre rivaliser avec l'inlassable quête de vérité que continuent, hors des circuits médiatiques, à mener nombre d'écrivains ou de chercheurs. Du reste, il ne m'a pas échappé que les étals des librairies accordaient depuis quelque temps une place croissante aux dissidents de tous bords. L'écho rencontré par *Les Maîtres censeurs* n'est peut-être que l'un des signes d'une imperceptible mutation qui voit une fraction croissante du public refuser d'avaler les bobards qu'on lui sert comme indiscutables et de se laisser dicter ce qu'elle doit penser ou croire. De l'air, voilà ce que demandent les lecteurs ! Le nouvel ordre intellectuel est étouffant. Et, les maîtres censeurs feraient bien de s'en aviser, la cohorte de ceux qui refusent d'étouffer ne cesse de se renforcer.

Je ne saurais conclure sans évoquer certaines des critiques légitimes qui me furent adressées sur le fond.

---

1. Michel Polac, « Têtes à claques », *Charlie Hebdo*, 24 avril 2002.

Max Gallo[1] déplora que je n'aie pas suffisamment exploré la matrice, marxiste selon lui, dans laquelle les maîtres censeurs ont été formatés. Dans le premier chapitre, que nombre de lecteurs ont trouvé « difficile », j'ai bien tenté de partir à la recherche des racines de ce mal de l'époque qui permet la domination bruyante de petits imprécateurs. Néanmoins, c'est par le récit que j'ai choisi de l'incarner : dérisoires ou essentiels, les épisodes retenus dans cette chronique visent à montrer, derrière la succession des mobilisations sans lendemain et des campagnes d'intimidation à cible mouvante, la permanence des méthodes.

On m'a surtout reproché de ne pas toujours éviter le manichéisme que je fustigeais. Peut-être mes efforts pour m'en affranchir n'ont-ils pas été couronnés de succès. Je me suis cependant efforcée de traquer dans ma propre pensée tout ce qui pouvait me conduire à m'ériger à mon tour en détentrice d'une vérité. La passion, la colère et aussi, reconnaissons-le, un certain goût pour la polémique, ont pu parfois prendre le dessus sur ma résolution de tolérance. La pire conclusion, pour ceux qui ont bataillé contre les confortables certitudes du temps, serait de tirer profit de leur statut de minoritaires pour retourner contre leurs adversaires les armes avec lesquelles ceux-ci ont essayé de les abattre. Gardons-nous, autrement dit, de forger une contre-orthodoxie qu'on se contenterait d'opposer à l'orthodoxie qui nous écrase. Les dissidents ont conquis le droit de parler. Il leur faut désormais prouver qu'ils ont quelque chose à dire.

Élisabeth LÉVY
Septembre 2002

1. Max Gallo, « Une décennie de plomb », *Le Point*, 3 mai 2002.

Du passé faisons table rase

Non seulement ils n'ont pas de mains, mais elles sont sales.

S'agissant de nos maîtres censeurs, détenteurs de la parole médiatique, investis du pouvoir d'énoncer ce qui est tolérable et ce qui ne l'est pas, ce qui est discutable et ce qui ne l'est pas, qui est fréquentable et qui ne l'est pas, la formule peut sembler inutilement cruelle. Au moment d'aborder le récit d'une décennie de plomb pour la vie intellectuelle française, il me faut donc préciser qu'il n'est nullement question ici d'instruire le procès d'individus à qui l'on fait bien évidemment crédit de leur sincérité, de leurs bonnes intentions et de leurs doutes. Il est permis, en revanche, de s'interroger sur le cheminement qui, de ces intentions, a conduit des jeunes gens au cerveau fécond et aux idées généreuses à se muer tout à la fois en faiseurs de l'opinion et en juges des opinions pour en arriver à proscrire toute pensée véritablement divergente, tout postulat un tant soit peu embarrassant c'est-à-dire critique. Comment les brillants esprits qui prétendaient inscrire leurs pas dans les traces, qui de Zola ou de Péguy, qui de Malraux, de Sartre ou de Soljenitsyne, se sont constitués en un clergé excommuniant les hérétiques ; comment ils ont pu ériger en dogmes intangibles les lieux communs successifs d'un air du temps volatil : un tel mystère mérite qu'on s'y arrête.

Au seuil de cette interpellation, il me faut donc espérer que l'on m'autorisera la nuance : ce ne sont pas les personnes qui seront en cause ici, parce qu'aucun être humain n'est affranchi du doute, du remords ou de la contradiction, mais leurs doublures médiatiques, leurs postures et leurs certitudes. Qu'on me pardonne aussi l'injustice forcément contenue dans le pluriel indéfini : il s'agit de décrire une musique d'ensemble, au risque de passer sous silence les instruments les plus subtils ou les notes égarées. Enfin, qu'on ne se méprenne pas, il serait à la fois injuste et sot de méconnaître le travail accompli, dans toutes les disciplines des sciences humaines, par les savants et chercheurs, en particulier par ceux qui, inlassablement, interrogent le passé pour éclairer l'avenir. Reste à comprendre pourquoi ce n'est pas auprès de ceux-là que l'on va chercher des réponses. « Le vrai questionnement, écrit Jean-Claude Guillebaud, celui qui n'est pas ornemental mais s'affronte à l'essentiel, n'occupe désormais qu'une petite société de clercs, de chercheurs ou de philosophes travaillant, de plus en plus, loin du public et sans prise sur l'air du temps [1]. » C'est précisément l'air du temps qu'on tentera ici de humer.

Guillebaud souligne à juste titre que cette « trahison » historique, cette « langueur de la délibération démocratique [...] n'est pas le produit d'une intention ou d'un calcul ». On le suivra moins volontiers, cependant, quand il affirme que cet empire, « l'empire médiatique régnant désormais en maître », est sans empereur. Ils sont nombreux, en effet, ceux qui se disputent ou se partagent le droit de définir la correction idéologique. Et il faut bien tenter de comprendre, ou en tout cas de raconter, le processus par lequel une caste d'intellectuels habitués aux « unes » des magazines, de journalistes jouant aux instituteurs de la société, sans oublier les « experts » dont l'expertise se

1. « Un empire sans empereur », Jean-Claude Guillebaud, *Le Débat,* mai-août 2000.

manifeste plus dans leur entregent que dans leur savoir, ont accompagné, sinon produit, l'émergence d'une nouvelle orthodoxie dont le contenu importe finalement moins que le partage manichéen qu'elle établit entre amis et ennemis du genre humain, l'obligation qu'elle fait aux premiers de se ranger, sous prétexte de défendre les opprimés, du côté des puissants, et la nécessité qu'elle impose à tous ceux qui veulent bénéficier de la bienveillance de ses sourcilleux gardiens d'applaudir à chaque innovation de l'époque au simple motif qu'elle rompt avec le passé.

Pas de mains, donc, mais les mains sales. Pas de mains quand, affranchi de toute responsabilité, on n'aime rien tant que décerner des brevets de bonne, et surtout de mauvaise conduite. Pas de mains, dès lors qu'on finit par approuver ce qui est, tout en mimant avec conviction la rébellion : l'exercice de la dénonciation vise toujours les réfractaires à ce nouveau sens de l'histoire que l'on nomme modernisation ou réforme. Pas de mains, et pourtant des mains sales car l'entreprise suppose d'abattre ceux avec qui l'on n'est pas d'accord, de réduire au silence ceux qui osent contester, de discréditer ceux qui refusent de faire allégeance. Le tout en pratiquant avec constance l'alliance de circonstances, l'échange de services et autres renvois d'ascenseurs qui réduisent trop souvent notre vie intellectuelle à une mascarade sans substance.

Puisqu'on ne peut changer le monde, il faut renoncer à l'interpréter

Impuissants à agir sur la réalité, les maîtres censeurs prétendent la plier à leur verbe. Qu'une idée leur déplaise, ils la décrètent fausse, qu'une situation ne leur convienne pas, ils la nient. « L'un des éléments essentiels de la communication paranogène est d'effacer la différence entre prescription et description », observe le philosophe allemand Peter Sloterdijk, commentant la réception de ses *Règles pour le parc humain*[1], texte jugé scandaleux par tous ceux qui pensent qu'énonciation vaut approbation.

En somme, après avoir renoncé à changer le monde, ils n'entendent pas permettre que celui-ci soit interprété. « Comprendre, c'est justifier » pourrait être leur maxime. Autrement dit, on ne saurait comprendre que ce qui est déjà compréhensible, tolérer que ce qui est considéré comme tolérable. Un tel fonctionnement viserait-il à éviter le dévoilement qui les montrerait tels qu'en eux-mêmes, animateurs du *show business* qui se substitue au réel, non plus spectateurs engagés mais observateurs impuissants d'évolutions qui les dépassent ? Peu importe, ces mystères-là, ils peuvent bien feindre de les organiser puisqu'ils sont certains d'en bénéficier. Leur rigorisme moral serait-il à même de garantir l'impunité de leur magistère ? Évoquant, à la fin des années 70, ces « nouveaux philosophes » dont de mauvais esprits affirmaient alors qu'ils n'étaient point trop nouveaux et modérément philosophes, Régis Debray annonçait le renversement : « N'ayant nulle maîtrise du concret, écrivit-il, ils ont choisi de répudier et la maîtrise, et le concret. L'humeur, rive gauche, est à l'Apocalypse. Ce serait sublime si ce n'était trop commode[2]. »

Mais leur répugnance à expliquer ce qu'ils réprouvent s'explique aussi par des ressorts plus puissants. En effet, par les oukazes, exclusives et décrets visant tous ceux qui ne pensent pas comme eux, les habitants de « la principauté progressiste de Saint-Germain-des-Prés », selon l'expression de Pierre Grémion, croient expulser du réel tout ce qui contrevient à leur vision du

---

1. *Règles pour le parc humain*, Peter Sloterdijk, Mille et une nuits, 2000.

2. « Les pleureuses du printemps », Régis Debray, *Le Nouvel Observateur*, 13 juin 1977.

monde. Avec l'affaire Dreyfus, les intellectuels étaient courageusement sortis de leurs bibliothèques pour intervenir dans l'espace public et le perturber. Aujourd'hui, les médias ont remplacé les bibliothèques et l'espace public est défini par ce dont l'intelligentsia admet que l'on parle. Comme si la contagion menaçait tout esprit trop curieux, comme si, à manier certaines idées, elles risquaient de vous sauter au cerveau. Répondrait-il à la nécessité pour le chercheur de connaître son objet, tout contact avec l'adversaire est susceptible de faire office de légitimation. Mieux vaudrait, alors, se garder de trop chercher. L'intellectuel, selon la formule de Sartre, se mêlait de ce qui ne le regardait pas ; il entend désormais décider de ce que nous pouvons regarder.

Si détestables, pourtant, soient les idées ou les idéologues que l'on entend combattre, employer contre eux les armes de l'intelligence, c'est les créditer de leur appartenance à l'espèce humaine. Et, du même coup, admettre que l'on n'est pas, par essence, immunisé contre la faute, le crime ou l'erreur. Il serait commode que les tyrans, les bourreaux, les terroristes et autres monstres fussent des Martiens, mais dès lors qu'il s'agit d'êtres humains, il faut bien accepter d'avoir quelque chose de commun avec eux. Si étranger nous soit l'autre, il reflète une part de nous. « Dans ton combat contre le monde, seconde le monde », écrit Kafka dans son *Journal*.

Plus besoin, désormais, de choisir. La censure d'aujourd'hui repose précisément sur le renversement de l'idée de Kafka. Le monde est partagé entre « nous » et « eux ». Et si « nous » en avions eu l'occasion, « nous » aurions montré de quel bois « nous » sommes faits : dreyfusards au tournant du XIXe siècle, antifascistes dans les années 30, gaullistes en 1940, résistants durant la guerre, anticolonialistes et dissidents à la fin de celle-ci. Aucune bonne cause n'est étrangère à nos grandes consciences. Évoquant, au cours d'une conférence donnée aux États-Unis, le comportement de sa génération sur le plan moral, Albert Camus affirmait : « Vingt-cinq ans de politique internationale l'avaient portée à douter de toute pureté, à penser que personne n'avait tort puisque personne n'avait raison[1]. » Les héros du néo-engagement semblent plutôt être parvenus à la conclusion que tout le monde a tort et qu'eux seuls ont raison. Ce qui les contraint souvent à se dire faibles quand ils sont puissants, à se montrer solitaires quand ils opèrent en groupe, ou, pour employer un mot d'aujourd'hui, en réseau.

Adversaire déclaré de Pierre Bourdieu, pape de la « nouvelle radicalité », Alain Finkielkraut dénonce « la magie du chiffre 2 et la guerre à mort comme modèle de la politique ». « Deux camps, deux forces s'affrontent sous l'apparente pluralité des opinions, déclare-t-il. [...] Entre les deux, poursuit-il, pas de compromis possible mais une lutte inexpiable. C'est ce que Kolakowski, réfléchissant sur le stalinisme, nommait le "schéma de l'unique alternative[2]". » Sans doute. Sauf qu'il est injuste d'imputer à la seule gauche radicale la responsabilité de ce manichéisme magnifique. Finkielkraut estime que « la critique du totalitarisme avait ouvert une période de désaccord civilisé ». On avait pu l'espérer. Las ! Mal digérée, remâchée en fonction des nécessités du moment, cette critique a été l'une des armes employées par tous les chevaliers du Bien, très au-delà de l'église bourdieusienne, pour disqualifier leurs adversaires.

On croit donc avoir supprimé une idée « nuisible » quand on l'empêche de s'exprimer. L'ennui, c'est que, de proche en proche, le tribunal invisible qui prétend

---

1. « La crise de l'homme », inédit. Lecture faite à Sarajevo le 8 août 1995, par Jean-Marie Laclavetine et Olivier Rolin.

2. « Bourdieu et les forces du mal », Alain Finkielkraut, entretien avec Michel Crépu, *L'Express*, 20 août 1998.

faire régner l'ordre sur le monde des idées soumet l'ensemble de celles-ci à une logique d'intimidation. Nous vivons, en réalité, sous l'emprise d'une loi sur laquelle aucun parlement n'a été appelé à se prononcer, et dont le champ d'application est extensible à l'infini, au gré des convictions ou des besoins des juges du moment.

« L'intellectuel, c'est le débat. C'est la pratique même du débat. C'est l'habitude, le principe, l'exigence absolue du débat. Un intellectuel, c'est quelqu'un dont la seule présence indique que la société fait droit aux droits du débat [1]. » On applaudit volontiers à cette définition donnée par Bernard-Henri Lévy. Mais on peut se demander si elle ne contredit pas l'affirmation qui la précède : « "Intellectuel pétainiste" : une contradiction dans les termes. L'"intellectuel" : une machine de guerre antipétainiste. » On aimerait que cela fût vrai, mais que faire, alors, de Paul Morand ou de Drieu ? Et un monde dans lequel il est possible de penser mal n'est-il pas, à tout prendre, préférable à un monde dans lequel il n'est plus permis de penser ?

« Nul ne ment autant qu'un homme indigné », écrit Nietzsche. De fait, cette idéologie dominante qui se pense libérée de toutes les idéologies ne peut triompher qu'au prix d'une abdication fondamentale qui conduit à faire prévaloir l'émotion sur la compréhension, la morale sur l'analyse, la vibration sur la théorie. Au risque que l'objet de l'indignation disparaisse derrière l'indignation elle-même, que « l'amour du monde » se métamorphose en simple « souci de soi [2] », tandis que l'on est convié au spectacle de porte-parole des damnés de la terre narrant leur malheur face au malheur.

---

1. *Éloge des intellectuels*, Bernard-Henri Lévy, Grasset, 1987.

2. J'emprunte cette expression à François Dosse qui retrouve chez Péguy comme chez Arendt « le combat pour ne pas voir l'amour du monde, avec la vertu publique qu'il implique, se métamorphoser en simple souci de soi », François Dosse, « Paysage intellectuel : changement de repères », *Le Débat*, n° 110, mai-août 2000.

Le problème dépasse largement celui de l'accaparement par une élitocratie du pouvoir intellectuel et, dans une large mesure, du pouvoir tout court. De l'absence de confrontation réelle naît le vide des idées et, finalement, celui de ces valeurs dont on fait si grand cas. Pour autant, répétons-le, il faut s'interdire d'échafauder une théorie du complot. Personne n'a décidé de stériliser le débat d'idées. En décrétant indiscutables certaines questions, les maîtres de la parole sont sincèrement convaincus de faire œuvre de salubrité morale et de contribuer à éviter la répétition des tragédies du XXe siècle.

L'Histoire, c'est les autres

Parmi les nombreux clichés dignes de figurer dans l'album-souvenir de l'époque, l'un offre un saisissant raccourci visuel du triomphe de la pensée compassionnelle qui a forclos le débat. Ce qui ne dit rien, évidemment, des intentions des personnages. Le 26 juin 1979, donc, trois intellectuels posent sur le perron de l'Élysée, à l'issue d'une audience que leur a accordée Valéry Giscard d'Estaing. Au milieu, André Glucksmann qui a quelques années auparavant rompu avec sa jeunesse maoïste en publiant *La Cuisinière et le mangeur d'hommes*[1], avant de développer sa profession de foi antimarxiste et antitotalitaire dans *Les Maîtres penseurs*[2]. Le philosophe, qui se veut le porte-voix des sans-voix, est encadré par les deux anciens camarades devenus frères ennemis, Raymond Aron et Jean-Paul Sartre, qu'il est parvenu, sinon à réconcilier, du moins à réunir dans l'opération « Un bateau pour le Vietnam » imaginée par Bernard Kouchner pour défendre

1. *La Cuisinière et le mangeur d'hommes*, André Glucksmann, Seuil, 1975.
2. *Les Maîtres penseurs*, André Glucksmann, Grasset, 1977.

la cause des *boat people*. Les anciens militants de la « lutte de libération vietnamienne » n'ont plus qu'à jouer les ambulanciers auprès des victimes d'une ardeur révolutionnaire qu'ils partagèrent sur le mode du discours. Image irénique qui annonce à la fois la substitution de l'humanitaire à la politique et le début de ce qu'on n'appelle pas encore la politique-spectacle.

Que nous est-il arrivé ? On ne prétendra évidemment pas fournir une réponse exhaustive à une question qui, bien au-delà du champ des idées *stricto sensu,* traverse le devenir de nos sociétés, voire de notre civilisation. La chape de plumes et paillettes qui interdit aujourd'hui le débat public signale probablement la fin d'un cycle ouvert au XVIIIe siècle avec la victoire de la pensée critique. Cette *Défaite de la pensée* [1], sans doute en germe dans le destin sanglant des utopies du siècle, s'est accomplie en l'espace de vingt ans, vingt années que scandent la chute du mur de Berlin mais aussi, en France et dans le reste de l'Europe, la découverte simultanée par la gauche du pouvoir et du marché. C'est bien dans le cours de ces années de plomb à la française que s'est instaurée dans le monde des idées une terreur d'autant plus douce que nous y avons consenti. Comment, donc, en sommes-nous venus à ne plus pouvoir penser que sous haute surveillance ? Telle est l'énigme qu'on aimerait élucider.

Au commencement, était le totalitarisme, ou plutôt sa « découverte ». Après la mort de Dieu, la mort de Marx, annoncée dès 1970 par Jean-Marie Benoist [2]. En 1977, deux livres-manifestes paraissent dans la collection « Figures » que dirige Bernard-Henri Lévy chez Grasset. Celui-ci publie *La Barbarie à visage humain*, qui suit d'un mois *Les Maîtres penseurs* de Glucksmann. Il n'est pas question ici (ce serait bien arrogant)

---

1. Voir *La Défaite de la pensée*, Alain Finkielkraut, Gallimard, 1987.

2. *Marx est mort*, Jean-Marie Benoist, Gallimard, 1970.

de statuer sur la validité du concept de totalitarisme, mais de souligner que l'antitotalitarisme moralisant est le fondement de la censure d'aujourd'hui. Auschwitz et le Goulag sont devenus des armes de dissuasion faisant peser sur tout esprit récalcitrant à l'ordre des droits de l'homme une menace de vitrification sociale. Encore une fois, ni les intentions, ni les sentiments de jeunes gens qui, en cette fin des années 70, déclarent la guerre au Mal, ne sont en cause. À l'exception de Lévy qui a presque échappé aux errements de son temps, il leur faut expier leur jeunesse révolutionnaire et, après tout, on peut comprendre le choc qu'a été pour eux la lecture de Soljenitsyne ou celle des livres de Jacques et Claudie Broyelle, anciens militants maoïstes qui publient des témoignages accablants sur la Révolution culturelle. Il y a du marketing dans leur entreprise, et certains ne manqueront pas de le souligner, mais il n'y a pas seulement cela. D'ailleurs, si les deux associés-rivaux, trente ans après, ne se sont pas lassés de l'agit-prop médiatique, la plupart de leurs compagnons de cette époque ont choisi de travailler loin des caméras. Et sans doute faut-il regretter que Bernard-Henri Lévy n'ait pas poursuivi la tentative de retour aux sources du monothéisme esquissée dans *Le Testament de Dieu*, ou encore qu'André Glucksmann n'ait pas poursuivi du côté de Heidegger son enquête sur l'Allemagne philosophique.

Cela dit, l'affaire des « nouveaux philosophes », appellation née du hasard pour un dossier publié par *Les Nouvelles littéraires* en juin 1976, s'apparente à une opération de commando destinée à occuper le cœur du territoire médiatique. Significativement, Lévy, maître d'œuvre de cette construction idéologico-amicale, récuse fermement toute notion d'école, préférant y voir une réunion de talents opérée au gré des rencontres. Au-delà de leur commune rupture et des années normaliennes traversées ensemble par certains d'entre eux, il est difficile de trouver l'étendard susceptible de rallier Guy Lardreau et Christian Jambet, auteurs de *L'Ange* en 1976[1], Jean-Paul Dollé, Michel Guérin, ou encore Philippe Némo. Une affaire de camaraderie, de classe d'âge et *in fine* de réseau, plus encore que de conviction. « Un des traits caractéristiques des “nouveaux philosophes”, qu'ils acceptent ou non l'étiquette, est de se saluer entre eux », peut-on lire dans un ouvrage consacré à leur « procès », c'est-à-dire à leur gloire[2]. La « génération perdue », comme la qualifie aimablement Pierre Viansson-Ponté dans *Le Monde*, a su bien vite retrouver son chemin.

C'est autour de *La Barbarie à visage humain* que se noue l'alliance, appelée à perdurer, entre Sollers et Lévy. Le rideau n'est pas encore levé mais les premiers rôles se préparent en coulisse ; et, avec le recul, on peut trouver prémonitoire que le pacte ait été scellé par un texte publié dans *Le Monde*[3].

Sollers salue *La Barbarie*, « quelque chose de fiévreux et de froid qui réconcilie philosophie et littérature ». Échange où chacun trouve son compte. La figure de proue des « nouveaux philosophes » a besoin d'alliés, et surtout, d'une caution de gauche, tant sa critique du communisme enthousiasme d'abord la droite. Quant à Sollers, l'opération lui permet de faire passer son abjuration du maoïsme. Qui aura le mauvais goût de rappeler à ce penseur de l'antitotalitarisme dont la revue publie en 1979 le « discours au mémorial » prononcé par Lévy pour les victimes de la déportation, l'aplomb avec lequel, quatre ans auparavant, il récusait, sur le plateau d'« Apostrophes », le témoi-

---

1. *L'Ange*, Guy Lardreau et Christian Jambet, Grasset, 1976.

2. *Faut-il brûler les nouveaux philosophes ?*, Le dossier du « procès », établi par Sylvie Bouscasse et Denis Bourgeois, Néo, 1978.

3. « La révolution impossible », Philippe Sollers, *Le Monde*, 12 mai 1977, cité par Philippe Forest, *Histoire de Tel Quel, 1960-1982*, Seuil, 1995.

gnage de Jean Pasqualini, ancien *Prisonnier de Mao*[1] ? Dès l'automne 1976, deux ans seulement après le retour exalté de leur voyage en Chine, Sollers et les « telquéliens » avaient amorcé un virage prudent, tentant de dénicher quelques « vrais maoïstes » en comparaison desquels ils pouvaient se dire dissidents. Il faut toute l'empathie de Philippe Forest et, à vrai dire, quelque culot, pour oser décréter aujourd'hui que « leur maoïsme fut non acte de soumission, mais de subversion[2] ». C'est oublier que l'engagement « mao », dans le Paris des années 70, offre, peut-être pour la première fois, le confort de l'oxymore qui deviendra la marque de fabrique de l'idéologie dominante : on est, alors, révolutionnaire et à la mode, comme on sera, plus tard, censeur libertaire, ultra-libéral et socialiste, rebelle au pouvoir, conformiste d'avant-garde. « La contre-histoire est devenue l'histoire », pourra annoncer avec satisfaction Jacques Henric, trente ans plus tard[3].

L'attaque frontale que lance alors Gilles Deleuze contre l'impudente escouade des « nouveaux philosophes » semble aujourd'hui visionnaire, même s'il s'y mêle quelque aigreur. « Leur nouveauté, tonne le philosophe, ne réside pas dans leur pensée mais dans ce qu'ils ont introduit en France le marketing littéraire et philosophique. » La suite pourrait avoir été écrite en 2002. « C'est pourquoi, poursuit Deleuze, à la limite un livre vaut moins que l'article de journal qu'on fait sur lui ou l'interview à laquelle il donne lieu. Les intellectuels et les écrivains, même les artistes, sont donc conviés à devenir journalistes s'ils veulent se conformer aux normes. C'est un nouveau type de pensée, la pensée-interview, la pensée-entretien, la pensée-

---

1. *Prisonnier de Mao*, Jean Pasqualini, Gallimard, 1975.

2. *Histoire de Tel Quel, 1960-1982*, Philippe Forest, Seuil, 1995.

3. « Underground : l'histoire », Jacques Henric, *Art Press*, décembre 2001.

minute. On imagine un livre qui porterait sur un article de journal et non l'inverse[1]. »

Tout cela peut sembler dérisoire. L'activisme de quelques jeunes gens pressés qui, se réjouit *Le Nouvel Observateur*, « philosophent à la première personne[2] », n'aurait pu laisser qu'une trace dans les esprits, celle de leur contribution à l'ébranlement plus général, et d'abord sociologique, du communisme en France. Or, c'est le contraire qui s'est produit. Un quart de siècle plus tard, cette nouvelle vague n'en finit pas de faire des vagues. Sans doute ne faut-il pas exagérer le rôle des individus, surtout lorsqu'ils entrent en résonance avec l'époque. Les « nouveaux philosophes » ont néanmoins jeté les bases du prêt-à-penser contemporain, et, coïncidence ou pas, les chefs de file de cette petite troupe qui se dispersera promptement siègent aujourd'hui encore au tribunal de l'histoire qui se fait.

Née d'une saine révolte contre l'indifférence au crime concentrationnaire d'une partie de la gauche, leur ardeur purificatrice n'épargnera rien. D'antitotalitaires, ils se feront « antitotalitaristes ». De proche en proche, tout apparaîtra contaminé, identifié au mensonge et à la barbarie : la révolution, le pouvoir, la politique, l'histoire tout entière et, finalement, la pensée qui toujours risque de mener à de terribles errements. Dominique Lecourt énonce, à sa façon polémique, l'aporie à laquelle aboutit ce système de l'antisystème. « Glucksmann, écrit-il, fait résonner l'immense plainte des suppliciés pour faire porter sa voix. Mais si “théoriser c'est terroriser”, selon une autre de ses maximes bien frappées, l'opération d'intimidation et de dissuasion monte d'un cran. Quelle sera donc en effet la tâche d'un penseur s'il se garde de

---

1. « À propos des nouveaux philosophes et d'un problème plus général », Gilles Deleuze, supplément à la revue *Minuit* n° 24, également publié dans *Le Monde*, 19-20 juin 1977.

2. « Les nouveaux gourous », Gérard Petitjean, *Le Nouvel Observateur*, 12 juillet 1976.

l'activité théorique comme d'une menace intime habitant secrètement sa pensée[1] ? » En janvier 1977, dans sa leçon inaugurale au Collège de France, Roland Barthes étendra sur le langage lui-même le règne du soupçon. « La langue, professe-t-il, [...] n'est ni réactionnaire, ni progressiste ; elle est tout simplement : fasciste[2]. »

La nouvelle théorie du sens de l'histoire dont accouchera finalement la pensée antitotalitaire pourrait se concevoir comme un ultime avatar de l'utopie rationaliste. À ceci près qu'elle est désormais habitée par l'ombre portée que projette la figure du mal « total » que ce siècle aura eu le douteux privilège de connaître. À la radicalité du mal dont on découvre avec effroi que l'homme est porteur, on va opposer l'espérance radicale de la disparition du mal.

À défaut d'être toujours lucide, le refus qui constitue la bannière des « nouveaux philosophes » apparaît donc, d'instinct, éminemment respectable. Encore faudrait-il que ceux qui en font une doctrine se soumettent eux-mêmes à *la question* qu'ils entendent faire subir à une génération. Encore faudrait-il qu'ils ne se contentent pas de remuer le couteau dans les plaies des autres. « Ce pacte de l'acte violent commis ensemble, ne l'avions-nous pas tout de même un peu signé[3] ? » s'interrogent Claudie et Jacques Broyelle. Mais, pour les « nouveaux philosophes » et d'autres, tout se passe comme si l'exposition de leur rupture ou de leur rejet valait blanchiment. Le passé criminel n'est plus le leur. Ils battent leur coulpe, certes, mais sur la poitrine de leurs adversaires, avant de se déchaîner sur celle de leurs parents. « Leur posture, écrit Jean-Pierre Le Goff, n'est pas celle du démon anarchiste des partisans de la

---

1. *Les Piètres penseurs,* Dominique Lecourt, Flammarion, 1999.

2. *Leçon*, Roland Barthes, Seuil, 1978.

3. *Le Bonheur des pierres*, Claudie et Jacques Broyelle, Seuil, 1978.

libération du désir, mais celle de la mauvaise conscience de l'Occident, voire de l'ange rédempteur dont la mission n'a pas de fin[1]. » Autrement dit : *L'Histoire, c'est les autres*.

Cette logique trouve son aboutissement avec *L'Idéologie française*[2], ouvrage dans lequel Lévy part à la recherche des racines du « fascisme français », racines qu'il déterre à gauche autant qu'à droite. Admettons le principe d'une telle recherche, en laissant de côté les erreurs et approximations pointées avec délectation par les nombreux adversaires de l'écrivain, notamment par les héritiers spirituels de Mounier que Lévy n'a guère épargnés. En 1980, cinq ans après la publication du livre de Robert Paxton, *La France de Vichy*, significativement intervenue presque en même temps que celle de *L'Archipel du Goulag*, nombre de Français sont encore imprégnés de la légende du peuple résistant, et il n'est pas mauvais de dessiller leurs yeux. Seulement, on ne peut plus suivre Lévy quand il institue ce fascisme à la française, incarné dans la Révolution nationale, en fil rouge de notre histoire. Porté par des modérés, des « patriotes très ordinaires », le pétainisme, selon Lévy, n'est pas situé aux marges de notre passé, il en est le centre. Et il risque fort d'être notre avenir si on se laisse aller aux coupables penchants du peuple. Tel le furet de la chanson, l'idéologie française est passée par ici, elle repassera par là.

Sans doute n'était-ce pas son ambition originelle, mais *L'Idéologie française* constitue, aujourd'hui encore, un instrument de diabolisation : comment, en effet, répliquer à l'assertion selon laquelle on aurait été, si on en avait eu l'occasion, pétainiste ou collaborateur ? Accusation d'autant plus terrible qu'elle est virtuelle ; aussi est-il impossible de s'en laver totale-

---

1. *Mai 68, l'héritage impossible,* Jean-Pierre Le Goff, La Découverte, 1998.

2. *L'Idéologie française*, Bernard-Henri Lévy, Grasset, 1981.

ment. Pour sa part, le procureur au procès de la France peut aisément jurer qu'il aurait été du côté des victimes – non pas à cause de quelque vertu innée à laquelle il a l'humilité de ne pas prétendre, mais, assurément, en raison de son nom. Quant à ses fervents partisans ils n'hésitent pas à se protéger du doute sous cette ombrelle de certitude. Défendre le livre de Lévy, n'est-ce pas la preuve irréfutable que l'on eût été dans le bon camp ? La mode de la condamnation rétrospective est lancée. Interrogé sur des critiques émises à son sujet par le journaliste Thierry Ardisson, le « comique-de-gauche » Guy Bedos répond : « Ardisson, depuis toujours, m'énerve de façon quasi animale, et je ne voudrais pas l'avoir connu sous l'Occupation[1]. » Ce qui, *a contrario*, doit convaincre le lecteur que Bedos, lui, aurait été du bon côté. Mais à tout prendre, il n'est pas certain qu'il eût été plaisant de le croiser devant un Comité de salut public.

Au corps défendant de son auteur, *L'Idéologie française* accélère le processus qui permet à une génération de se laver de son passé en stigmatisant celui de ses parents. « Le pétainisme, c'est la France », le cri de guerre avait été lancé par Gérard Miller, ex-mao qui n'était pas encore devenu le rebelle cathodique que l'on sait, dans *Les Pousse-au-jouir du maréchal Pétain*[2]. Le pétainisme, c'est la France, les Français sont pétainistes. Cette antimémoire nationale n'a que faire de tous ceux qui furent d'authentiques résistants. Et ce retour aux sources du « mal français » permet de minimiser le zèle avec lequel la génération suivante adora des régimes qui, au rayon du crime, n'avaient pas grand-chose à envier à celui de Vichy.

Bien sûr, et quoi que prétendent certains disciples

1. « J'accuse », Guy Bedos, entretien avec Jérôme Garcin, *Le Nouvel Observateur*, 10-16 janvier 2002.

2. *Les Pousse-au-jouir du maréchal Pétain*, Gérard Miller, Seuil, 1975.

un peu hâtifs de François Furet, avoir écrit ou proféré les plus sombres hymnes à Staline ou Mao est moins grave que d'avoir concrètement collaboré avec l'occupant nazi. Cela ne confère pas pour autant une légitimité suffisante pour s'ériger en donneur de leçons universel. Or, le crime originel commis, ou à tout le moins accepté par les parents, finit par oblitérer l'aveuglement au crime manifesté par les enfants. Au point que, dans l'affaire, certaines victimes effaceront les autres.

On ne peut que refuser, au besoin avec force, de prendre position dans une compétition inévitablement malsaine des mémoires. Le silence névrotique qui, jusque dans le milieu des années 70, a inhibé la prise de conscience de la spécificité du génocide juif, est aujourd'hui justement souligné et on ne saurait trop se féliciter qu'il ait pris fin. Mais, de même que la singularité des événements ne saurait interdire qu'on les compare, on ne voit pas en quoi le respect dû aux uns devrait empêcher d'honorer les autres. Or, paradoxalement – puisque l'antitotalitarisme a été, un temps, l'objet d'un pieux consensus –, à partir du milieu des années 80, toute tentative pour attirer l'attention sur l'ampleur des crimes commis au nom du communisme vaut à son auteur d'être soupçonné de vouloir minimiser ceux des nazis. À ce débat piégé dans ses termes, il n'existe aucune issue valable.

Les défenseurs de la mémoire du Goulag portent sans doute une part de responsabilité dans ce déséquilibre. Au-delà de l'indispensable somme d'informations qu'il contient, *Le Livre noir du communisme* n'évite pas l'ornière du comparatisme, non pas scientifique mais moral. On peut s'interroger sur les ressemblances et les différences entre communisme et nazisme, mais se demander lequel des deux systèmes serait *le plus* condamnable moralement mène à une impasse.

On est donc conduit à penser que la dissymétrie des mémoires est le résultat d'une entreprise collective d'autoblanchiment, à la fois rétrospective et anticipatrice. Si le seul crime absolu, c'est le nazisme, les autres, finalement, sont relatifs. Et si la France, ce sont « les années noires », se détourner d'elle est une nécessité éthique. Nombre de ceux qui, après avoir jeté leur gourme révolutionnaire, s'apprêtent à succomber aux charmes de la vie sans frontières, ne trouveront-ils pas simultanément dans l'idéologie de *L'Idéologie française* la promesse de l'effacement de l'ardoise passée et celle de la jouissance quiète d'un avenir radieux aux couleurs du marché ?

À la lecture de l'ouvrage, Sollers exulte, lui qui, rappelle-t-il utilement, s'est « toujours senti en résidence surveillée dans ce pays [1] ». Lui qui, pourrait-on ajouter, a découvert l'Amérique [2]. Enfin, on ouvre le placard, enfin, on va pouvoir s'adonner à la contemplation morbide et fascinée des squelettes qui l'encombrent. « Un peuple massivement collaborateur, pourquoi ? écrit-il. Paradoxalement, ou logiquement, à cause de sa fermeture xénophobe même. L'étranger du dehors n'est rien, on peut s'entendre avec lui pour en finir avec l'étranger du dedans, l'immigré, le juif. Et l'intellectuel aussi, du moins celui qui ne joue pas le jeu du milieu, de l'institution, de la relation sous-jacente. » Cet intellectuel dont la France qui moisit veut la peau, ce ludion qui *ne joue pas le jeu du milieu, de l'institution, de la relation sous-jacente* (c'est moi qui souligne), ne serait-ce pas Sollers lui-même ? On n'ose imaginer, à vrai dire, ce que serait, alors, un intellectuel jouant le jeu. Si on se rappelle qu'au moment où il écrit ces lignes, Sollers, effectivement, n'occupe pas encore la

---

1. « Français, vous pouviez savoir ! », Philippe Sollers, *Le Matin*, 15 janvier 1981.

2. En 1981, Philippe Sollers publie *Vision à New York*, Grasset et Fasquelle, texte composé d'entretiens réalisés à partir de 1978.

position centrale qui est devenue la sienne au cœur du « milieu littéraire », il est permis de regretter que l'auteur de *Femmes* ait été absorbé par son double.

L'opération qui conclut à la pétainisation à rebours de l'histoire de France tout entière revêt un tour si naturel qu'on croit volontiers qu'elle n'a nullement été pensée. Mais le résultat est là. Nés trop tard pour avoir résisté à l'occupant nazi (mais aussi pour avoir collaboré éventuellement avec lui), les gardiens du temple antitotalitariste se font une gloire d'avoir su condamner leurs parents, bêtes immondes dont le ventre fécond leur semble toujours prêt à enfanter, même par-delà les générations. Mais toute objection à leurs propres agissements sera, au mieux, réactionnaire – ce qui reviendra, de façon polie, à désigner leurs critiques comme des esprits en voie de fascisation.

Vingt-cinq ans après l'éphémère cavalcade des « nouveaux philosophes », les attentats du 11 septembre 2001 offrent aux anciens thuriféraires puis contempteurs du communisme en actes l'occasion de boucler la boucle. Avant de retourner vaquer à ses occupations, chacun doit livrer son analyse d'un « monde dans lequel rien n'est plus comme avant », mais où, bien sûr, tout continue. Le moralisme exclusif, le manichéisme rassurant, sont devenus une sorte de pensée officielle. Au prix, cependant, d'un curieux retournement. Ceux qui se défiaient du pouvoir mettent désormais leur intelligence au service du pouvoir le plus global, de l'empire le plus universel. Il ne s'agit pas seulement de la légitime compassion, de la nécessaire solidarité avec un peuple endeuillé, mais de ce que l'on a pu nommer « l'alignement des provinces ».

« Nous sommes tous américains », proclame le directeur du *Monde,* Jean-Marie Colombani. Les commentateurs qui fustigent la moindre trace de sentiment national en France se muent promptement en admirateurs du patriotisme américain dont les criminelles attaques terroristes ont révélé la solidité, voire les excès. Pour Glucksmann, le partage du monde n'est pas moins clair. Eux – les terroristes – sont le mal, même si nous ne sommes pas tout à fait le bien. Déjà requis par l'écrivain en Algérie, en Yougoslavie ou en Tchétchénie, *Les Possédés* [1] de Dostoïevski, curieusement transformé en défenseur de la civilisation occidentale, sont de nouveau mis à contribution. Le nihilisme, voilà l'ennemi de l'Occident, et pour le combattre, une seule solution, les B52 ! Après les « bombes humanitaires » larguées sur la Yougoslavie, les « chasseurs antinihilistes ». Comme si le nihilisme n'était pas d'abord au cœur d'un monde occidental dont l'unique projet semble être de s'affranchir de toute limite.

On ne peut que relever la coïncidence qui avait vu Bernard-Henri Lévy lancer son « adieu à Soljenitsyne » lorsque celui-ci avait fini par penser que cet Occident, qui avait alimenté tant de rêves de liberté, n'était pas, finalement, la Terre promise attendue. Avait-on chanté les louanges de la dissidence pour en arriver là ? En cet automne 2001, Lévy se contente de faire part de son point de vue dans un article du *Monde* [2]. Que BHL se réjouisse de la victoire américaine en Afghanistan, nul ne saurait le lui reprocher. En revanche, sa dénonciation virulente de « l'anti-américanisme, rendez-vous, chez nous, de toutes les régressions », depuis Maurras (qui au passage, aveuglé par sa germanophobie, se moquait bien de l'Amérique) et Drieu, fleure l'intimidation. Tout d'abord, faut-il absolument être pro ou anti-américain – ce qui, dans un cas comme dans l'autre, n'est guère opérant ? Peut-on condamner le terrorisme tout en continuant à critiquer la politique

1. *Dostoïevski à Manhattan*, André Glucksmann, Robert Laffont, 2002.

2. « Ce que nous avons appris depuis le 11 septembre », Bernard-Henri Lévy, *Le Monde*, 20 décembre 2002.

américaine et, plus encore, la servitude volontaire à laquelle nous nous abandonnons ? De toute façon, les attentats sont surtout pour Lévy l'occasion d'adresser un coup de semonce à ses ennemis préférés. Manque de chance, ceux-ci n'ont pas jugé utile de participer au festival de commentaires profonds ouvert au lendemain du drame, ou alors ils ont adopté une ligne assez proche de celle du philosophe. Silence bien suspect, dirait-on. « L'on a, dans le fond, peu entendu les Le Pen et les Chevènement », écrit-il, associant ces deux noms dans une même phrase comme s'il espérait ainsi contaminer le second par le premier. « Toujours est-il, avance-t-il encore, que les intellectuels anti-américains de service s'en sont prudemment tenus, depuis trois mois, à leurs académiques considérations sur Dieu et son itinéraire, Hugo et son anniversaire. » Le caractère codé des attaques, qui visent respectivement Régis Debray et Max Gallo, ne marque pas une grande prévenance pour le lecteur « moyen » du *Monde*, comme si Bernard-Henri Lévy écrivait d'abord pour ses compagnons de microcosme. Quelques jours plus tard, cependant, Jean-François Kahn opère un retour à l'envoyeur, dénonçant, dans un texte plus ironique que franchement méchant[1], l'amalgame pratiqué par l'écrivain. Celui-ci, remarque le directeur de *Marianne*, a dû glisser « sur une plaque de verglas stalinien ». Du coup, observe Kahn, il se garde bien de définir cet anti-américanisme ainsi réduit à « une simple définition dépréciatrice d'une altérité dissidente ». « Oserait-on écrire, demande Kahn : “La cause musulmane bosniaque, ardemment soutenue par BHL et Ben Laden” ? Ou : “Les laudateurs de George W. Bush, de Bruno Mégret à Bernard-Henri Lévy” ? » La riposte est enlevée, tant il est vrai que la charge de Lévy éveille un écho lointain. « Un anticommuniste est un chien », affirmait

1. « L'après 11 septembre : diaboliser n'est pas raisonner », Jean-François Kahn, *Le Monde*, 4 janvier 2002.

Jean-Paul Sartre. Trente ans après, le biographe de Sartre nous dirait-il à son tour qu'« un anti-américain est un chien » ?

Mieux vaut être prudent. À trop vouloir expliquer, on risque d'être « benladenisé ». Surplomber l'événement afin de s'essayer à le penser, telle est cependant l'ambition de Jean Baudrillard. Justement, c'est ce qu'on ne lui pardonne pas. Alain Minc, dans son *Journal de l'année 2001* [1], ne cachera pas la colère que lui inspire cette suspecte volonté de réfléchir, survivance déplacée d'une détestable tradition française. « Il était évident que, au nom de la posture si glorieuse en France de l'intellectuel dressé seul contre la pensée dominante, l'un d'eux allait se faire l'analyste sophistiqué du terrorisme, *même si analyser, c'est de fait, justifier* (c'est moi qui souligne). » Le seul droit de l'intellectuel responsable serait-il de s'enrôler auprès des pouvoirs ?

Il y a pire. Trop prompt, sans doute, à faire entendre l'inaudible, Baudrillard s'interroge sur un fait « inacceptable pour la conscience morale occidentale », un fait dont l'énormité se mesure « à la violence pathétique de tous les discours qui veulent l'effacer [2] ». Cet événement, lâche-t-il, nous l'avions tous rêvé. Baudrillard n'approuve ni ne condamne l'obscure délectation qu'il croit deviner dans le secret des âmes. Face à l'horreur, le devoir sacré est d'être horrifié. Dans la réplique qu'il lui adresse, cette fois-ci, dans *Le Monde* [3], Minc lui reproche avec véhémence de manquer de compassion. Mais il faudrait dire, alors, en quoi la compassion est plus respectueuse de la mémoire des victimes, en quoi l'affirmation répétée de l'émotion est

---

1. *Le Fracas du monde, journal de l'année 2001*, Alain Minc, Seuil, 2002.

2. « L'esprit du terrorisme », Jean Baudrillard, *Le Monde*, 2 novembre 2001. À paraître aux éditions Galilée.

3. « Le terrorisme de l'esprit », Alain Minc, *Le Monde*, 6 novembre 2001.

plus utile aux survivants qu'un essai d'interprétation – dont ce n'est pas ici le lieu de discuter la pertinence – visant à inscrire les criminels attentats terroristes dans l'histoire des hommes. À la rigueur, concède Minc, on aurait pu tolérer de Baudrillard une variation sur le thème qui lui est cher, le « virtuel ». Faut-il rappeler que la marque d'une pensée libre est de ne pas aller là où on l'attend ?

Ceux qui prétendaient se libérer des maîtres penseurs ont donc achevé la mue qui a fait d'eux, *volens nolens*, les maîtres censeurs. Du messianisme révolutionnaire ils ont largué la révolution pour conserver le messianisme. Mais un messianisme qui tourne à vide, à l'image d'un personnage de bande dessinée qui continue à courir au-dessus du précipice. L'homme est à jamais fils de Auschwitz et du Goulag, prêche Glucksmann. Assurément, mais doit-il pour autant se résigner à n'être plus que cela ? Soupçonnant fiévreusement ceux qui refusent de ne retenir de l'histoire que ses pages les plus sombres de vouloir oublier celles-ci, ils veulent la révérer, pas la penser. La seule mémoire du crime doit tenir lieu de lien social. À l'automne 2001, au cours d'un colloque, Bernard-Henri Lévy en appelle à « un patriotisme de la mémoire, valant comme constitution de l'Europe face au rêve néfaste de ceux qui voudraient tourner la page et zapper la mémoire [1] ». On ne sait trop qui vise cette accusation. Il serait en effet étonnant que l'Europe détermine son avenir en réponse à quelques négationnistes, heureusement marginaux. Peut-être s'agit-il, en ce cas, de blâmer Paul Ricœur, coupable de défendre un « art d'oublier » qui permettrait à une société « éternellement en colère avec elle-même » de renouer avec l'histoire. Lévy, finalement, résume son propos : à l'ère de la mort de Dieu, la mémoire doit devenir pour une humanité en roue

---

1. « Pour une politique de la mémoire », Jean Birnbaum, *Le Monde*, 1er novembre 2001.

libre « quelque chose comme une religion ». Nous voilà condamnés à vivre exclusivement dans la compagnie des morts. Devrait-on, cependant, laisser le respect dû au souvenir de ces derniers effacer la séparation entre morts et vivants qui est l'un des fondements de la civilisation ? Mieux vaudrait méditer la prophétique recommandation de Nietzsche. « Nous ne voulons servir l'histoire que dans la mesure où elle sert la vie. Dès qu'on abuse de l'histoire ou qu'on lui accorde trop de prix, la vie s'étiole et dégénère[1]. »

Un spectre hante le monde : celui de la gauche

Le salut n'étant plus à attendre du prolétariat ni de la révolution, il viendra, espère-t-on, des droits de l'homme. Éclatante revanche d'un concept qui aurait fait rire ou rager les maîtres à penser des décennies précédentes. Il faut ici rendre hommage à Marcel Gauchet dont deux textes, prenant l'époque en sandwich, font défiler en accéléré le film de ces vingt années. En 1980, percevant le danger induit par la rupture idéologique « antitotalitariste », il sonne l'alarme, dans la toute jeune revue *Le Débat* : « les droits de l'homme ne sont pas une politique[2] ». Vingt ans plus tard, il ne peut que constater que ce qu'il redoutait s'est réalisé. En pire. Les droits de l'homme sont devenus *la* politique[3]. Mais ils sont aussi ce qui la rend impossible. À l'âge démocratique, la discussion était déjà largement interdite sur les *fins* (comme s'il existait une forme

---

1. *Considérations inactuelles, De l'utilité et des inconvénients de l'histoire pour la vie*, Friedrich Nietzsche, 1874, Gallimard, 1990.
2. « Les droits de l'homme ne sont pas une politique », Marcel Gauchet, *Le Débat*, n° 3, juillet 1980.
3. « Quand les droits de l'homme deviennent une politique », Marcel Gauchet, *Le Débat*, n° 110, mai-août 2000.

politique unique appelée *la* démocratie). Elle est désormais proscrite sur les *moyens*.

Mieux vaut le préciser pour prévenir les malentendus (ou, qui sait, la malveillance), nul ne songe ici à déplorer que la maxime qui veut que « les hommes naissent libres et égaux en droit » soit universellement acceptée, à défaut, malheureusement, d'être partout appliquée. « Minimum exigible en matière de garantie des individus », selon la définition de Gauchet, les droits de l'homme, dans leur acception classique, demeurent un appréciable instrument de lutte contre l'arbitraire des pouvoirs. On se réjouit donc que les peuples libérés de l'emprise communiste bénéficient enfin de « ces droits formels » si longtemps moqués. Et il est heureux, aussi, qu'en leur nom, des groupes minoritaires aient cessé d'être placés en position de bouc émissaire.

Il est cependant permis de s'interroger sur le destin d'un concept devenu, ajoute Gauchet, « la norme organisatrice de la conscience collective et l'étalon de l'action publique ». Au point qu'il paraît aujourd'hui si abstrait et si militant en même temps qu'il sert moins à assurer l'égalité concrète qu'à exalter les identités, moins à lutter contre les tyrannies qu'à légitimer l'ordre du monde tel qu'il est. « Voué au ministère des justes causes et des bons sentiments », toujours selon Gauchet, « le machiavélisme du bien » n'en est pas moins un machiavélisme. Dans l'ordre interne, les droits de l'homme ne sont plus destinés à permettre à l'individu de vivre en société, mais l'instituent en référence centrale de cette société. Aussi se muent-ils en instrument de gestion des intérêts particuliers. Et au plan international, l'idéologie des droits de l'homme ne connaît ni relatif, ni provisoire, ni devenir historique. La démocratie n'est plus un but que se fixent les sociétés humaines mais une exigence immédiate devant laquelle les frontières, les souverainetés, les contraintes économiques ou géopolitiques doivent céder. En vérité, cet absolutisme même est sujet à caution. Les droits de l'homme ne fournissent-ils pas un alibi humaniste à une politique qui peut dans le même élan dispenser les « valeurs » de l'Occident, lui ouvrir les marchés, et, le cas échéant, assurer sa suprématie stratégique ? Ainsi, à l'automne 2001, au cours de l'opération américaine en Afghanistan, apprend-on que la Somalie, pays à la dérive mais difficile à considérer comme une grave menace pour la paix dans le monde, pourrait être la prochaine cible de bombardements humanitaires.

On est donc en droit d'émettre quelques réserves. Ces droits de l'homme qui se déversent sous forme d'un déluge de feu sur des peuples déjà écrasés par la tyrannie et la misère ne constituent-ils pas le supplément d'âme de ce « nouvel ordre mondial » que nous promit, en son temps, George Bush père ? Dans nos sociétés où la menace totalitaire semble tout de même fort théorique, ne sont-ils pas l'arme rhétorique qui permet de dégrader la politique en gestion et de saper les fondements de l'idée même d'espace public ? En ouvrant une voie royale à toute revendication identitaire – à la seule condition qu'elle ne soit point nationale –, ne forment-ils pas le cœur de *La Tentation communautaire*[1] ?

Des droits du minoritaire, l'on peut exciper le droit des minorités de ne point être critiquées. De ce point de vue, la réception du *Rose et le Noir*[2], livre où Frédéric Martel, dans le cadre d'une saga de la libération homosexuelle, se montre sévère pour l'aveuglement des « milieux *gays* » au commencement de l'épidémie du sida, ne manquera pas d'intérêt. « Homosexuel

---

1. *La Tentation communautaire*, Joseph Macé-Scaron, Plon, 2001.

2. *Le Rose et le Noir, les homosexuels en France depuis 1968*, Frédéric Martel, Seuil, 1996, nouvelle édition actualisée en 2000.

homophobe », décrétera Pierre Bergé, « révisionnisme », ajoutera Arnaud Marty-Lavauzelle, président de l'association Aides. « Il est toujours un peu déplaisant de voir un *gay* dénoncer le mouvement *gay* », conclura enfin Didier Eribon – affirmation qui a le mérite d'être dépourvue de toute ambiguïté [1]. Fortes des droits heureusement conquis contre les discriminations, des communautés prétendraient-elles, désormais, assigner leurs membres à résidence identitaire ?

Toujours est-il que cette « révolution des droits de l'homme » va être au principe de la mutation de la gauche. D'abord préemptés par la « deuxième gauche », précisément en quête d'un état civil lui permettant de se libérer de sa vieille assise ouvrière, syndicale et politique, les droits de l'homme sont l'instrument principal du triomphe de cette tendance résolument « moderne ». Laquelle, conjuguant idéalisme du discours et pragmatisme de l'action, finira par devenir « la » gauche en avalant l'autre, la « gauche canal historique », qui, d'ailleurs, ne demandait que cela. Citons, parmi d'autres, Laurent Fabius : « La politique est une éthique, écrit-il, les droits de l'homme sont la jeunesse du monde et l'antiracisme est l'âme de la France [2]. » En réalité, cette évolution ne fait que suivre, avec une bonne quinzaine d'années de retard, celle qu'a connue la société américaine au sortir de la guerre du Vietnam. Dans la préface de son ouvrage sur l'idéologie du progrès, le sociologue américain Christopher Lasch évoque son éloignement de la gauche à mesure que celle-ci se transformait. « Le problème avec la nouvelle gauche, me semblait-il, résidait précisément

1. Citations extraites de la recension des critiques établie par Martel, « Un gay n'a pas le droit de critiquer la communauté gay », *Esprit*, nº 226, novembre 1996.

2. *Le Cœur du futur*, Laurent Fabius, Calmann-Lévy, 1985, cité par Jean-Pierre Le Goff, « La modernisation manquée », *Le Débat*, n° 110, mai/août 2000.

dans son ignorance de l'histoire première de la gauche, avec pour conséquence le fait qu'elle persistait à reproduire les figures les moins intéressantes de cette histoire : un sectarisme rampant, une obsession de la pureté idéologique, une idéalisation des groupes d'exclus [1]. » Renonçant au contenu, la gauche allait s'accrocher au contenant, la rhétorique absolutiste du Bien et du Mal.

Le marché et les droits de l'homme : ces deux pôles résument donc une époque qui prône une compétition féroce pour se lamenter sur le sort de ceux qui en sont exclus. Rien de très nouveau, ni de très surprenant : après tout, le libéralisme n'a jamais manqué de dames patronnesses. On pourrait s'étonner de l'entrain avec lequel la gauche a empoigné ces deux mamelles du temps. En réalité, de l'unique pensée acceptable à la « seule politique possible », le chemin était tout tracé.

On l'aura compris, les maîtres censeurs se pensent le plus souvent « de gauche », ce qui explique pour une grande part la réussite de la conquête idéologique dont on a ici esquissé la généalogie. Parés de l'aura de l'héritage et investis de la maîtrise de l'avenir, on pourrait même dire qu'ils le sont doublement. D'une part, fréquemment venus de la gauche la plus radicale, ils bénéficient d'une légitimité contestataire qui fonde leur droit à être l'intelligentsia. D'autre part, on l'a vu, ils arrivent à point nommé pour combler le vide identitaire d'une gauche qui, approchant enfin le pouvoir au début des années 80, renonce naturellement à son identité, si bien qu'elle sera contrainte de s'accoler divers qualificatifs. C'est ainsi qu'elle sera, selon le public et le moment, « réaliste », « morale », « sociétale » et, en fin de compte, « libérale ». « C'est quand la chose manque qu'il faut mettre le mot », disait Montherlant. Peut-être

---

1. *The True and Only Heaven. Progress and its Critics*, Christopher Lasch, New York et Londres, W.W. Norton & Company, 1991, traduction française à paraître, Climats, 2002.

devrait-on aujourd'hui parler d'une gauche *spectrale* qui viendrait hanter nos nuits après avoir disparu de nos vies ?

Il faut ici revenir sur un paradoxe. Qu'elle occupe ou non le pouvoir, « la gauche » (terme que, par commodité, l'on continuera ici d'employer pour désigner ceux qui s'en réclament) jouit d'une hégémonie culturelle constante qui est à la mesure de sa capacité à imposer une lecture manichéenne de l'histoire. Phénomène ainsi énoncé par Jean Baudrillard : « L'illusion politique de la gauche, écrit-il, congelée pendant vingt ans dans l'opposition, s'est révélée, avec l'accession au pouvoir, porteuse, non pas du sens de l'histoire, mais d'une morale de l'histoire. D'une morale de la Vérité, du Droit et de la bonne conscience – degré zéro du politique et sans doute même point le plus bas de la généalogie de la morale[1]. »

De 1789 à nos jours en passant par l'affaire Dreyfus, la collaboration, la guerre d'Algérie et mai 1968, la légende est aussi jolie que simpliste : à droite le mal, à gauche le bien. « Les socialistes sont athées, mais croient à l'enfer : pour y jeter leurs adversaires, écrit Jean Sévillia, dans son historique d'un demi-siècle de terrorisme intellectuel[2]. La politique n'est plus l'humble recherche du bien commun, elle incarne la lutte de l'ange et du démon. » Cette légende culmine avec Jack Lang affirmant sans ciller que, le 10 mai 1981, les « Français avaient franchi le passage de l'ombre à la lumière ». Il y a lieu de se féliciter de vivre dans une société indulgente à l'erreur, puisqu'un responsable politique peut proférer d'aussi pimpantes sottises sans que sa carrière en soit affectée. Quant à la droite, elle devait déjà, selon une formule de Paul

---

1. « La conjuration des imbéciles », Jean Baudrillard, *Libération*, 7 mai 1997.

2. *Le Terrorisme intellectuel de 1945 à nos jours*, Jean Sévillia, Perrin, 2000.

Thibaud, « se défendre d'être Coblence[1] », il lui faut en outre prouver qu'elle a rompu avec Vichy. Aussi paraît-elle sans cesse mieux subjuguée, « gauche-moralisée » en quelque sorte.

Baudrillard a joliment résumé l'affaire en évoquant « la gauche de droit divin ». Cette hémiplégie intellectuelle et politique, qui persiste à assigner toutes les vertus à un seul hémisphère du cerveau de l'animal collectif qu'est une société, est d'autant plus problématique que la réalité fait voler en éclats cette commode dichotomie. Il y a bien longtemps que le débat d'idées ne se conforme plus au censément indépassable clivage droite/gauche. L'un des objectifs prioritaires de la censure est précisément de continuer à faire exister par le verbe cette distinction évanouie. D'où le recours incantatoire à des « valeurs » qu'on se garde bien de définir trop précisément et qu'il n'importe guère de respecter. « Faute d'un projet plus structurant, le discours [de la gauche] s'oriente vers une invocation des valeurs qui tente de redéfinir une identité et d'opérer une démarcation », remarque Jean-Pierre Le Goff[2].

Mais la gauche, ce n'est pas seulement le bien. C'est aussi, et même d'abord, le mouvement, vérité ânonnée de l'école primaire à l'université. Commentateur de Lasch et relecteur aigu de George Orwell, le philosophe Jean-Claude Michéa montre qu'en épousant pour l'éternité l'idée de progrès, la gauche se préparait une curieuse descendance[3]. Il ne manquait plus qu'un tour de passe-passe pour qu'elle devienne le bras armé de la mondialisation marchande. En affirmant que le capitalisme était un ordre social conservateur, elle pouvait prétendre que toute force progressiste était *ipso facto* anticapitaliste – tout en continuant tranquillement

---

1. « L'égocentrisme moral », Paul Thibaud, *Le Figaro*, 11 mai 2001.

2. « La modernisation manquée », Jean-Pierre Le Goff, art. cit.

3. *Orwell anarchiste tory*, Jean-Claude Michéa, Climats, 2000 (voir, dans cette deuxième édition, « à propos de 1984 »).

à faire des affaires. La gauche serait donc, selon une formule de Jean Glavany, « le parti du progrès, du savoir et de la Raison ». Postulat insensé qui, conclut Michéa, autorise ceux qui s'y soumettent « à vivre leur propre obéissance à l'ordre industriel et marchand comme une modalité exemplaire de la *rebel attitude* ».

C'est à cette réconciliation avec la fatalité économiste que la gauche allait employer la fin du XXe siècle. C'est là que le secours spirituel de l'antitotalitarisme lui fut des plus utiles. L'Histoire, finalement, avait un sens. Encore fallait-il que ce fût le bon. Pour éviter le retour de l'Apocalypse concentrationnaire, il ne restait qu'à embrasser la nouvelle version de l'avenir radieux, ce futur doré sur tranche que les publicitaires déploieraient tant d'énergie à nous vendre. À charge pour les politiques et pour les dépositaires officiels de l'intelligence de venir à bout des résistances que les peuples grincheux allaient obstinément opposer aux séductions du nouveau monde. Quant à la « critique officielle », observe Michéa, il lui incomberait de « présenter la modernisation marchande du monde comme l'accomplissement admirable d'une volonté divine [1] ».

Puisque les tentatives de construction d'une société affranchie du marché avaient conduit à la catastrophe que l'on sait, mieux valait, après tout, laisser le marché construire seul la société. Drôle de détour de l'histoire, qui menait, finalement, au dépérissement de l'État – comme prévu par Marx, mais pas tout à fait dans la même perspective ! Précisons que, si l'alternative se résume à un choix entre le Goulag et la Marchandise, les excès du capitalisme sont, à tout prendre, préférables. On peut cependant contester, non pas le principe du libéralisme (encore qu'il soit évidemment permis de le faire), mais la nécessité qu'il imposerait de faire de l'État une vague « autorité de régulation »

1. *Orwell, anarchiste tory* (avant-propos), *op. cit.*.

des marchés tandis que lui-même s'autoriserait à s'immiscer dans tous les domaines de l'existence.

La gauche historique devait donc se débarrasser de son passé. Elle avait justifié le Goulag et aimé la classe ouvrière. Elle fut contrainte d'abandonner celle-ci afin de convaincre qu'elle avait abjuré celui-là. Pour se réconcilier avec ces « classes moyennes bourgeoises dont l'optimisme et la bonne conscience sont directement proportionnels à leur absence d'esprit critique [1] », avant de totalement s'identifier à elles. Ce qui ouvrait d'intéressantes perspectives à la masse suiveuse des ex-révolutionnaires convertis en moines-soldats de la modernité. Ils pouvaient frissonner de leur propre radicalité tout en renouant avec le frère de papa – celui qui a vendu ses usines pour investir dans le multimédia.

Comme animés par une pulsion névrotique de répétition, les rebellocrates semblent voués à brûler aujourd'hui ce qu'ils ont adoré hier. Bien sûr, il n'y a rien en soi de condamnable à changer d'opinion. Il est même salutaire qu'ils aient renoncé au Grand Soir. Étudiant le pouvoir de l'Idéologie, Orwell observe que « la vérité du lundi » est toujours susceptible de devenir « l'hérésie du mardi ». Il arrive cependant, et même fréquemment, que cette mutation soit une bénédiction. Ce qui choque, en revanche, c'est que ces conversions collectives interviennent toujours quand elles sont socialement payantes.

Ce phénomène a été férocement décrypté par Milan Kundera. Dans *Les Testaments trahis* [2], il évoque sans indulgence l'allégresse d'une femme de gauche sous tous rapports, alors qu'on vient de débaptiser Léningrad, pour revenir, jubile-t-elle, au bon vieux Petersbourg. « Ces changements d'opinion, écrit Kundera, ne concernent pas seulement la politique, mais

---

1. Voir Jean-Claude Michéa, avant-propos à *Culture de masse, culture populaire*, Christopher Lasch, Climats, 2001.

2. *Les Testaments trahis*, Milan Kundera, Gallimard, 2000.

aussi les mœurs en général, le féminisme d'abord ascendant puis descendant, l'admiration suivie du mépris pour le "nouveau roman", le puritanisme révolutionnaire relayé par la pornographie libertaire, l'idée de l'Europe dénigrée comme réactionnaire et néocolonialiste par ceux qui l'ont ensuite déployée tel un drapeau du Progrès, etc. Et je me demande : se rappellent-ils ou non leurs attitudes passées ? Gardent-ils dans leur mémoire l'histoire de leurs changements ? Non que cela m'indigne de voir des gens changer d'opinion. [...] Chez Tolstoï, l'homme est d'autant plus lui-même, il est d'autant plus individu qu'il a la force, la fantaisie, l'intelligence de se transformer. En revanche, ceux que je vois changer d'attitude envers Lénine, l'Europe, etc., se dévoilent dans leur non-individualité. Ce changement n'est ni leur création, ni leur invention, ni caprice, ni surprise, ni réflexion, ni folie ; il est sans poésie ; il n'est qu'un ajustement très prosaïque à l'esprit changeant de l'Histoire. C'est pourquoi ils ne s'en aperçoivent même pas ; en fin de compte, ils restent toujours les mêmes : toujours dans le vrai, pensant toujours ce que, dans leur milieu, il faut penser ; ils changent non pas pour s'approcher de quelque essence de leur moi mais pour se confondre avec les autres ; le changement leur permet de rester inchangés. Je peux m'exprimer autrement : ils changent d'idées en fonction de l'invisible tribunal qui, lui aussi, est en train de changer d'idées ; leur changement n'est donc qu'un pari engagé sur ce que le tribunal va proclamer demain comme vérité. »

De fait, à sautiller ainsi d'opinion dominante en opinion dominante, on est certain de n'avoir jamais à payer le prix de ses erreurs, ni celui de ses convictions. Consommateurs avisés d'idées, le soixante-huitard devenu libéral, le stalinien habillé en centriste de bon ton, l'anti-impérialiste reconverti en américanolâtre, le « telquelien maoïste » *relooké* « en balladuro-jospiniste » ne spéculent que sur les valeurs en hausse.

Élu sur un programme quasi révolutionnaire (« celui qui ne veut pas la rupture avec le capitalisme n'a pas sa place dans le nouveau Parti socialiste »), François Mitterrand peut donc tranquillement appliquer toutes les idées de son rival défait, Michel Rocard. Heureusement, pensent des esprits informés. Peut-être, mais alors n'aurait-il pas été préférable, pour la France et pour la gauche, que celle-ci perdît les élections ? Ce changement de cap, la société française le paiera au prix fort. En effet, dès lors qu'il devient naturel d'appliquer une politique radicalement différente de celle pour laquelle on a été élu, la démocratie elle-même est menacée. Krzystof Pomian observe qu'à la différence des idéologies de la fin du XIXe siècle et du début du XXe siècle, « l'idéologie mondialiste et l'idéologie européenne » ne s'adressent pas aux peuples. « Ce sont, écrit-il, des idéologies libérales qui, certes, acceptent la démocratie pour ce qui est de la politique [...] mais qui, en même temps, visent à soustraire à la politique, et donc à la démocratie, des domaines entiers et toujours plus étendus de la vie publique, en premier lieu l'économie prise dans un sens très large. Concernant ces domaines, elles accordent le droit décisif de la décision à des élites éclairées, en particulier à des bureaucraties étatiques et internationales, et c'est à celles-ci qu'elles destinent leur programme. À la différence du libéralisme du XIXe siècle, elles ne veulent pas éduquer le public, élever son niveau intellectuel et moral, afin de lui permettre de participer aux décisions en connaissance de cause. Elles ne lui demandent que de croire que l'avenir qu'elles proposent est le meilleur concevable et que le chemin censé y conduire qu'elles tracent est le seul possible[1]. »

Peu à peu s'imposera au sein de ces élites la conviction que le peuple, finalement, est bien incapable de

1. « La vraie fin du XXe siècle », Krzystof Pomian, *Le Débat*, n° 111, sept.-oct. 2000.

savoir ce qui est bon pour lui. Il faudra se dévouer pour penser et agir à sa place. Dans son entreprise de mise à jour du socialisme selon Orwell, lequel affichait une horreur absolue pour la dictature des théoriciens, fût-elle travestie en dictature du prolétariat, Michéa évoque « l'expropriation du socialisme ouvrier, qui désire la justice, par le socialisme intellectuel, qui désire le pouvoir [1] ». Le processus est, semble-t-il, parvenu à son terme. Et Alain Minc, chantre de la « mondialisation heureuse », peut bien affirmer sur un plateau de télévision qu'il votera pour un candidat socialiste lors de l'élection présidentielle.

Là où la droite avait échoué avec constance, la gauche raflait la mise, jouant sans vergogne sur les deux tableaux. Bien décidée, en somme, à s'adapter jusqu'au dernier ouvrier, elle conjuguerait le conservatisme social et l'innovation sociétale. Tour de passe-passe résumé par Le Goff : « Le partisan de cette modernité n'a de cesse de revendiquer le mouvement, le changement, l'ouverture et la tolérance, tout en continuant de s'affirmer comme héritier légitime de la Révolution française et du mouvement ouvrier. Un nouveau moralisme culpabilisant, bien différent du passé, voit le jour. Il érige l'adaptation aux évolutions dans tous les domaines en nouveau dogme [2]. »

En effet, si on complète le premier axiome – *la gauche, c'est le bien* –, par le second – *la gauche, c'est le mouvement* –, on obtient le théorème qui fonde l'idéologie contemporaine, décrit par Pierre-André Taguieff [3] sous le vocable de *bougisme* : tout ce qui est nouveau mérite d'être encensé. Ironiquement, les partisans de la « révolution permanente de la modernité » ont fait leur la formule de Bernstein : le but n'est

---

1. *Orwell, anarchiste tory*, *op. cit.*

2. « La modernisation manquée », Jean-Pierre Le Goff, *art. cit.*

3. *L'Effacement de l'avenir*, Pierre-André Taguieff, Galilée, 2000 et *Résister au bougisme*, Mille et Une Nuits/Fondation du 2 mars, 2001.

rien, le mouvement est tout. « Rien ne nous a été révélé ; tout peut être révisé. Le socialisme est le contraire du dogme, il est mouvement », écrit André Laignel[1]. Quant à Alain Minc, il ironise sur les « conservateurs », non pas « au sens politique du terme », mais « tous ceux, de droite et de gauche, *qui n'acceptent pas le primat du mouvement*[2] » (c'est moi qui souligne). Ce que les élitocrates considèrent comme désirable, ils le prétendent inéluctable. Ce qu'ils croient inéluctable, ils s'empressent de le trouver désirable. Faut-il préciser qu'on ne saurait prôner un certain conservatisme sans être rejeté dans le camp du mal ? N'importe quelle discussion sera aimablement présentée comme une nouvelle version de l'affrontement entre « les martyrs perpétuels de l'esprit d'innovation » et « l'innombrable cohorte des esprits rétrogrades »[3]. On est à nouveau frappé par la similitude entre cette évolution et celle que Christopher Lasch observe de l'autre côté de l'Atlantique. « La gauche, écrit-il, n'avait pas de problème avec le futur, je le découvrais, mais seulement avec les passéistes, ombrageux ou simplement malavisés, adversaires du progrès, dont la résistance aveugle pourrait empêcher le futur d'advenir. C'était la croyance dans le progrès qui expliquait le mélange inédit de complaisance et de paranoïa propre à la gauche[4]. » Pourtant, si l'on consent à écouter le murmure venu des profondeurs des sociétés, ce qui, après tout, devrait être l'ambition de la gauche, le désir qui s'exprime est bien celui de voir subsister un certain nombre de conquêtes de « l'ordre ancien », comme l'existence d'une solidarité minimale entre les êtres, le besoin d'autorité légitime ou encore le refus de subordonner l'ensemble de la vie humaine aux impératifs de la ren-

---

1. *À la force des idées. Pour un renouveau socialiste*, André Laignel, Robert Laffont, 1984.
2. *Le Fracas du monde*, *op. cit.*
3. *Impasse Adam Smith*, Jean-Claude Michéa, Climats, 2002.
4. *The True and Only Heaven. Progress and its Critics*, *op. cit.*

tabilité. D'où la nécessité, soulignée par Michéa dans sa subtile critique des « démocraties-marchés »[1], de rompre avec l'imaginaire intellectuel de la gauche. « Je comprends parfaitement que l'idée d'une telle rupture pose à beaucoup de graves problèmes psychologiques, car la Gauche, depuis le XIXe siècle, a surtout fonctionné comme une religion de remplacement (la religion du "Progrès") ; et l'on sait bien que toutes les religions ont pour fonction première de conférer à leurs fidèles une identité et de leur garantir la paix avec eux-mêmes. »

Serge July avoue ainsi, non sans candeur mais avec fierté, sa soumission enthousiaste au mot d'ordre « avanciste » que rien n'incarne mieux que l'impératif européen. « On avance, sans le dire, de manière irrésistible, en s'obligeant, du fait des avancées déjà faites, à aller chaque fois plus loin. Tout gouvernement de droite ou de gauche sait que chaque directive européenne est une obligation de réforme et un levier pour réformer dans l'Hexagone : c'est à la fois une contrainte et une excuse[2]. » Les électeurs peuvent bien voter, l'Histoire avance sans se soucier d'eux.

Méfiance envers le suffrage universel – le peuple est un obstacle à la nécessaire adaptation –, aversion pour la politique, la messe moderne est dite. Voilà bien, constate Marcel Gauchet, la nouvelle doctrine de la gauche : « souveraineté du peuple en l'absence d'expression du peuple[3] ». Allégées du fardeau de la Cité, les élites, souligne encore Christopher Lasch[4], « envisagent avec confiance un monde de possibilités illimitées ». N'est-ce pas, justement, l'une des composantes du nihilisme ?

---

1. *The True and Only Heaven...*

2. « L'adaptation française », entretien avec Serge July, *Le Débat*, n° 112, nov.-déc. 2000.

3. « Les voies secrètes de la société libérale », Marcel Gauchet, *Le Débat*, n° 111, sept.-oct. 2000.

4. *La Révolte des élites*, Christopher Lasch, Climats, 1996.

Cette idéologie, pour triompher, avait cependant besoin de troupes suffisamment nombreuses pour pouvoir en imposer à leurs aînés. Or, justement, forte de sa puissance numérique et délestée de sa croyance dans l'eschatologie révolutionnaire, la « génération 68 » parvenait à l'âge adulte – biologiquement en tout cas – après avoir réussi à frapper de discrédit moral ceux qui l'avaient précédée. L'écrivain québécois François Ricard, a étudié les croyances collectives de cette *Génération lyrique*[1], celle de ces enfants du *baby boom* qui ont eu le privilège de bénéficier de la stabilité de l'ancien monde sans en subir l'oppression. « Le monde tel qu'il est ne constitue jamais quelque chose de contraignant devant quoi il faudrait s'ajuster, se résigner ou tâcher de se débrouiller pour survivre, avance-t-il, mais au contraire un donné malléable et ébranlable presque à loisir et dont la loi première est son propre et continuel effondrement en vue de l'instauration d'un monde autre, toujours plus souple et plus léger, toujours plus conforme au désir et à l'action des hommes. » Précisons que cette apparente légèreté se mue facilement en férocité quand il est question de défendre ses privilèges. Jeunophile par le verbe, jeunophobe par ses actes, cette « génération de la jeunesse éternelle » refuse obstinément de lâcher au profit de ses enfants les commandes dont elle s'est emparée après la grande agitation festive de 1968. « Sans engagement », ainsi se présente « *l'homme sans qualité* du capitalisme idéal » ; ce n'est pas une coïncidence si une marque de téléphones portables affiche, sous ce slogan prometteur, la photo d'un couple de *hippies* tout droit venus des années 70. Il serait évidemment absurde de prétendre que les soixante-huitards n'aiment pas leurs enfants. Seulement, incapables de leur transmettre la

---

1. *La Génération lyrique*, Essai sur la vie et l'œuvre des premiers-nés du *baby boom*, François Ricard, Boréal 1990, Climats 2001.

conscience des limites qu'eux-mêmes ont jetée aux orties, ces « parents lâcheurs » portraiturés par François Taillandier[1] ne peuvent leur remettre le monde pour qu'ils l'habitent. Du coup, non contents de ne pas les éduquer, ils les affament, comme le démontre le sociologue Louis Chauvel[2]. En dix ans, en effet, le partage de la richesse entre les générations s'est fortement déséquilibré au détriment des jeunes.

Les droits de l'homme pour tout viatique idéologique, l'intelligentsia dominante entendait donc bien être l'avant-garde éclairée du peuple de gauche. Puisqu'il n'était plus question de changer le monde, il ne restait plus qu'à en jouir, et donc à tenter de le dominer en exhibant un sujet fondé à revendiquer une autonomie illimitée. Le triomphe de « l'esprit de mai », c'est bien celui de l'individu. Seulement, toute l'affaire repose sur un malentendu. L'individu dont il s'agit n'est pas l'animal politique œuvrant à un projet collectif mais, tout simplement, le vieil *homo economicus* de la théorie classique, cet être rationnel que n'animent ni ses sentiments, ni ses passions, mais ses seuls intérêts. Ce très vieil *homme nouveau* allait faire un surprenant *come back.* Trente ans plus tard, Eric Conan commente dans *L'Express* la victoire de cette « génération gâtée[3] » : « Le programme tagué sur les murs de la Sorbonne “Quiconque n'est pas moi est un agent de répression à mon égard”, est réalisé et la délégitimation permanente de toute règle collective et institutionnelle qui est le seul devoir qu'elle s'est imposé explique la facilité avec laquelle elle a fusionné avec le mitterrandisme qui se voulait au-dessus des lois. »

En même temps qu'on entonnera le discours de l'égalité des droits, on chantera les vertus de la compétition

1. *Les Parents lâcheurs*, François Taillandier, Éditions du Rocher, 2001.
2. *Le Destin des générations*, Louis Chauvel, PUF, 1998.
3. « La génération gâtée », Eric Conan, *L'Express*, 24 mai 2001.

à outrance. Sous couvert de liberté, tous les aspects de l'existence humaine devront être soumis au principe intangible de la libre concurrence. On peut dater la naissance de cette idéologie « libérale-libertaire » de février 1984 quand *Libération* publie un numéro spécial intitulé *Vive la crise !* Serge July et Laurent Joffrin annoncent le programme : « Comme ces vieilles forteresses reléguées dans un rôle secondaire par l'évolution de l'art militaire, la masse grisâtre de l'État français ressemble de plus en plus à un château fort inutile. La vie est ailleurs, elle *sourd de la crise* (c'est moi qui souligne), par l'entreprise, par l'initiative, par la communication[1]. » On imagine combien les anciens salariés de la sidérurgie lorraine réduits à n'être plus que les assistés de la société apprécient cette vie qui « sourd de la crise ». Impeccable Monsieur Loyal de la version télévisée de ce bréviaire des temps nouveaux, Yves Montand ne se déclare-t-il pas, au cours de ce spectacle inouï, « de gauche tendance Reagan » ?

Il faudrait aussi évoquer « l'aventure des radios libres » – et pourquoi pas la « saga des supermarchés » ou la « geste héroïque de la vente à distance » ? Ces « courageuses petites stations » promettaient d'être la pointe avancée de la vie qui allait changer. Lyrisme que restitue, vingt ans après, durant la brève poussée commémorative de mai 2001, un article où perce la nostalgie d'un temps où l'on se préparait à prendre de nouvelles Bastille : « On entend de tout, le langage de la rue, des gens délirants, des ultraminorités[2]. » En 1981, en même temps qu'on « libérait » les ondes, on décida vertueusement d'y proscrire la publicité. L'argent ne devait pas corrompre les nobles idéaux

---

1. « Vive la crise ! », Serge July et Laurent Joffrin, supplément à *Libération*, février 1984, cité par Pierre Rimbert, « Il y a quinze ans, "Vive la crise !" », *Le Monde diplomatique*, février 1999.

2. « Quand les écolos, les radios pirates et les gays étouffaient », Dominique Le Guilledoux, *Le Monde*, 4 mai 2001.

qui s'exprimeraient sur ces radios « résistantes » – n'avaient-elles pas été clandestines ? Au bout du compte, elles parvinrent, mieux que toutes les stations dites « commerciales » alors données comme « asservies aux puissances du capital », à assurer sur les ondes la victoire du mercantilisme le plus plat. En 2001, sommé de s'expliquer sur certains propos tenus sur *Skyrock*, station de la transgression homologuée, son patron Pierre Bellanger enfourche le cheval pourtant fatigué de la liberté bâillonnée. « Il faut défendre une radio sans contrôle, sans règles, sans intervention des pouvoirs publics », déclare-t-il à un journaliste de *France Inter* séduit par l'audace. Il faudrait surtout savoir comment l'ultralibéralisme le plus rudimentaire peut nous être vendu sous emballage kraft libertaire. Mais, force est d'en convenir, ce discours passe.

Vingt ans après « les radios libres », les amours entre le royaume de l'argent et celui de l'intelligence, dont les représentants sont *pipolisés* les uns comme les autres, n'ont même plus besoin de clandestinité. Bien au contraire. On pourrait demander aux membres de la caste pensante s'ils ont conscience d'avoir réalisé avec obstination la prophétie de Maurras. L'intelligence, pronostiquait celui-ci, ne peut survivre seule. Il lui faudra, prédisait-il, contracter alliance avec la terre ou avec l'or. Le siècle a passé à tous le goût de la terre. Reste l'or.

L'intellectuel, naguère, prétendait défendre la « cause du peuple », il lui faut maintenant plaider celle des patrons, désignés par le terme plus présentable d'« entrepreneurs ». Cette jonction réalisée entre ceux qui savent et ceux qui possèdent, au détriment de ceux qui ne peuvent pas comprendre, répand dans la vie intellectuelle et politique un petit parfum d'Ancien Régime. Les membres de la défunte Fondation Saint-Simon, qui rassembla autour de la direction de Saint-Gobain la fine fleur de la deuxième gauche et de la droite libérale, ne voulaient que mettre leurs talents au service du bien commun, défini, on l'a dit, par l'incontournable modernisation. Mais on aura vu aussi François Pinault saluer affectueusement Bernard-Henri Lévy sur le plateau de Michel Drucker, Jorge Semprun accepter avec sérieux le poste de vice-président du conseil de surveillance de *Canal Plus*. Ou encore, Philippe Sollers dialoguer en profondeur avec Jean-Marie Messier dans *L'Infini*, les élégants duettistes se décernant mutuellement des brevets de rébellion.

On pourrait se féliciter de la conversion de l'intelligentsia, de la gauche, et de la France avec elles, au « réalisme ». Le problème, c'est que ce réalisme-là n'a pu se déployer qu'en détruisant le réel. Nous ne sommes toujours pas éveillés de ce cauchemar qu'est l'Histoire. Mais aux cauchemars sanglants du siècle a succédé un cauchemar souriant et *sympa*, « le monde confuso-onirique » dont l'écrivain Philippe Muray dissèque les saccages. « L'époque, s'exclame l'essayiste Christian Authier, s'est mise à parler du cœur comme on parle du nez [1]. » Pour Orwell, le ressentiment est le moteur de la volonté de domination. Désormais, le sentiment l'a remplacé. Au « monde de la haine et des slogans » décrit par l'auteur de *1984*, s'est substitué un « monde de l'amour et des slogans ». Sur les décombres fumants des totalitarismes, *L'Empire du Bien* [2] est advenu.

Le monde entier a consciencieusement désappris la politique, sommée de s'intégrer au jeu de l'offre et de la demande. Évolution menée à son terme et dont se félicite aujourd'hui le patron de *Libération*, Serge July, qui semble appeler de ses vœux un consommateur politique enfin rationnel : « On partage le pouvoir et on compare les offres politiques. [...] Les consommateurs

1. « Intellos et grand capital : qui piège qui ? », Christian Authier, *Immédiatement*, n° 19, octobre 2001.
2. *L'Empire du Bien*, Philippe Muray, Les Belles Lettres, 1991.

ont la parole, c'est-à-dire la société[1]. » En réalité, July sait bien, devrait savoir, que ce choix, opéré à l'intérieur du « cercle de la raison » dont Alain Minc et ses nombreux émules prétendent qu'on ne saurait sortir, n'est qu'un leurre. C'est même l'avantage majeur de la morale sur la politique. La politique, dès lors qu'elle est mue par une vision dialectique, oblige à choisir ; elle plonge chacun dans le conflit des valeurs. La morale fait les choix pour vous. Confronté au Mal, on ne peut que se placer dans le camp du Bien.

Il ne s'agit pas, évidemment, de déplorer la disparition des idéologies messianiques qui ont façonné ce siècle de fer, mais de contester le prêt-à-penser qui leur a succédé. Pour être molle, cette idéologie, car c'en est une, n'en est pas moins dominante. Seulement, elle obtient désormais notre soumission « non par la menace de la punition mais par la promesse du plaisir[2] ». L'humanité est priée d'entrer au pas de charge dans la société de marché – et de remercier. Le surmoi planétaire se manifeste par un messianisme de boutiquier qui, dans un même souffle, nous promet l'achat d'une deuxième voiture et la disparition des frontières.

Se renforcer en s'épurant

Passé inculpé, présent disculpé. Le fanatisme moderne prône donc un irrespect barbare pour toute forme d'héritage. La division du monde en deux camps est facile à opérer à la lumière des multiples avatars de la rassurante théorie des deux France. De Vichy à « la France moisie » de Philippe Sollers, pas de solution de continuité : c'est bien la même eau impure qui coule dans les veines de la France. Le programme est, finale-

1. « L'adaptation française », art. cit.
2. « L'Amérique dans les têtes », Ignacio Ramonet, *Le Monde diplomatique*, mai 2000.

ment, fort simple. Tout ce qui s'écrit au passé est voué à la damnation, en conséquence de quoi tout ce qui est, et plus encore, tout ce qui vient, est considéré comme désirable. Si le bonheur est une idée neuve, toute idée neuve doit être heureuse. Ainsi, interrogeant Chauvel sur la « modernité pour toujours d'une génération », un journaliste de *Libération* a cette observation : « En même temps, de nombreux reproches faits aux jeunes générations sont parfaitement justifiés. Qui peut contester un certain traditionalisme, un certain individualisme et l'absence d'engagement[1] ? » Qu'un « certain traditionalisme » soit forcément justiciable d'une vigoureuse dénonciation, c'est désormais une évidence qui, en conséquence, se passe de toute démonstration.

Cet exemple anodin illustre deux caractéristiques de la menace qui pèse sur la vie intellectuelle. D'une part, de même que les linguistes définissent des termes « non marqués », certaines idées – évidemment dominantes – sont considérées comme neutres, « a-idéologiques ». Plus besoin d'argumenter pour affirmer qu'« il faut plus d'Europe », « qu'il est nécessaire de changer la France » ou que « la parité constitue un progrès ». Ce régime d'évidence bénéficiant à certains points de vue traduit une rupture fondamentale avec les Lumières en ce qu'il rend impossible l'exercice du jugement critique.

D'autre part, on peut observer le caractère illusoire de la distinction entre un journalisme d'information qui se contenterait de rapporter et d'expliquer des « petits faits vrais », selon l'expression qu'affectionne Edwy Plenel, directeur de la rédaction du *Monde*, et un journalisme d'opinion pratiqué par des idéologues aveuglés par leurs préjugés. En effet, nombre de journalistes croient devoir congédier l'idéologie pour acquérir une

---

1. « Une guerre silencieuse entre les générations », Louis Chauvel, Entretien avec Emmanuel Poncet, *Libération*, 24-25 novembre 2001.

légitimité. Or, dès lors que nul ne peut se prétendre affranchi du monde des idées, peut-être vaudrait-il mieux assumer sa subjectivité. Car, dans leur prétention à l'objectivité, les médias risquent de se faire les propagateurs d'opinions données pour des vérités.

Certains médias, à cet égard, sont plus influents que d'autres. On croisera donc plus fréquemment dans le cours de cette chronique *Le Monde*, *Libération* et *Le Nouvel Observateur*. Non pas qu'y régnerait particulièrement une volonté de manipulation. Il s'agit donc de comprendre ce qui confère à ces journaux, et à eux plus qu'à d'autres, un statut jalousé de « prescripteurs d'opinion » ou de référence comportementale. La qualité professionnelle incontestable de leurs rédactions ne constitue pas une explication suffisante – elle n'est pas l'apanage de ces trois médias. Tout d'abord, diversement classés « à gauche », ils bénéficient « naturellement » de la prépondérance culturelle évoquée précédemment. Il faut ensuite faire intervenir l'histoire de la presse française qui, depuis le début du siècle, a toujours été, souvent pour le meilleur, quelquefois pour le pire, un acteur majeur de la vie politique. D'où, également, le désir d'engagement de ses éditorialistes et leur rôle éminent dans la vie des idées. Sans contester le principe même de cette « ingérence intellectuelle », on peut émettre deux réserves à son sujet. D'une part, en raison même de la constitution d'une orthodoxie à laquelle il est difficile, et dans certains cas impossible, d'échapper, cette influence est fréquemment exercée dans la même direction, au point, parfois, de se muer en *Emprise*[1]. D'autre part, en raison d'un malaise démocratique plus profond, la frontière entre l'exercice de la critique et celui du pouvoir tend à s'effacer. Or, si talentueuses, si pertinentes soient les « grandes plumes » de la presse, on les lit, mais on ne les élit pas.

---

1. *L'Emprise*, Régis Debray, Gallimard, 2000.

On voit bien, dès lors, que le cul-de-sac idéologique où s'est piégée l'époque conclut un chemin que personne n'a eu conscience d'emprunter, pas même les porte-parole aujourd'hui les plus autorisés de la pensée dominante. Ce n'en est pas moins une voie sans issue dont l'esprit, pour se déployer, doit impérativement s'échapper, faudrait-il pour cela encourir le risque du bannissement.

Sans doute les chevaliers du Graal moderne seraient-ils fort surpris, voire choqués, si on leur expliquait qu'ils brisent ainsi le seul consensus qui vaille en démocratie : celui qui fait que les minoritaires acceptent d'être minoritaires. Car s'il n'y a pas d'autre choix possible que celui du Bien, pas d'autre politique possible que celle qui est menée, il n'est plus admissible d'être minoritaire. Il est donc plus que légitime, courageux, de faire taire les récalcitrants. Le pouvoir est au bout de l'injonction, comme le remarque Muray, s'en prenant joyeusement aux très conformes avant-gardes esthétiques : « Dans ce domaine comme dans bien d'autres, la morale est le bras armé du pouvoir, l'instrument idéal de contrôle et de préservation des intérêts [1]. »

Un tel ordre, fondé sur une morale d'autant plus totale qu'elle est censée protéger du totalitarisme, ne saurait, en effet, tolérer la moindre dissidence véritable. Mais, en même temps, il a besoin, pour survivre, de pouvoir pointer en permanence des ennemis de la liberté dont la noirceur fait ressortir la pureté des accusateurs. Le parti, on le sait, se renforce en s'épurant. D'où la nécessité de juger l'ensemble d'une société à ses déviances. Sans d'ailleurs qu'il soit nécessaire de faire preuve de continuité. Qu'un professeur soit soupçonné d'attouchement sur un élève, et la société tout entière est menacée par la pédophilie galopante. Mais

1. *Exorcismes spirituels I*, « Portrait de l'avant-gardiste », Philippe Muray, Les Belles Lettres, 1997.

que, le lendemain, l'on rappelle à Dany Cohn-Bendit ses écrits de jeunesse un peu légers sur la question, et c'est l'ordre moral qui menace.

La « fracture morale » va permettre de distinguer les deux camps. En son nom, on réclamera sans relâche la censure au nom de la liberté, la mise à l'index au nom de la tolérance, l'exaltation ethnique au nom de l'antiracisme.

Puisqu'on est incapable de le réfuter intellectuellement, ou trop paresseux pour le faire, le dissident doit être, en effet, disqualifié moralement. Juger, décréter, parfois lyncher deviennent des substituts tant à la pensée qu'à l'action. « On ne se détermine pas en fonction des enjeux mais des ennemis à vaincre[1] », observe Paul Thibaud dans une analyse sans pitié des années Mitterrand. Appliquée à la vie politique, la remarque vaut tout autant pour celle des idées, à ceci près que, dans ce domaine, la conviction sincère vient encore renforcer la détermination. La main ne tremble pas quand elle frappe un adversaire supposé de la démocratie.

C'est bien à une épuration bon enfant que vont s'atteler les maîtres censeurs. Avec des méthodes finalement fort répétitives, si on se rappelle que beaucoup prétendaient « mettre l'imagination au pouvoir ». Certes, la sanction infligée à l'hérétique varie avec les époques et avec la gravité de la faute. Il sera qualifié de dogmatique, de passéiste, de « ringard », d'intolérant, ou encore de réactionnaire. Mais, en fin de compte, il s'agira toujours de remonter au crime originel. L'acte d'accusation commencera donc par énoncer les proximités dont s'est rendu coupable l'inculpé. Tout individu refusant de se prosterner devant les nouvelles idoles courra le risque d'être happé par une implacable chaîne des aveugles qui, de proche en

1. « L'égocentrisme moral », Paul Thibaud, *Le Figaro*, 11 mai 2001.

proche, le conduira forcément à des sympathies douteuses, c'est-à-dire pétainisto-lepénistes, si ce n'est franchement nazies.

Être insensible au charme de l'Europe unie signifie sûrement qu'on aurait dénoncé ses voisins juifs. Rester de marbre devant les productions les plus encensées de l'art contemporain vaut brevet de faurissonisme. Refuser de tenir comme vérité révélée le point de vue des seules victimes, c'est « faire le jeu de Le Pen », argument usé jusqu'au dégoût mais qui n'en est pas moins régulièrement servi. La proximité, c'est la causalité. Et la liberté de pensée, célébrée avec d'autant plus de frénésie qu'elle disparaît, est réservée à ceux qui pensent comme tout le monde.

Ultime prévenance

On l'a dit en prélude, on le répétera ici, ce livre n'entend pas instruire le procès d'individus mais questionner l'impossibilité du débat qui, désormais, domine notre vie intellectuelle. Dans le cours de cet itinéraire subjectif, rythmé par les épisodes les plus marquants de l'instauration d'un ordre « idéologiquement correct », on s'efforcera donc de ne jamais céder au fantasme du complot. Les interrogations que l'on tentera de lever, si elles s'adressent *aussi*, et inévitablement, aux figures dominantes que l'on vient de rencontrer, sans exclure toutes les autres que l'on croisera au fil du récit, concernent d'abord l'homme du commun. En effet, de quel malaise plus profond, bien au-delà de la simple caste des clercs, témoigne notre passivité, voire notre consentement face à la censure ? Il faut bien, si l'on nourrit l'espoir de contribuer à esquisser une réponse à ce questionnement forcément collectif, se garder de toute tentation moralisante et du manichéisme qui s'ensuivrait fatalement.

On ne saurait pour autant passer sous silence l'existence de ce que d'aucuns ont nommé une « société de connivence ». Quand, par exemple, la presse célèbre consensuellement un ouvrage[1] écrit par le directeur de la rédaction du « quotidien de référence » pour distinguer un bon trotskisme, le sien, d'un mauvais, celui du Premier ministre – révélation qui ne méritait tout de même pas un tel fracas ; quand ledit ouvrage reçoit le plus prestigieux des prix littéraires réservé aux essais ; quand le même livre est l'objet, dans un autre quotidien, d'un encensement rédigé par un influent écrivain, également « éditorialiste-associé » dans le journal dirigé par l'auteur ; quand celui-ci, enfin, l'œil humide, répond sur un plateau de télévision aux questions posées par l'une de ses rédactrices en chef, on est en droit de penser que quelque chose ne va plus au royaume des idées. Tout se passe entre gens du même monde.

On ne peut même pas incriminer la dictature de l'audimat ou du tirage. Significativement, les figures les plus marquantes de l'intellocratie sont omniprésentes dans les médias, mais elles ne sont pas forcément des auteurs à succès. L'important n'est même pas de vendre, c'est d'être reconnu par ses pairs. Mais au-delà des épiphénomènes parisiens, le plus inquiétant, résume Alain Finkielkraut, « c'est bien le divorce entre l'élite et le peuple, la constitution d'une super-élite, à la fois déconnectée et branchée ». Et c'est là ce qu'on essaiera d'élucider, tant la simple chronique des clans, des alliances, des cabales, des inimitiés et des modes manquerait l'essentiel.

Bien plus, on peut se demander si la morale universelle qui nous est proposée, voire imposée, revêt un caractère d'impératif personnel pour tous ceux qui la prônent. Eux que le supplice met au supplice appliquent-ils aux êtres humains réels qui les entourent le respect et l'humanité dont ils entendent témoigner face

1. *Secrets de jeunesse*, Edwy Plenel, Stock, 2001.

au Mal quel qu'il soit ? Quiconque a assisté une fois au spectacle navrant d'une belle âme traitant avec hauteur une attachée de presse à peine les caméras arrêtées, qui sait le sang-froid avec lequel certains peuvent mettre fin à la carrière d'un gêneur, nourrira quelque scepticisme – souvent injuste – face à la souffrance par procuration.

Mais, là encore, on ne saurait prétendre sonder l'inconscient supposé des uns ou des autres. Quant à leur comportement, il ne peut justifier des attaques *ad hominem* qui seraient révélatrices en fait d'une atmosphère artificielle de conspiration et de délation. Il ne s'agit pas d'attiser les querelles de personnes propres à entretenir la guerre, mais bien au contraire d'en finir avec elle.

On ne saurait minimiser, enfin, le fait que la décennie parcourue par cette chronique fut symboliquement inaugurée par la chute du mur de Berlin, autrement dit par la fin d'un ordre du monde qui, si détestable était-il, n'en était pas moins un ordre. Il était d'autant plus malaisé, sans doute, de comprendre celui qui venait, qu'il ne semblait pas prêt à tenir ses promesses. Insensiblement on renonça à le penser. En quête de repères, on se dota de certitudes.

De manière significative, le début de cette décennie coïncide, en France, avec le vote de la loi Gayssot de 1990 qui criminalise la négation du génocide juif. En pratique, on admettra que le débat d'idées peut fort bien survivre au fait que les groupuscules négationnistes soient interdits d'expression. Et on conçoit que tout magistrat est capable d'apprécier une infraction en cette matière. Néanmoins, il s'agit là d'un cas singulier, qui consiste à défendre, face à un mensonge certain, une vérité incontestée. Seulement, les vérités établies ne sont pas si nombreuses. Il serait bien commode que l'on pût distinguer sans risque d'erreur les idées justes des fausses et tracer sans peine la frontière qui sépare le blanc du noir. Mais la censure à prétention moralisante décrète fausses les opinions hétérodoxes. Sans doute ne prétend-elle pas toujours réduire au silence ceux qui tentent d'échapper à sa loi. Cet absolutisme du Bien n'en aboutit pas moins à soustraire du champ du débat un nombre sans cesse croissant de questions face auxquelles on préfère agiter de métaphoriques gousses d'ail plutôt que s'imposer la fatigue d'une argumentation. La pensée ne peut s'interdire d'examiner des hypothèses *scandaleuses*, contraires au sens commun ou à la morale partagée. On imagine avec quelque crainte ce qui se produirait si les censeurs étaient investis du droit de dire le droit.

Cette première intervention du législateur dans le champ du savoir, pour légitime qu'elle paraisse, va engendrer de nombreuses dérives. On confie au juge la mission de dire la vérité historique, on finira par le charger d'inculper l'histoire tout entière. De Papon au général Aussaresses – condamné pour apologie de crimes contre l'humanité –, le passé sera sans fin convoqué dans les prétoires. Sous couvert du louable objectif consistant à sanctionner les coupables de leurs crimes, la nation est conviée à un exercice permanent de repentance collective, destiné non pas à apurer les comptes, mais à garantir qu'ils ne puissent jamais l'être. Ainsi, début 2002, la condamnation du général Aussaresses et de l'éditeur qui a publié son témoignage sur la pratique de la torture par des membres de l'armée française en Algérie – pratique connue depuis trente ans grâce à la mobilisation d'intellectuels et de journalistes – résonne comme un avertissement lancé à ceux qui prétendent ignorer les injonctions et mener leur réflexion « hors-piste ». L'inexcusable serait « non pas d'avoir fait tout cela mais de le dire et de le faire dire [1] », souligne Bernard-Henri Lévy. Plus

1. « Le juge, l'ordure et l'éditeur », Bernard-Henri Lévy, *Le Point*, 1er février 2002.

généralement, la pratique de la repentance n'incite ni au pardon, ni à la réflexion, mais à l'autoflagellation collective. C'est la nature humaine tout entière qu'on prétend désormais absoudre ou, plus sûrement, condamner. Ainsi avait-on vu un pseudo-tribunal juger Christophe Colomb pour les crimes commis envers les Indiens...

Du moment où l'on a remis au juge les clés de la maison rationaliste, le rouleau compresseur est en marche. Dans le même mouvement, on demande au juge de dire l'histoire et à l'historien de se faire juge. Appelé, par exemple, à la barre du procès Papon – où l'interdiction faite à des professeurs d'utiliser des notes illustra bien l'absurdité de ce mélange des genres – le savant est implicitement sommé de se placer au service, non pas de la vérité, mais du Bien. Un an avant le *show* judiciaire de Bordeaux, on avait assisté à une autre version de cette alliance de la faculté et du prétoire. Quasiment soupçonnés dans un ouvrage[1] d'avoir trahi Jean Moulin, les époux Aubrac, célèbres résistants, demandèrent la constitution d'un « jury d'historiens ». Réuni par *Libération,* ce « tribunal » n'alla pas, bien entendu, jusqu'à rendre un verdict. Selon son projet, il conclut fermement à l'innocence des Aubrac dans l'affaire de Caluire, mais n'en mit pas moins en évidence des contradictions dans leurs témoignages. Revenant sur sa participation à cette table ronde, Henri Rousso ne méconnaît pas le risque engendré par la confusion entre « justice, mémoire et histoire ». « Mais puisque nous sommes tous pris dans la métaphore du tribunal, précise-t-il, il faut alors apprécier les situations au cas par cas, instruire avant de juger, et absoudre ou condamner en toute connaissance de

1. *Aubrac, Lyon 1943*, Gérard Chauvy, Albin Michel, 1997.

cause, et non se plier aux desseins d'un camp idéologique, politique ou moral[1]. »

Que cette table ronde ait été souhaitée par les personnes mises en cause et que ses participants aient fait preuve de la plus grande rigueur intellectuelle n'empêche pas un certain malaise. On comprend mal, en effet, la nécessité de mimer la solennité judiciaire plutôt que de répondre à un travail de recherche par un autre, éventuellement plus convaincant. Ou alors, devrait-on conclure que des épisodes glorieux et des personnages élevés au rang d'icônes d'une histoire sainte ne sauraient être l'objet d'un travail critique ordinaire ? Aurait-on seulement le droit de communier dans la célébration émue des uns et la détestation indignée des autres ? Devrait-on imposer une « morale de l'histoire » afin de contraindre le réel à entrer dans un cadre préalablement dessiné ? Qu'un événement historique constitue un objet philosophique singulier ne devrait pas le placer hors d'atteinte de toute démarche heuristique. « La transmission du passé, ajoute Rousso, ne saurait se résumer au culte passif des héros et des victimes. » Ou alors, après avoir changé le peuple, il resterait précisément à changer de passé. « L'histoire nous mord la nuque », aimait à dire le philosophe et militant trotskiste Daniel Bensaïd dans les années 70. On a plutôt le sentiment, aujourd'hui, qu'elle nous saute à la gorge. Or, comme le conclut Henri Rousso, « assumer le passé, cela signifie vivre avec l'incertitude qu'il nous lègue ».

Ces phénomènes convergents mériteraient de longs développements qui ne trouveront pas leur place ici. En revanche, il est permis de se demander si, à interdire bruyamment l'expression des idées considérées comme immorales, on n'est pas en train d'abdiquer. Aurait-on renoncé à l'héritage des Lumières pour ne plus jamais

---

1. *La Hantise du passé*, Henri Rousso, entretien avec Philippe Petit, Textuel, 1998.

voir les enfants monstrueux dont elles ont *également* accouché ? L'instauration d'un monde plus juste nécessiterait-il que la pensée soit inlassablement soumise à de nouveaux interdits ? Le refus de toute exclusion requiert-il l'exclusion de tout refus ? Ce livre repose exactement sur le pari contraire. À savoir que la morale et la justice ne sauraient exister hors de la pensée critique et de la libre discussion.

Dieu que la Résistance était jolie...

> « C'est vrai que dans la vie d'un journal, il n'y a pas beaucoup de combats. S'il existe un combat qui fait notre identité, c'est la lutte contre le Front national. »
>
> Edwy Plenel,
> *Le Nouveau Quotidien*, 25 mars 1997.

> « Le Pen, une balle, le FN, une rafale. »
>
> Slogan « antifasciste ».

Comment se tromper d'ennemi. Durant quinze ans, entre son envol au début des années 80 et son implosion de la fin du siècle, les adversaires déclarés du Front national auront scrupuleusement appliqué cette maxime. Volontiers échauffés par une rhétorique « antifasciste » dont le seul résultat avéré aura été de manifester à la face du monde leur propre pureté, ils n'ont su opposer, à un phénomène politique et social, que l'indignation bruyante et la diabolisation rhétorique. Au risque, peut-être assumé, de contribuer à isoler les électeurs du Front national dans leur sentiment d'abandon et dans leur logique victimaire.

Il faut dire que, dès ses débuts, le FN se révèle un précieux allié de l'opinion dominante. Non seulement il fournit à ceux qui le combattent une identité résistante, mais encore on peut, grâce à lui, accuser de contagion tous ceux avec qui on n'est pas d'accord.

Bref, pour ceux qui entendent enfermer le débat dans les limites définies par eux-mêmes comme celles du tolérable et prétendent imposer leur conception manichéenne du monde, le parti de Jean-Marie Le Pen est une malédiction bienvenue.

Mais, à se tromper aussi lourdement sur le diagnostic, à ignorer les racines profondes du succès frontiste pour se focaliser sur ses symptômes les plus médiatiques, les antilepénistes ne pouvaient que proposer des remèdes inadaptés. « Maximalisme rime avec simplisme. Purisme avec irréalisme », résume Pierre-André Taguieff[1]. Quelle que soit l'hostilité légitime qu'inspirent le programme et l'idéologie xénophobes du Front, celui-ci, souligne Tzvetan Todorov[2], « n'est ni une résurgence du nazisme, ni une organisation terroriste. Il est porteur de revendications multiples qu'il faudrait analyser pour elles-mêmes ». Seulement, dès lors que ces revendications elles-mêmes sont considérées comme diaboliques, elles ne relèvent pas du débat mais du combat. Encore qu'il serait plus juste de parler d'idées pathogènes. Bons laïques, nous avons renoncé au Malin, mais scientistes accomplis nous nous targuons de soigner les cancers sociaux ou, au pire, de procéder à l'ablation des membres incurables. D'où l'inébranlable conviction que « l'électeur du Front national est un salaud ». Bernard Tapie, l'inventeur de cette brillante formule, a disparu depuis longtemps de la scène politique. L'idée n'en reste pas moins ancrée dans les esprits du peuple de gauche. Avec le diable, on sait bien qu'il ne faut pas dîner. Avec l'électeur du FN, on ne parle pas. Et on en est fier. Cette ligne Maginot idéologique empêchera au moins la propagation du virus. Chacun peut s'octroyer une intéressante expé-

---

1. *La République menacée*, Pierre-André Taguieff, entretien avec Philippe Petit, Textuel, 1996.

2. *Mémoire du mal, tentation du bien*, Tzvetan Todorov, Robert Laffont, 2000.

rience à l'occasion de l'une ou l'autre de ces poussées de fièvre récurrente à chaque progression électorale du FN. Il suffit, dans le cours d'une de ces discussions amicales où l'on rivalise dans la vitupération, de demander qui a eu l'occasion de parler avec un électeur frontiste, un vrai. La question est en général accueillie par des regards perplexes, gênés ou furibonds. Reste qu'on voit mal comment on peut prétendre lutter contre un parti sans convaincre ses électeurs qu'il leur propose de fausses solutions – *fausses* avant d'être immorales. Et il est impossible de convaincre son interlocuteur sans lui parler.

On ne saurait donc s'étonner de la faiblesse théorique d'une accusation qui assimile racisme, xénophobie et national-populisme, pour en arriver à confondre antiracisme, antilepénisme et antifascisme. Le racisme des électeurs frontistes emprunte plus, selon les catégories analysées par Taguieff, au différentialisme culturel (également présent dans un certain antiracisme) qu'à la conviction de l'inégalité des races. Bien entendu, il y a des *skinheads* qui votent pour le Front national, mais on conviendra que l'ancien militant communiste excédé par le chahut sous ses fenêtres ou le petit commerçant cambriolé pour la troisième fois qui espèrent, grâce à leur vote, « flanquer la trouille aux bien-pensants » ne peuvent guère se reconnaître dans le portrait mythologique du fasciste à crâne rasé prêt à se lancer dans de frénétiques « ratonnades ». Si l'électeur lepéniste peut être considéré comme xénophobe, autrement dit s'il fantasme sur le départ des « étrangers », ce n'est pas parce qu'il les considère comme des êtres de nature inférieure. Cela ne signifie pas que la xénophobie ne doit pas être combattue avec la plus grande sévérité, mais que le discours qui assimile le vote frontiste à un choix en faveur de la pureté de la race ne peut que manquer sa cible.

Or, ce malentendu se double d'un abandon. On

déserte les quartiers populaires pour se replier sur les terres « branchées ». « La gauche, reconnaît Jean-Christophe Cambadélis, député proche de Lionel Jospin, a délaissé les banlieues pour se concentrer sur la jeunesse scolarisée. Le peuple est devenu un impensé. » Avec les classes moyennes, on ne risque pas d'être ennuyé.

Il s'agit surtout de ne pas réfléchir à l'immigration, et aux transformations qu'elle entraîne dans la société française. La thématique en elle-même est soustraite à tout débat. Comme si on ne pouvait opposer au discours « mauvais » du Front national qu'un discours symétrique, « bon » mais aussi simpliste. D'un côté, les immigrés sont la cause de tous nos maux, de l'autre leur présence ne saurait être qu'exclusivement bénéfique. En réalité, chacun, lepéniste ou pas, sait bien que ces populations étrangères que l'on a fait venir pour les besoins de la reconstruction sont destinées à faire souche et à devenir une composante permanente de la nation. Seulement, comme l'explique Marcel Gauchet[1], « cette transformation présente la particularité intéressante d'avoir totalement échappé, de bout en bout, à la décision et au débat démocratique. [...] C'est de cette blessure au sentiment de souveraineté que va surgir et grandir le vote en faveur du Front national ». L'immigration, considérée comme intrinsèquement bonne, doit échapper à toute discussion publique. Comme si on ne pouvait choisir qu'entre des flux non maîtrisés – la générosité –, et une politique policière et xénophobe de fermeture des frontières – le repli. Or n'importe qui, y compris les personnes d'origine étrangère installées depuis des décennies, peut faire le constat simple que la garantie d'une insertion satisfaisante des immigrants est une forme de régulation des arrivées. Mais la machine à fustiger les doutes fonc-

---

1. « Les mauvaises surprises d'une oubliée : la lutte des classes », Marcel Gauchet, *Le Débat*, n° 60, mai-août 1990.

tionne plus que jamais. Toute interrogation est proscrite. La société multiculturelle ne saurait être qu'un enchantement. Construction d'autant plus artificielle que l'on affirme, dans le même élan, le caractère merveilleux des différences et leur inexistence. Il ne reste plus qu'à dénoncer tous ceux que n'enthousiasme pas « la France métissée », à stigmatiser ceux qui se laissent envahir par le « fantasme sécuritaire », la démagogie des bons sentiments répondant, observe encore Gauchet, à la démagogie des mauvais sentiments. Au risque de faire payer la facture du conflit aux immigrés réels. Mais la réalité, est-ce bien intéressant ?

Dans la foulée, on prend l'habitude de désigner rituellement le Front national comme un parti antidémocratique, voire fasciste. Au point qu'il faut se demander si le terme fasciste désigne désormais tous ceux et tout ce « que l'on n'aime pas ». Le problème, c'est qu'il ne suffit pas de prononcer les mots « abominable », « détestable » ou encore « factieux » pour démontrer la validité de l'accusation. La France des années 90 n'est pas l'Allemagne des années 30. Et, contrairement à ses ancêtres de la droite extrême de l'entre-deux-guerres ouvertement hostiles au parlementarisme, le Front national s'est inséré dans le fonctionnement républicain. Quand son chef dérape et profère des énormités, il est contraint de se soumettre aux peines que lui infligent les tribunaux. Mais quand il utilise à son tour la justice contre ses adversaires, chacun s'indigne de ce détournement de République probablement imputable à l'infiltration de la magistrature par l'ennemi. Que la loi puisse fonctionner, aussi, pour le FN, l'idée irrite ceux qui prétendent la défendre. Par ailleurs, que l'on sache, le parti de Le Pen se conforme au résultat des élections – quand il est arrivé que ses adversaires le refusent. L'a-t-on vu s'opposer par la force au verdict des urnes ? Déclencher des émeutes sur le modèle du 6 février 1934 ? À ce stade du dialogue de sourds, l'antilepéniste convaincu (et sincère) fait entrer en jeu ses inébranlables convictions. « S'il arrivait au pouvoir, il abolirait la démocratie, dit-on. Et Hitler, n'est-ce pas, est arrivé au pouvoir légalement. » À quoi on peut opposer trois arguments. Tout d'abord, la démocratie ne peut sanctionner que des actes. Elle se perd en terreur si elle réprime les pensées ou les intentions. D'autre part, quand un parti non démocratique remporte des élections, il est déjà minuit. S'il ne se trouve pas de forces sociales pour lui barrer la route, si la société est prête à accueillir la dictature, il ne reste plus que la résistance armée du petit nombre, la guerre menée de l'extérieur, ou l'exil. Surtout, on ne combat pas plus une société par l'imprécation qu'on ne fait disparaître une force politique par l'interdiction.

Régulièrement, cependant, de bons esprits réclament la mise hors-la-loi du parti maléfique, comme si un sortilège allait les débarrasser de leur cauchemar. Parmi les « prohibitionnistes », figurent le socialiste Henri Emmanuelli ou Harlem Désir, le sénateur centriste alsacien Daniel Hoeffel ou le patron de *Charlie-Hebdo*, Philippe Val.

Enfin, concernant, sinon les dirigeants, du moins les électeurs du FN, on peut diagnostiquer, plutôt qu'une volonté d'abolir les institutions et les mécanismes de la démocratie, une demande de démocratie frustrée : « *ils* ne nous entendent pas », « *ils* ne s'intéressent pas à nos problèmes ». Cette attente sans cesse déçue les conduit à se placer hors du champ balisé par les partis « respectables », ainsi que l'analyse Paul Thibaud : « Le silence, la quasi-clandestinité des électeurs frontistes hors des élections montrent qu'ils sont plutôt étreints par une défiance tragique, folle, muette, qu'exaltés par une idéologie. Et si la politique du Front échappe aux réfutations et aux condamnations, c'est que son public se trouve hors de l'espace public où la discussion a un sens[1]. »

De surcroît, posséder une belle âme n'autorise pas à en abuser. Tzvetan Todorov souligne avec raison que « l'extrémisme anti-extrémiste est aussi un extrémisme. "Le Pen une balle, le FN une rafale" est un slogan qui, dans sa radicalité, n'a rien à envier au mal qu'il combat ». Plus généralement, dans le dispositif sémantique dont on attend qu'il soit la prison du FN, la vertu antifasciste est considérée comme proportionnelle à la hargne des propos. Mais lutter contre le FN par la violence symbolique ou réelle – comme s'y sont risqués les « néo-antifascistes » d'extrême gauche –, avouer son incapacité de mener le « harcèlement argumentatif » suggéré par Pierre-André Taguieff, c'est déjà accorder au Front une victoire morale. L'écrivain Dan Franck évoque « le chancre de l'extrême droite ». Quand Bernard-Henri Lévy, soucieux de prévenir la victoire du parti de Le Pen à Vitrolles, s'adonne à l'imprécation, il manifeste, à son insu, un inquiétant mimétisme : « M. Mégret c'est la guerre, peut-on lire, dans cet exemplaire appel de Vitrolles. Il est le rejeton des illuminés assoiffés de sang qui, au XVIe siècle, entendaient purifier la France de ces immigrés de l'intérieur qu'étaient déjà à leurs yeux les protestants. Soyons nombreux à empêcher l'invasion des cochons[2]. » On connaît le résultat, avec l'élection de Bruno Mégret, puis de son épouse Catherine, à la mairie de Vitrolles. Mais surtout, le débat démocratique peut-il tolérer l'animalisation de l'adversaire, son érection en ennemi absolu indigne d'exister ?

Tout occupés à soigner, à coups d'électrochocs verbaux, la peste brune, les sauveurs du corps social ne

---

1. « La nécessaire union républicaine », Paul Thibaud, *Libération*, 23 mars 1998.
2. « L'appel de Vitrolles », Bernard-Henri Lévy, *L'Événement du jeudi,* 22-28 juin 1995.

peuvent que passer à côté du vrai mal. Encore une fois, ni la qualité des esprits, ni la vertu des intentions ne sont en cause. Mais comment a-t-on pu se tromper avec un tel entrain ? Cette répugnance à comprendre traduirait-elle une forme de culpabilité, une réaction collective de défense, souvent présente au cœur des mécanismes de censure ? Dès lors que l'intelligentsia éprouverait un certain sentiment de responsabilité, elle aurait tout intérêt à préférer l'indignation à l'explication. Or, les scores du FN constituent un désaveu flagrant pour des élites qui, par impuissance plus que par cynisme, ont renoncé à prendre en charge l'intérêt général, n'ayant, croient-elles, aucun autre avenir à proposer qu'une mondialisation à marche forcée dont même les analphabètes comprennent qu'elle ne sera pas heureuse pour tout le monde. « Comme on ne peut plus offrir la perspective de la rupture avec le capitalisme, le PS se convertit à l'Europe qui devient le Graal d'une vie meilleure », ajoute Cambadélis. S'il n'y a pas d'autre politique possible, il n'y a pas de politique du tout. Et le vote frontiste apparaît comme un retour du politique refoulé.

Nageant de concert dans le bonheur post-national, droite et gauche n'ont plus rien à dire sur l'avenir du pays. « Je ne comprends pas, en particulier, le silence de la gauche sur ce terrain de l'identité nationale, qui tend à devenir l'enjeu essentiel du clivage droite-gauche, s'interroge Pascal Perrineau, chercheur au CEVIPOF. Alors que la question nationale se substitue à la question sociale dans la structuration du débat politique, le Front national a pris plusieurs longueurs d'avance sur la gauche. » Du reste quand la droite tente quelques pas dans cette direction, elle est vite rappelée à l'ordre. En mai 1990, Alain Juppé déclare que les gaullistes devraient fournir aux Français « des points de repère comme l'attachement à la nation, à la patrie, à la fierté nationale ». Nous sommes quelques semaines après la profanation de Carpentras. La réplique de *Politis* est exemplaire de ce qu'il ne faudrait pas faire : « Dans le contexte actuel, pourquoi insister lourdement sur la nation et sur la patrie ? s'interroge l'hebdomadaire. Comment lutter contre le FN en distillant l'esprit chauvin et agressif ? » À ce stade la bataille est déjà perdue. Abandonné à son quotidien difficile, le « populo » souffre en outre du refus des gens « d'en haut » de prendre en charge le « roman national ». Cette situation ouvre un boulevard au Front qui a beau jeu de se présenter comme le parti antisystème. Comme si on voulait le renforcer dans cette confortable posture, on l'érige en permanence en unique opposition, en proposant régulièrement le « front républicain ». Citons encore Marcel Gauchet : « Un mur s'est dressé entre les élites et les populations, entre une France officielle, avouable, qui se pique de ses nobles sentiments, et un pays des marges qui puise, dans le déni opposé à ses difficultés d'existence, l'aliment de sa rancœur[1]. »

La culture constitue un terrain privilégié pour ce moralisme antifrontiste. Il est vrai que si tout le monde ne peut pas être un grand peintre, un immense écrivain ou un metteur en scène talentueux, n'importe qui peut signer un texte et prendre des poses avantageuses à l'un de ces salons du « livre antifasciste » et autres colloques résistants qui, dans le courant des années 90, vont finir par constituer d'appréciables réseaux commerciaux parallèles. Ennemi du genre humain, le Front national est forcément celui de sa pointe avancée, à savoir les artistes. Effectivement, quand le FN se hasarde sur le terrain artistique, et notamment dans les municipalités qu'il gère après 1995, il ne se signale ni par son bon goût, ni par la hauteur de ses attaques. En tout cas, les tenants de la bienséance culturelle qui

1. « Les mauvaises surprises d'une oubliée : la lutte des classes », Marcel Gauchet, art. cit.

bénéficie au premier chef des financements publics découvrent là une opportunité pour se relégitimer et, surtout, pour éviter tout débat sur ses productions. Condamnés par Le Pen, ils deviennent intouchables. « Comment entamer un dialogue quand M. Gollnisch, un des principaux responsables du parti d'extrême droite, se déclare "choqué" par les *Versets sataniques* de Salman Rushdie, alors que sept cents écrivains du monde entier en avaient appelé, en mars 1989, à "la liberté d'expression" pour soutenir l'écrivain ? Quand la quasi-totalité du monde de la culture est convaincue que l'idéologie du Front national va à l'encontre des règles élémentaires de la tolérance, de l'ouverture d'esprit, de la liberté d'expression et de la création ? » peut-on lire dans *Le Monde*[1]. L'exemple, anodin en lui-même, est significatif d'un mode de pensée. Au lieu d'argumenter sur le fond, on oppose au FN une fin de non-recevoir fondée sur une vérité révélée. Si « la quasi-totalité » du monde de la culture pense ceci ou cela, on ne saurait le contester. Dès lors que 700 écrivains ont décidé de soutenir Salman Rushdie, il devient intolérable de se dire « choqué » par ses écrits. D'ailleurs, serait-il impossible d'être choqué par une œuvre tout en admettant qu'elle ait droit de cité ? À nouveau, on ne cherche pas à convaincre l'autre mais à entretenir sa propre bonne conscience.

Du coup, l'hypothèse développée par Taguieff et quelques autres selon laquelle le néo-antifascisme a constitué, pour une gauche en panne d'idées et de valeurs, une identité de substitution, ne laisse pas d'être convaincante. « Dépouillée de toute énergie politique, la gauche est devenue une pure juridiction morale, incarnation des valeurs universelles, cham-

---

1. « Le parti de M. Le Pen a engagé la lutte contre la "dégénérescence de l'art" afin de répondre au "terrorisme intellectuel" de la gauche et de favoriser la "renaissance" de la nation », *Le Monde*, 6 février 1992.

pionne du règne de la Vertu et tenancière des valeurs muséales du Bien et du Vrai, juridiction qui peut demander des comptes à tout le monde sans en rendre à personne » : Jean Baudrillard trempe sa plume dans l'acide pour dénoncer, dans *Libération*, « la conjuration des imbéciles [1] ». La vitupération morale témoigne de l'illusion que l'on pourrait, à travers Le Pen, expulser notre « part maudite », purifier la société du mal. Baudrillard avait déjà failli à la famille lors de la guerre du Golfe. En refusant de se joindre au chœur des « antifascistes », il se signale comme traître à la loi morale.

Alors que l'idée même de collectivité publique est réprimée, cet « antifascisme » sans risque permettrait-il, en fait, de recréer une sorte de vivre-ensemble ? « C'est vrai que, dans la vie d'un journal, il n'y a pas beaucoup de combats, admet Edwy Plenel. S'il existe un combat qui fait notre identité, c'est celui-là [2]. » À défiler en rangs serrés contre l'ennemi commun, on se sent solidaires. Au point que d'autres pourront sembler désemparés par l'effacement, au moins provisoire, de celui-ci. À peine connue sa défaite à Avignon lors des élections municipales de 2001, Élisabeth Guigou accuse le RPR de s'être entendu avec l'extrême droite – elle se fera d'ailleurs, comme le ministre des Transports Jean-Claude Gayssot, tancer par Lionel Jospin qui, il faut le reconnaître, n'apprécie guère que l'on invoque le FN à tort et à travers. Cette réduction d'une défaite politique à la conséquence d'une manœuvre du Front ne revient-elle pas à reconnaître que celui-ci constituait, pour toutes les défaillances de la gauche, un alibi commode ?

Formulée quelques années plus tôt, la réponse de Gauchet est sans appel. « Les secours spirituels de

---

1. « La conjuration des imbéciles », Jean Baudrillard, *Libération*, 7 mai 1997.

2. « Pourquoi *Le Monde* a déclaré la guerre au Front national », Edwy Plenel, entretien avec Élisabeth Lévy, *Le Nouveau Quotidien* (Lausanne), 25 mars 1997.

l'antiracisme tombent à pic pour faire oublier l'abandon à peu près complet des buts et des moyens du socialisme classique auquel le malheur des temps oblige à se résoudre. Il n'a pas fallu moins que ce providentiel génie du mal pour que le parti du bien parvienne à dissimuler qu'il était nu. » D'où le désarroi observable lors de l'éclatement du FN dans certains milieux de l'extrême gauche humanitaire où « l'antifascisme » est devenu un mode de vie. La morosité est perceptible au cours d'un rassemblement « ras-l'Frontiste » organisé à Marseille début 1999 – tout un chacun peut être suspecté de faire du frontisme sans le Front. Jusqu'aux chasseurs dont un participant souligne finement « qu'après tout, ils ont l'habitude de tenir des fusils ». La répétition compulsive d'expressions telles que « ne pas relâcher la garde », « le ventre est toujours fécond », la frénésie mauvaise avec laquelle on se jette sur les Le Pen de rechange que sont l'Autrichien Jörg Haider ou le Suisse Christoph Blöcher révèlent assez que les « antifascistes » sont à la recherche de leur objet.

C'est aussi le sentiment que produit la dénonciation répétée de la « lepénisation des esprits ». La formule est d'autant plus efficace que la réalité qu'elle pointe est vague : si l'ennemi est partout, que Le Pen réalise ou pas de bons scores électoraux ne change rien à la donne. S'agirait-il, au bout du compte, de ne pas réussir, afin de continuer à se donner la pose sublime des résistants ? « L'antifascisme radical porte en lui la défaite, conclut rudement Philippe Cohen. Il n'annonce pas de nouveaux combats victorieux, mais anticipe la fuite des “nouveaux partisans” d'un pays qui les dégoûte et dans lequel ils soupçonnent un irrésistible penchant pour le racisme et un attachement congénital à l'ordre ancien [1]. » Certains, à l'image de Michel Bou-

1. « F comme... Front national », Philippe Cohen, *Le Lynchage médiatique*, *Panoramiques*, n° 35, 4e trimestre 1998.

jenah, parlent même de s'exiler, comme si on se retrouvait à Berlin en 1933. Les autres, à partir du Faubourg Saint-Germain, s'offriront un exil intérieur. Au-dessus de la mêlée. Après tout, ce peuple les mérite-t-il ?

La simple observation des réalités aurait dû conduire à changer de stratégie. En effet, de son apparition comme phénomène politique national lors des élections européennes de 1984 jusqu'aux élections régionales et cantonales de 1998, le parti lepéniste est passé de 11 % à 15 % des suffrages exprimés, et de 2,2 millions à 4,6 millions de voix [1]. Mais la réalité n'est pas le fort des zélateurs de l'idéologie dominante. Ce qu'ils croient est toujours plus important que ce qu'ils voient. Au cours de cette période, le FN devient le premier parti ouvrier de France, redonnant un coup de jeune à la vieille thèse du peuple mauvais. « Non seulement la gauche ne reconnaît plus "son" peuple, mais elle ne peut plus que violemment le réprouver », dit encore Gauchet. Quant aux idées défendues par Jean-Marie Le Pen, à en croire les sondages, elles recueilleraient l'adhésion d'un cinquième à un quart des électeurs. Or, cet échec évident n'a pas entraîné de réévaluation des discours et encore moins d'autocritique des organisations militantes et de leurs alliés médiatiques. Au contraire, plus « l'antifascisme » se révèle impuissant, plus il se radicalise.

On n'en est plus là, dira-t-on. Pour salutaire qu'il soit, l'affaiblissement de la mouvance frontiste, consécutif à la rivalité entre deux hommes et deux stratégies divergentes, ne saurait être interprété comme une victoire de ses adversaires. Les causes réelles du phénomène, les angoisses qui sont à la racine du vote frontiste n'ont pas cessé d'être traitées par le seul mépris. L'Europe et la mondialisation techno-mar-

---

1. Voir *Face au Front national, arguments pour une contre-offensive*, Michèle Tribalat et Pierre-André Taguieff, La Découverte, 1998.

chande sont toujours considérées comme l'horizon indépassable du temps. Le règne de l'inéluctabilité se poursuivant sous d'autres formes, rien n'indique que la faiblesse du parti d'extrême droite soit durable. Et il n'est pas certain non plus que le silence médiatique, deuxième stratégie néo-antifasciste, parfois tentée quand la diabolisation se révèle trop inopérante, soit plus efficace. Tout se passe en effet comme si, après s'être enivré de verbe, on essayait de faire disparaître le problème lepéniste par le silence. Il faudrait tout de même expliquer comment un parti, qui justifiait de vastes et spectaculaires mobilisations en 1995, ne mérite plus que quelques articulets début 2002, lorsque son candidat recueille déjà dans les sondages entre 6 et 8 % des intentions de vote à l'élection présidentielle. On connaît la suite...

Sans doute existe-t-il, entre l'obsession et l'étouffement, une voie médiane consistant à analyser le phénomène pour ce qu'il est – un symptôme de dysfonctionnement de la démocratie plutôt qu'une menace pour celle-ci. Mais il n'est guère surprenant, après tout, que tous ceux qui confondent la réalité avec le récit qu'on en délivre, se soient persuadés que parler d'un phénomène, c'est le faire exister.

Il serait cependant injuste de passer sous silence les tentatives réelles de réflexion menées à l'intérieur comme à l'extérieur des partis politiques. Créé en 1990 à l'initiative de Jean-Christophe Cambadélis, le Manifeste contre le Front national prétend véritablement susbstituer l'argumentation rationnelle et le dévoilement programmatique à l'anathème moralisateur. Certains finissent même par comprendre le danger qu'il y aurait à laisser le Front s'arroger le monopole de la nation. « Qui osera soutenir qu'il y a dans la société française quatre millions de fascistes, de nazis, de racistes, d'antisémites ? peut-on lire dans un texte adopté en 1996 par ce regroupement[1]. [...] C'est pourquoi nous préférerons parler d'un national-populisme, tant il nous paraît évident qu'il ne saurait être caractérisé par l'aspiration au totalitarisme. » Les résultats, cependant, ne sont guère probants, la tendance naturelle des militants en quête de bonnes causes étant de s'abandonner aux délices de la traque du maillon faible et des gloussements réprobateurs. On passe donc des heures à dénoncer l'imprégnation frontiste dans tel ou tel milieu, plutôt que de s'interroger sur le discrédit dont pâtit une gauche officielle aveuglée par sa bonne conscience. Il est vrai que l'exercice pourrait conduire les plus honnêtes à une authentique remise en cause. De plus, dès lors que tout sentiment national est lepénisé, que reste-t-il à opposer à la nation ethnique de Le Pen ?

On ne saurait réduire l'ensemble de la production traitant du Front national à une suite d'imprécations vertueuses. Seulement, quand celui qui entend comprendre court le risque d'être accusé de justifier, le travail intellectuel est subordonné à la dénonciation rituelle, au risque d'être recouvert par elle. « On veut à la fois démystifier et démoniser, écrit Taguieff[2], on oscille entre l'analyse critique du programme et l'imprécation rituelle, on hésite entre la réfutation rationnelle des thèses frontistes et l'injure codifiée. La co-présence du rationnel et du magique est contre-productive. »

On ne relatera pas ici tous les errements de quinze années de combat contre le Front national. On peut cependant, dans le long cours de cette héroïque résistance, analyser quelques épisodes récents qui, conjugués les uns aux autres, constituent un cas d'école. Après le moment d'acmé et, pour tout dire, de délire collectif que constitue la « mobilisation citoyenne » de Strasbourg,

---

1. Cité par Eric Osmond et Jean-Christophe Cambadélis, *La France blafarde*, Plon, 1998.

2. *La République menacée*, *op.cit.*

les régionales et les cantonales de 1998 accréditent la théorie de la contamination. Comme le souligne Philippe Cohen [1], le citoyen doit être classé définitivement dans l'une des trois catégories suivantes : « le frontiste actif, le frontiste passif et l'antifrontiste ». Enfin, au cours de cette période, « l'antifascisme » d'extrême gauche a pu doublement céder à la « tentation du bien », selon l'expression de Todorov : la radicalisation du combat contre l'ennemi extérieur assurant la pérennité médiatique des manifestations les plus extrémistes de celui-ci, d'une part ; la traque de l'ennemi intérieur ressuscitant, on l'a vu, les charmes du parti qui se renforce en s'épurant, d'autre part.

Le Front-thon de Strasbourg

No pasaràn ! Par optimisme, l'on imaginera que les milliers de militants échauffés et, plus encore, les dirigeants éclairés qui organisèrent le Woodstock alsacien de « l'antifascisme », rougissent aujourd'hui au souvenir de leur exploit. Ce qui reviendrait à leur prêter une mémoire dont ils refusent par ailleurs le caractère nécessairement critique. Car, après avoir psalmodié jusqu'à l'extase que rien ne serait plus comme avant, chacun, bien sûr, rentra chez soi.

Pour ce week-end de Pâques 1997, le *must* est le voyage de Strasbourg. Depuis que le FN a annoncé qu'il tiendrait son congrès dans la capitale alsacienne, la mobilisation générale a été décrétée. Le maire de la ville, Catherine Trautmann, n'en finit pas d'accorder des entretiens pour expliquer qu'il lui a été impossible d'interdire la réunion et se retrouve à jouer les Jeanne d'Arc, selon une comparaison à tout le moins paradoxale. Elle qui, à en croire Bernard-Henri Lévy,

---

1. « F comme... Front national », Philippe Cohen, *art. cit.*

incarne « le type même de personnage dont on désespérait qu'il pût jamais s'autoriser le double-sacre, celui du peuple et celui de la morale [1] », se voit offrir une campagne de promotion dont aucun communicant n'oserait rêver. Le coût, il est vrai, n'est pas nul, si l'on en croit Bernard Reumaux, rédacteur en chef de la revue *Saisons d'Alsace*, qu'agace par ailleurs la publicité offerte au FN : quarante personnes ont été affectées par la municipalité à la préparation des opérations.

À défaut de faire de la politique, on va « faire la fête ». Des francs-maçons aux syndicats, des associations aux partis, des artistes aux intellos, tout ce que la gauche compte de belles âmes se prépare à la lutte finale. Ce qu'on n'appelle pas encore « gauche plurielle » a déjà, alors, trouvé sa préfiguration au sein du Comité national de vigilance qui permet à tous les partis et groupuscules de gauche de se rencontrer. Derrière la chatoyante vitrine d'un antifascisme consensuel, on négocie ferme pour ressusciter une néo-union de la gauche en vue des législatives normalement prévues pour 1998, et qui, après la dissolution de l'Assemblée par Jacques Chirac, le 21 avril, auront lieu en juin.

Les instances religieuses se mettent de la partie, encore que certains trouvent la hiérarchie catholique un peu trop tiède. « L'attitude très conciliante de l'Église avec Pétain se retrouve aujourd'hui face à Le Pen », accuse un ancien de l'Action catholique ouvrière dans *L'Événement du jeudi* [2] – sans que l'on sache, pour l'instant, qui tiendra le rôle des Allemands. Même les patrons font chorus, du moins en privé. « Une multinationale ne peut pas fonctionner sur le principe de l'inégalité des races », confie l'un d'eux à

---

1. « Bloc-notes », Bernard-Henri Lévy, *Le Point*, 29 mars 1997.
2. « La révolte antifasciste », (article collectif), *L'Événement du jeudi*, 27 mars-2 avril 1997.

l'hebdomadaire. Autrement dit, pas de discrimination dans l'exploitation !

Des écrivains et des artistes continuent de réclamer l'interdiction du congrès, estimant que celui-ci « fait d'une ville qui fut le symbole de l'Europe démocratique une tribune pour ses fossoyeurs ». À observer la joyeuse atmosphère qui règne dans la cité, on a pourtant le sentiment que tous ceux qui s'activent sont enchantés de l'occasion qui leur est offerte de donner en spectacle « la honte » de leur ville, et par contraste leur propre élévation d'âme. Le chercheur Philippe Breton demande que soit redéfini un espace public démocratique où les idées et les méthodes du FN n'auront plus, « d'une manière ou d'une autre, définitivement leur place ». La proposition ne manque pas d'intérêt. Encore faudrait-il expliquer comment on définira et qui définira les idées qui auront droit de cité, puisque le suffrage universel ne saurait être un critère. Ou alors, cet appel à l'exclusion, méthode qui n'est guère démocratique, ne serait-il que le symptôme d'une impuissance résignée ?

Des nuées de comédiens de rue et festifs vertueux s'abattent sur la population. Certains proposent de nettoyer le Palais des Congrès à l'eau de Javel dès que les 1 200 délégués l'auront quitté – rafraîchissante invention que cette volonté de purification politique. On débat, on colloque, on expose, on installationne, on interventionne, on performance à tout va. On projette *Le Dictateur* sur écran géant. Les villes « sinistrées » (conquises par le FN lors des municipales de 1995) préparent des délégations résistantes. Les chamailleries entre « collectifs vigilants » et « fronts citoyens » ainsi qu'entre la gauche et la droite permettent quelque peu de pimenter les articles enfiévrés narrant les préparatifs. Un « bus de la citoyenneté » sillonne les quartiers périphériques de la ville pour y apporter la bonne parole – qui n'est pas toujours reçue avec la joie qu'elle mériterait, tant il est vrai que dans certaines cités, comme à la Robertsau, on compte 16 % de chômeurs et 30 % d'électeurs du FN. Ras l'Front, l'officine « antifasciste » créée par la Ligue communiste révolutionnaire, distribue des milliers de *pin's* triangulaires rappelant le triangle rouge des prisonniers politiques dans les camps nazis. Le biologiste Jacques Testard appelle « toute personne hostile au FN » à se signaler par le port de cet insigne. Chacun, en somme, est prié d'afficher sa vertu.

« F comme fasciste, N comme nazi ! À bas, à bas, le Front national ! » Dès la gare de l'Est, d'où, le samedi matin, démarrent les quelques milliers de militants parisiens destinés à renforcer le gros des troupes alsaciennes, ce slogan est entonné sans interruption sans que quiconque semble le trouver incongru. De toute la France, des dizaines d'autocars sont affrétés. Dans l'après-midi, la manifestation rassemblera 50 000 personnes. Voilà, se réjouit *L'Humanité*, de quoi « bousculer la donne qui voyait Le Pen prendre une place croissante sur l'échiquier politique ». En effet, le résultat est frappant. Il n'y a guère d'exemple de réunions politiques ainsi transformées en événement de première importance. Beaucoup, parmi les manifestants, rêvent de bagarres. Faire le coup de poing contre les « fachos » fait partie de la mythologie gauchiste. Mais, depuis la fin des années 70, les occasions réelles sont rares. Dans la soirée, quelques délégués lepénistes se risquent dans les brasseries investies par de joyeuses bandes où l'on reconnaît des visages connus, appartenant au monde du *show-biz* ou à celui de la politique. Quand on repère les frontistes effrontés, on se lance des regards entendus, le niveau sonore diminue quelques instants. Puis le cours de la discussion reprend.

Autisme contre autisme. Pas question de *leur* parler. « Je n'ai rien à *leur* dire », affirme fièrement Jean-Luc

Benhamias, le patron des Verts. À eux, les « fachos », enfermés dans leur bunker et dans leurs peurs. « C'est le défaut du mouvement citoyen de ne pas entendre les mauvaises raisons d'un très mauvais vote – la peur du lendemain, du chômage, de l'insécurité », peut-on lire dans *L'Événement du jeudi*. Chômage, insécurité, avenir incertain ? De mauvaises raisons, assurément.

S'ils s'étaient risqués, non pas tout de même jusqu'au Palais des Congrès, mais simplement à adresser la parole à un militant FN croisé dans la rue, les manifestants auraient pu comprendre que, loin de démobiliser les ardeurs frontistes, ils les attisent. « Ils se disent démocrates, mais tout le monde doit penser comme eux », dit une commerçante venue de Bourgogne pour acclamer Jean-Marie.

« Quelque chose a changé dans la vie politique française », commente Laurent Joffrin, célébrant dans *Libération* la « naissance d'une génération militante[1] ». Ne nous l'avait-on pas assez annoncé, que quelque chose allait changer, depuis que Barbara, « une rose à la main », s'enflammait pour François Mitterrand[2] ? De fait, beaucoup de choses ont changé, mais peut-être pas dans le sens attendu. À Strasbourg, les manifestants ont assurément communié dans l'autosatisfaction. Mais ils n'ont pas fait basculer un seul électeur du Front national. Faut-il penser que tel n'était pas leur objectif ?

Leur âme au diable

Moins d'un an après le grand défoulement alsacien, les élections régionales et cantonales du printemps

---

1. « Naissance d'une génération militante », Laurent Joffrin, *Libération*, 31 mars 1997.

2. Lors de l'élection de François Mitterrand, Barbara lui a rendu hommage dans une chanson intitulée « L'homme à la rose ».

1998 sont l'occasion d'une nouvelle flambée « antifasciste ». Mais la situation est autrement plus dramatique – et dramatisée. Une vraie bataille homérique s'annonce alors qu'une atmosphère d'années noires plane. À en croire les médias unanimes, la démocratie est plus qu'en péril. Le fascisme est aux portes du pouvoir. « Mieux vaut perdre les élections que perdre son âme », avait déclaré une quinzaine d'années auparavant Michel Noir, consacré « homme d'honneur de la droite ». Or, au lendemain d'un scrutin où le Front national a raflé 15 % des suffrages, plusieurs régions et départements risquent, sauf conclusion d'accords entre droite et extrême droite, de passer à gauche. Et quelques potentats régionaux et départementaux se refusent à lâcher leur présidence et leur Safrane. Ignorant les consignes véhémentes et désespérées venues des états-majors parisiens, partiellement soutenus par une base militante « alliantiste », ils sont prêts à se faire réélire à la tête des conseils régionaux et généraux après avoir, plus ou moins ouvertement, pactisé avec le FN. Les dirigeants de celui-ci, évidemment, ne boudent pas leur plaisir à l'idée de faire enfin exploser la droite. Pour faciliter les trahisons, ils ont même accepté d'arrondir les angles et n'exigent plus, en échange de leurs voix, que « la préférence nationale » soit intégrée au contrat. De plus, Charles Baur en Picardie, Jacques Blanc en Languedoc-Roussillon et Jean-Pierre Soisson en Bourgogne, récidivistes de l'alliance douteuse, ont été imités en Rhône-Alpes par Charles Millon, le « chrétien rassurant » proche de Raymond Barre que même les appels de Jacques Chirac n'ont pas ébranlé.

De fait, la situation est sérieuse. En effet, non seulement, le Front national pourrait, ne serait-ce que par la petite porte régionale, devenir un parti de gouvernement, mais une partie de la droite se conforme à la caricature dont rêvent les « antifascistes », accréditant l'idée qu'elle ne sera jamais que le faux nez et le tremplin de l'extrême droite. Le comportement des roitelets locaux n'est guère glorieux. Dans certaines régions, notamment en PACA, le Front national est bel et bien en mesure de peser sur les choix politiques. Mais, quelles que soient les arrière-pensées des uns et des autres, la réaction des chefs de file de la droite, jusqu'au président de la République, est de nature à montrer aux candidats à la compromission qu'ils sacrifient, avec leur honneur, leur éventuel avenir national. Autrement dit, si le FN vient d'infliger un séisme politique au pays, il n'est pas aux portes de Paris. Sans doute est-il gratifiant de dénoncer en claironnant « qu'on l'avait bien dit ». Mais exagérer le danger est-il jamais un bon moyen de le contrer ?

Beaucoup, on ne s'en étonnera guère, ne résistent donc pas à la tentation d'établir un parallèle entre ces caciques provinciaux soucieux de conserver leur royaume et les députés qui, le 10 juillet 1940, votèrent les pleins pouvoirs à Pétain. Soisson ou Millon en néo-Laval, l'image est séduisante mais guère convaincante. *L'Événement du jeudi* publie, sur cinq pages, la liste infamante des « compagnons de route » du FN. À côté de ceux qui ont ouvertement négocié ou sollicité les voix du FN, figurent aussi les noms de ceux qui ne les ont pas assez clairement refusées ou qui se sont gardés de prendre leurs distances. Ces « fascistes par omission » sont sur la mauvaise pente. « Alfred Dreyfus bouge toujours [1] », accuse l'écrivain Jean Vautrin, tout en s'excusant de se placer dans les traces de Zola. « Énerve-toi Jeunesse, toi qui es l'intelligence naturelle ! » écrit-il – tant de spontanéité dispensant peut-être à ses yeux de penser. Dans *Libération*, Serge July agite le spectre d'une « crise de régime [2] ». Mais ne devrait-il pas, alors, quelques semaines plus tard, expliquer à ses lecteurs comment ce régime en crise a repris aussi

1. « *No pasaràn* ! », Jean Vautrin, *Le Monde*, 29 mars 1998.
2. « Crise de régime », Serge July, *Libération*, 23 mars 1998.

vite son petit bonhomme de chemin ? La République est-elle plus profondément mise à mal par les compromissions de quelques cyniques qu'elle ne l'est par le délitement des banlieues, les millions de chômeurs, l'aggravation des inégalités, la panne de l'ascenseur social ?

De surcroît, la répétition de stigmatisations sans lendemain risque de se révéler contre-productive. Ainsi, le 3 mai, *Le Monde* annonce à ses lecteurs que Charles Millon « confie des responsabilités culturelles à un fondateur du GRECE ». Factuellement, l'information est parfaitement exacte, puisque, au terme de nouveaux marchandages, Pierre Vial, représentant de la tendance paganisante du FN, est élu vice-président de la commission des affaires culturelles de la Région. Il manque cependant un détail : Vial occupe ce poste depuis 1992. Du coup, Millon, dans une lettre que le quotidien publie sans commentaires, peut s'offrir le luxe de dénoncer « l'ère du soupçon », inaugurée par son élection : « Dois-je rappeler, écrit-il, que, de 1992 à 1998, le Front national a détenu avec l'accord des groupes socialiste et communiste neuf vice-présidences de commission ? Dois-je également rappeler que, déjà, M. Vial était vice-président de la commission des affaires culturelles, sans que la gauche y trouve alors matière à polémique ni que la politique culturelle déterminée par notre équipe s'en trouve infléchie ? » L'affaire se soldera par un « dont acte » embarrassé du journal sous la plume de son médiateur[1]. Il n'est pas question de mettre en doute la bonne foi du *Monde*, mais de pointer un empressement excessif à trouver ce qu'on cherche.

Plus généralement, comme s'ils voulaient se faire peur, la plupart des médias ne se contentent pas d'analyser la situation politique nouvelle créée par ces

---

1. « Charles Millon et l'extrême droite », Thomas Ferenczi, *Le Monde*, 24-25 mai 1998.

alliances qu'on ne peut plus réduire à quelques cas locaux. Il leur faut dévoiler les manifestations de la pétainisation des esprits et des régions. Relatant les cris de « Millon dehors » scandés par les députés de la majorité lorsque le transfuge refait son apparition au Palais-Bourbon, Alain Finkielkraut s'agace : « Aspirent-ils, par ce lynchage moral, à faire reculer l'extrême droite ? Non, ils veulent être ceux qui *auront résisté*. La posture historique l'emporte sur toute autre considération. L'obsession du passé les conduit à vivre le présent le futur antérieur[1]. »

À manier avec autant de désinvolture le superlatif et le définitif, on encourt le danger de perdre toute crédibilité. Ceux qui espéraient que le lamentable spectacle offert par la droite régionale serait l'occasion d'arracher les rênes de l'antifascisme des mains de la gauche morale en sont pour leur frais. Comme l'écrit David Martin-Castelnau[2], « la gauche morale – ou gauche Bovary, tant elle se complaît dans le fantasme – a complètement échoué contre le Front national. Quand, d'aventure, c'est-à-dire à chaque élection, la réalité fait voler ses certitudes en éclats, elle réagit comme Emma : loin de se sentir ridicule, de s'amender, elle s'évade de plus belle dans ses songes ». Au point de plus se soucier des piteux arrangements conclus par-dessus la tête des électeurs que du message envoyé par ces mêmes électeurs. Or, on l'a vu, de « fascisme qui ne passera pas » en « peste brune », de « démocratie menacée » en « résurgence du nazisme », une fraction de ceux-ci, imperturbablement, continue à accorder, sinon sa confiance, du moins sa voix, au FN. Ce problème reste entier, ainsi que le conclut férocement Finkielkraut : « Habités par l'idée de ne pas manquer leur

---

1. « Les redoutables avocats de la souffrance », Alain Finkielkraut, *Le lynchage médiatique*, *Panoramiques*, n° 35, 4e trimestre 1998.

2. « La lepénisation et la gauche Bovary », David Martin-Castelnau, *Libération*, 7 avril 1998.

rendez-vous avec l'histoire, les antifascistes contemporains sont en train de manquer leur rendez-vous avec la politique[1]. » Comme d'habitude, a-t-on envie d'ajouter.

Le meilleur ennemi du FN

Une réussite. Avec seulement quelques milliers de militants, mais forts de l'amour que leur portent les bonnes fées médiatiques, des groupuscules gauchistes parviendront, des années durant, à se faire passer pour des partis de masse. Qui n'a pas son groupe « antifasciste » ? Créé à l'initiative d'Alain Krivine pour damer le pion à SOS Racisme, Ras l'Front, incontestablement le plus réussi, sera, pour une organisation plus proche de la paroisse que du parti révolutionnaire, le pré carré de la radicalité. Ses figures héroïques sont l'écrivain Gilles Perrault, ou la journaliste Anne Tristan qui se fait connaître en montant « au Front », autrement dit, en devenant militante du parti lepéniste pour en décrire les rouages. Si l'on en croit le texte fondateur, « l'appel des 250 » publié en 1991 dans *Politis*, l'organisation se propose d'être un outil de réflexion, « mais il faut reconnaître, affirme un ancien militant, qu'elle n'a jamais été vertébrée par la volonté de réfléchir ».

C'est peut-être dans Ras l'Front que l'on trouve l'échantillon le plus représentatif de la « gauche indignée ». Les « copains » et les « copines » qui se retrouvent dans leurs collectifs locaux pour « casser du facho » militent parfois à la LCR ou au PC, plus rarement au PS. Après les déboires du mitterrandisme, le combat antifrontiste permet à nombre d'anciens gauchistes plus ou moins tendrement traités par la vie de renouer avec le militantisme de leur jeunesse, de se

1. « Les redoutables avocats de la souffrance », Alain Finkielkraut, *art. cit.*

retrouver pour mener de nouveaux combats. Souvent nés trop tard pour s'adonner aux passions politiques des années 70, les autres sont surtout des boulimiques des bonnes causes. On les croise au DAL, auprès des « sans-logis », dans Attac, ou encore à la CADAC qui « lutte pour le droit à l'avortement ».

À Ras l'Front ou ailleurs « l'antifascisme » peut aussi donner du sens à la vie d'un adolescent. Du Manifeste, plutôt socialiste, au SCALP (section carrément anti Le Pen), plutôt « anar », toutes ces officines se disputent cet être mythique et censément régénérateur qu'est « le jeune ». Aussi les dirigeants aiment-ils flatter le sentiment identitaire d'adolescents qui, de leur côté, sont ravis d'entendre proclamer que « la jeunesse » est le dernier pôle résistant, le seul espoir d'une génération fatiguée. Et les médias, on le sait, aiment détecter des symptômes générationnels et célébrer les vertus juvéniles propres à rajeunir leur lectorat et à satisfaire leurs annonceurs. Patricia, militante à Ras l'Front, est inscrite au Parti communiste. « Dans les réunions de cellule, confie-t-elle à *L'Express*[1], les adhérents ont 75 ans de moyenne d'âge. Ils disent "je ne sais pas" toutes les deux minutes. » Seulement, les bons sentiments, fussent-ils juvéniles et juvénophiles, ne font toujours pas une politique. C'est ce que constate, toujours dans *L'Express*, Pauline Fournet, une doctorante qui travaille sur le sujet : « Beaucoup de jeunes qui adhèrent au Manifeste sont des enfants de soixante-huitards qui ont réussi. Ils vivent dans des quartiers favorisés et consacrent, quoi qu'ils en disent, une bonne partie de leur temps à discuter entre eux. Ils ont très peu de contacts avec les jeunes de banlieue qui, actuellement, passent en masse au FN. » Ce qui revient à reproduire les erreurs de leurs parents, eux-mêmes souvent militants d'ailleurs. La fracture entre

---

1. « Génération anti-front », Agnès Baumier, *L'Express*, 16 juillet 1998.

des élites noblement « antifascistes » et un peuple tenté par la protestation lepéniste ignore le clivage des générations. Ainsi, 7 % des étudiants contre un quart des trentenaires non-bacheliers affirment avoir voté FN lors des législatives de 1997.

La scène originelle de Ras l'Front a lieu le 1er mai 1995. Démontrant sa parfaite maîtrise des règles du Spectacle, l'association recevra l'adoubement médiatique. En effet, alors que le Front national, comme chaque année, défile en l'honneur de Jeanne d'Arc, des banderoles tombent quasiment sous le nez des orateurs du FN. Cette séquence symbolique va faire affluer les adhésions. Dès lors que le combat « antifasciste » devient un *show* télévisé, chacun veut en être. L'agit-prop sera donc privilégiée par rapport au travail intellectuel, moins « télé-compatible ». Signe que l'on s'adresse en priorité à ceux qui sont déjà convaincus, l'activité préférée des « antifascistes », outre la manifestation, consiste à perturber ou à empêcher les réunions du FN, quitte à leur offrir une publicité maximale et à fournir une argumentation victimaire aux sympathisants qui affectionnent la posture de démocrates assiégés.

Dans la période qui suit la scission entre « mégrétiens » et « lepénistes », les manifestations anti-FN rameuteront plus de monde que les réunions dont elles entendent empêcher la tenue au prétexte de leur dangerosité pour la République. Que sont nos ennemis devenus ? Les militants semblent désemparés, au point que leur activisme finit par donner le sentiment que tout est fait pour maintenir l'adversaire en vie.

Si l'ennemi extérieur vient à faiblir, il reste toujours l'ennemi intérieur. D'où, on l'a vu, la jouissance que procure la dénonciation de « la lepénisation des esprits ». Toutefois, l'acmé de « l'antifasciste » est de découvrir que son « collectif » abrite des taupes ou de percer à jour un membre infiltré du DPS, le service d'ordre du Front dont les agissements alimentent régulièrement la chronique et les fantasmes. Seulement, une telle aubaine est rare. À défaut, on peut se contenter d'un militant mou, voire *suspect*. De ce point de vue, l'épisode le plus ahurissant demeure certainement la mise en accusation par l'écrivain « antifasciste » Didier Daeninckx de l'écrivain « antifasciste » Gilles Perrault. L'auteur de *Notre ami le Roi* est pourtant une sorte d'icône pour les Ras l'Frontistes. Dans un entretien au *Monde* où une importance inattendue est accordée aux faits et gestes d'ultra-gauchistes en déshérence, Daeninckx, justicier autodéclaré, accuse deux d'entre eux, Gilles Dauvé et Serge Quadruppani, d'être des négationnistes masqués[1]. Dans leur jeune temps, au début des années 70, ceux-ci ont, il est vrai, fréquenté la librairie La Vieille Taupe, dirigée par Pierre Guillaume, qui deviendra plus tard un ardent faurissoniste. Surtout, ils ont, par la suite, publié dans des *samizdats* destinés à quelques centaines, peut-être quelques dizaines de personnes, des textes à tout le moins délirants, dans lesquels, entre autres outrances, le numéro de sécurité sociale est comparé au numéro tatoué sur les poignets des déportés. Mais justement, en 1996, ils viennent de produire leur *mea culpa* dans un livre intitulé *Libertaires et ultragauche contre le négationnisme*, dont Gilles Perrault a accepté d'écrire la préface. Or, c'est ce moment-là que Daeninckx choisit pour entrer en guerre, inondant leurs amis communs et les médias de photocopies et autres proclamations destinées à dévoiler la vilenie des deux auteurs et de leur préfacier. Les organisateurs de « salons du polar » se voient sommés d'éliminer de leurs listes d'invités les « éléments suspects ». Dans sa hargne croissante,

1. « Ils veulent faire sauter le verrou d'un "mythe" génocidaire », Didier Daeninckx, entretien avec Ariane Chemin, *Le Monde*, 8 juin 1996. Voir aussi, ce même jour, l'article d'Ariane Chemin résumant l'affaire et la réaction de Gilles Perrault.

Daeninckx est prêt à étendre la condamnation à quiconque ne se range pas de son côté. Thierry Jonquet, également auteur reconnu, voit ainsi son ami se muer en « croisé du bien ».

Les méchantes langues parlent de concurrence. En effet, tout ce petit monde appartient, professionnellement, au même milieu, celui du « polar de gauche ». Daeninckx est l'un des auteurs-phares de la collection *Le Poulpe* dont le héros est un flic « antifasciste », collection à laquelle il a d'ailleurs fait collaborer Quadruppani. L'un des anciens auteurs de la collection soupire : « Au départ, c'était une idée marrante. C'est devenu le catéchisme gauchiste. » La réalité est plus inquiétante que ne le serait une triste bataille d'intérêts. Daeninckx, qui dans ce courageux combat est épaulé par le chercheur lyonnais Philippe Videlier, est sans doute sincère. Il se pense investi de la mission sacrée de terrasser la bête immonde qui fait semblant de dormir. Il pense voir ce que les autres ne voient pas et, nanti de ses volumineux dossiers, il parvient à convaincre des journalistes de ses talents d'investigateur. Du reste, l'un et l'autre continuent aujourd'hui à traquer la plus infime trace de négationnisme, offrant ainsi quelques heures ou quelques jours de célébrité à d'obscurs pseudo-professeurs ou à des feuilles de chou confidentielles. Et ils sont insensibles au repentir. Qu'une de leurs victimes affirme regretter les âneries qu'elle a débitées plusieurs années auparavant, et c'est la preuve qu'elle tente de se respectabiliser pour faire avancer ses noires idées. Dans le premier numéro de sa revue – d'ailleurs tout aussi confidentielle [1] –, Daeninckx évoque « les réseaux négationnistes en France ». Pour faire bonne mesure, cet investigateur du passé fait figurer sur sa liste noire, outre des émules de Faurisson, Régis Debray ou Jean-François Kahn. Son ardeur délationniste et sa rancune tenace finissent d'ail-

1. *Les Assassins de l'histoire*, éditions amnistia.net.

leurs par irriter ses anciens partisans, d'autant plus que les batailles rangées qui se déroulent quand il rencontre ses ennemis ne produisent pas le meilleur effet.

« L'affaire Perrault » fait grand bruit dans les milieux anti-FN et particulièrement à Ras l'Front où des esprits troublés sont prêts à céder devant l'autodestruction paranoïaque qui, depuis le XIXe siècle, caractérise les groupuscules activistes. Rémi Barroux, chef de l'association, parviendra cependant à ramener le calme. Mais on imagine combien cette polémique imbécile réjouit le Front national. Avec des ennemis pareils, Jean-Marie Le Pen n'a nullement besoin d'amis.

Lutter contre l'obscurantisme : jusqu'au dernier Algérien

« Nous sommes à Bab el Oued, quartier musulman d'Alger. »

Antenne 2, décembre 1991.

« Je me suis trompé de société. »

Saïd Sadi, chef du RCD, décembre 1991.

« Il boit du whisky, il bat sa femme, et il attend que l'armée le sauve du FIS. » Avec l'humour particulier que nourrit le désespoir, la rue algéroise qualifie ainsi, en cette fin 1991, le « démocrate » algérien. De l'autre côté de la Méditerranée, c'est encore plus simple : le « démocrate » est celui qui nous ressemble. Quand bien même serait-il méprisant à l'égard du peuple et incapable de rassembler plus de quelques pourcentages de voix. Démocrate entre guillemets pour démocratie entre parenthèses, les Algériens devront s'en contenter. Et la violence laïque, somme toute, semble plus acceptable que la violence islamiste. Vue de Paris en tout cas.

Au nom de la lutte contre l'intégrisme, la France officielle et la France de l'intelligence se félicitent, plus ou moins ouvertement, de l'interruption par l'armée du processus électoral quelques jours après la victoire du FIS au premier tour des élections législatives, le 26 décembre 1991. Durant dix ans, selon les phases et l'ampleur de la répression, les pays et les intellectuels occidentaux oscilleront, à l'égard du pouvoir algérien, entre un soutien franc et une tolérance un peu gênée. Qu'il jugule le « péril vert », qu'il écarte le spectre sans cesse agité d'un afflux de réfugiés « laïques » à Marseille, et on ne lui cherchera pas trop de noises sur la façon dont les forces de sécurité emploient l'armement livré par la France. Au passage, on peut souligner que l'usage, pour désigner ceux qui gouvernent le pays, de vocables impersonnels, comme « régime » ou « pouvoir », termes auxquels on accole plus rarement des noms propres, est en lui-même révélateur du théâtre d'ombres qu'est la politique algérienne. Parler de « l'État-FLN », ainsi qu'on l'a fait des années durant, c'est se référer à la façade partisane derrière laquelle quelques généraux ont bâti leur pouvoir.

En tout cas, la guerre civile, au bout du compte, permet au régime de se renforcer. Le chercheur Luis Martinez[1] a étudié l'économie politique du conflit. Dans les deux camps, la violence est un instrument d'accumulation des ressources, richesses ou honneurs ; d'où la constitution, à l'intérieur du pouvoir comme au sein de ses assaillants, de multiples groupes soudés par des intérêts économiques. Quelle que soit la dureté des affrontements, ces seigneurs de la guerre se partagent le territoire, progressivement découpé en zones d'influence : certaines sont ainsi laissées sous la coupe des « émirs » des GIA, les Groupes islamiques armés, dont le fonctionnement emprunte à la fois aux sectes et aux cercles mafieux. Dans cette bataille pour les ressources, il n'est pas surprenant que le pouvoir, branché sur l'aide internationale, ait une longueur d'avance. « Pour l'armée algérienne, conclut Martinez, la guerre civile a été une opération économique rentable. En

1. *La Guerre civile en Algérie*, Luis Martinez, Karthala, 1998.

1993, l'Algérie est en cessation de paiements, en 1996, elle a un excédent commercial, un crédit de 1,5 milliard de dollars de réserve. Elle obtient des prêts du FMI et de la Banque mondiale. »

Avait-on assez, pourtant, rivalisé dans le lyrisme, fait assaut d'ère nouvelle, célébré par avance l'an I de la démocratie. Après les sanglantes émeutes d'octobre 1988 et la répression très dure qui s'était ensuivie, beaucoup croyaient qu'une ouverture du jeu politique était réellement à l'ordre du jour. Aujourd'hui, le survol des événements laisse penser que les officiers supérieurs qui gouvernent l'Algérie n'ont jamais eu la moindre intention de céder la réalité du pouvoir.

En juin, 1990, l'Algérie découvre le multipartisme lors des élections municipales, qui permettent au FIS d'emporter plus de la moitié des communes. Dix-huit mois plus tard, malgré l'instauration, dans une atmosphère pré-émeutière, de l'état de siège et l'incarcération des deux dirigeants historiques de la nébuleuse islamiste, Abassi Madani et Ali Belhadj, 47 % des participants (et 24 % des inscrits) donnent leur suffrage au FIS. Las ! Les-premières-élections-libres-depuis-l'indépendance – du moins au niveau national – n'auront été que des demi-élections. À Alger, les journalistes qui entendent le Premier ministre, Sid Ahmed Ghozali, annoncer les premiers résultats, en se fondant sur les estimations fournies par le FIS, sont aussi hébétés que lui. « Ce n'est pas possible, ils ne vont pas laisser les islamistes gagner », s'indignent certains. Beaucoup laisseront leur soulagement éclater, dix jours plus tard, après le discours du président Chadli annonçant du même coup sa « démission » et l'interruption du processus électoral. « Imaginez ce qui se serait produit si on avait laissé le FIS prendre le pouvoir », entend-on souvent, plus de dix années après. « L'Algérie aurait plongé dans une nuit sans fin », répond sans hésiter

Bernard-Henri Lévy[1]. Mais comment, dès lors, qualifier les souffrances endurées par la population, durant ces dix années ?

On peut en effet se demander si pour certains observateurs, inconsciemment, la question ne devient pas : « Que se serait-il passé *pour nous* ? Que serait-il advenu de nos illusions ? » Alors, on peut essayer de l'imaginer. Parmi les possibilités, figure bien entendu l'instauration d'un État islamique, dans lequel les femmes auraient été voilées et renvoyées dans leurs foyers, tandis que les hommes auraient été sommés d'arborer barbe et *kamiss*, la longue tunique supposément traditionnelle. Et il était d'autant plus légitime de ne pas prendre pour argent comptant les déclarations apaisantes, au lendemain du scrutin, d'un certain nombre de dirigeants islamistes qu'il était fort aisé, au même moment, d'en trouver d'autres pour expliquer complaisamment aux journalistes occidentaux à quel point ils admiraient les exemples iranien ou soudanais. On peut donc à bon droit ne pas se fier aux bons sentiments. En revanche, bien que l'opinion dominante préfère souvent l'indignation et le sentimentalisme, il est toujours pertinent d'analyser les rapports de force. De ce point de vue, une évolution radicale et l'instauration d'une terreur islamiste semblaient peu probables dès lors que le FIS, accédant au gouvernement, eût été obligé de composer avec le président Chadli... et avec l'armée. Puisque celle-ci, qui selon la Constitution dépend du président, est intervenue en plein processus électoral, on ne voit pas ce qui l'aurait empêchée de le faire ultérieurement. Et elle eût sans doute, alors, bénéficié d'un large soutien de la société, provoquant une évolution à la turque.

Quiconque se rend en Algérie dans cette période ne peut ignorer que, dans leur majorité, les 3,2 millions

---

1. Au cours de l'émission « Le Grand Débat », « Que faire pour l'Algérie ? », *France Culture*, 16 mars 1998.

d'électeurs du FIS (47 % des suffrages exprimés, 24 % des votants, 43 % des sièges emportés) ne se sont nullement prononcés pour l'instauration d'un État islamique. Sans doute un certain nombre de diplômés arabophones et de militants actifs espèrent-ils qu'un retour à l'islam, en mettant fin à la domination des élites francophones, leur offrira une chance de trouver une place dans la société, tout en conférant à l'Algérie un rôle moteur dans l'*oumma* islamique puisque l'expérience socialiste a échoué à lui donner une place à sa mesure dans le concert des nations. À cet égard, il n'est pas anodin de rappeler qu'une partie de la direction du FIS, à commencer par Madani, revendique une version algérianiste de l'islam politique, et qu'un grand nombre de ses cadres ont tété le lait de la libération nationale bien avant de se convertir au breuvage religieux. D'ailleurs, nombre de militants du FLN votent pour « les frères », tout simplement parce que, aux yeux de nombreux Algériens pieux tout autant que patriotes, le FIS est un FLN qui serait resté authentique. Cette population, la plus islamisée de l'électorat islamiste, s'accommoderait sans doute aisément d'une société dans laquelle l'individu bénéficierait d'une autonomie réduite, voire inexistante.

Pour leur part, les petits commerçants qui constituent une fraction notable du vivier électoral islamiste attendent surtout du FIS la libéralisation économique qui leur permettrait de prospérer en paix. Enfin, la masse des « hittistes » désœuvrés, bien souvent analphabètes en arabe comme en français, et, plus largement, le petit peuple, adressent au parti islamiste un message avant tout politique : « Vous êtes les seuls à pouvoir nous débarrasser de ce régime qui nous méprise et qui exploite à son seul bénéfice les ressources du pays. » Or, si les élites occidentalisées ont déserté les cages d'escalier, les « frères », à l'image du Parti communiste des années 50, travaillent infatigablement dans les cités, palliant par leur activisme social les carences de l'État et l'absence de l'opposition démocratique. Dans les « quartiers », terme usité à Alger avant de s'implanter en France, certaines familles sont obligées, faute de place, d'établir un roulement entre les enfants pour dormir. Le seul endroit où les gamins, tard le soir, peuvent trouver refuge, ce sont les mosquées. Autant dire que le vote islamiste traduit des aspirations qui, pour une part, n'ont pas grand-chose à voir avec l'islam. « Le FIS, écrit le sociologue Lahouari Addi, est la conséquence de la rupture du pouvoir d'avec la population. C'est un anti-pouvoir qui s'est érigé en contre-pouvoir en attendant d'être le pouvoir tout court[1]. »

Une autre hypothèse, dans le cas où le processus électoral se serait poursuivi, est que le FIS, qui ne s'était guère montré brillant dans la gestion des municipalités conquises en 1990, aurait, au gouvernement, essuyé un échec similaire. Décevant les attentes placées en lui, et toujours à la merci d'une reprise en main militaire, il eût été contraint soit de composer, soit de quitter le pouvoir. Enfin, compte tenu de la mobilisation de l'opposition non islamiste qui, dans les tout premiers jours de 1992, rassembla 200 000 personnes dans les rues d'Alger à l'appel du Front des Forces socialistes d'Aït Ahmed, seule formation politique d'envergure qui ait réussi à émerger entre le FLN et le FIS, il n'est pas exclu que le parti d'Abassi Madani ait échoué à atteindre la majorité absolue lors du second tour. Il n'aurait alors eu d'autre choix que de former un gouvernement de coalition, en renonçant à une partie de son programme, ou alors de constituer une opposition, ce qui aurait placé les autres formations devant leurs responsabilités.

Le pire, donc, était possible, mais il n'était pas cer-

---

1. *L'Algérie et la démocratie*, Lahouari Addi, La Découverte, 1994.

tain. Quoi qu'il en soit, dix ans exactement après le coup d'État militaire de janvier 1992, l'Algérie a connu pire que le pire. Des dizaines de milliers de personnes ont été tuées, soit par le terrorisme islamiste, soit par les représailles militaires ; un président a été assassiné, un autre démis de ses fonctions et le troisième a les plus grandes difficultés à faire prévaloir ses options ; les classes moyennes indispensables à un processus de modernisation ont été laminées : des millions de personnes vivent dans la pauvreté et le désespoir et ceux qui le pouvaient, c'est-à-dire les élites éduquées, ont quitté le pays ou s'apprêtent à le faire. Quant à la violence, elle ne mérite plus la « une » des grands médias, mais elle est omniprésente. Bref, on ne sait pas ce qui se serait passé si les élections étaient allées à leur terme ; mais on voit mal ce qui aurait pu advenir de plus terrible que ce qui s'est réellement produit. Si on suit, encore une fois, Lahouari Addi, le FIS était en quelque sorte la dernière étape avant la modernité politique, la limite extrême de la représentation prépolitique. Aussi, poursuit-il, son accession au pouvoir aurait-elle constitué une « régression féconde ».

L'objet n'est pas de proposer ici une analyse détaillée des mécanismes politiques qui ont conduit l'Algérie à cette impasse. En revanche, on peut essayer de comprendre comment le débat français sur la crise algérienne s'est mué en un affrontement vain entre deux camps dont les erreurs se sont conjuguées pour obscurcir la compréhension.

En France, la ligne de fracture entre ces deux camps reproduit peu ou prou celle qui, en Algérie, oppose les « éradicateurs », convaincus que seule la force viendra à bout des « fous de Dieu », et les « dialoguistes », partisans d'un compromis politique avec le FIS. Et, à l'instar de ce qui se passe en Algérie, jusqu'en 1997, seuls les premiers parviennent à se faire entendre, toute divergence se retrouvant assimilée à un barbare penchant pro-islamiste qui relève, au mieux, de l'angélisme, au pire, de la complicité. Personne ne se risque à comparer Madani ou Belhadj avec Hitler – encore que cela viendra. Mais on établit des similitudes entre les situations. « Depuis les élections allemandes du 5 mars 1933, on n'avait jamais vu un peuple se livrer à la dictature », écrit Thierry Desjardins dans *Le Figaro*. Et de rappeler implicitement qu'en 1933, il était encore possible de contrer l'ascension du *Führer*. Certes, mais alors, la réflexion devrait aller au bout de sa logique. Une fois Hitler vainqueur des élections, il est évident qu'il n'y a eu en Allemagne aucune force politique susceptible de s'opposer à lui. Restait donc la guerre que l'on n'a malheureusement pas cru bon de mener pour les raisons que l'on sait. Mais peut-on sérieusement imaginer qu'un pays occidental est prêt à envoyer des troupes en Algérie ? Et, quand bien même cette hypothèse farfelue se vérifierait, quel serait le mandat de ces troupes ? Qui devraient-elles soutenir ? Finalement, cette logique prévaudra partiellement. Même si on se contentera d'envoyer des armes et des crédits, l'aide occidentale sera déterminante.

À l'évidence, le passé colonial, les liens tissés depuis 1962 entre les représentants du pouvoir algérien et l'ensemble de la classe politique, jouent un rôle fondamental dans cette dérive du débat. Journaliste installé en France, Akram Belkaïd a recueilli les confidences de nombreux hiérarques du régime algérien qui affirment avoir, à l'occasion, financé certains partis français. Plus profondément, il faut tenir compte de l'importance de la question algérienne dans la constitution identitaire de la gauche, et aussi dans la formation de toute une génération : nombre d'intellectuels, de militants et de « grandes plumes » sont nés à la politique en défendant l'indépendance de l'Algérie. En 1962, l'accession au pouvoir de Ahmed Ben Bella et l'éviction de Mohammed Boudiaf scellent, en même temps que la subordination du politique au militaire, la suprématie des chefs issus de « l'armée des frontières » sur les maquisards de l'intérieur. « L'armée qui ne s'était pas battue venait se partager les fruits du travail des autres », commente Pierre Vidal-Naquet. Mais après des années de combat anticolonial, la critique n'est pas de mise. Seuls quelques « porteurs de valise » comme Robert Bonnaud comprennent vite « qu'ils ne se sont pas battus pour ça ». Quand, en 1965, Houari Boumediene prend le pouvoir, accentuant encore le poids de l'armée et de l'appareil policier, on feint, à Paris, de ne pas trop s'apercevoir du changement qui s'effectue toujours sous la glorieuse bannière du FLN. Blâmer le FLN, c'était faire le jeu de l'extrême droite. Pierre Vidal-Naquet reconnaît aujourd'hui la complaisance dont a bénéficié le nouveau pouvoir. « Si nous avons protesté çà et là contre la torture et diverses choses, dit-il, on a laissé faire sans le critiquer avec suffisamment de force un régime militaire abject[1]. »

Dans ces conditions, admettre, trente ans après, que les héros canonisés de la guerre d'indépendance se sont comportés comme des potentats, et ont souvent maltraité leur peuple, différemment sans doute, mais autant, sinon plus, que ne l'avait fait le colonisateur, reviendrait non seulement à revisiter les engagements passés mais aussi, ce qui est peut-être plus douloureux, à tourner la page de sa jeunesse. Pour que la guerre d'Algérie conservât son caractère mythique de combat entre le bien de la libération des peuples et le mal de la colonisation, pour qu'on pût continuer à ignorer sa composante islamique et à la parer de son chatoyant « déguisement occidental », selon le mot de Paul Thibaud, il était indispensable que la guerre civile – sou-

---

1. *Les Violences en Algérie* (ouvrage collectif), « Le combat pour l'indépendance algérienne : une fausse coïncidence », dialogue entre Paul Thibaud et Pierre Vidal-Naquet, Éditions Odile Jacob, 1998, initialement paru dans *Esprit* en janvier 1995.

vent qualifiée de « seconde guerre d'Algérie » – entrât, fût-ce au prix de contorsions intellectuelles, dans une grille de lecture comparable. Or, s'il ne s'agit nullement de contester le choix politique de l'indépendance algérienne qui fut fait, souvent courageusement, par la gauche intellectuelle des années 60, il est en revanche permis d'interroger le caractère moralement sacré et donc indiscutable conféré à ce choix, qui conduit entre autres, aujourd'hui, à évoquer les seules turpitudes commises par l'armée française et à rivaliser dans la repentance. Le colonialisme a-t-il disparu parce qu'il était moralement condamnable ou parce qu'il était politiquement intenable ?

Le plus étrange, dans cette affaire, c'est que l'on assiste, en France, à partir de 1997, à un retournement complet de l'opinion dominante. Sans que cette évolution soit clairement formulée, et donc, sans qu'elle soit assumée. Du coup, c'est au tour de ceux qui persistent dans leur point de vue initial d'être stigmatisés. Bien entendu, chacun a le droit de changer d'avis, et il est parfaitement honorable d'avoir soutenu l'arrêt du processus électoral en 1991, puis de penser, quelques années plus tard, au vu des événements, que l'on s'est trompé. Seulement, prétendre à la continuité alors qu'on change donne le sentiment que les évolutions ne sont pas guidées par la réflexion mais par la nécessité d'être dans le bon camp, ou plus simplement de demeurer maître de l'opinion dominante. On ne se forge pas un point de vue, on sautille. Au gré des émotions et des courants fluctuants de l'air du temps. En 1991, celui-ci, au nom du péril intégriste, est favorable au pouvoir algérien, à qui la presse, les intellectuels et la classe politique apportent un soutien massif, et parfois aveugle. Comment ne pas être contre l'islamisme ? Comment ne pas refuser le fanatisme ? Il faut souligner d'ailleurs que c'est la « gauche chrétienne », notamment dans *Esprit,* qui résiste le mieux au manichéisme ambiant. Dès 1991, des voix issues de ce courant s'opposent au consensus général favorable à l'arrêt des élections. Il est vrai qu'il serait paradoxal de défendre le multiculturalisme en France pour refuser de prendre en compte les différences culturelles à l'échelle internationale. Mais beaucoup d'autres n'en sont pas à un paradoxe près.

Quelques années plus tard, les généraux deviennent responsables de tous les malheurs de l'Algérie, les responsabilités des islamistes semblant presque secondaires. En somme, une vision manichéenne succède à une autre vision manichéenne. Elles sont, bien sûr, aussi biaisées l'une que l'autre, mais tout se passe comme si la recherche frénétique d'une incarnation du mal empêchait l'expression de la moindre nuance. On peut également noter que le renversement de l'opinion médiatique coïncide avec un infléchissement de la politique française, lui-même contemporain de la vague d'attentats. Bien entendu, cela ne prouve nullement l'existence d'un lien de causalité. Reste que la volonté, compréhensible à défaut d'être noble, de sanctuariser le territoire français a sans doute quelque chose à voir avec le gel des livraisons d'armes et avec l'expression publique croissante de doutes quant à l'efficacité de la stratégie « éradicatrice ».

Mais les prises de position sur l'Algérie ne traduisent pas seulement un choix tactique. Très vite, l'Algérie devient le champ clos d'un débat franco-français dans lequel la réfutation morale de l'adversaire remplace l'argumentation. Dans ce western où l'on cherche en vain les « bons », chacun, conformément à notre péché mignon national, se croit sommé de choisir un camp. Du coup, la discussion se réduit peu à peu à un affrontement entre « défenseurs des généraux » et « suppôts de l'islamisme » – aucun des deux camps n'assumant évidemment cette étiquette que lui accole l'adversaire. Les premiers privilégient dans l'observation les crimes terroristes, au point d'occulter totalement les écrasantes responsabilités du pouvoir dans la radicalisation islamiste ; les autres mettent l'accent sur les manipulations, au risque d'oublier que, manipulés ou pas, encouragés ou pas, il se trouve de vrais « barbus » pour commettre des atrocités. J'accepte quant à moi ce dernier reproche. Très hostile, aujourd'hui encore, à l'interruption du processus électoral et, plus généralement, à la lecture faite en France des événements algériens, n'aurais-je pas, durant certaines périodes, accordé plus d'attention et de passion aux crimes commis par le pouvoir ou avec sa complicité, au point de pouvoir sembler moins sensible à la barbarie des auteurs directs de massacres ? Il faut le reconnaître ; dans de telles situations, il est très difficile de « tenir les deux bouts de la chaîne ». « L'islamisme doit être envisagé pour ce qu'il est : un mouvement politique de contestation des régimes autoritaires », écrivent Rony Braumann, François Burgat et d'autres chercheurs dans un texte collectif[1]. Sans doute. Mais on ne saurait se contenter de cette vérité trop partielle. L'islamisme est peut-être un mouvement politique mais il se prévaut d'une légitimité religieuse. Et le fait de contester des régimes autoritaires ne prouve nullement son caractère démocratique. Enfin, l'islamisme n'est pas forcément synonyme de terrorisme, quoique nombre de terrorismes s'en réclament.

Curieusement, les uns projettent outre-Méditerranée les catégories d'analyse applicables à la France, tandis que les autres finissent par transposer en France – notamment sur la question de l'intégration – leur analyse des événements algériens. Au point qu'on a le sentiment que, d'un côté ou de l'autre, « l'Algérie, c'est toujours la France ». Alors que les émotions prennent

1. « Alger vaut bien une explication », François Burgat, Rony Braumann, Jocelyne Césari, Gilbert Grandguillaume, Tassadit Yacine, *Libération*, 7/8 février 1998.

progressivement le pas sur la réflexion, alors qu'il s'agit de moins en moins de comprendre et de plus en plus de juger, on omet en fin de compte de s'interroger sur les aspirations du peuple algérien pris en otage entre l'armée et « les barbus ». Et on passe à côté de l'essentiel. En effet, l'Algérie n'est ni le théâtre d'un affrontement entre des démocrates et des dictateurs en puissance, ni celui d'une guerre entre laïques et cléricaux. En faisant adopter en 1984 un code de la famille fortement inspiré par la loi islamique, le pouvoir a bien montré que la laïcité n'est pas son problème. De même, en 1997, quand les militaires chargent le Hamas de Mahfoud Nahnah d'occuper l'espace politique auparavant empli par le FIS, ils indiquent qu'à leurs yeux il existe de « bons islamistes », à savoir ceux qui ne menacent pas leur pouvoir. Autant dire que la guerre sanglante qui oppose le régime au terrorisme islamiste ne repose nullement sur un affrontement idéologique. C'est une lutte pour le pouvoir, lutte dans laquelle les extrémistes des deux côtés sont prêts à mourir jusqu'au dernier Algérien. Seulement, de ce côté de la Méditerranée, une guerre entre « affreux et pourris » ne procurerait pas aux observateurs la satisfaction de lutter contre le Mal. Il faut donc la transformer en croisade pour la liberté. Les représentants du régime s'y emploieront activement, avec un succès indiscutable. Dès lors qu'ils parviennent à apparaître comme l'ultime rempart contre les hordes fanatiques, ils sont assurés d'une impunité presque totale quant à leurs propres agissements.

Évidemment, même au tout début de la crise, personne, en France, ne prétend que les généraux algériens constituent des exemples de vertu démocratique. Et il se trouve des intellectuels et des journalistes qui, tout en s'inquiétant de la victoire du FIS, se montrent sceptiques, voire franchement hostiles, à l'interruption des élections. Mais, pour la majorité, le début de la violence terroriste balaie promptement ces hésitations. Chaque civil qui tombe, égorgé par les « barbus », procure de nouveaux alliés au pouvoir et à sa politique de répression massive. Quand bien même le combat qui se joue sur la terre algérienne opposerait les forces du mal aux forces du moindre mal, l'heure n'est pas à la nuance mais à la lutte sans merci contre l'ennemi principal.

En France, dès les premiers attentats islamistes en Algérie, la circonspection perceptible durant les premiers jours, exprimée notamment par François Mitterrand, cède la place à un tonitruant jusqu'au-boutisme qui fait consensus dans tout l'arc politique et pratiquement dans toute l'intelligentsia. Il est normal, bien entendu, d'approuver la fermeté consistant à ne jamais négocier avec le terrorisme. Le problème est qu'il devient interdit de s'interroger sur les causes mêmes de ce dernier. Au bout du compte, cela conduit à refuser avec constance de s'intéresser à la réalité. À trop réfléchir, risquerait-on de mollir ? « Les sommations humanitaires, résume Benjamin Stora, tracent les manichéismes d'engagement. Il faut être, se situer, dans le camp autobaptisé démocrate, au risque de vite se retrouver rejeté dans les ténèbres de l'intégrisme. L'inconditionnalité demandée, exigée, interdit tout examen critique des positions antérieures de chacun des acteurs[1]. »

Pour comprendre l'émergence de la violence comme unique mode de règlement du conflit politique, il faut remonter un peu dans le temps. On se contentera ici de rappeler que la mémoire héroïsée de la guerre d'indépendance, telle qu'elle est transmise aux générations suivantes, s'appuie sur une idée : la France a été vaincue par les armes. « Cette histoire, écrit encore Stora,

---

1. *Les Violences en Algérie* (ouvrage collectif), « Absence et surabondance de mémoire », Benjamin Stora, Éditions Odile Jacob, 1998, initialement paru dans *Esprit* en janvier 1995.

fait la part belle à la "violence", considérée comme moteur spécifique. » Il convient aussi de s'intéresser aux débats qui ont, au lendemain des émeutes d'octobre 1988, traversé le FIS naissant. Au sein de cette nébuleuse, certains sont partisans de la voie légale ; il faut, disent-ils, jouer le jeu électoral et, progressivement, nous convaincrons la société que « l'islam est la solution » ; pour les autres, non seulement la démocratie est *kafr* (impie), mais de surcroît, d'un point de vue tactique, elle ne pourra jamais, disent-ils, fonctionner au profit des musulmans. « Jamais on ne nous laissera arriver au pouvoir autrement que par les armes », rétorquent-ils à leurs adversaires taxés de naïveté. Ce clivage entre « légalistes » et « révolutionnaires » recoupe à peu près celui qui sépare les « algérianistes » des « salafistes », partisans de la révolution islamique mondiale.

Au congrès de Batna, qui rassemble à l'été 1990 toutes les tendances islamistes, les partisans de la voie électorale emmenés par Abdelkader Hachani, ingénieur et syndicaliste à la Sonatrach, la compagnie nationale des hydrocarbures, l'emportent au terme d'affrontements homériques. Mais alors que le FIS est privé de sa victoire, on dirait que tout est mis en œuvre pour donner raison aux plus extrémistes. La démocratie, peuvent-ils aisément dire, n'est acceptable que quand elle bénéficie au pouvoir. De plus, quelques jours après le coup d'État, le FIS est interdit ; des milliers de ses cadres, militants, et même de ses sympathisants sont arrêtés et expédiés dans des camps d'internement au sud, quand ils ne sont pas purement et simplement exécutés par les « ninjas », ces membres des corps spécialement créés pour combattre la guérilla islamiste, et ainsi surnommés car ils opèrent cagoulés, l'élimination des individus ne pouvant s'effectuer à visage découvert.

Notons au passage que les militants des Droits de

l'homme qui, en Occident, crient légitimement à la barbarie dès qu'un intellectuel laïque est exécuté n'auront, des années durant, pas un mot pour ces victimes-là. Ce choix entre bonnes et mauvaises victimes, entre celles pour qui on manifeste et celles sur lesquelles on ferme les yeux est, on le verra, l'une des constantes de la censure contemporaine.

Les défenseurs passionnés de la cause des femmes algériennes consacrent des articles enflammés à celles qui, à Paris, courent de micro en plateau de télévision. Mais se soucieront-ils jamais de ces femmes qui ont perdu un frère, un mari ou un père, simplement parce qu'il était islamiste, ou présumé tel ? Celles-ci, il est vrai, portent souvent le *hijab*, le voile, mais doivent-elles pour cette « faute » être exclues de la communauté humaine ? Dans un documentaire réalisé par la BBC, on voit l'une de ces femmes raconter comment les forces de sécurité, un soir, ont investi son domicile, et abattu son mari, avant de demander : « Comment s'appelle-t-il ? » La compassion à géométrie variable, qui ignore cette souffrance-là, ne risque-t-elle pas, à terme, de produire chez les intéressés un effet désastreux ?

« J'évoque surtout les femmes, premières visées par le terrorisme islamiste. » André Glucksmann ne fait là qu'assener une idée tellement ressassée qu'elle a pris l'apparence de la vérité. À entendre répéter que ces héroïnes du *freedom fighting* résistent, qu'elles narguent la mort et lisent Voltaire, à force d'être convoqués par ces mêmes adjectifs, ces mêmes périphrases qui perdent peu à peu de leur force pour se muer en lieux communs du Spectacle, on ne peut se défendre d'un sentiment de gêne. Reste à examiner cette affirmation sans cesse réitérée selon laquelle les femmes, les intellectuels et les journalistes seraient les premières victimes du terrorisme islamiste. En réalité, ce sont les victimes les plus symboliques. Et il faut ici saluer la mémoire de celles et ceux qui sont morts égorgés, comme s'il fallait ajouter au meurtre l'horreur d'un rite sacrificiel. Toutefois, ces trois catégories représentent au plus quelques centaines de victimes quand on en compte, dans tout le pays, des dizaines de milliers. Peut-on, dès lors, oblitérer le souvenir des humbles dont le tort serait de ne nous être en rien semblables, dépourvus de toute promesse de *progrès* ?

Surtout, exclure totalement du champ politique un parti et les forces sociales qu'il mobilise, c'est forcément s'exposer à le voir basculer dans la clandestinité et la lutte armée. Sans doute pourrait-on espérer que les militants du parti condamné se disent que tout est préférable au sacrifice de vies. Mais c'est, à vrai dire, bien mal connaître la nature humaine. En réalité, tout indique que le pouvoir algérien a besoin, face à lui, de l'opposition la plus radicale, la plus extrémiste possible. Telle est notamment l'analyse du chercheur François Burgat[1] : « Les généraux algérois redoutent beaucoup moins la violence de la frange extrémiste de leur opposition, où réside maintenant leur unique légitimité, que les bulletins de vote du flot de leurs challengers modérés. » Ainsi, les forces de sécurité, au moins dans les premiers mois, tuent discrètement, la nuit ou au petit matin, mais la publicité maximale est donnée à chaque attentat visant un intellectuel laïque, un journaliste ou une femme. Même les opérations de ratissage et de bombardement au napalm, menées dans les années 1995-1996 par l'armée pour réduire les maquis, sont – le contrôle de la presse aidant – largement passées sous silence.

Le problème, c'est qu'affirmer ceci est s'exposer immédiatement à être accusé au mieux d'être pro-islamiste, au pire de légitimer le terrorisme. Refuser d'absoudre les uns pour condamner les autres, c'est faire

1. « Algérie, le vote oublié », François Burgat, *Libération*, 21 octobre 1994.

partie de ceux qui « renvoient dos à dos », autrement dit de ceux qui relativisent le crime pour ne pas désigner les coupables. En réalité, n'est-ce pas le fait de minimiser les crimes commis par un camp pour mieux souligner l'horreur de ceux que perpètre l'autre qui conduit à relativiser ?

Dans cette entreprise visant à habiller le conflit algérien dans un emballage susceptible d'attirer l'opinion publique française du bon côté, ceux qu'on appelle les « démocrates » jouent un rôle non négligeable qui les conduit à coller de plus en plus étroitement à la ligne défendue par le pouvoir. En réalité, ces « démocrates » sont ceux qui nous ressemblent le plus. Au demeurant, ils font souvent la navette entre Alger et Paris. Tous y ont des amis, des réseaux, des contacts, et les plus fortunés y disposent d'appartements. C'est donc avec eux que journalistes et intellectuels s'entretiennent, avec eux que l'on va dîner dans les restaurants d'Alger. Ce sont eux qui, pour le plus grand bonheur du public français, se déclarent parfois athées ou en tout cas très critiques sur l'islam. On peut évidemment le déplorer, mais il est rarissime de rencontrer des incroyants en Algérie. Y défendre la laïcité est prendre ses bonnes intentions pour des réalités. De très nombreux Algériens ne sont pas islamistes, mais l'immense majorité de la population fait preuve d'une certaine piété, que celle-ci se traduise ou pas par une pratique quotidienne. Les rapports sociaux sont fortement marqués par la religion. Foin de la réalité, puisque celle-ci ne nous convient guère. Ce peuple se serait-il libéré de notre affreuse oppression pour croire en un Dieu, nommé Allah de surcroît ? De ce point de vue, une anecdote mérite d'être contée. Dans la semaine suivant le premier tour des élections, les médias français, qui finissent par croire sincèrement à la vision déformée de la réalité qu'ils produisent eux-mêmes, donnent abondamment la parole à la minorité laïque. Au bout de quelques jours, se rappelant sans doute que ces sympathiques Algériens à l'allure si française ne résument pas un pays dont on répète sans cesse par ailleurs qu'il a basculé dans l'intégrisme, une journaliste de la télévision publique décide héroïquement de se rendre dans un faubourg populaire. Son reportage commence ainsi : « Nous sommes à Bab El Oued, *quartier musulman d'Alger.* » Pour avoir assisté à la scène avec des amis algériens qui, s'ils n'étaient pas islamistes, n'en étaient pas moins profondément musulmans, je sais les ravages produits par cet ethnocentrisme. Ah, que le monde serait plaisant si toutes les femmes étaient, comme nous le sommes, des femmes libérées, si elles avaient toutes adopté la minijupe et la contraception. Sans aucun doute. Reste à savoir s'il est préférable de recouvrir le réel du manteau de nos illusions ou si on accepte de voir que le monde entier ne nous ressemble pas. Quelques années plus tard, le spectacle des journalistes occidentaux en Afghanistan, hésitant entre compassion et franche hostilité quand des femmes refusent d'ôter leur *burqa,* pourrait faire sourire s'il ne résumait pas toute notre incapacité de comprendre ce qui n'est pas nous. En effet, des années durant, cette abominable prison de tissu rendue obligatoire par les Talibans a symbolisé l'oppression instaurée par un régime moyenâgeux. Or, après la libération du pays par les Américains, voilà que certaines (pas toutes heureusement) persistent à la porter. Avons-nous accompli tout cela pour que vous continuiez à nous infliger cette terrible vision ? semblent demander les observateurs.

« Pour qu'un pays soit heureux, il faut qu'il ressemble à la France », résume, entre ironie et désespoir, Akram Belkaïd. Après avoir vainement tenté de ne pas choisir entre le régime et les islamistes, ce journaliste a choisi de s'installer en France[1]. Ceux qui pensent comme nous, s'habillent comme nous, parlent comme nous, revendiquent le droit de parler au nom de l'Algérie. Et à Paris, ils l'obtiennent sans difficulté d'oreilles complaisantes. Dans les ministères où les « experts » reconnaissent aujourd'hui s'être trompés, précisément parce que leurs seuls interlocuteurs étaient les membres de l'élite francophone. Mais surtout à la télévision où, sans même s'en rendre compte, les rédactions se font les interprètes et les porte-parole de la vision que le régime souhaite diffuser de l'Algérie. Encore une fois, on aimerait que l'ensemble de cette planète soit peuplé d'individus laïques, affranchis des liens communautaires, farouchement favorables à la liberté de pensée. Seulement, si on accepte de se confronter à la réalité, si déplaisante soit-elle, on est contraint d'admettre que de tels individus issus des Lumières constituent encore une minorité en Algérie. « L'Algérie que nous connaissions, celle pour laquelle nous combattions, elle existait quand même, affirme Paul Thibaud. C'était celle de Mohamed Harbi et d'Aït Ahmed, celle qui souffre actuellement – c'est celle que beaucoup, en Algérie, veulent marginaliser ou détruire. Il est apparu rétrospectivement qu'elle n'était peut-être que celle d'une minorité maronite. » Au demeurant, si « occidentalisé » que soit Hocine Aït Ahmed, si sincère que soit son engagement démocratique, il est l'objet, notamment en Kabylie, d'un véritable culte de la personnalité. Autrement dit, sa légitimité charismatique l'emporte sans doute largement sur sa légitimité rationnelle.

Tous ceux qui affirment lutter contre l'obscurantisme sont donc favorisés par les médias français, sans qu'on leur demande jamais de s'expliquer sur le fossé qui semble les séparer de la société algérienne. Tout se passe comme si on voulait en même temps attiser nos propres peurs et les conjurer. À l'automne 1994,

1. Voir Akram Belkaïd, *Sur l'Algérie*, à paraître au Seuil, 2002.

Aujourd'hui (*Le Parisien*) dévoile le truquage d'une photo employée par l'émission « La Marche du siècle » consacrée au thème « Être musulman en France »[1]. Montrant trois habitants de la cité des Biscottes à Lille, la photo est diffusée en plan fixe, pendant que sont annoncés les résultats d'un sondage sur la pénétration des idées islamistes dans les banlieues. Les trois hommes sont nantis de barbes – version moderne du couteau entre les dents. Seulement, cette photo a été diffusée lors d'une autre émission sur les banlieues, et les trois hommes qui n'affichaient pas la moindre sympathie pour l'islamisme avaient le mauvais goût d'être glabres. Il ne s'agit pas de pointer des responsabilités, le cliché ayant été fourni par un prestataire extérieur. Il n'en reste pas moins vrai que quelqu'un a cru bon de rajouter les barbes accusatrices. Faut-il en conclure que, quand on n'a pas d'islamistes, on en fabrique ?

Ce qui compte, c'est de résister, et il n'existe guère d'autre moyen de le faire, en France, que de manifester, avec le plus de véhémence possible, sa solidarité avec les laïques. Peu importe si ces derniers ne représentent guère qu'une ultra-minorité éclairée et privilégiée, tant pis s'ils sont à l'évidence manipulés et protégés par le pouvoir. Ainsi, Saïd Sadi, chef de file du Rassemblement pour la Culture et la Démocratie (RCD) qui totalise moins de 2 % des suffrages lors du scrutin du 26 décembre, en appelle dès le lendemain à l'intervention de l'armée, se déclarant prêt « à assumer tous les débordements ». « Je me suis trompé de société. Les Algériens m'ont déçu », déclare-t-il avec amertume. Changeons le peuple... Deux ans plus tard, *Le Monde* le présente toujours comme « le chef de file des démocrates algériens ». Très influent au sein de la population algérienne de France, son parti est progres-

1. « La photo truquée de "La Marche du siècle" », *Aujourd'hui*, 22 novembre 1994.

sivement amené à coller aux positions du pouvoir. De même, l'écrivain Rachid Boudjedra, qui est le bienvenu sur tous les plateaux de télévision et dans tous les journaux, affirme sans nuance – et sans preuve – que « si les intégristes avaient pris le pouvoir, ils auraient tué deux millions de personnes. Comme Pol Pot. Ces gens ont été formés dans le culte de la mort et de la barbarie [1] ». Mais personne ne lui rétorque que les cadres militants du FIS sont issus de la même histoire que ceux qu'ils combattent. Et on se garde évidemment de lui faire remarquer que sa certitude, pour effrayante qu'elle soit, ne vaut pas démonstration. Ne dit-il pas, très exactement, ce qu'on a envie d'entendre ?

La même envie naïve de croire que l'universalisme de nos valeurs signifie qu'elles sont universellement acceptées explique qu'on finisse par conférer à certaines Algériennes le monopole de la représentation des femmes algériennes. Khalida Messaoudi, professeur de mathématiques et membre du RCD, devient, avec quelques autres, le symbole du combat féministe contre la terreur islamiste. Au point que certaines femmes, lors d'une émission de télévision, demanderont carrément des titres de séjour en France. On imagine l'effet que produit, dans les banlieues d'Alger, l'image de celles qui entendent parler au nom du peuple mais ne semblent avoir rien de plus pressé que de l'abandonner à son sort. « Des femmes-flammes », décrète Glucksmann. Seulement, à Alger et plus encore dans « l'Algérie profonde », ces « femmes-flammes » suscitent plutôt de l'indifférence, quand ce n'est pas une franche hostilité. Si en France on continue à les qualifier d'opposantes, les Algériens ne s'y trompent

---

1. « Des gens formés dans le culte de la mort », Rachid Boudjedra, entretien avec Jean-Paul Montferrand, *L'Humanité*, 25 septembre 1997.

guère. Ils savent que le régime ne protège que ceux qui lui sont fidèles.

Nombre de « démocrates » sont installés au Club des Pins, une sorte de village de vacances situé au bord de la mer, à quelques kilomètres du centre-ville. On y recevait autrefois les hôtes de marque étrangers. Mais ceux-ci se font rares. Au plus fort de la guerre, l'endroit, protégé par des blindés et des hélicoptères, devient une cage dorée dans laquelle le régime algérien se place lui-même en résidence surveillée. Une fois franchis les multiples barrages on y croise, autour de coquettes villas, des adolescentes en bikini et des hauts fonctionnaires ventripotents. L'Algérie est loin. Bien sûr, l'insécurité et le risque d'attentat justifient de telles mesures de protection. Et nul n'est en droit de jeter la pierre à ceux et celles qui décident d'en bénéficier. Seulement, il y a quelque indécence, alors, à venir jouer les héros à Paris et à expliquer qu'on brave quotidiennement la mort. Pour le reste de la population qui n'a aucune chance de profiter des avantages réservés à la *nomenklatura*, le danger est le lot quotidien. Quoi qu'il en soit, quelques années plus tard, soucieux de stopper l'hémorragie de ses maigres troupes et de retrouver une crédibilité d'opposant, le RCD finit par sortir de l'ambiguïté et par se désolidariser du pouvoir. Khalida Messaoudi, elle, n'entend pas abandonner son poste de conseillère auprès du président Bouteflika. Elle est exclue de son parti. La voilà désormais intégrée au pouvoir, ce qui a au moins le mérite de la clarté.

Plus celui-ci montre son incapacité à rechercher une solution politique, plus ses défenseurs se font virulents. André Glucksmann, l'un des intellectuels mobilisés pour dénoncer tout dialogue avec les islamistes, accable « tous ceux qui croient que l'interruption – justifiée ou non – du processus électoral, peut légitimer les meurtres ». Seulement, à l'exception des plus radicaux des dirigeants islamistes en exil, personne ne pense ni ne dit une pareille chose. L'honnêteté intellectuelle devrait interdire d'établir une continuité entre le fait de chercher à comprendre et celui de légitimer. Mais, encore une fois, la posture d'accusateur permet, en désignant les complices du mal, d'asseoir son propre rôle de combattant du bien.

Le refus obstiné des militaires de toute solution négociée a pourtant de quoi susciter des doutes quant à leur objectif réel. N'ont-ils pas besoin de ce qu'ils nomment, non sans cynisme, « un terrorisme résiduel » ? On ne s'étonnera guère qu'ils opposent un silence glacé à la « plate-forme de Rome » signée en janvier 1995 par les « trois Fronts ». Dans ce texte conclu sous les auspices de la Communauté de Sant'Egidio, le FIS s'engage à respecter l'alternance et la liberté de conscience. Un mois plus tôt, à la suite du détournement d'un avion d'Air France et de l'assassinat de huit pères blancs à Tizi Ouzou, ses dirigeants politiques en exil avaient condamné « tout acte qui vise les innocents quelles que soient leur tendance et leur religion et quels que soient les auteurs de ces actes ». Mais de telles déclarations n'intéressent pas l'armée, qui s'affirme, contre toute évidence, capable de venir à bout de la violence. Et en France, ceux qui ajoutent foi à ces prises de position ou qui pensent que le texte pourrait être le point de départ d'un dialogue politique entre Algériens sont des « Munichois ». Forcément... Peut-être, en effet, la condamnation de la violence est-elle, de la part d'un FIS soumis à la surenchère des GIA, purement tactique. Mais compte tenu de l'aura dont bénéficient encore les chefs historiques du parti, ne faudrait-il pas donner à leur « nouveau cours » une large publicité en Algérie ? N'est-ce pas l'occasion de détourner du crime et de la violence un certain nombre de jeunes ? Décidément, on ne peut que penser que ce n'est pas pour les militaires un enjeu de taille.

La fracture entre « éradicateurs » et « dialoguistes » se déplace pourtant au sein même du pouvoir. En 1995, le général Liamine Zéroual, qui avait été nommé deux ans auparavant « président de l'État », voit son élection confirmée au suffrage universel au terme d'une campagne et d'un scrutin sous haute surveillance. La presse européenne salue cependant cette victoire comme si elle évoquait un scrutin démocratique organisé en Suisse ou en Grande-Bretagne. « Ce n'est plus tout à fait un militaire et pas vraiment un civil. Mais quel démocrate ! » s'émerveille une journaliste du *Point*. A vrai dire, le démocrate en question est fort bien tenu par ses pairs, quelques généraux sans visage. Pas question pour lui de s'écarter de la ligne dure. Certes, les militaires acceptent la reddition des groupes armés revendiquant leur allégeance au FIS négociée par le président Zéroual, mais dès qu'il est question de négocier un accord politique, les rumeurs de coup d'État se font insistantes. En septembre 1998, le général Zéroual annoncera sa « démission ». Comme l'avait fait Chadli Bendjedid.

Les grands massacres qui interviennent à partir de l'automne 1997 créent un choc dans l'opinion et dans l'intelligentsia. Tout d'abord ils constituent à l'évidence un constat d'échec radical pour le régime. Surtout, alors que les témoignages d'officiers ou de policiers exilés sur les méthodes des services de sécurité sont accablants, on ne peut plus éviter de s'interroger. Pourquoi le général Lamari, patron des forces antiterroristes, interdit-il à ses troupes de sortir de leurs casernes à la nuit tombée ? Pourquoi certains massacres se déroulent-ils dans des villages connus pour abriter une majorité de sympathisants islamistes ? Pourquoi est-il impossible de défendre les populations civiles alors que les champs pétroliers du sud, probablement fort convoités, n'ont jamais été attaqués ? Il faut néanmoins le répéter sans relâche, ceux qui tuent ne sont pas de faux barbus munis de postiches mais de vrais terroristes appartenant à cette nébuleuse dépourvue de tout commandement central que sont les GIA. La passivité des autorités a cependant de quoi troubler. Les questions posées depuis plusieurs mois, voire plusieurs années, par les organisations de défense des droits de l'homme, commencent à trouver un écho. La presse écrite se montre plus hésitante. Des points de vue moins tranchés sont publiés. D'où la nécessité, pour les clans les plus durs du régime, de redorer leur blason en mettant à profit l'émotion légitime provoquée par ces insoutenables massacres.

C'est à cette époque que Bernard-Henri Lévy et André Glucksmann vont se faire grands reporters en Algérie. Véritables voyageurs engagés, en vérité, dès lors qu'ils ont choisi un camp, et le bon, bien avant leur départ. Il est vrai que ne se rend pas à Alger qui veut. Et, une fois obtenu le précieux visa, le journaliste de base est réduit à une sorte de tourisme encadré, au gré des volontés policières. Pas question de bouger sans escorte. L'intellectuel de haut rang a, quant à lui, droit à une escorte personnelle qui lui donne une grande liberté de mouvement. Lévy relate qu'il parvient, un matin, à fausser compagnie à ses anges gardiens. Ayant tenté, en vain, de faire de même, à plusieurs reprises en 1997, je ne peux que saluer l'exploit.

Avec des nuances, les deux écrivains, qui recueillent de bouleversants témoignages sur les lieux des massacres, donnent finalement quitus au pouvoir, même si Lévy se montre assurément plus critique, et aussi plus réservé, quant à l'idéologie qui anime les égorgeurs[1]. En effet, il ne s'agit plus d'imposer la charia, mais de mettre la population en coupe réglée, de régler ses

1. « Choses vues en Algérie », Bernard-Henri Lévy, « Le jasmin et le sang », *Le Monde*, 8 janvier 1998, « La loi des massacres », *Le Monde*, 9 janvier 1998.

comptes avec des familles ou des clans rivaux. Glucksmann, quant à lui, va beaucoup plus loin, en tançant Zéroual et « un clan important du pouvoir qui ne désespère pas d'organiser un compromis historique avec le FIS ». Ce qui lui paraît inacceptable comme lui semble irrecevable toute distinction entre islamistes. Tous des terroristes, tous des tueurs. Sans doute les deux écrivains reconnaissent-ils l'incompétence de l'armée et des services de sécurité. Il faut, écrit BHL, « la mettre en demeure de faire son métier, juste son métier, qui est de protéger les civils ». Mais, au terme de leur enquête, tous deux sont catégoriques. Soupçonner une quelconque manipulation serait tout simplement odieux.

Devant l'horreur, seules l'émotion, l'indignation et la révolte sont de mise. Dans tous ses textes, Glucksmann évoque, d'une façon ou d'une autre, ces barbares qui « découpent les bébés en tranches [1] ». Ainsi, son reportage dans *L'Express* est intitulé « En Algérie, j'ai pleuré aux portes du XXIe siècle ». Quitte à ce qu'on ne distingue plus très bien, entre l'effroi et la fascination de l'effroi, la souffrance des victimes et celle de l'auteur, l'information et l'informateur. Si réelle soit cette indignation, justifiée cette émotion, légitime cette révolte, elles ne sauraient dispenser de réfléchir. Or, une fois installée l'idée qu'un islamiste fait par définition subir un sort épouvantable aux nourrissons, peut-il être encore question de réfléchir ? Poser des questions au lieu de communier dans l'indignation, n'est-ce pas déjà se faire complice des assassins ?

En France, il n'est plus permis de débattre. « Demander "qui tue" » est obscène, affirment les uns,

---

1. André Glucksmann, « Qui coupe le bébé ? », *Témoignage chrétien*, 12 décembre 1997, « Islamistes, encore un effort », *Le Figaro*, 26 septembre 1997, « En Algérie, j'ai pleuré aux portes du XXIe siècle », *L'Express,* 29 janvier 1998, « La troisième mort de Dieu », *Le Figaro*, 2 janvier 1998, « Les criminels ne sont pas des belligérants », *L'Humanité*, 25 septembre 1997.

notamment Jean-François Kahn, sans doute le plus « éradicateur » des intellectuels français. « Soutenir un pouvoir corrompu est immoral », rétorquent les autres, rassemblés notamment autour de François Geze, le patron des éditions La Découverte. On se jette à la tête, qui les témoignages d'officiers exilés racontant les dessous de la guerre antiterroriste, qui de rescapés des massacres. « Par un habile travail de *lobbying*, les factions d'Algérie ont rallié à leur cause telle ou telle personnalité, écrit Laurent Joffrin. Par cette exportation des dissensions entre les partis démocrates d'Algérie, l'organisation de la solidarité avec le peuple algérien est devenue un exercice parfaitement codé [1]. » De fait les généraux savent bien que ce qui se dit et se pense en France compte plus que ce que disent et pensent les Algériens. Or, le monde intellectuel et médiatique français semble incapable d'affirmer dans la même phrase que ce sont des islamistes qui tuent *et* qu'ils bénéficient pour cela de la complicité passive de certains clans du pouvoir qui savent que la poursuite de la violence est le plus sûr moyen d'éviter toute démocratisation réelle. Signe du trouble des esprits, une grande réunion en faveur de l'Algérie, convoquée à la Mutualité le 21 janvier 1998, donne lieu à des titres diamétralement opposés. « Les intellectuels français renvoient dos à dos le pouvoir et les terroristes », annonce *Le Monde*. « Des intellectuels contre l'amalgame », a cru entendre *Libération*. « Qui tue ? Les terroristes islamistes », assène *L'Humanité*. L'Algérie, décidément, semble être condamnée à être le déversoir des passions de la France.

1. « Algérie, le droit de savoir », Laurent Joffrin, *Libération*, 23 janvier 1998.

Complot déjoué en République des lettres

« On ne manipule pas certains noms ou certaines notions impunément. »

Patrice Bollon,
Globe Hebdo, 17-23 février 1993.

On l'a chanté tout l'été. Une ère nouvelle s'ouvre ce 1er janvier 1993, date de l'entrée en vigueur du marché unique. Autant dire qu'elle commence plutôt mal. Alors que la propagande européiste peine à faire passer pour un triomphe de l'idéal européen les 51,04 % de « oui » au traité de Maastricht, que l'on commence à douter de la fin de l'Empire du mal après la chute du mur de Berlin, que la politique internationale se dégrade en grotesques opérations médiatico-humanitaires comme en Somalie, que les dirigeants européens approuvent la sécession ethnique en Croatie pour la condamner vainement en Bosnie, que 63 % des jeunes de 16 à 24 ans estiment que la politique n'est pas une activité noble [1], et que trois ministres de la République sont mis en accusation devant la Haute Cour dans l'affaire du sang contaminé, on imaginerait volontiers que les consciences éclairées vont entreprendre de repenser ce drôle de nouveau monde.

Que nenni ! En ce début d'année 1993, on s'apprête

---

1. Enquête réalisée par la Sofres pour le ministère de la Jeunesse et des Sports, cité dans « L'aventure des idées, 1989-1999 », *Le Débat*, n° 111, sept.-oct. 2000.

à pourfendre, avant même qu'il souille les rayons des librairies, un ouvrage qu'on se passe discrètement au sein des rédactions. L'heure est grave. La République des lettres est menacée, camarade, et par un coup d'éclat ourdi au cœur du sanctuaire. La prestigieuse maison Gallimard s'apprêterait à trahir la famille, en publiant, dans la collection *Le Débat* dirigée par Marcel Gauchet et Pierre Nora, l'insupportable récit d'un *Voyage au centre du malaise français*. L'auteur, Paul Yonnet, qui a été quelques années plus tôt avec *Jeux, Modes et Masses*, un sociologue en vogue, s'est déjà signalé par son indiscipline intellectuelle. Dans un article intitulé « La machine Carpentras [1] », il a analysé le mécanisme qui, en 1990, a conduit toute la classe politique et médiatique à expliquer la profanation du cimetière juif de la petite cité provençale par la perméabilité française bien connue aux thèses pétaino-lepénistes. Pierre Joxe, ministre de l'Intérieur, accusant immédiatement des « criminels connus », avait alors conquis le droit de figurer au panthéon des immoralistes d'État. Inutile de préciser que les résultats de l'enquête démontrant, plusieurs années après, que le Front national n'était pas responsable d'un acte commis par des *skinheads* appartenant à un groupuscule néo-nazi (Parti nationaliste français et européen), ne susciteraient pas un tel retentissement : il est vrai que le « peuple de gauche-caviar » – dont l'auteur de ces lignes –, qui avait solennellement défilé pour prévenir l'imminence d'un nouveau génocide, aurait alors quelque raison de se sentir honteux ou, à tout le moins, un peu ridicule....

Or voilà que, pour l'heure, Yonnet récidive. Cette fois-ci, il s'en prend à ce qu'il appelle le néo-antiracisme des années 80, incarné par SOS Racisme, l'une

---

1. « La machine Carpentras, Histoire et sociologie d'un syndrome d'épuration », Paul Yonnet, *Le Débat*, n° 61, sept.-oct. 1990.

des vaches sacrées du pays médiatique qui s'est adonné avec délices aux plaisirs sans risques de la petite main. On n'évoquera pas immédiatement le contenu de l'ouvrage afin de se placer dans la situation des lecteurs de l'époque. Car, et c'est peut-être un fait unique dans les annales de la critique – encore que le terme soit particulièrement peu adapté –, le livre est descendu en flammes trois semaines avant sa mise en librairie.

Dès les premiers jours de l'année, le petit monde des lettres est en émoi. On se téléphone, on complote, on prépare la riposte. La rumeur enfle : Nora et Gauchet auraient franchi la ligne jaune. Dans l'ombre, œuvre l'un des adversaires les plus acharnés de Yonnet, un chercheur dont la thèse vient d'être refusée à la publication par Marcel Gauchet qui lui a suggéré de retravailler sérieusement son texte. Du coup, ce garçon qui aime à jeter de l'huile sur les incendies germanopratins sans s'exposer plus que de raison s'agite comme un beau diable, accablant l'ouvrage de « Marcel Yonnet », laissant ainsi entendre que ce « brûlot raciste » aurait été plus qu'inspiré par Gauchet, intellectuel dont l'indépendance ironique en agace plus d'un. Dans ce marigot, les mobilisations vertueuses naissent aussi de déceptions narcissiques. Le manuscrit sort mystérieusement de la rue Sébastien-Bottin (où est sise la maison Gallimard) pour se retrouver entre des mains sûres. C'est-à-dire malveillantes. En quelques jours, toutes les rédactions amies ou supposées telles en disposent, et ceci avant que le moindre exemplaire ait été expédié par l'éditeur. Les avertissements n'ont pas suffi à Yonnet, il va falloir envisager une sanction plus radicale. Les coups vont donc pleuvoir en rafale.

Le verdict tombe, dans *Le Nouvel Observateur*, et sous la plume de Laurent Joffrin[1] : l'intelligentsia française, subitement représentée pour l'occasion par un

1. « Quand l'intelligentsia française se vend à Le Pen », Laurent Joffrin, *Le Nouvel Observateur*, 14-20 janvier 1993.

chercheur jusque-là peu connu du grand public, « se vend à Le Pen » ! Joffrin ne s'en cache pas ; le problème, *ce ne sont pas tant les idées de Yonnet* que le fait qu'elles aient droit de cité au sein de l'une des maisons les plus prestigieuses de France, Gallimard, et dans la collection liée à l'une des meilleures revues du paysage intellectuel, « orientée au centre-gauche et qui mène une réflexion d'une grande qualité, tout entière consacrée à l'étude et à la défense de la démocratie et des droits de l'homme ». « En publiant le dernier Yonnet, écrit Joffrin, elle rompt avec cette tradition. » Bref, Nora et Gauchet ont l'impudence de ne pas soumettre le débat et *Le Débat* aux strictes limites que leur assigne la bien-pensance. Coupables. Quant à Yonnet, il n'est qu'un Le Pen jargonnant. À l'appui de l'article, une photo montre quatre adolescents apparemment issus de l'immigration, brandissant... un drapeau rasta.

Selon *Le Nouvel Obs* – dont les lecteurs, rappelons-le, n'ont alors aucun moyen de se forger leur propre opinion –, le crime de Yonnet est le suivant : il ne croit pas à l'aimable conte de la France multiculturelle ressassé pendant les années 80. « La vérité, c'est que SOS Racisme est l'expression achevée de l'identité française », assène Joffrin. La discussion est close. Exprimer un autre point de vue, c'est forcément être raciste. Or, la thèse du *Voyage* de Yonnet est que le néo-antiracisme, qui fonctionne comme idéologie de substitution pour la gauche anciennement marxiste et jacobine, propose précisément une vision panraciale de la nation. Il estime que le creuset au sein duquel « beurs, blacks, feujs et gaulois [1] » – selon l'expression

1. Au sujet de ce terme de « Gaulois », et de la façon dont il est progressivement intégré au langage, on m'autorisera une anecdote, rapportée en 2001 par Marie-Pierre Logelin, professeur de philosophie dans un lycée technique à Paris 20e : un conseiller d'éducation, observant que deux élèves d'une classe sont régulièrement en butte aux tracasseries de leurs camarades, enquête et revient, triomphant, avec l'explication suivante. Ce sont les deux seuls

de Laurent Joffrin –, auraient pu continuer à construire ensemble l'identité de la France, a laissé la place, notamment dans le discours des « potes » et dans celui de la gauche, à une machine à exalter les différences ethniques et les appartenances communautaires. Ceci en abandonnant à partir des années 60 le modèle assimilationniste – terme condamné sans procès – qui a permis à la France d'absorber des populations venues de partout, lesquelles, en vertu du droit du sol, recevaient le bénéfice de la citoyenneté française, en échange de quoi elles étaient appelées à se franciser.

À quoi s'ajoute, toujours selon Yonnet, « un sociocentrisme négatif qui conjugue dégoût de soi et idéalisation de l'autre » ; le blanc, c'est le beauf, cette image répulsive du « populo » incapable de s'adapter aux nouvelles valeurs. À l'inverse, l'immigrant est, à l'image de l'ouvrier hier, l'agent de la régénération nationale. Hier la lutte des classes, aujourd'hui la compétition des races ? En conséquence, Yonnet accuse ce néo-antiracisme différentialiste d'avoir fabriqué du racisme. Et ce, dans les deux sens ; les « cultures accueillies » étant présumées supérieures à la « culture d'accueil », il n'est pas très surprenant que se développe un réflexe de défense. Dans cette perspective, citons la « une » de *Télérama* publiée à l'automne 2001, sans provoquer la moindre réaction, ne serait-ce que d'étonnement : « Ramadan : une fête pour tous. » On imagine le tollé si l'hebdomadaire avait annoncé à ses lecteurs que Pâques était désormais une fête pour tous.

À partir de là, Yonnet se penche sur la crise du roman national, ou, pour le dire autrement, sur celle d'une identité française longtemps structurée par ces

---

« Gaulois » de la classe. (Précisons qu'ils se nomment Orloff et Rodriguez.) Le fonctionnaire de l'Éducation nationale se félicite d'avoir réglé le problème en demandant aux deux « Gaulois » de « faire un effort pour s'intégrer ».

deux bastions que furent l'Église catholique puis le Parti communiste qui jouèrent d'ailleurs un puissant rôle assimilateur. Mais, de surcroît, il s'interroge sur la place de Vichy comme pôle répulsif de ce roman national. Zone interdite.

En réalité, au moment où Yonnet publie son *Voyage*, la vie dans les cités n'a déjà plus grand-chose à voir avec la fiction « Harlequin » décrite par les antiracistes cathodiques. Le sociologue fait écho aux inquiétudes, réelles et profondes à défaut d'être correctes, d'une partie de la population. « Ce livre, explique-t-il[1], est un livre sur la mort et sur l'angoisse. Non pas sur la mort individuelle, mais sur quelque chose de bien pire, sur ce qui rend supportable la mort des individus parce qu'elle lui donne un sens, sur la certitude d'avoir été un maillon de la continuité collective, ce sentiment de sécurité identitaire minimal et proprement *humain* qui autorise à œuvrer sans développer d'insupportables angoisses sur l'avenir du groupe. » Or, de telles inquiétudes mériteraient sans doute mieux que l'anathème jeté sur le peuple par des élites qui préfèrent les mots aux réalités. Mais pour les zélotes de l'individualisme contemporain, des identités jetables et échangeables, du nomadisme chic, du commerce ethnique, ce souci de la permanence ne peut être que rejeté avec mépris. Cette crainte d'un autre âge pour le destin du *groupe* n'est plus audible dès lors que le citoyen est réduit à la condition d'atome consommant.

Quelques années plus tard, le refus de voir la fragmentation ethnique qui s'opère dans les quartiers difficiles conduira les professionnels de la bonne conscience à observer durant plusieurs semaines un silence pesant lorsque de jeunes Français d'origine maghrébine s'en prendront à des écoles juives ou à des synagogues. Les victimes idéales ne sauraient être

---

1. « Sur la crise du lien national », Paul Yonnet, *Le Débat*, n° 75 mai-août 1993.

responsables. En illustration de deux pages consacrées à ces actes antisémites – pratiqués, quelles que soient leurs raisons qu'il importe évidemment de *comprendre*, par de jeunes musulmans –, *Le Monde* publie un dessin de Pancho qui offre un raccourci saisissant de cet aveuglement volontaire[1]. Un « beauf français » typique reconnaissable à son béret et à sa baguette, sans oublier la petite moustache, éructe : « Je n'ai rien contre les Juifs, mais... » Derrière lui, la faucheuse, affublée d'une croix gammée, lui propose son aide. Le message est limpide. Cette recrudescence d'actes agressifs à l'encontre des Français juifs n'est en rien un phénomène nouveau qu'il conviendrait, sans l'exagérer, d'appréhender en même temps que la montée des communautarismes et l'explosion de violence au Proche-Orient. Non, c'est toujours le vieil ennemi, la tradition antisémite française, prête à resurgir dès qu'on lui en laisse l'occasion. On peut penser que, si l'antisémite avait été caricaturé en rappeur, certaines associations se seraient légitimement scandalisées de l'amalgame. Quant à l'embarras des antiracistes vertueux, venus ce soir d'octobre 2001, assister au match de football de la réconciliation France-Algérie, devant le spectacle de petits Français sifflant *la Marseillaise*, il se passe de commentaire.

Successeur de Harlem Désir à la tête de SOS Racisme, Malek Boutih lui fera d'ailleurs effectuer un virage à 180 degrés et reconnaîtra courageusement les conséquences désastreuses de la lecture exclusivement victimaire appliquée à ces jeunes Français qui désignent leurs concitoyens, plus blancs et, il est vrai, plus riches, par le vocable « les Français ». Boutih le répétera à l'envi, droits et devoirs doivent aller de pair. Et, tournant le dos à l'élitisme de ses prédécesseurs, il se

---

1. Pancho, *Le Monde*, 4 décembre 2001. Le dessin illustre un entretien avec Théo Klein, ancien président du CRIF, intitulé : « La violence dans les banlieues ne concerne pas seulement les juifs ».

réjouira que la France compte désormais une population croissante de « beaufs beurs[1] ».

Peu importe. Embarrassantes pour l'association, mais encore plus pour tous ceux qui ont fait preuve à son endroit d'une grande complaisance, les questions posées par Yonnet se heurtent à un très homogène front du refus qui se lance dans une campagne d'une rare violence, préférant l'invective et la citation tronquée à l'échange des arguments. L'impunité médiatique autorise, semble-t-il, à écrire sans contrainte. Yonnet, c'est Le Pen. « Sa pensée dérive, comme attirée par un pôle magnétique, vers des positions qui sont celles du Front national », écrit Michel Wievorka[2]. Fermez le ban. « Il est stratégiquement vital, pour le néo-antiraciste, de soupçonner de racisme ou de xénophobie quiconque veut exprimer un autre point de vue que le sien », réplique l'accusé. Tout en observant que « la quasi-totalité des personnes » qui l'ont attaqué « sont directement impliquées dans l'histoire de SOS Racisme, c'est-à-dire dans l'histoire d'une manipulation du sentiment de fraternité humaine ».

Certes, on pourra ici reprocher à Yonnet de céder à la théorie du complot. En prônant avec un enthousiasme naïf la société multiraciale, les fondateurs de SOS Racisme avaient-ils réellement conscience qu'ils pratiquaient un « antiracisme racialiste » ? Ne faut-il pas, au contraire, les créditer d'avoir eu de bonnes intentions ? Par ailleurs, comme le souligne justement Lucien Karpik[3] dans un texte démontrant que l'on peut proposer du livre de Yonnet une critique sévère et honnête, SOS Racisme est sans doute le symbole de cet « antiracisme de nouvelle génération », quoique l'asso-

---

1. *La France aux Français ? Chiche !* Malek Boutih, Fondation du 2 mars/ Mille et Une Nuits, 2001.

2. « Penser le malaise », Michel Wievorka, *Le Débat*, n° 75, mai-août 1993.

3. « Au centre du *Voyage* », Lucien Karpik, *Le Débat*, n° 75, mai-août 1993.

ciation n'en soit ni la seule productrice, ni l'unique agent d'influence. Mais peut-être est-ce bien là le débat qu'il s'agit d'empêcher.

Libération et *Le Monde* ne sont pas en reste même si, dans ces deux rédactions, on a eu la décence d'attendre que le livre soit disponible pour l'étriller. Tandis que Robert Maggiori détecte en Yonnet « un idéologue de la droite extrême[1] », Jean-Marie Colombani, qui deviendra quelques mois plus tard le directeur du quotidien du soir, observe avec réprobation, dans un article publié le jour même de la sortie de l'ouvrage[2], que Paul Yonnet « dénonce avec une virulence extrême un mouvement qui a été successivement incarné par un Antillais, Harlem Désir, et un Juif pied-noir, le bouillant et brillant député socialiste de l'Essonne, Julien Dray, autrement dit par deux expressions achevées de l'assimilation ». Il est assez curieux, pour un défenseur de l'universalisme, de faire intervenir l'origine comme critère de validité d'une parole. De plus, être Juif ou antillais ne préjuge nullement que l'on est « assimilé » ; il existe des Juifs, des Antillais ou des Bretons intensément communautaristes. Enfin, l'on a envie, non sans quelque malice, de demander au directeur du *Monde* comment son quotidien pourra, quelques années après, dénoncer avec virulence la Fondation du 2 mars (ex-Fondation Marc Bloch) successivement animée par deux Juifs aux patronymes aussi peu ambigus que Cohen (Philippe) et Lévy (moi-même). Il est vrai que nous ne serons pas soupçonnés d'ethnicisme comme Harlem Désir le fut par Yonnet, mais du crime bien plus grave de « national-républicanisme ». On y reviendra.

Colombani note que l'auteur invoque « de puis-

---

1. « Un vrai malaise », Robert Maggiori, *Libération*, 4 février 1993.
2. « Le malaise et la grimace », Jean-Marie Colombani, *Le Monde*, 5 février 1993.

santes références, au secours de son argumentation, comme pour prévenir la critique, ce qui ne peut qu'inciter à la vigilance ». Le propos ne laisse pas d'être paradoxal. En effet, signifierait-il que toute tentative pour s'inscrire en lien avec d'autres pensées – ce qu'on appelle la référence – est forcément un mensonge destiné à se protéger ?

Reste le plus grave, la dernière partie du livre – au demeurant la plus critiquable. Selon Colombani, Yonnet affirmerait que Vichy ce n'est pas si mal. Alors là, c'est simple, on ne lui cause plus. En fait, Yonnet refuse tout autant la légende rose du peuple tout entier résistant que la noire selon laquelle tous les Français, conformément à leur « idéologie », auraient livré des Juifs. Plus exactement, ne prétendant pas faire œuvre d'histoire, il cherche à *comprendre* comment un tableau s'est substitué à l'autre. Il va même jusqu'à *analyser* la façon dont la politique antijuive est devenue le critère essentiel du jugement sur Vichy. Son explication qui peut, *in fine*, conduire ses lecteurs à privilégier la légende rose et à minorer l'imprégnation des thèses racistes et antisémites dans la société française des années 30 et 40 appelle une contestation sans compromis. Mais ses détracteurs, qui ont pourtant des prétentions intellectuelles, lui contestent le droit d'*interroger* des événements historiques comme si ceux-ci devaient être, en raison de leur caractère sacré, soustraits à toute *réflexion*.

Le futur directeur du *Monde* dénonce ainsi « les tours de passe-passe qui conduisent, si l'on suit l'auteur, à affecter un coefficient 1 aux fautes de Vichy et un coefficient 10 à celles de SOS Racisme » ! Écrivant ceci, entend-il faire savoir qu'il préfère la notation à l'analyse, la condamnation morale à la discussion intellectuelle, la disqualification à l'échange des idées ? Tout chercheur devrait-il donc se transformer en instituteur de la classe France et distribuer des bons et des mauvais points aux différents épisodes de notre histoire ? Il est bien sûr salutaire, ne serait-ce que du point de vue de la vérité, sans parler de celui de la morale, que la France ait renoncé au mythe résistantialiste. Mais sera-t-il un jour possible de discuter l'équation qui prétend réduire l'ensemble de notre histoire à ses épisodes les plus affligeants et l'axiome selon lequel le passé, par définition, est marqué de l'empreinte du Mal ?

Allons plus loin. Il est permis de penser, contrairement à Jean-Marie Colombani, qu'une société où on a même le droit de dire que « Vichy, ce n'était pas si mal »[1], et où un tel point de vue est réfuté par l'argumentation et l'analyse historique au lieu d'être évacué par une indignation fonctionnant comme un rituel d'exorcisme est plus respirable, moins pesante, que celle dans laquelle des idées sont définitivement exclues de la controverse.

Au demeurant, puisqu'ils intentent à Yonnet un procès en pétainophilie, ses juges improvisés semblent avoir oublié que le propre de la justice démocratique est son caractère contradictoire. Or, dans le cas Yonnet, si *Le Point* et *L'Événement du jeudi* optent pour le débat, *Le Nouvel Observateur*, *Le Monde* et *Libération*, trois journaux qui se félicitent pourtant de défendre la liberté d'expression, se contentent d'une instruction à sens unique. Faut-il en déduire, selon leur propre méthode polémique, que les rédactions de ces journaux redoutent que leurs certitudes ne résistent pas au débat ?

---

1. Répétons que ce n'est nullement ce que dit Yonnet. En revanche il repère dans la Révolution nationale des thèmes que l'on retrouvera dans l'écologie (ce qui ne revient nullement à dire que l'écologie est un nouveau pétainisme). Philippe Cohen, dans un registre différent, sera quasiment nazifié pour avoir écrit dans *Le Bluff républicain* (Arléa, 1997) que l'une des raisons du succès de Hitler était d'avoir mis en œuvre une politique économique orientée vers la satisfaction des besoins de la population allemande.

De fait, le livre de Yonnet est réellement contestable. Justement, on ne prend pas la peine de le contester. Les idées qui y sont défendues sont parfaitement discutables. On se gardera donc de les discuter. C'est là tout le problème. Ses contradicteurs sont incapables d'opposer à sa vision essentialiste de la France celle d'une « machine à fabriquer des Français » qui, malgré des ratés, est toujours porteuse de l'idée de la nation politique. Sans doute ne perçoivent-ils pas que, récusant l'assimilation, broyeuse des particularismes – et non des particularités –, ils ne peuvent qu'aboutir au multiethnisme, autrement dit à l'affichage d'appartenances héritées cohabitant hors de tout projet politique.

On peut cependant adresser un reproche symétrique au travail de Yonnet. Soucieux de défendre l'assimilation à la française, il ne s'intéresse – et encore par ricochet – qu'au racisme réactif né de l'exaltation de la différence et méconnaît ce que Saül Friedlander analyse, au sujet de l'antisémitisme, comme un « racisme de la ressemblance ». On peut en effet extrapoler ce point de vue et imaginer qu'une certaine forme de racisme « anti-immigrés » se développe au moment où ceux-ci, se fondant dans le creuset français, réveillent la peur de la dilution.

Paradoxe contre paradoxe, erreur contre erreur ; quand Yonnet soustrait la composante catholique et blanche de l'identité française à l'impératif de l'assimilation, ses adversaires ne trouvent pas de mots assez durs pour fustiger cet héritage alors même qu'ils exaltent tout héritage venu d'ailleurs. Le premier, en figeant l'identité française à une période de son histoire, prend le risque de la naturaliser, les seconds nient l'existence même de cette histoire. On conviendra, en tout cas, que des questions aussi fondamentales pour l'avenir du projet politique français mériteraient mieux que ces hoquets furibonds.

En réalité, Yonnet est le bienvenu. Alors que la gauche connaît une période calamiteuse, qui sera tristement résumée comme « la décennie de la corruption[1] », le sociologue, en s'en prenant à l'icône de la gauche « sympa », annonce un retour de la peste brune qui constitue un efficace dérivatif. On ne va pas hésiter alors que le fascisme est à nos portes.

Ainsi, à en croire Patrice Bollon, dans *Globe Hebdo*[2], « la tentation réactionnaire » qui saisit périodiquement la France se manifeste, en cet hiver 1993, par plusieurs événements. Seuls 9 % des Français affirment qu'ils auraient guillotiné Louis XVI – quels veaux ! Heureusement, ils sont 60 % à déclarer qu'un éventuel retour de la monarchie serait un recul. Philippe Sollers – curieusement rangé dans le camp de la réaction – défend le poète fasciste Ezra Pound. Les éditions du Rocher publient des textes politiques de Drieu la Rochelle, « avec une préface habilement justificatrice » – expression exemplaire de la fièvre soupçonneuse –, Hachette une vie de Brasillach et Laffont « a réédité en octobre, à côté d'une biographie, un large choix de textes de Léon Daudet ». Tout cela sans parler de l'accusation portée contre Jean Moulin d'avoir été un agent d'influence soviétique. Diantre ! Que fait la police de la pensée ? Qu'on ne s'inquiète pas, elle veille. Parés de leur sainte colère, les censeurs ne se gênent plus pour décréter haut et fort qu'il faut épurer, en remontant le plus loin possible dans le passé, afin que, de notre histoire lavés, nous puissions enfin oublier l'existence même du mal. Il faut promptement publier le nouvel index des auteurs condamnés sans même que leur procès soit fait. Car, au risque de la répétition – mais les mécanismes de la censure sont

---

1. « La décennie de la corruption », Yves Mény, *Le Débat*, n° 77, nov.-déc. 1993.

2. « De la tentation réactionnaire en France », Patrice Bollon, *Globe Hebdo*, 17-23 février 1993.

épouvantablement répétitifs –, répétons qu'il ne s'agit surtout pas de comprendre, d'étudier, de réfléchir. La pensée, on ne sait pas où ça peut mener. Les convictions de Bollon sont-elles si vacillantes qu'il redoute de succomber au démon à la vue d'un texte antisémite ? S'il lisait *Mein Kampf*, serait-il instantanément transformé en nazi ?

Que l'on puisse par exemple rechercher dans la biographie de Brasillach l'explication d'un processus qui transforme un lettré amoureux de la poésie grecque en nazi défendant la déportation des Juifs – « y compris des petits » – ne l'effleure pas. Que Pound ait pu mener une expérience poétique hors du commun malgré sa sympathie pour le fascisme ne l'intéresse pas. « *On ne manipule pas certains noms ou certaines notions impunément* », écrit-il (c'est moi qui souligne). Cette phrase terrible pourrait être la devise des censeurs. Poussée à son extrême, elle revient à affirmer qu'on ne peut se nourrir que des idées et des auteurs considérés comme convenables. Les autres sont priés de disparaître du passé, du présent et de l'avenir. En tout cas, il s'agit de prendre garde. Cette nouvelle pensée réactionnaire – si nouvelle qu'elle est régulièrement dénoncée par les gazettes au point de devenir ce qu'on y nomme un marronnier –, « cette idéologie, *soft* pour le moment, peut aisément se transformer en une véritable chape de plomb », écrit Bollon. Alors que la France est sur le point de s'adonner aux plaisirs bourgeois du balladurisme, Bollon, à *Globe Hebdo*, entend des bruits de botte. On ne va tout de même pas se soucier du délitement du lien social, du chômage de masse et autres vétilles. Ces questions-là sont bonnes pour les populistes.

Aux armes, mitoyens !

> « Il faudrait comprendre comment s'est pris le pli de tout laisser dire et de "dialoguer" au lieu de combattre. »
>
> Roger-Pol Droit,
> *Le Monde*, 13 juillet 1993.

« Dis-moi qui tu croises, je te dirai qui tu es. » Telle est la règle qui, en cet été 1993, marqué par l'affaire des « rouges-bruns » et par l'Appel à la vigilance, va s'imposer au débat idéologique. Au point de le faire disparaître. En effet, si tout échange, même contradictoire, est assimilé à une compromission, si toute rencontre est réputée valoir approbation, si toute confrontation entraîne contamination, il ne reste plus qu'à discuter entre soi. On entre, comme le note joliment Paul Thibaud, dans « la démocratie de l'ignorance mutuelle [1] ».

C'est l'époque des larmes à gauche, après la cuisante défaite des législatives. Et, par un réflexe désormais bien établi, la gauche va rattraper sur le front de la « moraline » le terrain perdu en politique. Selon Thibaud, on renoue ainsi avec une tradition jacobine qu'il est à la mode de dénoncer : « Pensant que le peuple français était un mauvais matériau pour la République, Robespierre entreprit de le rendre vertueux, de le libé-

1. « Vigilance », Paul Thibaud, *Le Débat*, n° 112, nov.-déc. 2000.

rer d'un passé qui l'avait fait indigne... Nous sommes passés d'un bien à faire à l'obsession du mal à éradiquer en nous. »

Pas une pensée ne doit dépasser. Alors que commencent les pires années de plomb, tout ce qui est légèrement décalé, non conforme, trouble, bref, vivant, doit être impitoyablement traqué, dénoncé, mis en quarantaine. Le nouveau maccarthysme purificateur a beau se parer, grâce à l'illusion rétrospective qui obscurcit son entendement, du beau nom d'antifascisme, il ne fait que reproduire sur le mode mollasson et médiatique qui est le sien les méthodes de son supposé ennemi. Tout hérétique doit être promptement excommunié. Quand on a Dieu, ou plutôt la Raison déifiée, de son côté, on n'a aucune raison de faire dans la dentelle. Seulement, le XXe siècle a montré ce que produisaient les messianismes sans Dieu.

Sous l'apparence de querelles microcosmiques, c'est en réalité la réglementation de la vie intellectuelle qui se met en place. Tzvetan Todorov [1] rappelle la distinction entre « l'individu moral », qui soumet « sa propre vie à des critères du bien et du mal dépassant ses satisfactions ou plaisirs », et le moraliste qui « soumet à de tels critères la vie de ceux qui l'entourent » : « il tire sa vertu uniquement de la dénonciation de leurs vices ». Or, avec la « vigilance », ce nouveau moralisme qui s'exerce d'abord dans les médias et d'abord dans l'un d'entre eux devient une force politico-culturelle dominante.

La Providence, en effet, se montre fort généreuse pour ceux qui ne se sentent exister que lorsqu'ils trouvent des ennemis à montrer du doigt. Le gibier n'est pas forcément abondant mais il excite les épurateurs, promus tontons-lyncheurs. C'est que, imperméables à un air du temps qui interdit toute démarche heuristique

1. « Un nouveau moralisme », Tzvetan Todorov, *Le Débat*, nº 107, nov.-déc. 1999.

dès lors qu'on est confrontés au mal – fût-il un ersatz –, des chercheurs continuent d'appliquer à leur objet la rigueur universitaire, preuve indéniable de mauvaise pensance. La recherche, puis la dénonciation publique, des liaisons dangereuses sera, durant plusieurs mois, le sel de la vie vigilante. Avec à la clé la tentative d'excommunication de tous les hérétiques qui se seront rendus coupables de ce crime nouveau qu'est le mitoyennisme.

Les conjurés du Lutétia

Dès les premières semaines de l'année, des réunions fiévreuses se tiennent dans un restaurant asiatique du sixième arrondissement parisien, tandis que des rendez-vous plus intimes se déroulent au bar du Lutétia, en face de l'École des hautes études en sciences sociales. Il y est question de menaces contre la démocratie, de chercheurs travaillant sur l'extrême droite fascinés par leur objet, de dialogues coupables avec l'ennemi, de limites franchies. En un mot, de débat prohibé. L'objectif affiché par les conjurés est clairement d'énoncer les interdits qui doivent, selon eux, régir la vie intellectuelle. Avec l'adversaire fasciste ou présumé tel, mais aussi avec celui qui l'a un jour été, nul ne doit plus discuter. Contrairement à son ancêtre, la nouvelle inquisition ne connaît ni le repentir, ni le pardon. Hommes et femmes de réseau et de certitudes, « les vigilants » sont nés. Il est assez savoureux que ce vocable, employé péjorativement et ironiquement par Pierre-Vidal-Naquet, soit endossé avec bonheur par les intéressés. Sans doute ignorent-ils que les vigiles étaient les gardes de nuit institués par Auguste pour la police nocturne de Rome. À moins, évidemment, qu'ils ne s'enorgueillissent d'instaurer un climat policier dans le monde des idées.

L'initiative de cette construction revient à l'historien

Maurice Olender qui est également responsable de la revue à vocation antiraciste *Le Genre humain*, créée en 1981. Liée à l'École des hautes études en sciences sociales, où officie également Olender, la revue n'a jamais connu un grand succès. Elle a migré du Seuil à Fayard, puis aux éditions Complexe en Belgique, avant de revenir au Seuil où son directeur est par ailleurs responsable de la collection « La librairie du xxe siècle ». Il apporte de temps en temps des *best-sellers*. Parmi les plus récents, on peut citer l'ouvrage de Jean-Pierre Vernant, dont il est proche, sur les mythes grecs[1], et dans un autre registre, celui d'Olivier Schrameck, directeur de cabinet de Lionel Jospin à partir de la victoire de la « gauche plurielle » lors des élections de mars 1997. Il faut cependant souligner qu'au-delà de la réussite commerciale Olender est, à en juger par le catalogue de sa collection où figurent, par exemple, nombre de textes de Georges Perec, un éditeur talentueux.

« Pas de liberté pour les ennemis de la liberté. » Ce slogan pourrait néanmoins résumer la pensée politique de Maurice Olender, étant entendu qu'il s'estime parfaitement qualifié pour exercer la fonction de juge des libertés. En 1992, *Le Genre humain* avait ainsi intitulé l'un de ses numéros : « Faut-il avoir peur de la démocratie ? » Olender a de l'entregent. Cet homme qui n'aime guère chasser seul se plaît à évoquer ses relations privilégiées avec la direction du *Monde*. Il est vrai que sa collaboratrice au *Genre humain*, Nadine Fresco, laquelle sera aussi en première ligne dans l'opération, est une proche du chroniqueur Roger-Pol Droit qui se distinguera pareillement dans cette chasse aux sorcières. « Notre objectif n'était pas de lutter contre l'extrême droite, reconnaît aujourd'hui Maurice Olender, mais d'alerter ceux qui, à leur corps défen-

1. *L'Univers, les dieux, les hommes*, Jean-Pierre Vernant, Seuil, 1999.

dant, la cautionnaient par le dialogue. Or, de plus en plus de gens exprimaient leur refus des exclusives. » On en conviendra, l'heure est grave. Seuls les inconscients, en ce printemps, ne voient pas l'œuf du serpent en train d'éclore.

Dans le premier cercle, on croise aussi l'historienne Nicole Loraux, qui répète volontiers « qu'on peut discuter à propos de tout, mais pas dialoguer avec n'importe qui ». « Le dialogue, renchérit Olender, place l'autre sur un pied d'égalité. » On ne saurait, en effet, imaginer méthode plus inquiétante que celle qui consiste à créditer l'autre de son humanité, voire de sa bonne foi dans la discussion critique.

Il y a aussi, parfois, dans cette bande d'amis dont beaucoup sont liés à l'École des hautes études, l'historienne Arlette Farge, pieuse gauchiste, l'anthropologue Françoise Héritier et le grand helléniste Jean-Pierre Vernant, qui doit expier la faute d'avoir accordé un entretien à Alain de Benoist. Car l'idée fixe de Maurice Olender, en ce début 1993, c'est l'extrême droite et plus encore ses réseaux d'influence occulte qui irrigueraient le monde de la pensée.

Alain de Benoist et ses revues *Nouvelle École*, *Krisis* et *Éléments* occupent donc une place de choix dans les préoccupations de Maurice Olender. À propos des deux dernières, Jean-Marie Colombani, alors rédacteur en chef du *Monde*, affirme qu'elles ne sont que « sa vitrine libérale [1] ». Cette définition paraît quelque peu incohérente avec la dénonciation de ces revues comme le repaire du nouveau nazisme. Peut-être s'agit-il d'appliquer à la vie éditoriale la grille de lecture corse – vitrine légale/organisation clandestine ? Cette distinction entre ésotérique et exotérique, entre discours interne et discours externe, est, plus généralement, la thèse que défend René Monzat, ancien gauchiste qui a

1. *La gauche survivra-t-elle aux socialistes* ?, Jean-Marie Colombani, Flammarion, 1994.

voué sa vie à la lutte contre l'extrême droite. Auteur d'une *Enquête sur la droite extrême*, publiée par *Le Monde* Éditions, Monzat a le mérite de lire tout ce qui sort de chez ses adversaires – ce qui ne l'empêche pas, et peut-être même l'enjoint, de céder fréquemment au fantasme du péril brun. En tout cas, ce garçon affable dont il faut reconnaître la sincérité fait office de documentaliste pour Olender, lequel semble avoir tant de répulsion pour les écrits de de Benoist qu'il ne s'en saisit que par l'intermédiaire de photocopies.

Autre preuve irréfutable de la contagion du fréquentable par l'infréquentable, du correct par l'incorrect, du démocratique par le totalitaire, *Krisis* a obtenu une subvention du Centre national du Livre au cours de la dernière séance de la commission qui est sur le point d'être renouvelée. Bombardé président de la nouvelle commission, Paul Thibaud, à ce titre, dirige cette ultime séance. Après audition du rapport sur *Krisis*, la subvention est accordée. À plusieurs reprises, devant les protestations de certains, furieux que l'institution aide Alain de Benoist, Thibaud rappelle que ce n'est pas un homme qui bénéficie du soutien du CNL mais une publication. Du coup, Patrick Kéchichian du *Monde* et Pascale Casanova de *France Culture* démissionnent de la commission – qui n'est plus appelée à siéger. Le pluralisme, d'accord, mais à condition qu'il bénéficie seulement à ceux auxquels un brevet de respectabilité intellectuelle a été décerné par ceux qui savent[1].

Il s'agit donc de dévoiler ce qui se cache derrière le masque fallacieux d'Alain de Benoist. Or, au moment où les vigilants sonnent le hallali, ils n'y trouvent plus grand-chose. Fondateur du GRECE en 1968, intellectuel prolixe, alors violemment antichrétien, furieusement antilibéral, tenté par l'eugénisme, passionné par

1. Il faut préciser que, quelles que soient les opinions réelles d'Alain de Benoist, *Krisis* ne publie pas de textes racistes.

les mythes indo-européens et surtout lecteur inlassable de tous les auteurs sulfureux de l'entre-deux-guerres, Alain de Benoist est issu de l'aile aryanisante et paganisante de l'extrême droite. Nombre de ses textes de cette époque témoignent de sa fascination pour les rites païens malgré leur récupération par les SS – encore que certains pensent que c'est à cause d'elle. C'est l'époque où, prônant « un gramscisme de droite », il développe une stratégie de conquête de l'hégémonie culturelle, dans l'espoir de mener à bien une OPA intellectuelle sur la droite qu'il estime dépourvue d'idées. Stratégie qui le pousse à rechercher toutes sortes de cautions légitimatrices. Ainsi, en 1972, *Nouvelle École* publie un numéro spécial consacré à « Dumézil et les études indo-européennes ». À en croire Eric Osmond et Jean-Christophe Cambadélis[1], c'est parce que le savant souffre alors d'être ignoré quand un Lévi-Strauss, par exemple, est encensé, qu'il accepte imprudemment d'apparaître dans le comité de parrainage de la revue. Dans laquelle « l'héritage indo-européen » est annoncé à la fois comme « représentation du passé et imagination de l'avenir ». Dumézil retire immédiatement sa signature. Mais le mal est fait. Pour les censeurs à la narine délicate mais à la lecture rapide, son nom dégagera toujours un parfum de soufre[2]. Dès lors qu'une œuvre scientifique a été remarquée des nazis, elle est interdite. Dès lors que des idées sont utilisées, manipulées par la droite extrême, elles sont souillées. Le manipulé est presque aussi coupable que le manipulateur. Et Alain de Benoist en est un de taille.

Au début des années 80, l'appellation de Nouvelle

---

1. *La France blafarde*, Eric Osmond et Jean-Christophe Cambadélis, Plon, 1998.

2. Maurice Olender a consacré aux usages politiques de la préhistoire indo-européenne de nombreux articles dans lesquels, après avoir recensé la longue liste des usages troubles faits de l'œuvre de Dumézil, il consent à le disculper.

Droite fait son entrée dans le vocabulaire politique au moment où de Benoist est, sous la direction de Louis Pauwels, l'un des hommes clés du *Figaro Magazine*. Le journal affiche alors des positions, sinon franchement racialistes, du moins hostiles à l'égalitarisme des temps et qualifiées d'« ethno-différentialistes » – ce qui, concrètement, revient souvent au même. « Contre l'égalitarisme, contre le racisme, contre le totalitarisme », tel est le portrait que la Nouvelle Droite propose d'elle-même, au cours d'une conférence de presse tenue en septembre 1979, alors que la tempête médiatique se déchaîne [1] – à l'initiative, d'ailleurs, non pas de la gauche mais de l'éditorialiste Gérard Leclerc, animé par son christianisme. C'est sans doute à cette période qu'Alain de Benoist atteint sa nocivité maximale. Le vide intellectuel à droite est sidéral et le danger qu'il soit empli par les idées professées par la Nouvelle Droite est réel. Or, de Benoist bénéficie de nombreuses tribunes allant, un peu plus tard, jusqu'à une collaboration régulière au *Panorama* de *France Culture* et il publie de nombreux ouvrages chez des éditeurs « respectables » comme La Table Ronde ou Albin Michel. Mais échoue, heureusement, à séduire la droite parlementaire.

En effet, tandis que Pauwels se convertit au catholicisme, de Benoist est lâché par une partie de ses troupes qui rejoignent Jean-Marie Le Pen – pour lequel il professe ouvertement son hostilité. Lorgnant sur la Grande-Bretagne et les États-Unis où se déroule une « révolution libérale », la droite française entend mener une reconquête « dure » sur des thèmes similaires. En revanche, de Benoist campe sur des positions pratiquement anticapitalistes. Alors que, de trahisons en défections, les amis qui lui restent perdent peu à peu toutes leurs positions dans la presse, de *Spectacle du Monde* à *Valeurs actuelles*, alors que le Club de l'Horloge,

1. *La France blafarde, op.cit.*

dont nombre des membres sont issus de la Nouvelle Droite, supplante cette dernière comme boîte à idées de la droite et de l'extrême droite, il se marginalise progressivement. Tout en évoluant du scientisme biologique au communautarisme culturel, du nationalisme européen à une défense que l'on pourrait qualifier de « néo-soixante-huitarde » de l'Europe des régions – mais que certains apparentent directement aux thèses du IIIe Reich –, de l'anticommunisme à un anti-américanisme sans nuance, de l'apologie de l'Occident à la haine de l'occidentalisme.

En 1986, son tournant tiers-mondiste et sa défense du « relativisme culturel intégral » – qui peut aboutir à une forme de « néo-racisme à visage humain » – sont clairement affirmés dans un livre-manifeste édité par Robert Laffont, *Europe Tiers-Monde, même combat*. Il publie aussi dans *Le Monde* des tribunes en faveur du foulard islamique ou contre la guerre du Golfe, et on peut le voir, en cette dernière occasion, manifester contre la « Tempête du désert » aux côtés d'Alain Krivine, Gisèle Halimi et Henri Krasucki. À la faveur de la guerre du Golfe, en effet, de Benoist accélère la réévaluation de sa tactique et de son bagage idéologique. Tout en poursuivant, à travers la revue *Krisis*, créée en 1988 sans aucun lien apparent avec le GRECE, sa recherche d'alliances légitimatrices. Sans doute est-il impossible de déterminer avec certitude si son évolution traduit vraiment un virage conceptuel ou si elle est purement opportuniste. Mais, quelle que soit son origine idéologique, on ne peut analyser le travail d'un intellectuel en décrétant par avance son insincérité de principe.

De ce personnage complexe, Jacques Julliard fournit en effet la définition suivante[1] : « Intellectuel authentique mais véritable Protée de la politique, Alain de

---

1. « L'internationale des idiots », Jacques Julliard, *Le Nouvel Observateur*, 1er juillet 1993.

Benoist paraît avoir conservé un pied dans l'extrême droite, placé le second dans l'arabisme tiers-mondiste, tout en se réclamant de l'humanisme chrétien de Maritain et de Mounier. » À vrai dire, on se demande où Julliard a trouvé les références à Maritain et Mounier mais, après tout, le volume des écrits de de Benoist est si considérable que cet aspect a pu échapper à la vigilance des connaisseurs.

En tout cas, à l'automne 1992, alors même que son évolution semble plutôt le ramener vers des positions moins extrémistes, Alain de Benoist est en voie d'ostracisation totale. Est-ce parce qu'il ne joue pas assez bien le rôle qui lui a été dévolu ? Toujours est-il que l'entretien qu'il a accordé au mois de mai à Alain Rollat pour la page deux du *Monde*, dans lequel il se désolidarise de la logique du bouc émissaire appliquée aux immigrés par le Front national, dort dans les tiroirs de la rédaction. Il n'en sortira jamais. On peut trouver étrange cette décision éditoriale. En effet, dès lors que *Le Monde* est engagé dans un combat légitime contre le Front national, ne serait-il pas payant de montrer aux électeurs de ce parti qu'un homme que beaucoup considèrent encore comme l'un des leurs rejette ses « thèses consternantes » ? Ne faudrait-il pas accorder la plus large publicité à un texte dans lequel on peut lire que « ce n'est pas parce qu'il y a des immigrés que la France est menacée de perdre son identité, mais plutôt parce qu'elle a perdu son identité qu'elle n'est plus en mesure de faire face et de résoudre le problème de l'immigration » ? De tels propos sont-ils tellement banals, tellement dénués d'intérêt, de la part d'un penseur considéré comme appartenant à l'extrême droite ? Ne seraient-ils pas, au contraire, de nature à ramener vers l'humanité commune des lecteurs/électeurs ? Peut-être, alors, faut-il conclure que ce n'est pas l'objectif. Il peut sembler moins gratifiant de discuter, pied à pied, ce qu'affirme un interlocuteur que de répéter jusqu'à l'ivresse qu'il est un monstre. D'autre part, comme le souligne justement Frank Adler, spécialiste américain du racisme, « reconnaître que de Benoist dénonce lui aussi le racisme, la xénophobie et le Front national, ne brouillerait-il pas la véritable ligne Maginot séparant la gauche de la droite[1] » qu'il s'agit si désespérément de conserver ?

Au *Monde*, Edwy Plenel, très hostile à la parution de l'entretien, refuse même d'adresser la parole à de Benoist. Craindrait-il d'être souillé ? Ou redouterait-il la puissance polémique d'un adversaire dont le philosophe chrétien Jean-Luc Marion, par exemple, avait pu éprouver la pugnacité autour de 1968 ? Pour Olender, en tout cas, ce refus de Plenel est un succès qu'il fait sien avec fierté.

Poussé à l'extérieur du système, de Benoist continue à exercer sa graphomanie là où il le peut, notamment dans plusieurs maisons d'édition en Europe, dont les catalogues, malgré leur faible audience, seront minutieusement dépouillés par la confrérie vigilante qui y trouve, par exemple, des ouvrages de Ernst Niekisch, l'un des chefs de file de la révolution conservatrice allemande qui rêvait, écrit Michel Winock, « de désembourgeoiser l'idée nationaliste en même temps que nationaliser l'idée socialiste[2] ». Pour le dire très clairement, il arrive à Alain de Benoist de côtoyer des nostalgiques du nazisme ou du fascisme et autres révisionnistes. Ses écrits ont évolué, ses rencontres moins. Et de ses pensées, lui seul peut témoigner. À l'instar, au fond, d'un François Mitterrand.

Encore une fois, côtoyer signifie-t-il cautionner ? Peut-on accepter que la recherche en contamination soit appliquée à la vie intellectuelle ? Est-il légitime de

---

1. « Vue des États-Unis, *Left vigilance* en France », Frank Adler, paru dans la revue *Telos*, n° 98/99 hiver 1993/1994, reproduit dans *Panoramiques*, n° 35, 1998.

2. « De l'extrême droite à l'extrême gauche, la confusion des valeurs », Michel Winock, *L'Histoire*, n° 171, novembre 1993.

décréter par avance que l'évolution d'une pensée ne saurait être autre chose qu'un camouflage opportuniste ? « Nous n'avons aucun doute sur ses convictions, même masquées », affirme *Globe Hebdo*[1]. Peut-être, mais si danger il y a, n'est-il pas amoindri, précisément, par cette volonté de camouflage ? De fait, on voit mal comment Alain de Benoist pourrait contaminer qui que ce soit, alors même qu'il serait obligé de dissimuler ses véritables et noires idées. Comment agirait la nocivité de telles pensées non exprimées ? Mais, habité par sa mission, Maurice Olender continue à s'intéresser vivement au personnage et, plus encore, à ceux qui ne respectent pas l'interdit dont il entend qu'il soit désormais frappé. Et, grâce à la diligence de Monzat, c'est en tombeur de masques qu'il fait la « tournée des popotes » intellos et des « faiseurs d'opinion », armé d'un gros dossier supposé convaincre ses interlocuteurs que nombre d'intellectuels, manipulés et séduits par de Benoist, sont sur le point de basculer. Comme l'écrira Pierre-André Taguieff, « on dénonce les démocrates "mal renseignés", "insuffisamment informés", l'aveuglement des antifascistes naïvement tolérants ou la "complaisance" des antiracistes connaissant trop bien la question du racisme, et partant, trop nuancés dans leurs analyses et leurs propositions[2] ». Le péril est manifeste si l'on considère que les sommaires de *Krisis* ressemblent à un annuaire de l'intelligentsia de gauche : Jean Baudrillard, Régis Debray, Jacques Julliard, Jean-François Kahn, Bernard Langlois, Olivier Mongin ont, entre autres, soit accepté de donner des textes à la revue, soit donné leur accord pour la reproduction de textes parus ailleurs. Les « vigilants » aiment dresser des listes. « Dans les rédactions, pour-

---

1. « Y a-t-il une affaire Taguieff ? », *Globe Hebdo*, 21 juillet 1993.

2. « Les écrans de la vigilance », Pierre-André Taguieff, *Le lynchage médiatique, Panoramiques*, n° 35, juillet 1998.

suit Taguieff, on inventorie les ambigus, les pas clairs, on s'applique à surveiller de près tous les manquements au correctivisme idéologique[1]. »

Ces guérilleros prêts à tout pour terrasser la bête immonde se proposent d'éclairer la lanterne des naïfs qui se sont laissé éblouir par les fallacieux feux d'un de Benoist en quête d'honorabilité. Indulgents pour les repentants, ils sont prêts à la plus grande dureté pour rééduquer les récalcitrants. Il faut frapper vite et fort. La vigilance est un combat.

La suspicion des « vigilants » va précisément se porter sur Pierre-André Taguieff dont Olender explique inlassablement qu'il a basculé, fasciné par son objet, en l'occurrence Alain de Benoist. Le philosophe a pourtant, on l'a vu, forgé des armes conceptuelles pour analyser le racisme et donc le réfuter. Néanmoins il a de quoi agacer tous ceux qui, grâce au Front national, s'octroient les agréables frissons de la lutte contre le Mal et n'apprécient guère, en conséquence, sa critique d'un antiracisme fondé sur « les sanctions judiciaires, les discours conjuratoires et les rassemblements expiatoires[2] ». En se refusant à analyser le caractère novateur du racisme contemporain, culturel et non biologique, prônant le droit à la différence pour tous et non l'inégalité des peuples et des races, l'orthodoxie de gauche en est arrivée à confondre dans un « vaste magma » idéologique tout ce qui n'est « pas bien » : fascisme, racisme, xénophobie, populisme, nationalisme. C'est ce renoncement à toute rigueur conceptuelle qui réduit la lutte contre le Front national à un antiracisme incantatoire et imprécatoire.

Au printemps 1991, lors de la publication de l'ouvrage collectif qu'il a dirigé pour La Découverte *Face*

---

1. *Ibidem.*
2. « À la stratégie du cordon sanitaire, visant à isoler le mouvement lepéniste il faut substituer une politique offensive, fondée sur la prévention », Entretien avec Pierre-André Taguieff, par Robert Solé et Jean-Marie Colombani, *Le Monde*, 10 avril 1992.

au racisme, le philosophe a eu droit à la consécration qu'est alors la page deux du *Monde*. Au début des années 80 il entretenait d'ailleurs, se souvient-il, de fort cordiales relations avec Edwy Plenel lequel résidait comme lui, dans les alentours de la place de Clichy. « Il m'a dit un jour qu'il était très fier d'aider un savant à ranger sa bibliothèque », se rappelle Taguieff. Autant dire que celui-ci n'a rien du supect idéal.

Ce n'est pas à l'analyste du racisme, ancien et nouveau, que va s'attaquer Olender, mais au connaisseur de la Nouvelle Droite, sur laquelle Taguieff avait, en 1984, publié la première étude critique[1]. Elle lui avait d'ailleurs valu le refroidissement de ses relations avec Plenel. En effet, celui-ci, après avoir lu une version initiale du texte, avait confié à Taguieff – qui les avait reproduites en confiance – des informations sur la supposée appartenance aux réseaux de la Nouvelle Droite d'un ancien d'Occident. Lequel avait attaqué Taguieff en justice pour diffamation. Ne pouvant obtenir de son « informateur » une autre preuve qu'une fiche des Renseignements généraux, le philosophe avait perdu son procès et le livre avait disparu pour ces deux lignes fautives.

Répondant, au début du printemps 1992, à la sollicitation de Michel Winock, Taguieff accorde à *L'Histoire*, revue également éditée au Seuil, un entretien destiné à faire le point sur l'évolution de la Nouvelle Droite. Et, analysant son éclatement entre une aile frontiste et un courant antilepéniste regroupé autour d'Alain de Benoist, il prend acte, non sans distance, de l'évolution de ce dernier. Dans une version non corrigée de son texte mystérieusement passée d'un bureau à l'autre à l'intérieur de la maison d'édition, le chercheur observe que « de Benoist est désormais plus proche du

---

1. *Vous avez dit Fascismes ?* Arthaud/Monthalba, 1984.

Monde diplomatique que du *Figaro Magazine*[1] » et qu'il semble désormais emprunter une partie de son discours à la gauche tiers-mondiste.

Pour Olender, voilà qui revient à franchir la ligne rouge. À partir de là, les interprétations divergent. Pour certains son ire proviendrait aussi de considérations personnelles. On n'ose croire, cependant, que toute la querelle se résumerait à un vulgaire cas de rivalités universitaires. Toujours est-il que l'affaire de Benoist se mue en dossier Taguieff. Maurice Olender assure pourtant avec conviction que, de Taguieff, il n'était presque pas question au cours des réunions. Cette affirmation bute toutefois sur les souvenirs de Pierre Vidal-Naquet, lequel, ayant soutenu la candidature d'Olender à l'École des hautes études, n'est guère suspect de malveillance à son endroit. Or, l'historien abandonne très vite le bateau « vigilant », précisément parce qu'il n'est question, « sur un mode agressif et obsessionnel », que de Taguieff. « J'ai quitté une séance en les traitant de sectaires et de chasseurs de sorcières », dit-il.

Il est certain cependant que, parmi les signataires de l'Appel, beaucoup en ignoraient au moins l'une des cibles. Rencontrant Taguieff à l'École des hautes études quelques mois plus tard, Jacques Derrida lui assure n'avoir jamais su que son nom serait mêlé à l'Appel à la vigilance. Au cours d'un rendez-vous au Lutétia avec Edwy Plenel et Maurice Olender, Derrida avait signé un texte assez général et proposé des amendements. Il n'avait été, affirme-t-il, question de rien d'autre. Les « vigilants » apprécient – et on les comprend – les confortables fauteuils rouges du bar du Lutétia ; courant 1992, néanmoins, lorsque la direction déclinante du *Monde* avait tenté de remobiliser les troupes en les conviant à une réunion au même endroit, Edwy Plenel avait publiquement apostrophé les diri-

1. Le patron de *Krisis* a d'ailleurs entretenu une correspondance avec l'ancien directeur du *Monde diplomatique*, Claude Jullien.

geants du journal, estimant en substance que le choix d'un lieu chargé d'une aussi sinistre mémoire, celle de l'Occupation, était inopportun.

Conscient que l'affaire naissante ne peut qu'être une source d'ennuis et de malentendus, d'autant plus qu'elle est en partie interne au Seuil, Michel Winock diffère la publication de l'entretien dans *L'Histoire*. Mais la machine à disqualifier est lancée. Le feuilleton des « rouges-bruns » va lui permettre de s'emballer. Comme le résume plaisamment Taguieff, « moi, j'étais une sorte de rouge, Alain de Benoist une sorte de brun, à nous deux, nous formions un parfait "rouge-brun" ».

Les liaisons dangereuses

Depuis plus d'un an, Didier Daeninckx, auteur de romans policiers en voie de spécialisation dans la chasse aux convergences douteuses et aux négationnistes masqués, fait circuler, sans grand succès, dans tout Paris un dossier sur les « tentations brunes » qu'il observe au Parti communiste français. Plus ou moins compagnon de route du Parti qu'il a quitté en 1981, il en brigue, sinon l'électorat, du moins le lectorat qu'il dispute à Patrick Besson, autre écrivain prisé des militants. Ce zélote, ou plutôt ce « délote » de l'antifascisme fin de siècle, écrit à Georges Marchais, sans doute après le colloque organisé en mai 1992 à la Mutualité par Francette Lazard et l'Institut de Recherches marxiste – rebaptisé depuis Espace Marx. L'un des intervenants de cette réunion, consacrée « à la modification du paysage intellectuel et au renouveau de la pensée critique », n'est autre qu'Alain de Benoist dont les activités et les rencontres sont, semble-t-il, devenues un sujet d'intérêt général. Au cours du colloque, alors que celui-ci plaide pour une union de tous les damnés de « la périphérie », René Monzat se lève et dénonce, non sans emphase, le scandale que constitue la présence d'un homme dont le travail, précise-t-il, consiste à « réactualiser et à reformuler les idées de base du fascisme ». Francette Lazard réplique vertement, expliquant qu'il faut accueillir « tous ceux qui sont porteurs de la volonté d'avancer aussi loin que possible ». Un an plus tard, après la tourmente, Francette Lazard, en guise de *mea culpa*, laissera entendre qu'elle avait confondu Alain de Benoist et Jean-Marie Benoist, philosophe de droite, certes, mais giscardien et libéral. Courage, fuyons.

En octobre 1992, et en mai 1993, Marchais répond à l'écrivain habitué des MJC et autres salons de la jeunesse progressiste. Dans ces lettres en forme d'ordres de mission, le secrétaire général se dit « indigné », voire « révulsé » ; il invite Daeninckx à dénoncer des « faits avérés » et, surtout, à publier ces deux courriers. On peut imaginer que le secrétaire général dont les gazettes évoquent périodiquement le passé peu glorieux durant la guerre voit dans l'affaire rouges-bruns une jolie opportunité de blanchiment. Ce qui lui attire une riposte cinglante de Laurent Dispot dans *Globe Hebdo* [1] : « Voici que vous posez au moraliste sur les compromissions avec le nazisme. Vous ! Vous êtes un pacte germano-soviétique ambulant ; vous êtes le national-communisme en acte. »

Curieusement, *L'Humanité*, qui n'a guère habitué ses lecteurs à faire la fine bouche devant les propos du secrétaire général, observe le silence sur les haut-le-cœur de Georges Marchais. C'est que, place du Colonel Fabien, la bataille pour la succession et sur la ligne est engagée. Le complot « rouge-brun » contre la démocratie cache une guerre rouges-roses à l'intérieur du Parti. Même si, dans cette affaire « national-communiste », tous les accusés ne sont pas, loin s'en faut, blanc-bleu.

---

1. « Lettre ouverte à Monsieur Marchais, communiste national », Laurent Dispot, *Globe Hebdo*, 7 juillet 1993.

L'idiotie généralisée

Dans son viseur idéologique, Daeninckx pointe une bande de jeunes déjantés, ex-gauchos ou actuels cocos, « paumés de la grande lessive idéologique », notera l'essayiste Gérard Leclerc [1], regroupés dans le Collectif des travailleurs commmunistes des médias qui publie *La Lettre écarlate*, brûlot dont le contenu n'a pas grand-chose de commun avec celui de la presse du Parti. Revenus de la cocaïne et du gauchisme, les membres de cette joyeuse bande sont toujours amateurs de jolies filles, de rock et d'idées. Ils ont d'ailleurs célébré la naissance de leur samizdat pendant la nuit du 23 décembre 1991, dans une boîte branchée appelée Le Moloko. Proches de Roland Leroy, alors patron de *L'Humanité*, et de Pierre Zarka, ils défendent une ligne anti-impérialiste et nationale, et surtout, alors que le PS s'adonne aux délices du libéralisme, très violemment antisocialiste. Autrement dit, ce sont des adeptes de ce qu'on appelait autrefois la tactique classe contre classe. Ces têtes brûlées conjuguent donc agréablement rock et politique, mènent une vie de patachons et croisent dans les boîtes de nuit Basile de Koch, trublion de droite, et autres militants-fêtards. Et, reconnaissent-ils, sans problème, il leur arrive de franchement « déconner ». « Nous étions loin d'être innocents et nous étions porteurs d'idées susceptibles de faire du bruit », dit l'un d'eux. Pour eux, le refus par le Parti de voter la mise en examen de Bernard Tapie en 1992, en raison notamment de la peur des élus communistes de subir des représailles, résonne comme une invitation au combat. De fait, c'est dans cette période que le ton et la ligne du PCF à l'égard des socialistes s'adoucissent.

Parmi ces militants chic et choc, figure Marc Cohen, ancien dirigeant des jeunesses communistes qui a tra-

---

1. « De l'utilité des feuilletons de l'été », Gérard Leclerc, *Le Quotidien de Paris*, 4 août 1993.

vaillé à TSF 93, radio officieusement mais très explicitement communiste de Seine-Saint-Denis. En 1991, ce garçon au grand cœur et à l'humour ravageur est devenu rédacteur en chef de *L'Idiot international*. Avec la bénédiction de la direction du Parti qui cherchait encore une alternative à l'alliance avec les socialistes.

Il faut s'octroyer un détour par ce chaudron de sorcière qu'est encore *L'Idiot international*, alors que les troupes de l'Empire du bien[1] s'avancent en rangs serrés. Depuis 1989, *L'Idiot* reparaît, toujours sous la houlette du sulfureux Jean-Edern Hallier, dont on chercherait en vain la cohérence du parcours idéologique, notamment dans l'alternance de ses phases d'amour et de haine à l'égard de François Mitterrand qui l'aurait comparé à Lautréamont – avant de le placer sur écoutes. Hallier empochera, dit-on, une coquette somme pour renoncer à publier un livre assez ordurier sur la vie intime du président.

Tandis que les grands-prêtres de la pensée célèbrent rhétoriquement le métissage, *L'Idiot*, mêlant le pire et le meilleur dans sa tambouille peu orthodoxe, se livre au grand mélange des idées et des genres. Son programme a été en quelque sorte énoncé par ces quelques lignes écrites en 1989 : « Vous savez ce qu'on dit en France de votre journal. *L'Idiot* serait le nouveau *Je suis partout*. Une telle bêtise doit vous réjouir : être pris pour des fascistes d'autrefois par des fascistes inconscients d'aujourd'hui et qui l'auraient été à l'époque de façon spontanée et somnambulique est un vrai plaisir. Je connais pour ma part au moins cent philosémites proclamés qui, sans aucun doute, auraient été antisémites avec beaucoup d'entrain il y a cinquante ans. On sous-estime toujours la bêtise, du moins quand on est modestement partisan de l'idiotie généra-

---

1. *L'Empire du bien*, Philippe Muray, Les Belles Lettres, 1991.

lisée, c'est-à-dire de la liberté radicale[1]. » Elles sont signées par Philippe Sollers. Alors que se mettent à peine en place les barbelés qui vont par la suite enclore la pensée, Sollers a tout compris. À la même époque, au moment des grandes célébrations festives du bicentenaire de la Révolution française et des élections européennes de 1989, le même signe quelques articles sur l'Europe qui se prépare, qualifiée de quatrième Reich. Sur le mode érudit et ironique qui est le sien, Sollers pronostique le triomphe d'une « contre-révolution anti-Lumières » qui germanisera l'Europe, voire le monde : « C'est désormais partout l'Allemagne ! Luther, Calvin, Rousseau, Robespierre, Napoléon, Staline, Hitler, Heidegger, le cardinal Lustiger et Mahomet se sont alliés ! Ils ont gagné ! [...] Paris est occupé, truqué ; sa mémoire est vide [...] 89-93 : voilà donc l'intervalle pendant lequel la France a basculé dans le *Deutsch-Prinzip*. La répétition élargie et définitive du phénomène était réservée à la fin du vingtième siècle. »

Deux ans plus tard, assagi, Sollers se joindra au chœur sévère qui enjoint les masses d'accepter l'ordre européen de Maastricht. À la défense de la liberté radicale, succédera l'éloge du néo-radicalisme balladurien. « C'est comme ça », aurait dit Hegel qui, lui aussi, préférait le droit de changer d'avis au devoir de se justifier. Mais pourquoi, alors, feindre toujours d'être demeuré tel qu'en sa jeunesse ? À multiplier, sans jamais les expliciter, les virages à 180 degrés, on finit par accréditer l'idée que toute vérité est relative, contingente et, finalement, malléable au gré des fantaisies, voire des besoins.

C'est donc cela, *L'Idiot*, « ce bazar suspect et coupable[2] » qui s'agrège dans l'appartement de la place des

---

1. « Droits de l'homme, devoirs de l'Idiot », Philippe Sollers, *L'Idiot international*, 1989.

2. L'expression est de Sollers, dans la période où il collaborait à *L'Idiot*, dans un article intitulé « L'Appel de Baudelaire ».

Vosges au cours de délirantes soirées piano et whisky, avant que les huissiers contraignent Hallier à migrer avenue de la Grande-Armée. Selon les périodes, les fâcheries et les réconciliations, on y rencontre Jacques Vergès, Jacques Dimet, rédacteur en chef de l'hebdomadaire communiste *Révolution*, Patrick Besson, Jeanne Folly, Christian Laborde, Antony Palou, Frédéric Beigbeder, Thierry Ardisson, Philippe Muray, Benoit Duteurtre, parfois même Henri Krasucki. Outre de Benoist, il arrive aussi qu'on croise dans ce tourbillon des personnages sulfureux comme Limonov. Cet écrivain franco-russe se vante, dans *Révolution*, de sa participation avec les soldats de Karadzic au siège de Sarajevo, ne cache pas ses sympathies pour Jirinovski, figure montante de l'extrême droite russe et anime, à Moscou, un Front national-bolchevique qui entend instaurer « un nouvel ordre fondé sur les traditions nationales et sociales du peuples russe ». Romancier, affectant des poses à la Céline ou à la Genet, demeurant aujourd'hui encore l'un des auteurs les plus lus de la population russe en Israël, il est un « rouge-brun » affiché. Et le seul, à vrai dire, de cette compagnie. Sauf à développer une paranoïa policière, il paraît donc difficile de déceler là les germes d'une collusion organisée entre extrêmes. « Hallier n'est pas plus à droite qu'à gauche. C'est un timbré sans foi ni loi[1] », conclura plutôt lucidement Jacques Bertin dans *Politis*.

Il est vrai cependant que l'ordre ne règne pas dans le monde des idées, quand il serait si simple d'avoir le vice d'un côté et la vertu de l'autre. Or, entre drogués, communistes, fascisants mal repentis, et mal-pensants de divers horizons unis par le même désir de semer le désordre dans les esprits trop bien rangés, *L'Idiot* est un véritable capharnaüm idéologique. On peut concevoir qu'il détonne par là des salons de la gauche morale

---

1. « Malin plaisir », Jacques Bertin, *Politis*, 29 juillet 1993.

où l'on doit s'étrangler d'indignation chaque fois que quelqu'un s'écarte un peu de la juste pensée.

Mi-journal à scandale, mi-organe d'opinion – mais de laquelle ? –, *L'Idiot* mêle des enquêtes assez sérieuses à des allégations totalement farfelues. Artiste de l'embrouille et de la provocation, Hallier, dans la tradition polémiste française, conjugue l'insulte sexuelle et la délation privée à la guerre culturelle. Au printemps 1993, il place en tête de l'ordre du jour d'une réunion : « trouver un moyen de lancer des scandales, tout en restant dans la majorité ». C'est qu'il s'est mis en tête d'entrer à l'Académie. Le journal se distingue surtout par les insultes basses proférées à l'encontre de Josyane Savigneau, rédactrice en chef du supplément littéraire du *Monde*. En effet, plutôt que de s'interroger sur son influence dans la République des lettres, comme le fait, sans concession mais sans sombrer dans l'abjection, la revue *Esprit*, Hallier, qui préfère manier l'injure à la critique, s'en prend honteusement à sa vie privée, lui taillant ainsi une statue de victime de l'infamie, bien méritée en l'occurrence.

En 1991, alors que la guerre du Golfe a entraîné de multiples reclassements sur fond d'anti-américanisme, il signe un éditorial intitulé « Le Sentier de la guerre », où l'antisémitisme affleure sans peine sous l'antisionisme. À l'imprimerie, il en vient presque aux mains avec Marc Cohen, qui disparaît de « l'ours » quelques semaines durant. Hallier récolte une condamnation pour incitation à la haine raciale. C'est alors que Cohen et ses amis en réfèrent au Parti, en l'occurrence à Pierre Blotin, influent responsable des intellectuels, qui leur répond en substance que si les rares communistes installés dans la presse « bourgeoise » devaient quitter la place au moindre dérapage, il n'y aurait plus de communistes nulle part. L'affaire se solde par une explication entre Cohen et Hallier. Mais du point de vue du PCF, la cause est entendue, il faut continuer à travailler avec Hallier, antisémite ou pas. De leur côté, Cohen et les autres savent qu'ils ne peuvent guère espérer trouver dans le Parti de quoi nourrir leur appétit pour les idées et la polémique. Lorsque Hallier, en juin 1991, accorde à l'hebdomadaire du Front national, *National Hebdo*, un entretien dans lequel il proclame sa sympathie pour Le Pen, nul ne s'en émeut. Ni au Parti, ni ailleurs. Entre Jean-Edern Hallier et le Parti communiste, les liens sont donc multiformes et solides : au point que l'écrivain sera recruté par les éditions Messidor, moyennant, là encore, espèces sonnantes et trébuchantes, pour écrire à la gloire de Fidel Castro.

C'est durant cette période que surgit Jean-Paul (Paulo) Cruse, journaliste et ancien mao formé au sein des Comités Vietnam de base, entré au Parti en 1981. Des luttes nationales des années 50 et 60, Cruse a conservé une tendresse « pnohm-pehniste » pour le drapeau tricolore. Pas internationaliste pour deux sous, à l'inverse de ses amis trotskistes, il pense qu'il faut « produire français ». Son ancien camarade de la Gauche prolétarienne, Serge July, l'a fait entrer à *Libération* vers 1975 pour contrebalancer le poids des « sociaux-démocrates » avec lesquels il avait noué une alliance. Mais, dans le courant des années 80, alors que Cruse a créé un syndicat CGT au sein du journal, il lui faut faire une grève de la faim pour éviter de se faire débarquer. Le plus savoureux avec le recul est qu'il s'est par deux fois violemment opposé à July, au motif que *Libé* serait trop complaisant avec certaines pensées d'extrême droite. La première altercation était intervenue en novembre 1978, lorsque July défendait le droit à la liberté d'expression de l'historien révisionniste Faurisson. « Interdire l'expression du racisme, c'est tout simplement militer pour le refoulement, pour le secret, pour le renfermement. Et à terme, pour plus d'attentats et plus de meurtres », écrivait July[1]. Puis, en juillet 1979, Cruse avait été l'un des seuls à protester après la publication de l'article de Guy Hocquenghem, sous le titre : « Nouvelle Droite : contre, tout contre ». L'écrivain engagé dans la lutte pour la libération homosexuelle était tombé sous le charme d'Alain de Benoist.

Toujours est-il que, quinze ans plus tard, et malgré l'énergie déployée par Daeninckx, l'histoire des « rouges-bruns » n'émeut guère les rédactions. Même l'article de Cruse publié dans *L'Idiot* le 11 mai 1993, intitulé « Vers un front national », ne fait pas prendre la mayonnaise immédiatement. Constatant la mort clinique de la gauche, au lendemain de la courte défaite de Maastricht, Cruse en appelle à un « sursaut des gens de l'esprit contre les gens des choses » et, partant, à un sursaut national autour de l'alliance des gaullistes et des communistes. Seulement, défendant la grandeur des nations, il stigmatise, pêle-mêle, « Wall Street, le sionisme international, la bourse de Francfort et les nains de Tokyo ». Il faut cependant préciser que ce « front national » n'est nullement un appel du pied à Le Pen, qualifié de « grosse poufiasse blonde marionnettisée par l'Élysée », mais une tentative de ressusciter le Front national – vitrine politique des FTP. Le futur, annonce Cruse, doit marier « deux fois trois couleurs », « un bleu-blanc-rouge, plus proche, au fond du fond des choses, d'un black-blanc-beur que le rouge-rose-vert de la gauche caviardeuse ou la bannière étoilée des Maîtres ». On n'est pas obligé d'être séduit par cet arc-en-ciel politique mais il est difficile d'y lire des réminiscences lepénistes. « Nous voulions créer un mouvement qui allie chasseurs et rappeurs », résume aujourd'hui Cohen. Il faut aussi rappeler qu'à ce moment-là la guerre du Golfe et la campagne de Maas-

---

1. « À propos de l'affaire Faurisson, la liberté d'expression des racistes », Serge July, *Libération*, 24 novembre 1978.

tricht ont déjà passablement brouillé les clivages idéologiques. L'existence de convergences entre une certaine droite et une certaine gauche n'est plus impensable.

S'il persiste aujourd'hui dans son antisionisme – fautif à mon sens –, Cruse, qui s'était dans les années 70 bagarré au côté de Pierre Goldman contre les « néonazis branchés » groupés autour de Kiki Picasso, n'est pas plus suspect d'antisémitisme que ne le sont Francette Lazard, Marc Cohen, Henri Krasucki et Pierre Zarka[1]. Car ce texte, qui a été commandé par Cohen, a été relu en haut lieu place du Colonel Fabien.

À vrai dire, tout cela pourrait rester une querelle interne au Parti communiste, d'autant que le monde médiatique a l'habitude des embardées de Hallier, même si, cette fois-ci, il va loin. Mais, quelques jours plus tard, *Le PLI*, lettre confidentielle et influente des réseaux de Pierre Joxe, donne l'alerte. Non, tout cela n'est pas une affaire de groupuscule, y explique-t-on, la ligne national-communiste est en train de l'emporter au sein du PCF, au moment où elle renaît en Yougoslavie sous les traits de Milosevic et où les nostalgiques du communisme relèvent la tête en Russie – le putsch manqué de l'été 1991 continue de faire office de repoussoir. Les motivations des rédacteurs de la publication sont probablement mêlées. Sans doute François Mitterrand entend-il empêcher à tout prix l'arrivée à la tête du Parti communiste de Pierre Zarka, laquelle signifierait une réévaluation de l'alliance avec les « sociaux-libéraux ». Marchais ne tient pas non plus à ce successeur. Enfin, beaucoup de gens ont des comptes à régler avec Hallier ou, à tout le moins, des raisons de chercher à discréditer son journal. Alors que l'affaire des écoutes de l'Élysée commence à peine, seul *L'Idiot* est susceptible de publier des relevés où,

1. Certes on peut concevoir qu'il existe des Juifs antisémites, mais une telle brochette ?

semble-t-il, il est question de hautes autorités de l'État et de l'intelligentsia.

Quoi qu'il en soit, les rédacteurs en chef des grands journaux décident d'entrer dans la danse. L'une après l'autre les gazettes tirent à vue sur l'alliance fascisto-bolchevique. Le nazisme n'aurait été vaincu par les armes que pour mieux polluer les pensées, le mur de Berlin ne serait tombé que pour mieux se dresser dans les esprits. On fouille dans les décombres des idéologies du siècle et on exhibe des listes de suspects, des récits de dîners pas très clairs, des preuves de collusion, des soupçons de contamination, des dangers de flirts. Cette méthode épidémiologique est caractéristique : Machin, qui a parlé à Truc, a aussi déjeuné avec Chose. Donc, Machin, Truc et Chose sont également suspects.

Le 23 juin, *Le Canard enchaîné* lance le jeu du « qui a rencontré qui [1] ». Relatant sur une page la « drague de l'extrême droite dans les eaux communistes », *Le Canard* ne laisse rien passer, sa propension à la satire souffrant manifestement quelque exception. En quelques semaines, des dizaines d'articles sont publiés, tandis que les vertueux de tous horizons s'émeuvent sur l'air de « on vous l'avait bien dit ». Sentant que l'affaire tourne mal, Georges Marchais demande à Didier Daeninckx de publier leurs échanges épistolaires antérieurs. Les « refondateurs », groupés autour de Guy Hermier et de Roger Martelli, sont trop heureux de faire assaut d'indignation dans les gazettes. Le 26 juin, *Le Monde* appuie sur l'accélérateur ; sous la plume d'Olivier Biffaud et d'Edwy Plenel, « la tentation national-communiste » semble appelée à supplanter l'accusation qui avait cours auparavant de « tentation totalitaire ». Le 29 juin, *Libération*, dont la rédaction est visiblement secouée, publie deux pages :

1. « Quand l'extrême droite drague dans les eaux communistes », *Le Canard enchaîné*, 23 juin 1993.

« Ce n'est pas un mouvement mais une galaxie, peut-on y lire. Suffisamment cohérente pour que des convergences s'en dégagent. Suffisamment fluide pour que chacun revendique sa trajectoire personnelle. » Les trajectoires personnelles, voilà qui embarrasse fort les adeptes de la vigilance. Quant à Hallier, piteux, il désavoue ses journalistes, affirmant qu'ils ont abusé de sa cécité !

Le problème, visiblement, est ailleurs. Très vite, les attaques abandonnent *L'Idiot* pour se concentrer sur le Parti communiste. Georges Marchais semble pris en étau entre ses deux oppositions. D'un côté, les « refondateurs », identifiés à l'aile moderne du parti, proches des socialistes, sont considérés comme les bons élèves de l'école antifasciste. De l'autre, les « conservateurs », accrochés à leur vieille lune de la lutte des classes, sont coupables d'amitiés douteuses et de tendances nationalistes – le terme souverainiste, dont la paternité revient à Paul-Marie Coûteaux, n'a pas encore fait son entrée dans le vocabulaire politique. Les deux tendances sont d'ailleurs opposées au sein même de *Révolution*, dont Guy Hermier est directeur et dont Jean-Paul Jouary, le rédacteur en chef, avait accordé un entretien à *Krisis*. Il est plaisant, au passage, d'observer qu'au sein du Parti ce sont les défenseurs de l'ouverture, les contempteurs les plus acharnés de la pesanteur stalinienne qui piaillent le plus fort dès qu'une tête dépasse.

Le 30 juin, *L'Humanité* sort du silence. En écartant toute possibilité de rapprochement entre communistes et extrême droite, le philosophe Arnaud Spire qui, dans cette affaire, se range du côté de la liberté de pensée s'autorise à écrire que la nation « est loin d'avoir épuisé ses possibilités revendicatives et créatrices ». Le 1er juillet, un communiqué outré du secrétariat du Comité central suggère aux adhérents qui feraient preuve de « complaisance à l'égard des idées d'extrême droite d'en tirer les conséquences », mais s'en remet aux « organisations de base », comme on dit, pour statuer. Ce qui revient, comme le souligne plaisamment Marc Cohen, à affimer « qu'il y a des nazis dans le Parti » sans pour autant les exclure. Au cours de la réunion du Comité central, André Lajoinie a d'ailleurs apostrophé Marchais : « Franchement, Marc Cohen à la tête d'un complot antisémite, est-ce bien sérieux ? »

Devant la Fédération de Paris dirigée par Henri Malberg, Cohen, qui a refusé de se désolidariser de Cruse, se bat comme un diable : « La vraie raison de toute cette agitation, c'est que la direction veut revenir à une alliance sans principes avec le PS. Être traités de fascistes par Georges Marchais, c'est presque un honneur. Les médecins accusés lors du complot des blouses blanches aussi ont été traités de fascistes. Et Tito, et Koestler, et Orwell... Nous sommes plutôt en bonne compagnie. » L'affaire se tasse. Les trublions restent membres du Parti et décident de se taire jusqu'au Congrès de janvier 1994, durant lequel Pierre Zarka – qui n'aura jamais été publiquement en première ligne dans l'affaire – est effectivement écarté. À *Libération*, des mois durant, Cruse mène un combat là aussi acharné, avant de négocier son départ courant 1994. L'affaire des « rouges-bruns », ou du moins sa première phase, est terminée.

Sur le plan politique, il est difficile d'accréditer la thèse du péril totalitaire ressuscité pour l'occasion par la campagne de presse. Comme l'écrira Gérard Leclerc, les dérapages plus ou moins contrôlés de quelques individus « n'annoncent pas une épidémie fascistoïde rouge ». De même Jacques Julliard, s'emploie à calmer le jeu dans un éditorial finement titré « L'internationale des idiots[1] » : « Tout cela, écrit-il, relève plutôt d'un romantisme adolescent et débile que

1. « L'internationale des idiots », *art. cit.*

de l'analyse politique. » Enfin, observent Cambadélis et Osmond, les Renseignements généraux eux-mêmes ne semblent pas très alarmés par ces rapprochements qu'ils définissent de la façon suivante : « Cette galaxie est uniquement intellectuelle. Elle regroupe entre trente et quarante personnes qui ne sont ni organisées, ni structurées[1]. » Bref, si liaisons il y a, elles ne sont guère dangereuses. Seulement, bien au-delà du feuilleton des « rouges-bruns », toute l'agitation menée pendant une dizaine d'années autour du Front national, assimilé à une résurgence du nazisme, vise à accréditer l'idée contraire.

Toujours est-il qu'au début de l'été beaucoup se frottent les mains. De fait, l'opération visant à choisir le successeur de Georges Marchais avec, à tout le moins, la bénédiction de l'Élysée, a parfaitement réussi. Il ne s'agit pas, ici, de se rendre à la théorie du complot. En revanche, tous ceux qui entendaient faire du Parti communiste l'aile gauche du PS ont pu saisir l'occasion que leur offraient les errements de la bande de *L'Idiot* pour barrer la route au « péril archéo » avec le soutien d'une partie de l'appareil. C'était, par exemple, le souci de l'extrême gauche, notamment celui d'Alain Krivine, le patron de la Ligue communiste révolutionnaire, dont la proximité amicale et politique avec Edwy Plenel est connue. Dans ces conditions, on peut penser que les communistes de *L'Idiot* ont surtout été les idiots utiles des adversaires de Pierre Zarka. On peut surtout observer que la cohorte bien-pensante est en mesure de choisir, sinon celui qui dirige le Parti communiste, du moins celui qui ne le dirige pas. Avec Robert Hue à sa tête, l'on est sûr que le PC ne courra pas le risque de redevenir un parti populaire et militant.

Pour autant, ces étranges reclassements sont-ils dénués de sens ? Qui prétend analyser, par-delà des

---

1. *La France blafarde*, *op. cit.*

provocations, les mouvements tectoniques des idées, doit accepter de quitter le terrain de la morale et de l'indignation. Or, il y a ce vilain mot, fonctionnant comme *La Lettre écarlate* de Nathaniel Hawthorne tatouée sur l'épaule de la femme adultère, étant curieusement entendu que c'est la présence du brun qui enlaidit le rouge, la vilaine idée du national qui défigure le bel idéal communiste. Au demeurant, les jeunes communistes branchés qui gravitent autour de *L'Idiot* pèchent peut-être par une certaine insensibilité au totalitarisme d'hier, qu'il soit rouge ou brun. Cela ne suffit pas encore pour les accuser de prôner celui d'aujourd'hui. « On peut me reprocher, sans doute, une pensée communiste un peu rigide, un peu stalinienne, écrit Cruse, mais pas la moindre fascination pour l'extrême droite, nouvelle ou pas nouvelle[1]. »

Du coup, nul ne cherchera plus à comprendre ce que signifierait, pour le PCF, l'orientation suggérée par Marc Cohen et ses amis. Personne ne pose la question, pourtant déterminante pour l'avenir, du sentiment national des classes populaires que le Parti communiste est supposé représenter. Que Le Pen conserve le monopole du discours sur la France comble d'aise ceux qui confondent dans une même détestation l'idée nationale et l'extrême droite. Au risque de voir s'accélérer le mouvement qui conduit les ouvriers – lesquels existent toujours contrairement à la croyance bien établie faubourg Saint-Germain – à rallier massivement les rangs lepénistes. En d'autres termes au risque de voir le Parti communiste mourir d'une très vilaine mort. Julliard, d'ailleurs, perçoit le danger. Évoquant « les "nationaux" au sein du camp démocrate, les Séguin, les Chevènement, les Régis Debray », il se garde certes d'approuver « leurs tendances protectionnistes ». Mais, écrit-il, « je puis en revanche comprendre leur souci de

1. « Il n'existe pas d'axe rouge-brun », Jean-Paul Cruse, *Globe Hebdo*, 8-14 septembre 1993.

ne pas abandonner à des intellectuels fascisants la cause de la patrie[1] ». Point de vue malheureusement fort minoritaire. Dans ce que Julliard appelle le camp démocrate, on n'est pas loin, justement, de penser que tout patriote est un fasciste. « Soyez mobile ! Gardez-vous du terroir et de la sédentarité », clameront bientôt les adorateurs de la nouvelle modernité. En attendant, ils assurent la promotion du succédané *clean,* conceptuel et désincarné que le philosophe allemand Jürgen Habermas a popularisé sous le vocable de « patriotisme constitutionnel ». Or, il faudrait mener la bataille des idées, et la mener sur deux fronts. Car s'il est nécessaire, au lendemain du référendum de Maastricht, de répondre à l'aspiration nationale des milieux les moins favorisés, encore faut-il ne pas se tromper de nation. Contrairement à ce que redoute Edwy Plenel[2], le national n'est pas forcément le fossoyeur du social. Mais, à lui tout seul, il n'en est pas la garantie. En réalité, pour les tenants du nouveau monde, il est commode de disqualifier par avance toute tentative de synthèse entre les deux.

Cruse et ses amis sont peut-être coupables d'un autre crime. Derrière les rencontres qui indignent tant, derrière la posture esthétique et hérétique de dandys qui refusent de céder au catéchisme de l'époque, se profile une autre transgression, moins spectaculaire en apparence, mais autrement plus importante à long terme, qui est celle du clivage droite-gauche, dont on peut déjà, pourtant, observer l'inanité. « Aucun des conflits fondateurs qui ont forgé l'esprit des vivants d'aujourd'hui ne s'est déployé sur l'axe droite-gauche », écrit Cruse. Pour *Libération*, une telle phrase représente l'un des « classiques de la pensée nationaliste ». De fait, les

---

1. « L'internationale des idiots », *art. cit.*

2. Voir, par exemple, *La Nation à l'épreuve*, Dialogue avec Alain Finkielkraut, Éditions du tricorne (collection Répliques), Genève, 2000.

révolutions totalitaires du XXe siècle n'ont pas obéi à cette rassurante dichotomie. Mais est-ce suffisant pour retourner l'argument et croire que le clivage droite-gauche est, pour l'éternité, le garant de la démocratie ?

Après tout, il a bel et bien volé en éclats lors de la campagne pour le référendum de Maastricht. Et la *Dictature libérale*, dont Jean-Christophe Rufin diagnostiquera l'instauration un an plus tard [1], va entraîner de nouveaux reclassements, la majorité de la gauche rejoignant la droite dans la célébration du nouveau dogme progressiste, fondé, rappelons-le, sur l'unique et pauvrette idée selon laquelle « il n'y a pas le choix ». Du reste, les orphelins du marxisme en quête d'un rêve de substitution ne contribuent pas petitement au triomphe du néo-libéralisme mondialisé, nouveau visage de l'avènement de la Raison dans l'histoire et de l'espérance universelle. Mais les gardiens de la pensée établie ne pouvant admettre qu'ils sont, selon leurs critères d'hier, passés « à droite », plus le clivage droite-gauche disparaît dans les faits, plus il est puissant dans leurs discours. L'ambiguïté, en tant que telle, est condamnable. Le simple fait de s'interroger sur la validité de la distinction entre les deux camps est inacceptable. Une convergence, sur certains points, entre Jean-Pierre Chevènement et Charles Pasqua, est évidemment plus effrayante qu'un axe Staline-Hitler !

À intervalles réguliers, tandis qu'une alliance « bleue-rose » aux accents blairistes impose « la seule politique possible » pour répondre aux attentes des classes moyennes, l'infamante appellation de « rouges-bruns » rappelle donc qui sont les ennemis. Sont qualifiés de « rouges-bruns » tous ceux qui contestent la *doxa* libérale, européiste, moderniste. Il est vrai qu'il y a danger. S'ils mènent des combats communs par-dessus le mur de plus en plus friable supposé séparer la droite et la gauche, les adversaires de la guerre au

1. *La Dictature libérale*, Jean-Christophe Rufin, Lattès, 1994.

Kosovo et du traité d'Amsterdam ne risquent-ils pas de l'emporter et de faire prévaloir leur commun refus d'un ordre qu'ils jugent élitaire et impérial ?

L'idée d'une alliance entre extrémistes de droite et de gauche a peut-être traversé l'esprit de quelques-uns, et ceci d'autant plus facilement qu'elle n'a rien de neuf. On se souvient des « nazis de gauche »... Mais elle n'invalide pas pour autant la perspective de recompositions qui verront s'unir des démocrates de droite et de gauche. Ce n'est pas parce que les extrêmes peuvent se rejoindre que les modérés ne doivent pas se rencontrer. Cette aventure-là se déroulera, plus tard, dans d'autres lieux.

Une seule solution, la dénonciation !

Mais l'été n'est pas fini. Alors que nombre des protagonistes de l'affaire ont déjà pris leurs quartiers hors de Paris, les « vigilants » décident de frapper. C'en est trop. Les milliers de photocopies qui ont circulé, les oukazes édictés au plus haut sommet de la hiérarchie médiatique à l'encontre d'Alain de Benoist – qui, depuis « l'été de la Nouvelle Droite » en 1979, n'a jamais bénéficié d'une telle publicité, n'ont pas produit tous les effets escomptés en terme d'intimidation. L'âme supposée d'un réseau international qui entendrait, quarante ans après le pacte germano-soviétique, ressusciter l'alliance des totalitarismes, continue à intéresser des chercheurs. Que ce soit sur le mode critique importe peu. La révélation des mauvaises fréquentations orchestrées par Hallier va donc fournir un socle de légitimité à la stratégie du cordon sanitaire qui sera désormais la règle du débat d'idées. C'est, selon l'expression de Tzvetan Todorov[1], la logique « du tiers

---

1. « Le nouveau moralisme », Tzvetan Todorov, *Le Débat*, n° 107, nov.-déc. 1999.

exclu » : quiconque n'est pas, comme nous, « antifasciste », est suspect de complaisance avec le fascisme.

C'est vrai, les Cruse, les Cohen et autres « têtes brûlées » ont été tancés et réduits au silence. « Cette campagne a contraint chacun au ressaisissement », se félicitent Osmond et Cambadélis. Mais il faut aller plus loin. Chacun doit savoir que nul n'est à l'abri, quels que soient ses états de service universitaires.

Taguieff n'a alors aucune raison de s'inquiéter. Il vient d'être classé premier au concours ouvrant, au sein du CNRS, au poste de directeur de recherches en sciences politiques. Il est considéré comme l'un des meilleurs spécialistes du racisme. Certes, ses critiques de l'antiracisme médiatique et vertueux ont pu faire grincer quelques dents. Mais c'est la loi du milieu. Les brouilles ne sont que passagères. Taguieff ignore que la loi du milieu a changé.

Ce lundi 13 juillet, comme à son habitude, il va s'installer à la brasserie Wepler, place de Clichy, avec une pile de journaux. En « une » du *Monde*, son attention est attirée par le début d'un article de Roger-Pol Droit intitulé « la confusion des idées ». Le sous-titre annonce un « appel à la vigilance face à la banalisation de la pensée d'extrême droite ». « Tiens, pense-t-il, ils ne m'ont pas sollicité, c'est curieux. » Effectivement, *ils* n'ont pas fait appel *à* Taguieff, mais *contre* lui en un sens. À côté du manifeste proprement dit, qui n'occupe qu'un quart de page, le texte de Roger-Pol Droit, sur une pleine page, attaque le philosophe de plein fouet, accumulant les extraits de phrases cités hors de leur contexte comme preuve que Taguieff est passé de l'autre côté du miroir démocratique. Que s'est-il passé ? Aujourd'hui, Olender jure qu'il ignorait tout de l'article de Roger-Pol Droit. D'ailleurs, précise-t-il, il se trouvait à Belle-Île lorsqu'on lui a annoncé la parution de l'Appel. Certes, mais les liens, volontaires ou non, abondent – et Olender pourrait alors se plaindre à bon droit d'avoir été utilisé à son insu contre Taguieff. Laissons de côté les amitiés nouées entre les différents protagonistes, elles sont normales dans un combat commun. Mais la présentation éditoriale des deux textes laisse présumer leur parenté, Roger-Pol Droit annonçant explicitement l'Appel dont il n'est certes pas signataire mais dont il apparaît en quelque sorte comme le porte-parole. En plaçant sa crédibilité au service des « vigilants », *Le Monde* ne se mue-t-il pas en *Officiel du Spectacle*[1] ?

Droit tire à vue sur les responsables du « brouillage des pistes dans le domaine des idées ». À tout seigneur tout honneur, le *deus ex machina* de ce noir complot est évidemment Alain de Benoist, qui diffuse « dans les milieux intellectuels, sous une forme acceptable » des thématiques que l'on connaît trop bien : « la tradition, l'identité nationale, le refus de l'universalisme, la haine du cosmopolitisme ». L'énumération ne manque pas d'intérêt, quand, par contamination, tradition et identité nationale deviennent des concepts répulsifs. Étrangement, l'antichristianisme violent que professe de Benoist est toujours passé sous silence. Les progressistes pensent-ils que la France vit sous la menace d'un retour de l'ordre clérical et, qu'en conséquence, cet aspect n'est pas si grave ? Ou alors redoutent-ils, en l'attaquant sur ce point, d'entrer avec lui dans un débat sur les valeurs et sur la définition de ce qu'est une civilisation ? Une fois pour toutes, le combat est préféré au débat.

On ne s'étonnera guère que Paul Yonnet soit cité en bonne place, toujours sous l'angle de la contagion : « Des divagations de ce genre pourraient être passées sous silence, écrit Droit. Mais elles ont été imprimées dans l'importante collection *Le Débat*. » L'objectif du journaliste est d'abord d'établir le relevé topographique

1. J'emprunte cette expression à Gilles Casanova, conseiller de Jean-Pierre Chevènement.

d'un vaste réseau de connexions et de complicités supposées. Le morceau de choix est donc Taguieff. « Certains chercheurs spécialisés dans l'analyse du racisme ont fini par se laisser fasciner par leur objet d'étude au point de contribuer à rendre confuses des luttes que leurs travaux, au départ, devaient contribuer à rendre plus efficaces en les clarifiant. L'itinéraire de Pierre-André Taguieff illustre ce deuxième type de confusion. » Le premier crime de Taguieff serait d'avoir « co-signé » avec son associé-démon un ouvrage paru en Italie édité par Marco Tarchi, une figure de la Nouvelle Droite transalpine. Le problème est que le journaliste littéraire promu investigateur n'a pas pris la peine de vérifier son information. L'ouvrage auquel il fait allusion existe, les deux noms sont effectivement accolés sur la couverture, mais il n'a jamais reçu l'aval de Taguieff qui, il faut bien le dire, s'est fait piéger dans l'une de ces manœuvres dont de Benoist est coutumier. Celui-ci, en effet, ne se gêne pas pour instrumentaliser ceux qui acceptent de lui parler. Ainsi, la revue *Krisis* omet fréquemment de préciser l'origine des textes qu'elle publie, notamment quand ceux-ci ne sont que des « reprises ». En somme, pour se désenclaver, Alain de Benoist prend le risque d'embarrasser – de « contaminer » ? – ceux qui refusent de le diaboliser *a priori*. Mais peut-on attendre de lui qu'il intègre sa condition de paria ?

De plus, s'indigne Droit, Taguieff aurait, en 1985, affirmé dans une lettre à *Éléments* : « Le dialogue est aujourd'hui possible. » Difficile de ne pas penser que la citation a été soigneusement extraite à charge. En effet, que disait vraiment le chercheur dans un texte très critique adressé aux dirigeants de la Nouvelle Droite qui, l'année précédente, l'avaient traîné devant les tribunaux[1] ? Analysant leur doctrine comme un

1. Les citations de Taguieff sont extraites de sa réponse, publiée par *Le Monde* le 27 juillet 1993 sous le titre « Une lourde erreur d'analyse ».

« racisme différentialiste » dont l'horizon était « un apartheid planétaire », il poursuivait : « Ayant, depuis quelques années, une position double d'observateur-analyste et de critique-polémiste vis-à-vis de la Nouvelle droite, je réponds à cette enquête pour autant qu'un dialogue sans complaisance ni sans concessions de surface me paraît aujourd'hui possible. » Un dialogue ? Il ferait beau voir que l'on dialoguât. Roger-Pol Droit ne l'entend pas ainsi. « Il faudrait comprendre comment s'est pris le pli de tout laisser dire et de "dialoguer" au lieu de combattre. » La messe antifasciste est dite. *Le Monde*, qui annonce en haut de la page l'ouverture d'un grand « débat sur la résurgence de l'extrême droite », s'empresse de le clore. Pourtant, à l'instar de l'essayiste catholique Gérard Leclerc, on peut se demander si « l'échange contradictoire des idées équivaut à un alignement sur la thèse de l'interlocuteur. Ne peut-on confondre l'intellectuel fasciste qu'à la mitraillette et à la grenade [1] ? » Quinze ans plus tôt, Raymond Aron avait répondu par avance. « L'antidote du totalitarisme, c'est le refus de s'arroger à soi-même ou d'accorder aux autres le monopole de la parole légitime [2] », écrivait-il en 1979.

Justement, il ne s'agit plus de parler entre intellectuels, alors que « de vieux périls demeurent sous la nouveauté des situations ». En clair, « dialoguer sans complaisance avec Alain de Benoist » serait préparer l'avènement d'un nouveau nazisme. Au passage, la gauche reçoit l'absolution. En tout cas une certaine gauche : la famille, en somme. La montée de l'extrême droite n'est nullement imputable à l'abandon du peuple, au renoncement à la politique, à la résignation au chômage, mais au manque de vigilance d'un certain

---

1. « De l'utilité des feuilletons de l'été », Gérard Leclerc, *Le Quotidien de Paris*, 4 août 1993.

2. *L'Express*, Raymond Aron, 21 juillet 1979, citation extraite d'une chronique consacrée à la Nouvelle Droite reproduite par Osmond et Cambadélis, *op. cit.*

nombre d'intellectuels traîtres à la cause, dès lors que leur refus de se conformer à l'orthodoxie moralisatrice de l'époque contribuerait à légitimer les pensées extrémistes. « Plus la gauche réelle est malade, plus elle invoque la gauche idéale, résumera Edgar Morin au cours d'un colloque. Et pour la revigorer, les vigilants invoquent la réapparition de l'ennemi de droite fasciste. »

L'appel à proprement parler porte quarante signatures et non des moindres. Yves Bonnefoy, Pierre Bourdieu, Georges Charpak, Georges Duby, Umberto Eco, André Miquel, Paul Virilio et même Léon Poliakov, le grand spécialiste de l'antisémitisme, s'y sont notamment joints. Il est vrai que nombre d'entre eux ignoraient tout du deuxième article. « Et le texte de l'appel lui-même était mauvais mais j'aurais pu le signer, affirme Taguieff. Il faut parfois signer de mauvais textes quand ils ont de bonnes intentions. » Voire. Les rédacteurs du texte qui évoque, de façon transparente, « ceux qui ont entrepris de faire croire qu'ils avaient changé » ne se sont pas donné la peine de mentionner des faits, des propos, des textes précis pour illustrer « la résurgence, dans la vie intellectuelle française », des idées d'extrême droite. Et la volonté affichée par les signataires de « collecter et de faire circuler toute information utile pour comprendre les réseaux de l'extrême droite et leurs alliances dans la vie intellectuelle (édition, presse, université) » laisse présager, plutôt qu'un sursaut démocratique, une vague de dénonciation et de fichage, prélude à une épuration du monde des idées. Quant au sacrifice consenti par des personnalités qui ont accès aux médias dominants de « refuser toute collaboration à des revues, des ouvrages collectifs, des émissions de radio et de télévision, des colloques dirigés par des personnes dont les liens avec l'extrême droite seraient attestés », il fleure surtout la mise en quarantaine.

Le lieu d'où tu parles est autrement plus significatif que ce que tu dis. L'ennemi ne doit pas être réfuté mais isolé. Car il n'y a guère de doute que le pouvoir d'attester – et de détester – sera conféré aux « vigilants », ainsi institués en Comité de salut public. En réalité, il s'agit surtout du salut des « vigilants » eux-mêmes. Car on peut gager sans risque excessif d'erreur que leur action ne modifia pas d'un iota la perception d'un seul électeur du Front national.

Quand on lutte pour le bien de l'Humanité, le mal que l'on fait à un être humain semble très dérisoire. Nos procureurs satisfaits ne se posent sans doute pas la moindre question sur le tort réel qu'ils causent à la vie professionnelle des personnes mises en cause, ni sur la souffrance profonde qu'ils leur infligent. Bardés de leurs certitudes, convaincus de détenir le Vrai et le Juste, ils persécutent et dénoncent en toute bonne conscience. Chacun, en quittant son agence de publicité, peut se rejouer la « bataille du rail ».

Cette « maladie de la gauche folle[1] », Taguieff la diagnostiquera parfaitement. Il arrive que le gibier se retourne contre le chasseur. « L'acte délationniste d'extrême gauche ou de centre gauche, écrit-il, dote le "vigilant" d'un inestimable sentiment de supériorité en ce qu'il nourrit l'illusion d'équivaloir à un acte de résistance – or, l'on sait que, dans le code culturel néo-antifasciste, on "résiste" toujours à la Bête au ventre toujours fécond. Les plus couards des conformistes peuvent ainsi se prendre pour des aventuriers de l'esprit, des princes du maquis, des héritiers de Jean Moulin ou des compagnons de Manouchian[2]. »

En attendant, le gibier est blessé. Sonné. « Je relisais cet article sans parvenir à y croire, raconte Taguieff. J'étais envahi d'un immense sentiment d'injustice. »

---

1. Voir, pour une analyse fouillée du phénomène délationniste, *L'Effacement de l'avenir*, Galilée, 2000.

2. « Les écrans de la vigilance », *Panoramiques*, nº 35, *op. cit.*

De nombreux proches et d'autres, moins proches, lui font immédiatement part de leur colère et de leur solidarité. À l'initiative du politologue Patrick Weil, spécialiste de l'immigration, et des historiens Benjamin Stora et Gilles Kepel, la riposte s'organise. Quelques jours plus tard, outre sa réponse et celle d'Alain de Benoist, *Le Monde* publie une contre-pétition de chercheurs spécialisés dans ces domaines sensibles que sont la guerre d'Algérie, l'islam, le communisme, l'immigration, la Seconde Guerre mondiale, le racisme et l'antisémitisme, l'extrême droite[1]. Au-delà de l'honneur de l'un de leurs pairs, ils entendent protéger leur liberté de penser. « Toutes les recherches peuvent être critiquées, mais nous souhaitons qu'elles le soient et sans raccourci simplificateur... Nos analyses, coupées de leur contexte ou d'un raisonnement général, peuvent être déformées et utilisées à des fins qui nous échappent. Mais, sauf à nous censurer – et nos travaux ne refléteraient alors qu'un conformisme contraire à l'esprit de recherche – nous demandons que la confrontation entre leur contenu et leur éventuelle utilisation soit faite avec discernement et sérieux. »

De leur côté, des signataires de l'Appel s'insurgent, estimant avoir été instrumentalisés. Pierre Bourdieu et André Miquel adressent des courriers en ce sens à Taguieff. Michel Winock qui n'est pas, loin s'en faut, un pétitionnaire forcené, prend sa défense dans *L'Histoire*. Certaines rédactions sont partagées, notamment celle du *Nouvel Observateur* dont deux collaborateurs ont signé le texte, tandis que Jacques Julliard et Jean-Claude Guillebaud manifestent leur solidarité avec le philosophe. Lequel décide de répondre à ses détracteurs qu'il qualifie de « douaniers de la pensée » avec les armes, qu'ils n'emploient guère, de l'analyse et de la recherche. En effet, abandonnant ses autres travaux,

1. « Les recherches et leurs utilisations », *Le Monde*, 27 juillet 1993.

il se consacre, encore, à la Nouvelle Droite et à son chef de file, dont il expose, un an plus tard, dans un ouvrage dense [1], le parcours et la pensée. Sans complaisance mais sans diabolisation.

Pensée sous préservatif

Dans le cas de Taguieff, l'opération visant à l'exclure du champ intellectuel a donc heureusement échoué. Loin d'être discrédité, il devient l'un des symboles d'une pensée affranchie de l'orthodoxie dominante. Mais alors, dira-t-on, cet épisode est plus ridicule qu'inquiétant. À moins de considérer que ce qui se joue là, c'est l'enfermement de la pensée à l'intérieur des limites que la morale approuve et, partant, la prohibition de toute discussion réelle, seuls les points de vue conformes étant susceptibles d'expression publique. Tel est le diagnostic de Paul Thibaud : « Cette affaire s'inscrit dans un vaste processus de dépossession démocratique, engagé au moment où on pouvait espérer que la mort du communisme allait mettre fin à la guerre civile franco-française. Or, il s'agit au contraire de fuir les contingences de la délibération [2]. »

Le placement sous tutelle par les « vigilants » de la vie intellectuelle se traduit par l'instauration, implicite mais claire, d'un nouveau code de la censure en même temps que sont désignés les personnalités, institutions ou milieux habilités à le mettre en œuvre.

Le monde est donc divisé en deux camps que rien, jamais, ne doit rapprocher. Même la confrontation dans le débat est proscrite. Quand Jean Jaurès et Maurice Barrès pouvaient, à l'Assemblée nationale polémiquer

---

1. *Sur la nouvelle droite*, Pierre-André Taguieff, Descartes et Cie, 1994.

2. « Vigilance », *art. cit.*

fermement sur le fond mais avec une extraordinaire courtoisie dans la forme, « la loi vigilante » exige que tout fil soit rompu. Sans doute, alors, les Résistants auraient-ils dû refuser dans leurs rangs d'anciens maurrassiens dont certains avaient été franchement antisémites.

Parmi les « vigilants » et parmi les milliers d'anonymes qui leur apportent alors leur signature, un grand nombre sont sincèrement convaincus d'œuvrer contre le fascisme. On peut néanmoins émettre l'hypothèse que certains, parmi les plus conscients d'entre eux, entendent surtout favoriser le maintien de leurs privilèges symboliques.

En s'inspirant de la situation algérienne, on pourrait avancer que la frontière qu'instaure la vigilance dans le champ intellectuel ne sépare pas les démocrates des « cryptofascistes » mais les « dialoguistes », prêts à réfuter leurs adversaires par l'argumentation, des « éradicateurs » qui entendent abattre et réduire au silence ceux qu'ils présument dangereux, parfois à raison.

Les pensées, donc, ne sauraient évoluer et un ancien fasciste n'est pas plus recevable dans la communauté humaine qu'un ex-islamiste. Essentialisant leurs adversaires, les gardiens de la pensée passent, au nom d'une conception épidémiologique du travail intellectuel, de l'opposition des points de vue, qui suppose réflexion et argumentation, au combat contre des personnes, qu'il s'agit d'éliminer. Pour éviter la contagion de l'ensemble du corps social par des mauvaises pensées qu'on ne sait pas « traiter », il est indispensable d'isoler les germes nuisibles. En cette époque douloureusement frappée par le sida, on peut filer la métaphore médicale et suggérer que les esprits doivent désormais, pour se protéger, enfiler des préservatifs mentaux. On se rappelle le tollé compréhensible qui accueillit l'emploi par Pauwels de la malheureuse expression « sida mental ». On peut se demander si les « vigilants » n'ont pas, sans le savoir, retourné cette logique à leur profit en décrétant « intouchables » leurs adversaires. Le problème n'est donc pas le *contenu* des positions « vigilantes », mais la méthode proposée pour les défendre. D'autant que, suivant ce que Taguieff appelle la « logique de la pente glissante », l'interdit s'étend, de proche en proche, à l'homme qui a vu l'homme qui a vu l'homme.

Mais on n'appelle pas seulement au *boycott* des personnes. Protégées par le régime de l'évidence, certaines questions ne sont plus en débat. Or, proférer que « le racisme c'est mal » ou que « le Front national est le parti de la haine » conforte le locuteur dans le sentiment de sa vertu et de sa noblesse sans égard pour l'impuissance proprement politique qui en résulte. De surcroît, ce mode « affirmatoire » empêche de soulever les points les plus problématiques, par exemple, la continuité existant entre l'affirmation sans limite du droit à la différence et une certaine forme de racisme culturel. Il serait tout de même plus intéressant pour la qualité du débat public que les intellectuels discutent, par exemple, du discours prononcé par Claude Lévi-Strauss aux Nations unies en 1971 [1] : « On ne peut mettre dans la même catégorie, ni attribuer automatiquement au même préjugé, l'attitude de certains individus ou groupes que leur attachement à certaines valeurs rend totalement ou partiellement insensibles à des valeurs différentes. Il n'y a rien d'inadmissible dans le fait de placer un mode de vie au-dessus de tous les autres, ou de ne pas être attiré par des individus ou des groupes dont le mode de vie, respectable en soi, est très éloigné du système auquel on est traditionnellement attaché. Cette incommunicabilité relative n'autorise évidemment personne à opprimer ou à détruire les valeurs qu'il rejette ni leurs représentants ; mais à cette

1. Cité par Frank Adler, « *Left Vigilance* vue de France », *art. cit.*

condition, elle n'a rien de répugnant. Elle est peut-être le prix à payer pour que soit préservé le système de valeurs de chaque communauté ou de chaque famille spirituelle et pour qu'il trouve en lui-même les ressources nécessaires à son renouvellement. » Il est certain que des penseurs de la droite extrême peuvent s'appuyer sur ce texte pour fonder leurs théories xénophobes. Faut-il, aussi, brûler Lévi-Strauss ?

On sait que le Talmud confère à la question un statut bien supérieur à celui de la réponse. L'Appel à la vigilance constitue, de ce point de vue, une terrible défaite de la pensée. Désormais, des énoncés ou des analyses sont protégés par un régime d'incontestabilité. De surcroît, répétons que cela conduit, en pratique, à emprunter leurs méthodes à ceux que l'on est censé combattre. On ne peut, en effet, prétendre défendre la raison critique contre les assauts de l'obscurantisme tout en exigeant que les principes mêmes de la démocratie soient réputés intellectuellement inviolables. On rétorquera qu'ils le sont bien juridiquement, mais, précisément, parce que nous sommes en démocratie ! Étendre au champ des idées cette « auto-référentialité », c'est, comme le souligne Thibaud, renoncer à l'une des valeurs fondamentales de l'histoire de la gauche : la libre discussion.

Sans doute les « vigilants » n'inventent-ils pas la censure, mais ils l'érigent en devoir sacré, et surtout, dans le même mouvement, ils en confient l'application à la presse. C'est même un seul journal, *Le Monde*, cumulant selon Paul Thibaud « autorité informative et autorité intellectuelle », qui est proclamé arbitre du débat. On ne mesure sans doute pas toutes les conséquences de ce retournement qui fait des censurés d'hier les censeurs d'aujourd'hui. En effet, hier, il fallait arracher la liberté aux puissances qu'étaient l'Église ou le monarque. Or, les médias qui furent, logiquement, en pointe dans ce combat ont progressivement confisqué à leur profit le droit de dire le Bien, instaurant un nouveau type de censure, « à la source », bien plus efficace que l'ancien. La démocratie véritable peut, à la limite, s'accommoder d'une telle situation, lorsque le pluralisme est la règle. Seulement, plus le nombre des médias se multiplie, plus leur « indépendance » s'accroît, plus ils pensent et proclament tous la même chose.

Dans le sillage de « la campagne vigilante », c'est donc la Cité tout entière qui se trouve soumise à une logique d'intimidation. La gauche avait déjà largement perdu son âme en s'abandonnant aux délices du marché. En imposant, dans le champ des idées, une nouvelle loi des suspects, la voilà qui perd la tête. Peut-être est-ce encore plus grave.

La question interdite

> « La France a ses *french doctors*. Elle a aussi, et depuis longtemps, ses *french intellectuels*, actifs, intempestifs et utiles. »
>
> Laurent Joffrin, *Libération*, 14-15 septembre 1996.

Ceux qui posent la question sont des salauds. On pourrait résumer de cette phrase lapidaire l'article enflammé écrit par Bernard-Henri Lévy en février 1994, au lendemain du bombardement de Markalé, le marché de Sarajevo. Alors que plus de soixante-dix civils ont trouvé la mort dans ce carnage, l'émotion du citoyen est légitime. L'emportement de l'intellectuel l'est peut-être moins. Qu'un écrivain mette son talent au service d'une cause est certes admirable. Mais on est en droit de se demander comment un penseur en arrive à bannir des questions, à stigmatiser le doute, à criminaliser le trouble.

Quelle est donc cette fameuse question qu'il serait indigne de poser ? À vrai dire, en ce triste samedi matin, elle vient spontanément à l'esprit d'un certain nombre des journalistes, humanitaires et autres militaires qui fourmillent dans la capitale bosniaque assiégée : « Qui a tiré sur le marché ? » Alors que l'évidence semble désigner les Serbes, certains entendent se méfier des évidences et émettent une hypothèse terrible. Des dirigeants « bosniaques » ou une faction de l'armée « musulmane » qui ne parvient pas à inverser le déséquilibre des forces face aux Serbes depuis le début de la guerre auraient pu sacrifier leurs propres civils. Non pas, bien entendu, par pur sadisme, mais pour tenter de forcer la main de l'OTAN qui, contrairement à l'ONU et à ses casques bleus, s'engagerait clairement dans le conflit. Or, à ce stade, et alors que les Américains ont réussi, en faisant pression sur Zagreb et sur Sarajevo, à persuader Croates et Musulmans de Bosnie d'unir leurs forces contre les Serbes au sein d'une improbable Fédération, les Serbes de Karadzic et Mladic n'ont, eux, pas le moindre intérêt à commettre une telle atrocité. Ce qui, évidemment, ne signifie pas qu'ils ne l'ont pas faite.

De toute façon, inutile d'enquêter. Inutile d'essayer de savoir ce que cache la gêne de certains officiers ou celle de Sergio de Mello, l'un des dirigeants de l'ONU sur place. Question interdite. Et, dans ce texte intitulé « Le soupçon [1] », ceux qui la posent sont purement et simplement « faurissonisés ». « À partir d'une question de pure forme et d'apparence technique, écrit Lévy, on déchaînait un discours qui, même tacite, était un nouvel outrage aux morts et une insulte aux survivants – l'équivalent, toutes proportions gardées, d'un autre révisionnisme et des questions qu'il feint de poser sur l'existence des chambres à gaz. » On se demande quelles proportions il s'agirait de garder après une telle comparaison. L'écrivain espagnol Juan Goytisolo, également adepte du « voyage de Sarajevo », ne se distingue pas non plus par un excès de mesure : « C'est comme si l'on avait dit en 1944 que les Juifs couraient vers les chambres à gaz pour attirer la pitié du monde. »

Il faut de l'héroïsme ou de l'inconscience pour oser diverger après une charge aussi violente. La tragédie ne saurait, dès lors, être l'objet d'une quelconque analyse.

1. « Le soupçon », Bernard-Henri Lévy, *Le Monde*, 8 février 1994.

Ceux qui doutent sont au mieux des salauds sartriens, au pire des propagandistes d'un nouvel Hitler nommé Milosevic. Le renvoi analogique aux monstruosités nazies est d'ailleurs à l'œuvre depuis les premiers mois de la guerre en Bosnie. À l'été 1992, lorsqu'un journaliste américain découvre l'existence de camps de prisonniers, on ne s'embarrasse pas de nuances : « les Serbes », affirment les médias, ont ouvert des camps d'extermination. Or si les conditions de vie y sont très dures et les mauvais traitements fréquents, il n'y est pas question d'extermination. L'ONU indique par ailleurs que des camps de prisonniers ont également été ouverts dans les zones sous contrôle croate et musulman, ce qui n'exonère nullement les forces serbes – et non « les Serbes » en général – de leurs agissements. Mais cette information ne cadre pas avec la vérité officielle. À Paris, des affiches de Médecins du Monde, montrant des déportés de 1945, somment le passant de se prononcer : « Un camp de prisonniers où l'on purifie les ethnies, ça ne vous rappelle rien ? » Le nazisme est en marche. Qui n'est pas d'accord avec cette lecture de l'histoire est complice de la barbarie. Choisissez votre combat. La complexité de la situation yougoslave aurait pu inciter à plus de circonspection. Il n'en est rien. La guerre est simple. D'un côté les victimes, de l'autre les bourreaux. Les premières sont forcément dans le camp de la vérité, les seconds dans celui du mensonge. Les intellectuels français, dont on pouvait espérer qu'ils éclairent la situation, préfèrent jouer aux nouveaux Malraux.

Pourtant, si on consent à quitter les vertueuses routes de l'indignation pour s'engager sur les chemins boueux de la réalité, on ne peut ignorer que toutes les guerres, y compris les plus justes dans leurs objectifs, charrient leurs lots de manipulations jusque dans le « bon » camp, que les lignes de front ne tracent pas une frontière entre les cyniques et les purs, et qu'enfin l'exercice du pouvoir n'est jamais totalement innocent. C'est en tout cas un lieu commun pour tout journaliste qui a arpenté quelques champs de bataille. Même l'ANC sud-africaine, dont nul ne saurait remettre en cause la légitimité du combat, compte des turpitudes à son actif. Même les résistants antinazis. Et il ne suffit pas de répéter que les victimes ne mentent pas pour que cette affirmation devienne comme par enchantement une vérité universelle. En réalité, dans les guerres, toutes les victimes mentent. Et d'une certaine façon elles ont raison. Dès lors qu'existent peu de chances d'émouvoir les médias – et donc les gouvernements – occidentaux en dessous d'un certain « quota » de morts ou d'un certain degré de sauvagerie, le mensonge ou à tout le moins l'exagération demeurent l'unique arme des faibles.

Allons plus loin. Supposons que les « Bosniaques musulmans », ou des « Bosniaques musulmans », aient suscité, manipulé ou laissé faire l'attaque de Markalé. Pour chacune des victimes, et il faut rendre hommage à leur mémoire, c'est un crime atroce. Cependant, d'un autre point de vue, strictement militaro-politique, inévitablement choquant mais impossible à récuser, ces soixante-dix morts ont sauvé la Bosnie – en tout cas, ils ont permis de parvenir à la solution ardemment souhaitée à l'époque par Bernard-Henri Lévy, à savoir l'intervention de l'OTAN dans le conflit et le bombardement des positions bosno-serbes. Car, en notre époque télévisuelle, soixante-dix morts en une matinée ont malheureusement un tout autre impact que sept morts par jour durant dix jours. C'est bien aux victimes de Markalé qu'il faut attribuer l'intervention de l'OTAN qui aboutira à l'accord de Dayton et à l'envoi d'une force d'interposition. Autrement dit, si le régime de Sarajevo avait commis une pareille chose, il aurait moralement eu absolument tort, mais politiquement... ?

Quoi qu'il en soit, il est impossible de répondre ici

à la question interdite. Pour une raison simple. À ce jour, la réponse est inconnue, du public en tout cas. Mais, en ce mois de février 1994, Bernard-Henri Lévy sait, croit savoir, dans tous les cas l'affirme. « Dans trois semaines, ou trois mois, poursuit-il, la commission d'enquête diligentée par l'ONU – ah ! ces commissions d'enquête providentielles quand on veut noyer le poisson ! – aura remis son rapport. Le doute, alors, sera levé. Mais il sera trop tard. Les morts seront froids. L'indignation sera tombée. Et l'obus pourra, sans danger, retrouver son origine et son nom : serbes. »

Pourquoi cet empressement de BHL ? Sans doute son inclination naturelle est-elle de ne pas soupçonner et de refuser que soit soupçonné le régime auprès duquel il s'est engagé. De plus, dès la première minute, ses certitudes sont aussi celles de pratiquement tous les médias occidentaux qui exigent immédiatement des représailles. Un mécanisme implacable conduit chacun à trouver dans les événements la confirmation de ses thèses – et cela vaut aussi pour l'autre camp, très minoritaire il est vrai.

Or, justement, le premier rapport de la FORPRONU sur cette affaire conclut, à partir des analyses balistiques, que les tirs de mortiers proviendraient des lignes bosniaques-musulmanes. Il semble néanmoins que ces calculs ne tiennent pas compte du fait que, dans sa trajectoire, l'obus a rencontré un obstacle. Toutefois, le journaliste Misha Glenny relate, dans un ouvrage qui fait référence[1], un incident pour le moins troublant. Au lendemain du massacre, une course de vitesse s'engage entre l'OTAN, que les Américains sont très impatients de voir intervenir et le général britannique Michael Rose qui dirige la FORPRONU. Washington a demandé en urgence une réunion du

1. *The Fall of Yugoslavia*, Misha Glenny, Penguin, troisième édition, 1996.

conseil des ministres de l'OTAN. Ceux-ci lanceront (avec succès) un ultimatum aux forces serbes, les sommant de retirer dans les dix jours leur artillerie lourde autour de Sarajevo faute de quoi leurs positions seront bombardées. Seulement, pendant que les Occidentaux préparent leur riposte au sein de l'Alliance, Rose et son adjoint russe ont concocté un plan de paix onusien prévoyant également le retrait de l'artillerie bosno-serbe. Or, les représentants de l'armée « bosniaque musulmane » boycottent la réunion de l'ONU convoquée à l'aéroport de Sarajevo. Fou de rage, Rose se rue dans le bureau du président Izetbegovic et le menace de publier de fort compromettantes révélations sur le massacre si ses chefs militaires n'assistent pas à la négociation. Selon un témoin oculaire cité par Glenny, le président semble très énervé. Toujours est-il qu'il ordonne immédiatement aux officiers de se plier à l'exigence du Britannique. « Cela ne prouve nullement que le gouvernement bosniaque a fait tirer sur sa population, commente Glenny. En revanche, cela laisse supposer que le président lui-même n'est pas certain de l'origine des tirs de mortier. » Par la suite, l'ONU rédigera successivement huit rapports sur le massacre, sans jamais parvenir à la moindre certitude. Selon ces évaluations, la position des tireurs est située entre les lignes serbes et musulmanes. Ce qui signifie que les deux camps peuvent être à l'origine de la tragédie.

La question était donc peut-être interdite mais néanmoins féconde de complexité. En effet, ce que le philosophe omet de préciser dans sa sainte colère, c'est que l'ignoble « soupçon » avait quelque raison d'être. D'abord parce que, répétons-le, toutes les guerres sont le théâtre de manipulations de ce type. De plus, concernant un bombardement antérieur, celui qui, en mai 1992, avait tué vingt personnes dans une file d'attente devant la fabrique de pain de Sarajevo, les responsables de l'ONU avaient déjà émis de sérieux doutes

– leur rapport ne fut jamais publié. Et, concernant Markalé, outre les faits relatés plus haut, les conversations de mess ou de bistrots et autres confidences recueillies à Sarajevo, tout comme la gêne des responsables onusiens lorsqu'on évoquait l'affaire ont de quoi nourrir quelque interrogation. En août 1995, dans son éditorial du *Nouvel Observateur*, Jean Daniel revient sur le carnage : « Il me faut le dire aujourd'hui, écrit-il, j'ai entendu successivement Edouard Balladur, François Léotard, Alain Juppé, et deux généraux très "responsables" dont je ne trahirai pas la confiance, me dire qu'ils étaient convaincus que de nombreux Français, abattus ou blessés en Bosnie, l'avaient été par des *snipers* bosniaques. Et même que l'obus tiré sur le marché était, lui aussi, bosniaque ! Ils auraient provoqué un carnage sur les leurs !, ai-je observé avec effroi. Oui, m'a répondu le premier ministre sans hésiter, mais ils ont fait sortir l'OTAN de ses atermoiements. » Coupables de douter, Balladur, Léotard, Juppé et Daniel à leur suite, devraient être, eux aussi, accusés de « révisionnisme ». Toutes proportions gardées.

Pour comprendre dans quelles conditions la Bosnie est devenue l'Espagne républicaine d'un certain nombre d'intellectuels qui ne cessèrent de réclamer une intervention offensive et de décréter que l'action – strictement humanitaire – de l'ONU était une honte pour les dirigeants européens qui à l'instar de Léon Blum en juin 1936 auraient au moins dû avoir le bon goût de pleurer, il faut remonter à l'automne 1991. Alors que la fédération yougoslave est en cours d'explosion, la guerre fait rage en Croatie. Indigné par l'indifférence dans laquelle sont bombardées Dubrovnik et Vukovar, Alain Finkielkraut défend le droit à l'existence des « petites nations » – en l'occurrence la Slovénie et la Croatie. Mais, à cette exception près, les grandes consciences de la France sont encore silencieuses. Nul ne comprend cette opaque affaire yougoslave, dans laquelle on ne sait s'il faut faire prévaloir le droit des peuples à disposer d'eux-mêmes ou le refus de la séparation « ethnique ». Encore que le terme, utilisé par les protagonistes eux-mêmes, est particulièrement mal choisi pour distinguer des peuples slaves qui parlent la même langue mais ne pratiquent pas la même religion, les uns ayant vécu sous le giron austro-hongrois, les autres dans l'Empire ottoman, certains, parmi ces derniers, ayant choisi de se convertir à l'islam et d'autres de rester orthodoxes. Durant les dernières années de la Yougoslavie post-titiste, l'Europe occidentale, tout occupée à célébrer l'avènement du « monde libre », n'a pas prêté attention à la désintégration croissante du pays, les bureaucraties en poste à Belgrade, Zagreb et Sarajevo manipulant de plus en plus les particularismes nationaux et religieux pour asseoir leur pouvoir. Bref, en cet automne 1992, alors que l'affaire prend un tour dramatique et que la Serbie attaque la Croatie dont elle refuse l'indépendance – reconnue précipitamment par l'Union européenne – on ne sait encore pas très bien quel camp choisir. Les Serbes qui, par l'intermédiaire des officiers, contrôlent largement l'armée fédérale semblent ne pas très bien se comporter – c'est le moins qu'on puisse dire. Mais « Croate », cela évoque des mauvais souvenirs, les Oustachis par exemple. Et ce Franjo Tudjman ne paraît guère plus porté sur la démocratie que son homologue Slobodan Milosevic.

Au début du conflit, les intellectuels, à quelques exceptions près, se cantonnent donc dans une prudente réserve. C'est que les « démocrates sans frontières » sentent bien qu'ils risquent de s'enfermer dans une contradiction fondamentale. On peut légitimement défendre le droit des « petites nations » à vivre leur vie, encore qu'il eût peut-être été plus sage de le défendre à l'intérieur d'une fédération rénovée, mais le message est forcément brouillé dès lors que cette défense se superpose à celle d'une Europe supranationale, et se conjugue à l'aversion de toute référence nationale. À ce moment-là, peut-on lire dans *Libération*, « la majorité des intellectuels, à l'image d'une diplomatie française, aveugle, refuse de distinguer les bourreaux des victimes[1] ». Il faut s'arrêter un instant sur cette phrase emblématique. Que signifie-t-elle ? Tout d'abord, il y a des victimes et des bourreaux, clairement identifiables. Ces victimes et ces bourreaux ne se rencontrent pas dans tous les camps en présence ; il y a un camp des victimes et un camp des bourreaux – du coup, des civils serbes chassés de leur village ne peuvent être que des victimes imparfaites. Ceux qui n'adoptent pas cette grille de lecture d'une guerre entre victimes et bourreaux, ceux qui entendent faire prévaloir l'analyse sur les slogans *refusent* la distinction, de façon volontaire et consciente. Ce sont des Ponce Pilate, des « renvoyeurs dos à dos » indifférents à la souffrance. Au mieux des idiots, au pire des salauds.

À l'automne 1992, donc, seul Alain Finkielkraut qui s'est enflammé pour la Croatie se démène publiquement. Un soir d'octobre à Paris, Pascale Delpech, l'épouse de l'écrivain Danilo Kis, croise Bernard-Henri Lévy. Celui-ci lui annonce qu'il se rend à Belgrade le lendemain à l'initiative de l'Académie des sciences – autrement dit, mais ce qu'il ignore, des nationalistes serbes les plus échauffés. Elle lui conseille sagement de prendre quelques renseignements auprès de Stanko Cerovic. Ce long Monténégrin employé par Radio France Internationale, issu d'une famille d'intellectuels et de dissidents belgradois qui luttera contre Milosevic comme elle l'a fait contre Tito, incarne à lui tout seul la culture de cette vieille Europe

1. « De l'indifférence de Vukovar à la passion de Sarajevo, comment l'intelligentsia française a basculé dans l'engagement », Annette Lévy-Willard et Marc Semo, *Libération*, 14-15 septembre 1996.

qui se meurt. Il sait qu'il n'y a rien à attendre de bon de Slobodan Milosevic, apparatchik communiste qui a endossé les discours les plus extrémistes. Et il sait également que, si la Bosnie est gagnée par la contagion, ce sera un bain de sang, car les populations y sont bien plus inextricablement mêlées qu'en Croatie [1]. Le soir même, il plaide longuement la cause des démocrates serbes, alors bien seuls dans leur pays qui s'embrase, auprès de l'écrivain et de son ami Gilles Herzog. Le lendemain, quand ceux-ci atterrissent à Belgrade, ils ignorent la délégation officielle qui les attend pour se diriger vers le comité d'accueil improvisé par Cerovic et ses amis, journalistes à l'hebdomadaire d'opposition *Vreme*. « Évidemment, j'avais raison sur le fond de plaider pour le soutien aux démocrates serbes, remarque aujourd'hui Cerovic. Par ailleurs, je pensais que le carnage pouvait encore être évité et qu'un homme qui avait accès aux médias pouvait y contribuer. Mais la plus fondamentale erreur que j'ai commise durant toutes les guerres yougoslaves est sans doute d'avoir mis BHL sur la piste bosniaque. » C'est en effet peut-être au cours de cette soirée qu'est né le discours manichéen qui caractérisera toujours plus le traitement du conflit. C'est peut-être dans cette discussion que s'est forgée la rhétorique qui va doter le « fondamentalisme occidental », tel que diagnostiqué par Cerovic, d'une justification humanitaire. Un peu plus tard, alors que les combats commencent en Bosnie, Stanko Cerovic présentera à Bernard-Henri Lévy Sarajevo comme le symbole de la résistance du cosmopolitisme contre le nationalisme. « Je ne pouvais pas imaginer un seul instant qu'il allait devenir le porte-parole du président Izetbegovic dont les opposants démocrates de Sarajevo se méfiaient fortement, ajoute Cerovic. Mais dès son retour, j'ai compris que les

---

1. *Dans les griffes des humanistes*, Stanko Cerovic, Climats, 2000.

questions politiques essentielles allaient s'effacer derrière sa conception très personnelle de la cause. »

Entre-temps, à Paris, les manifestes et les pétitions ont circulé, les camps se sont formés. Il devient impossible de faire entendre un point de vue moins manichéen. Dans *Les Mondes de François Mitterrand*[1], Hubert Védrine a résumé le processus qui a conduit à traiter le conflit yougoslave comme un nouvel épisode de la guerre entre le Bien et le Mal. « Par une sorte de fascination mimétique pour la guerre du Golfe, conflit "simple" s'il en est, la tragédie yougoslave sera décrite pendant des années, par la majorité des médias occidentaux, comme une *invasion* de la Croatie et de la Bosnie par la Serbie, écrit Védrine. Résumons cette thèse : un régime et un peuple haïssables, communistes et nationalistes, ont envahi deux pays voisins ; il faut les en chasser, on peut le faire sans risque comme la guerre du Golfe l'a démontré. Tout autre point de vue est pro-serbe. CQFD. Cette vision n'a qu'un rapport lointain avec les faits mais elle persistera, sous-jacente à toutes les campagnes menées contre la politique française vis-à-vis de l'ex-Yougoslavie[2]. » Or, comme en prévient le journaliste Bernard Guetta, « la réalité des faits ce n'était pas une agression d'un pays A par un pays B, mais une guerre de partage d'un territoire autrefois commun[3] ». Peu importe, puisque, comme le soulignera Laurent Joffrin, les intellectuels ont raison contre les diplomates. Vieux conflit, dont l'issue, hélas, est désormais certaine, entre la politique et la morale. Car, dans la bataille de Bosnie qui ensanglante

---

1. *Les Mondes de François Mitterrand*, Hubert Védrine, Fayard, 1996.

2. Cité par Marc-Antoine Coppo, « Sur la construction de quelques mythes balkaniques en Occident », *La manipulation*, Economica, 2002.

3. « Pourquoi les intellectuels français se trompent si souvent », Bernard Guetta, entretien avec Bernard Poulet, *L'Événement du jeudi*, 26 octobre-1er novembre 1995.

métaphoriquement la Rive gauche, l'ennemi principal n'est plus Milosevic ni même Karadzic, mais François Mitterrand, coupable de complaisantes nostalgies, ou Régis Debray, coupable de se taire ! Refuser de se joindre au chœur des indignés, n'est-ce pas déjà être du mauvais côté ? On a parfois le sentiment que la pression exercée à grand renfort de médias sur les politiques vise plus à provoquer la rage malsaine de l'impuissance qu'à trouver des solutions. L'un dans l'autre, on finit par conjuguer l'échec politique et le désastre moral.

Soucieux, eux aussi, de rejoindre le camp du bien, les journalistes se ruent à Sarajevo, dûment transportés par cette ONU qu'ils méprisent tant. Et ils se contenteront d'autant plus facilement du point de vue des assiégés que les assiégeants font tout pour leur rendre la vie impossible. Les Serbes ont confié la responsabilité de la presse étrangère à Sonia Karadzic, une femme qu'on ne peut que chercher à éviter à l'issue d'une première rencontre. La tactique des Serbes de Bosnie est d'ailleurs, aujourd'hui encore, incompréhensible. En effet, au début de la guerre, alors que les « Bosniaques musulmans » ne disposaient pas d'armée, les troupes de Karadzic auraient pu facilement s'emparer de la capitale. Mais organiser le siège était la garantie absolue de perdre la guerre des images. Et donc la guerre tout court. Bien sûr, on sait que le gouvernement de Sarajevo a également contribué à faire de la ville une souricière, en ne distribuant que fort parcimonieusement les autorisations de sortie de la ville, même aux civils que les Serbes acceptaient de laisser partir. Reste que c'étaient bien les canons bosno-serbes qui se dressaient sur les collines.

Mais alors dira-t-on à bon droit, et les crimes ? Et la purification ethnique ? Fallait-il laisser faire ? En réalité, on a laissé faire, les Américains comme les Européens, jusqu'à ce que les armes aient départagé le territoire. L'intervention de l'OTAN et le coup de sifflet de Washington signifiant la fin de la partie sont en effet intervenus une fois le territoire de la Bosnie plus ou moins divisé entre les trois populations.

La sémantique est d'ailleurs révélatrice du camp choisi. Les médias accordent généralement aux seuls musulmans le titre de « Bosniaques ». Bien sûr, l'armée fidèle au président Izetbegovic comprend quelques soldats et officiers serbes et un bataillon croate. De même que des civils serbes et croates ont décidé de rester dans la partie de Sarajevo contrôlée par cette armée. D'ailleurs, les journalistes occidentaux se plairont à montrer ces bon exemples du multi-ethnisme, mais plus la guerre se prolongera plus leur sort deviendra précaire. Les médias, dans un heureux souci de précision, finiront par désigner l'armée obéissant au président Izetbegovic par des expressions un peu alambiquées mais néanmoins plus réalistes, comme « armée bosniaque à majorité musulmane » ou, plus brièvement, « armée bosniaque musulmane ». Quoi qu'il en soit, le qualificatif de « musulmans » n'apparaît guère plus juste, qu'il s'agisse de caractériser des civils ou des militaires. Mais il aura été profondément injuste de dénier aux Serbes et aux Croates établis en Bosnie depuis des siècles le droit de se dire bosniaques. Peut-être sont-ils indéfendables. Ils n'en sont pas moins, eux aussi, bosniaques.

Quant aux atrocités, elles furent évidemment une plaie d'autant plus saignante à nos consciences qu'elles se déroulaient à portée de caméra. On pourrait d'ailleurs relever le racisme inconscient de tous ceux qui, benoîtement, allaient répétant : « On ne peut pas laisser faire cela à deux heures de Paris. » Ce qui pourrait signifier implicitement que l'indifférence devient légitime à dix heures de vol de chez nous, au Soudan, pour ne citer qu'un exemple. Mais revenons en Bosnie. Encore une fois, les forces serbes ont commis beaucoup plus d'horreurs que les autres camps. Non pas parce que « les Serbes » sont ontologiquement plus mauvais. Sans doute ont-ils été, plus collectivement et plus longtemps que les autres peuples, frappés par la maladie nationaliste. Mais si, sur le terrain, ils se sont montrés les plus criminels, c'est parce qu'ils étaient *les plus forts*. Et aussi parce que les populations musulmanes et serbes étaient très imbriquées. Nul n'ignore que dans les quelques zones « libérées », comme on disait alors, par l'*armija* « bosniaque musulmane », les civils serbes ont dû subir les mêmes exactions. Et ils ont, eux aussi, dû abandonner leurs villages et leurs maisons. Seulement, ces zones ont été infiniment moins nombreuses, puisque, à la fin de la guerre, les troupes de Mladic occupaient environ les deux tiers du territoire. Pour ce qui est des Croates, ils ne furent pas en reste, inutile d'y revenir : quiconque a vu le quartier musulman de Mostar littéralement réduit en poussière ne peut plus se faire d'illusion sur la question. Il serait cependant oublieux de ne pas évoquer les milliers de Croates tués par les troupes « bosniaques musulmanes » en Bosnie centrale ou les crimes antérieurs des forces yougoslaves en Slavonie orientale.

Mais certaines victimes sont décidément plus égales que d'autres. Et certains criminels plus coupables que d'autres. Dès 1992, seules les victimes des atrocités serbes et seuls les crimes commis par des Serbes sont dignes des journaux télévisés. Au prix, quand il le faut, d'omissions éhontées. Quelques exemples ? À l'automne 1992, un avion humanitaire italien est abattu par deux missiles ; la presse rivalise dans l'indignation et la réprobation. Quelques semaines plus tard, l'annonce par l'ONU que les tirs venaient de l'armée « bosniaque » est passée sous silence. Le crime n'a pas changé, mais ces coupables-là ne seront pas fustigés. De même, en février 1993, un soldat français trouve la mort lorsqu'un véhicule blindé de l'ONU est pris pour cible sur l'aéroport de Sarajevo. Le général Morillon accuse publiquement les forces musulmanes, et l'émotion de retomber immédiatement. Du reste, c'est seulement après deux ans de guerre que l'on commence à parler des *snipers* musulmans dont la présence est pourtant connue de tous ceux qui séjournent à Sarajevo. Mais un lâche tueur de civils ne saurait être que serbe. Il faudrait encore évoquer les dizaines de corps découverts dans la ville de Bosanski Brod qui n'intéressent pas une presse pourtant prompte à afficher en « une » l'horreur des « charniers », tant il est vrai que ces cadavres serbes ne sont point propres à mobiliser. On peut citer les civils musulmans massacrés à Vitez en 1993. Photos à l'appui, *Newsweek* réclame une intervention contre les Serbes... alors que les tueurs, dans ce cas, sont croates. Enfin, il faut encore évoquer ici les femmes violées, au nombre de 50 000 selon le gouvernement bosniaque. Aujourd'hui encore, ce chiffre, bien qu'émanant de l'une des parties au conflit, fait autorité : l'opinion publique est convaincue que les forces serbes de Bosnie ont systématiquement violé des dizaines de milliers de femmes dans le but d'imposer la terreur. Discuter cette affirmation équivaut à nier l'atroce vérité et à « mépriser les victimes ». Du coup, le rapport de l'ONU parvenant à une estimation de 2 400 viols (majoritairement mais non exclusivement commis par des Serbes) ne fait l'objet d'aucune publicité – comme si ce n'était pas déjà l'horreur.

Premiers coupables assurément, les Serbes doivent être les seuls coupables, et il faudrait de surcroît qu'ils l'aient toujours été, ou au moins qu'ils aient beaucoup exagéré les souffrances endurées au cours de leur histoire. Dans *Bosna !*, film réalisé par Bernard-Henri Lévy, on voit des prêtres orthodoxes serbes bénissant les restes de victimes des massacres perpétrés par le régime croate oustachi. En commentaire, on entend ceci : « Au commencement, il y a ces popes chamarrés, sortis d'un roman de Cosic, qui déterrent et réenterrent en grande pompe les restes d'un mort du Kosovo, tombé en poussière depuis six cents ans, ou ceux, plus récents mais tout aussi nécessaires à la mythologie grand-serbe, de *quelques* (c'est moi qui souligne) victimes de la Seconde Guerre mondiale[1]. » Il n'est pas question de nier l'exploitation idéologique, par des ultra-nationalistes de la hiérarchie orthodoxe, des souffrances serbes durant la Seconde Guerre mondiale, ni d'ajouter foi au chiffre de 700 000 victimes avancé par la propagande. Mais faut-il rappeler que les dizaines de milliers de Serbes assassinés par les complices oustachis des nazis méritent autant de respect que les Musulmans tués par des Serbes ? Imagine-t-on le tollé qui aurait justement accueilli un tel commentaire s'il avait porté sur des rabbins, eussent-ils été extrémistes, bénissant les restes de Juifs assassinés par ces mêmes Oustachis ?

Quant à l'odieux et impuni massacre de Srebrenica, sans doute le plus atroce crime de cette guerre, bien entendu, rien ne l'excuse. Il reste, pour ceux qui l'ont exécuté, et qui, espère-t-on, seront sanctionnés, une tache indélébile. Mais le fait qu'il soit inexcusable ne l'a pas empêché d'être commis. Et si les coupables sont assurément serbes, cela ne doit pas dispenser de se demander pourquoi les défenseurs « bosniaques musulmans » de la ville dirigés par Naser Oric, héros de l'*armija*, avaient reçu de Sarajevo l'ordre de la quitter. Décision d'autant plus étrange que, si l'on se fie au témoignage du général Morillon recueilli en janvier 2001 par la mission d'information de l'Assemblée nationale sur la tragédie de Srebrenica, Oric « avait été amené à conduire à partir de cette enclave une guerre qui a provoqué des massacres de la population serbe

---

1. Cité par Xavier Bougarel, *Bosnie : anatomie d'un conflit*, La Découverte, 1996.

des villages environnants[1] ». Morillon évoquera notamment des attaques menées en janvier 1993, dans la nuit de Noël orthodoxe. « J'ai été moi-même amené à me rendre sur les lieux et à examiner les fosses communes exhumées au printemps 1993, lorsque les Serbes ont repris l'offensive, déclarera l'officier. Il y avait un degré de haine accumulée qui me faisait craindre que, si malheureusement Srebrenica tombait sous le pouvoir des Serbes, il y aurait des massacres épouvantables. » Bien entendu, on ne saurait pour autant en disculper les auteurs, mais si « on pouvait s'y attendre », n'était-il pas inconscient d'abandonner les civils ? Resterait enfin à savoir si notre impuissance fut le fait du cynisme et de l'indifférence, comme on l'a répété à satiété, ou si la guerre que se livraient des peuples frères dont on prétendait empêcher la séparation ne pouvait que conduire à de telles horreurs.

Mais alors, s'exclamera-t-on, peut-on renvoyer dos à dos victimes et bourreaux, affirmer que tout se vaut ? Certes non. Mais notre défense du « pluriculturel et du multi-ethnique » aurait été plus convaincante si elle s'était appliquée à tous. Avec son petit parfum de « printemps des peuples » ou de révolution de 1848, le droit à l'autodétermination est une idée à la mode en Occident – sans que l'on s'interroge jamais sur ses conséquences, ni surtout sur l'incohérence qu'il y a à la défendre ici au nom de la libération pour la combattre là comme sécession. « L'Europe a voulu imposer en Bosnie un multinationalisme auquel elle avait renoncé à l'échelle de la Yougoslavie, résume Jean-François Revel[2]. D'où, de notre part, deux politiques simultanées et incompatibles. » On a accepté, voire encouragé, l'éclatement de la Yougoslavie, pour imposer ensuite en Bosnie, le maintien d'une « You-

1. *Srebrenica, rapport sur un massacre* (tome II), documents d'information de l'Assemblée nationale, 2002.

2. *Le Point*, 17 juin 1995.

goslavie en modèle réduit ». À l'inverse, les Serbes ont d'abord refusé aux autres nations yougoslaves le droit de se séparer d'eux. Puis, une fois la rupture consommée, ils ont tenté, dans une perspective sécessionniste, de prendre le contrôle de la plus grande partie possible du territoire. Ils portent donc une lourde responsabilité, ne serait-ce que celle de n'avoir pas compris qu'ils ne pourraient de toute façon imposer leur nation par la force et que mieux valait, en conséquence, négocier le divorce. Mais si l'on consent à quitter un instant l'habit du procureur habilité à distribuer les blâmes aux peuples inculpés devant le tribunal de l'Histoire, on peut saisir pourquoi les Serbes, contrairement aux autres peuples de Yougoslavie, étaient si attachés à la Fédération. Non pas seulement, comme on l'a méchamment caricaturé, parce qu'ils maintenaient les autres sous leur joug au sein de la « Serboslavie », mais parce que c'est eux que l'histoire tourmentée des Slaves du sud avait le plus dispersés dans l'espace yougoslave.

Les discours incandescents de BHL en faveur de la Sarajevo multiculturelle auraient donc été plus audibles, et sans doute mieux entendus, s'ils ne s'étaient pas conjugués à un soutien forcené au pouvoir d'Alija Izetbegovic dont les bons sentiments multi-ethniques étaient surtout destinés aux télévisions étrangères. Il est vrai que, sans cela, le philosophe n'aurait pas été reçu à Sarajevo comme un officiel. Et il n'aurait pas pu jouer le rôle de messager de la « bonne Bosnie » auprès des dirigeants français. Des intellectuels sarajeviens ne s'y sont pas longtemps trompés, à l'instar de l'ambassadeur bosniaque à Paris de l'époque, l'historien Nikola Kovacs, qui, pris dans le tourbillon « béhachélien », se demandait avec amertume si l'écrivain avait le goût d'écouter de longues explications sur son pays. Ce serait toutefois faire offense à l'intéressé de penser qu'il est à l'abri du doute ou qu'il ignore la séduction qu'exerce sur lui la perspective d'être le conseiller du Prince. « Je hais cet establishment qui m'a paralysé et avec lequel j'aurais mieux fait de rompre carrément les amarres. Et je hais cette ambiguïté en moi », écrit-il dans *Le Lys et la cendre*[1], ouvrage dans lequel il revient sur ses illusions perdues en Bosnie.

En tout cas, lorsque les troupes de Karadzic furent contraintes de reculer et d'abandonner les « quartiers serbes », autrement dit lors de la libération de Sarajevo, on n'entendit guère nos intellectuels se mobiliser contre l'expulsion presque totale des civils serbes – vengeance compréhensible, murmura-t-on çà et là. Et pourtant, la fête avait de quoi plonger dans la tristesse ceux qui y avaient cru : Sarajevo libérée, Sarajevo réunifiée était aussi Sarajevo ethniquement purifiée. De même, un silence tout aussi pesant s'imposa lorsque les premières élections libres, après la guerre, donnèrent la victoire aux trois formations nationalistes. Décidément, elle avait un drôle d'air, la victoire de la démocratie.

En réalité, le parti des clercs avait décidé dès le début de la guerre en Bosnie qu'il fallait donner la victoire au régime de Sarajevo, régime tout aussi nationaliste que ses congénères de Zagreb ou de Belgrade – qui soutenaient respectivement les forces croates et serbes de Bosnie –, mais il est vrai beaucoup moins puissant militairement. « Toute solution conduisant à une perte de souveraineté de la Bosnie-Herzégovine sur une partie de son territoire est évidemment inacceptable », pouvait-on lire dans « L'appel de l'Odéon » qui lança la liste « Sarajevo » pour les élections européennes de 1994. Il faut préciser que, pour les signataires, le seul pouvoir légitime en Bosnie-Herzégovine était celui d'Alija Izetbegovic qui gouvernait avec son parti, le SDA (Parti de l'action musulmane). On réclama donc une levée de l'embargo sur les armes en

1. *Le Lys et la cendre*, Bernard-Henri Lévy, Grasset, 1996.

faveur de « la Bosnie » et un retrait des casques bleus dont la présence entravait une action claire des Occidentaux. Au passage, on peut s'interroger sur la revendication relative à l'armement des Musulmans : il fallait être naïf pour penser que le camp serbe n'aurait pas, en ce cas, reçu une aide massive des pays d'héritage orthodoxe, de la Grèce à la Russie.

Alors, sans doute les différents plans de paix patiemment sabotés, notamment par les États-Unis, et violemment critiqués par les moralistes, n'étaient-ils pas glorieux. Que n'a-t-on entendu, au début de la guerre en Bosnie, lorsque des diplomates préconisaient la « cantonalisation » du pays ! Capitulation devant le mal, honte de l'Europe : toute tentative de règlement réaliste fut aussitôt rejetée comme un *remake* de Munich. Et, répétons-le, il n'y avait pas de quoi pavoiser. Le problème, c'est qu'on est parvenu très exactement à la solution que l'on refusait alors avec véhémence, le partage ethnique qui est aujourd'hui la réalité de la Bosnie fédéralisée derrière son paravent multi-ethnique. « La Bosnie une et divisible », titra joliment *Libération*. Seulement, ce partage a été avalisé par l'Amérique. Faut-il en conclure que seule l'hyperpuissance a le droit de tenir compte de la réalité quand nous serions condamnés à un idéalisme séduisant mais vain ?

Sans doute peut-on déplorer que des peuples refusent avec obstination le mélange qui est notre règle. Mais il faut être naïf pour penser que l'on peut, à coups de déclarations indignées, injecter à des populations l'amour de l'altérité. Soulignons cependant que les nationalistes ont aujourd'hui, et ceci dans les trois camps de Bosnie et dans les trois principaux pays de l'ex-Yougoslavie, laissé la place à des pouvoirs modérés. On peut saluer ici l'effet bénéfique du protectorat international instauré en 1995. C'est peut-être cette solution néo-coloniale qu'il aurait fallu défendre et non un improbable camp du bien multi-ethnique qui n'existait que dans les couches éduquées et urbaines. Il convient en effet de rappeler que le mélange dont on a fait le label de la Bosnie n'existait que dans les grandes villes, Mostar et Sarajevo essentiellement. Dans les campagnes, la coexistence, souvent chaleureuse, se superposait à la séparation. Bizarrement, aucun journaliste n'a relevé la contradiction qu'il y avait à évoquer dans la même phrase la Bosnie multiethnique et le sort réservé à tel village, musulman, croate ou serbe. Si « ils venaient chez nous pour l'Aïd et nous allions chez eux pour Noël », comme l'ont si souvent déclaré des réfugiés aux visages épuisés sommés de parler de l'âge d'or, c'est bien qu'il y avait un « chez nous » et un « chez eux ».

Reste alors à expliquer la mobilisation intello-médiatique qui s'est opérée sur fond de Munich, de nouvel Hitler et de retour à Auschwitz. Reste à élucider comment la Bosnie, qui aurait dû nous obliger à penser le monde de l'après-guerre froide en termes politiques fut, pour tant de grands esprits, la Cause rédemptrice par laquelle ils assuraient au monde le concours de leur intelligence tout humanitaire. Objectif totalement atteint à en juger par le *satisfecit* que leur décernera Laurent Joffrin après la guerre[1]. « La France a ses "*french doctors*". Elle a aussi, et depuis longtemps, ses "french intellectuels", actifs, intempestifs et utiles. » Avouons que la perspective de « brigades d'intellos » portant la bonne parole sur tous les champs de bataille du monde a de quoi effrayer les populations concernées.

Le 31 décembre 1993, soir de réveillon, je vis ainsi l'une de ces compagnies débarquer à Sarajevo sous la houlette de Bernard Kouchner dans un avion de l'armée française volant sous pavillon onusien. À Paris,

1. « Bosnie, la guerre des intellectuels », Laurent Joffrin, *Libération*, 14-15 septembre 1996.

en duplex sur TF1, l'abbé Pierre lançait à l'ancien et futur ministre : « Bernard, j'ai honte de ne pas être avec toi. » Après tout, il faut saluer le sacrifice, car malgré les petits soins que leur prodiguaient nos soldats – ces soldats dont ils ne cessèrent d'ailleurs de dénigrer l'action –, malgré les efforts faits pour conserver à l'Holiday Inn un vague semblant de confort, et en particulier du chauffage, la capitale bosniaque n'était pas un endroit très joyeux. Cela n'empêcha pas le voyage de Sarajevo de constituer durant deux ou trois ans le passage obligé de tout intellectuel engagé – ce qui, encore une fois, ne signifie pas que leurs convictions manquaient de sincérité. Et, n'en déplaise à Joffrin, ce n'était pas là une spécialité exclusivement nationale. Dans la capitale bosniaque, on se souvient du concert de Barbara Hendricks, française de cœur il est vrai, ou du Godot de Susann Sonntag qui animèrent ce que les plus caustiques, au sein de la population assiégée, appelaient « le Sarajevo Circus ».

Interrogé par *Libération*[1], l'historien américain Tony Judt pose bien les termes de la question, tout en se gardant prudemment d'y apporter une réponse. Il s'agit de savoir, dit-il, « jusqu'où l'engagement de l'intellectuel est utile pour les gens qu'il prétend aider ou si l'utilité pour les bénéficiaires n'est pas dépassée par l'utilité pour soi-même. [...] La partie théâtrale (de l'engagement) a parfois dépassé les normes nécessaires ». Comme à l'été 1995, lorsque, après la chute de Srebrenica et l'assassinat de milliers d'hommes, des artistes réunis à la Cartoucherie de Vincennes autour d'Ariane Mnouchkine, s'infligent une longue grève de la faim pour réclamer une riposte. Engagement sincère et souci promotionnel se mêlent sans doute dans des proportions variables chez chacun des protagonistes dont certains ressentent réellement la souffrance des

1. « La faute à Voltaire », entretien avec Tony Judt, Pierre Haski, *Libération*, 14-15 septembre 1996.

victimes – à tout le moins de certaines victimes. Mais il ne suffit pas d'être sincère pour ne pas se tromper. Et la confusion des genres s'ajoute au malentendu intellectuel.

Cette confusion atteint son paroxysme avec la liste Sarajevo montée lors des élections européennes de 1994 pour sommer le pouvoir politique d'intervenir dans le conflit. Initiée par Bernard-Henri Lévy, André Glucksmann, Pascal Bruckner, Léon Schwartzenberg, Françoise Giroud, Romain Goupil et d'autres, elle sombre dans l'abîme médiatique et les querelles de personnes. Jean-François Kahn ironise : « Après les listes de chasseurs ou de socio-professionnels, pourquoi pas celle des “artistes” ? Ou des éditions Grasset ? La télévision y gagnera, sinon la démocratie [1]. » Privée de son chef de file qui, estimant qu'elle a permis de remettre la Bosnie au centre du débat, abandonne le combat, elle recueille 1,57 % des voix. Mais l'épisode est exemplaire du destin d'intellectuels en quête de cause, ainsi que l'analyse Alain-Gérard Slama [2] : « De même que Malraux a vu dans la guerre d'Espagne le coup d'envoi du conflit opposant la démocratie au fascisme, les intellectuels de la liste Sarajevo ont reconnu dans le drame bosniaque l'aube des prochains conflits opposant les particularismes ethniques aux valeurs universelles incarnées par l'Europe. » La plupart des intéressés admettent aujourd'hui que cette intervention dans l'arène politique fut, finalement, assez malheureuse.

Évoquant « la fulgurante et magnifique “erreur” de BHL [3] », Jean-François Kahn lâche, non sans férocité, que, depuis le combat du philosophe pour les Bengali, « sa contemplation de soi n'a pas pris une ride ». On

---

1. « La fulgurante et magnifique “erreur” de BHL », Jean-François Kahn, *L'Événement du jeudi*, 26 mai-1er juin 1994.

2. « La postérité de Malraux s'est reconnue à Sarajevo », Alain-Gérard Slama, *Le Figaro*, 22 février 1996.

3. « La fulgurante et magnifique “erreur” de BHL », *art. cit.*

ne peut s'empêcher de s'interroger. Le spectacle de l'indignation ne nous est-il pas d'abord destiné, à nous, lecteurs et téléspectateurs ? On objectera que rester silencieux devant l'atrocité n'est pas un comportement plus défendable. C'est vrai. À condition de s'effacer devant les victimes. À condition de ne pas faire sienne leur souffrance. Car c'est là que réside le risque de la posture accru par l'exotisme des lointains : difficile d'imaginer Malraux à La Courneuve. En janvier 2002, interrogé par Marc-Olivier Fogiel sur la troisième chaîne à l'occasion de la parution de ses *Réflexions sur le mal et la fin de l'histoire*[1], Bernard-Henri Lévy affirme : « La seule chose qui compte pour moi aujourd'hui, c'est d'arrêter la guerre au Burundi. » Sans doute pense-t-il à cet instant que c'est effectivement la seule chose qui compte. Mais est-ce faire preuve de mauvais esprit que de rappeler que personne ne participe à une émission de télévision pour arrêter une guerre ? Le drame burundais émeut le philosophe comme la tragédie bosniaque l'émut. Mais le danger, au bout du compte, n'est-il pas de n'être jamais tant touché que par sa propre image ému par la souffrance des autres ? À cet égard, l'écrivain-reporter ne contourne pas l'obstacle. Dans ce livre où sont rassemblés ses reportages sur des conflits oubliés, il pose la question à défaut d'y répondre. Non sans quelque élégance. « Il est là-haut, au bout du monde, et il voit, parce qu'il est honnête, la part de comédie qui, le moment venu, retour à Paris et à l'écriture, sera la contrepartie de son désintéressement merveilleux. Le ramdam autour de ses textes. Les radios. Les échos. Les félicitations de ses amis. Les passages à la télévision. L'éditeur qui le flattera. Les questions dont on le pressera. L'air modeste qu'il prendra. » C'est très exactement ainsi que les choses se passeront. Et peut-être est-ce de la sorte, par une forme

---

1. *Réflexions sur le mal et la fin de l'histoire*, Bernard-Henri Lévy, Grasset, 2001.

de désillusion anticipée, que Bernard-Henri Lévy persiste sous BHL.

Pour m'être rendue à de nombreuses reprises dans Sarajevo assiégée, je sais moi-même qu'il n'y avait là aucun héroïsme. La carte de plastique bleue délivrée par les Nations unies, conservée avec soin entre les pages du passeport bordeaux, me faisait observateur et non pas acteur. Un coup de fil me garantissait une place de retour sur ces avions de l'ONU que la troupe journaleuse avait baptisés *maybe airlines* mais qui finissaient toujours par nous ramener en nos douillettes contrées. Et quelques nuits passées, comme mes hôtes bosniaques, emmitouflée dans des couvertures dont l'empilement compensait l'absence de chauffage, ne rendaient que plus agréable la douche chaude prise dans la luxueuse chambre de l'hôtel Intercontinental de Zagreb, point de passage rituel des étrangers sur le départ ou de retour. Il est vrai que nombre de journalistes élurent domicile dans la ville assiégée et il faut reconnaître qu'ils sacrifièrent là leur confort quotidien durant de longs mois. Cependant, outre le fait que leur liberté était de savoir qu'ils pouvaient, eux, partir, qu'ils avaient, eux, un autre « chez eux », quelle rétribution symbolique !

Mais en finit-on jamais avec une grande cause ? En novembre 2001, Médecins du Monde lance une grande campagne contre les jouets guerriers. Les enfants sont invités à se débarrasser de leurs pistolets en plastique, lesquels seront fondus – ou peut-être comprimés – pour réaliser une œuvre abstraite qui sera érigée à Sarajevo. L'art d'avant-garde au secours de la diplomatie des bons sentiments : cette cérémonie festive dans laquelle un sacré de nylon fait office de rituel pour les humains décérébrés que nous sommes devenus résume à sa façon l'époque.

L'art de la haine

> « Peu importent les opinions qu'ils affichent. Clair, Domecq ou Fumaroli sont les meilleurs alliés du FN. »
>
> Nicolas Bourriaud,
> *Les Inrockuptibles*, 2 avril 1997.

« Depuis que l'art est mort, on sait qu'il est extrêmement facile de déguiser les policiers en artistes. » Il est un peu convenu de louer le talent visionnaire de Guy Debord. Reste que cette citation extraite des *Commentaires sur la société du Spectacle* s'applique à la perfection aux polémiques qui depuis une vingtaine d'années tiennent lieu de débat sur l'art de notre temps. À ceci près que les artistes ne se bousculèrent point pour y participer. Ce furent donc les critiques, ceux-là mêmes dont on pouvait attendre une pensée libre et ouverte, qui se préposèrent avec enthousiasme au rôle de vigiles. Après tout, on ne voit pas pourquoi le conformisme de l'époque qui entendait définir la panoplie de ce qu'il est permis de penser, de faire ou d'aimer, se serait interdit d'user de l'arme de l'esthétiquement correct.

On ne saurait toutefois adopter sans inventaire la formule de Debord. On ne signera donc pas les yeux fermés l'acte de décès général et définitif de l'art, pas plus qu'on ne prendra au pied de la lettre le constat annonçant la fin de l'Histoire. Gageons au moins, à en juger par les « poches de résistance » visibles çà et là, que l'Histoire et l'art se meurent de mort lente. Chroniqueur acide du désastre post-historique, Philippe Muray lui-même consent à « engager le pari [...] que le programme modernitaire ratera comme les autres, parce que l'homme le fera rater par son humanité même, comme il a toujours fait échouer tous les programmes [1] ».

Cette « fin de l'art » n'en est pas moins une hypothèse qui permet de rendre compte de l'absorption de celui-ci dans l'enchantement culturel. Elle n'est donc pas invalidée par l'existence passée ou à venir d'immenses artistes, mais signale les visées d'une civilisation qui, tandis qu'elle engage la mise au pas de tout ce qui ne plie pas, convie chacun à se proclamer artiste.

Il est difficile, en tout cas, d'ignorer l'existence et le pouvoir d'une nouvelle avant-garde. « C'est sur le terrain de l'art que se place maintenant la seule défense articulée de l'idéologie révolutionnaire [2] », observe Krzysztof Pomian. Sauf que loin d'avoir à batailler contre la *doxa*, cette avant-garde la produit et l'impose au reste de la société. La « déviance » règne au cœur de l'institution. D'où le confusionnisme ambiant qui tente de nous faire prendre les vessies du conformisme le plus plat pour les lanternes de la liberté irréductible. Les maîtres chanteurs qui se prétendent si souvent agressés par les hordes obscurantistes aimeraient faire accepter leurs productions à la fois comme des « provocations » et comme des « bienfaits [3] ». Dans un ouvrage rassemblant les articles et des extraits des livres les plus significatifs des polémiques relatives à l'art contemporain [4], le critique genevois Patrick Barrer

---

1. *Peut-on encore débattre en France ?* Plon – *Le Figaro*, 2001.

2. « La querelle de « l'art moderne », Krzysztof Pomian, *Le Débat*, n° 110, mai-août 2000.

3. *Après l'histoire I*, « De l'art contemporain », Philippe Muray, Les Belles Lettres, 1999.

4. (*Tout) l'art contemporain est-il nul* ?, Éditions Favre, Genève, 2000.

s'emploie à remettre la vérité sur ses pieds : « Curieux paradoxe : au nom de l'innovation, on se retrouvait dans une situation comparable à celle qu'imposèrent les esprits les plus conservateurs au dix-neuvième siècle. Il y a un art qu'il faut faire. » Pour sa part, l'écrivain Benoît Duteurtre qui s'est attaqué au nouveau clergé musical dans *Requiem pour une avant-garde*[1] résume l'affaire par la jolie formule de « l'anti-académisme académisé ».

La radicalité et le marché, le pouvoir et la rébellion : alors que les prétentions à « changer la vie » proclamées dans les années 60 et 70 se sont muées en volonté acharnée de la consommer, le champ esthétique marie avantageusement les contraires qui constituent la doublette gagnante de la bourgeoisie de gauche. L'avant-garde esthétique est supposée pallier la disparition de l'avant-garde politique. Au passage, rien n'illustre mieux cet oxymorique « consensus de la révolte » que la réception enthousiaste de *Underground*, l'album consacré par Jean-François Bizot, ancien patron d'*Actuel*, aux belles années du gauchisme culturel. Parmi ses défenseurs les plus émerveillés, on ne s'étonnera pas de croiser une nouvelle fois Jacques Henric, collaborateur d'*Art Press,* revue très chic dirigée par son épouse Catherine Millet. « Des noms comme Warhol, Hendrix, Kerouac, Lou Reed, écrit-il, émergèrent tôt de la clandestinité, et il n'est guère possible de parler aujourd'hui d'histoire “secrète”. Et c'est tant mieux. C'est la preuve que cette contre-histoire est tout simplement en passe de devenir l'Histoire. N'en ayons aucun regret, poursuit Henric : la défaite des forces obscurantistes est toujours une fête. Jean-François Bizot rappelle que l'ébranlement de l'*Underground* ne fut pas que culturel ou artistique. Il fut idéologique,

1. *Requiem pour une avant-garde*, Benoît Duteurtre, Robert Laffont, 1995, Nouvelle édition Pocket, 2000.

politique, éthique[1]. » *La contre-histoire est devenue l'Histoire :* le plus amusant, quoiqu'un peu consternant, c'est que Jacques Henric ne semble pas savoir qu'il décrit très exactement le mur dans lequel s'est encastrée l'époque.

Il serait injuste d'imputer à la seule gauche cette nouvelle bienséance artistique. D'ailleurs l'un de ses temples est incontestablement Beaubourg que l'on doit à Georges Pompidou. C'est bien, cependant, sous le long règne socialiste que la contestation devint l'idéologie officielle et que cette néo-avant-garde s'installa aux postes de commande. La France est tout de même le seul pays doté de fonctionnaires officiellement appelés « Inspecteurs à la création artistique »... Difficile, donc, de proposer à cette Église un autre pape que Jack Lang qui parvint, au seul prétexte qu'ils *innovaient,* à faire passer pour de l'art les produits de l'évangélisation culturelle. De ce point de vue Christophe Girard, adjoint à la Culture du maire de Paris dont une ambition est « de faire danser le public devant des Rembrandt », semble être un excellent postulant à la succession.

Qu'on ne se méprenne pas. On peut parfaitement aimer et défendre la musique la moins harmonieuse, les installations les plus ébouriffantes, la littérature la plus formaliste. Ce qui inquiète, en revanche, c'est qu'il ne soit point permis de ne pas les aimer. Or, et c'est bien ce qu'on examinera ici, les réfractaires furent l'objet d'une véritable campagne de dénonciation. Historiens et autres connaisseurs contestataires de ce désordre trop établi pour menacer qui que ce soit furent rangés dans le camp de la réaction conservatrice avant d'être purement et simplement traités d'émules de Faurisson. Sans guillemets. Quant au public, qui se sentait pour le moins désarçonné par les artistes sélectionnés

---

1. « Underground : l'histoire », Jacques Henric, *Art Press*, décembre 2001.

par l'appareil d'État et encensés par la critique officielle, il fut ringardisé. Ou, au mieux, menacé de rééducation. L'avant-garde allait – une fois de plus – sauver le peuple, « lui faire aimer l'an 2000 », comme le promettait France Télécom. Même si, dans les faits, plus personne ne croyait à l'illumination du peuple par la valeur salvatrice de l'art.

« La critique est aisée et l'art est difficile », selon la formule imputable à un obscur auteur dramatique du XVIIIe siècle. Peut-être faudrait-il désormais inverser la proposition. Aujourd'hui, tout jugement réellement critique, c'est-à-dire divergent, inattendu, contradictoire, est inaudible ou suspect, tandis que l'on entend sans cesse proférer que n'importe qui peut être artiste. Le musicien Yannis Xenakis ne prétendait-il pas, grâce à l'ordinateur, faire de la composition un jeu d'enfant ?

Sans prétendre épuiser la question, on peut recenser quelques caractéristiques de cette nouvelle raison esthétique qu'on devrait plutôt qualifier de déraison puisqu'elle se prétend émancipée de la vieille contrainte du sens ainsi qu'affranchie de toute sacralité. Elle fonde donc sa légitimité sur la table rase. « Tout musicien qui n'a pas ressenti la nécessité du langage dodécaphonique est inutile. Car toute son œuvre se place en deçà des nécessités de son époque... Il faut éliminer toute trace d'héritage dans le vocabulaire », déclara il y a plusieurs années Pierre Boulez, pontife de la musique contemporaine et bénéficiaire jaloux des deniers publics à travers l'IRCAM. Heureusement, Boulez ne nous dit pas le sort qu'il convient de réserver aux musiciens « inutiles ». L'artiste, en tout cas, est désormais sommé de répondre aux nécessités de son époque.

On remarquera par ailleurs que les œuvres et les artistes, qu'il convient selon les défenseurs de cette « néo-modernité » de porter aux nues, ont en commun un intellectualisme prononcé curieusement conjugué à un refus du sens, un goût furieux pour la banalité, et, un rejet affiché du plaisir, supplanté par la dérision. *Je provoque donc je suis artiste.* À l'été 2000, Bertrand Lavier est chargé de sélectionner les œuvres françaises pour la rétrospective d'art contemporain *Voilà !* au Musée d'art moderne de la ville de Paris. On admire son audace lorsqu'il annonce *urbi et orbi* qu'il a sélectionné les œuvres sur un unique critère : leurs auteurs ont pour nom Martin. Penser que le public ne trouve pas son compte dans cette plaisanterie de potache reflète peut-être un esprit chagrin.

Poussée à son ultime expression, cette tendance conduit à ce que Jean Clair, l'érudit directeur du musée Picasso, qualifie d'« art du dégoût » – exposition de corps mutilés, de chairs souffrantes, de sécrétions corporelles, d'excréments, sanctifiés par l'acte de l'artiste. Que signifie la *Merda d'artista* de Piero Manzoni ? « C'est de l'art puisque c'est de moi. » Mais il faut aussi évoquer la représentation d'Auschwitz en théâtre de marionnettes comme on l'a vu à l'exposition *Apocalypse* à Londres. Ceux qui pensaient que l'art avait quelque chose à voir avec le beau, le sensible, sont priés d'aller voir ailleurs, loin de la mission que Schopenhauer lui assignait, produire « une suspension de la douleur de vivre ». Sans doute la souffrance et l'abominable ne font-ils pas aujourd'hui leur apparition dans l'art. Mais jusque-là l'horreur avait partie liée avec le sacré et, donc, avec la transgression qui postule la croyance en une transcendance. « L'angoisse et la jouissance du mal ne peuvent exister que si on croit au mal, affirme Jean Clair. Rien de tel dans les représentations les plus outrées de l'art actuel. On s'y agite en toute innocence et le rapport au corps n'est plus qu'un jeu infantile. » Un art sans tabou, voilà qui semble d'abord séduisant. Mais qui n'a rien à cacher n'a rien à montrer. « Nous ne voulons pas dénier aux artistes le droit de sonder les plaies de la société », écrivait

George Sand. Sans doute, mais on ne saurait pour autant dénier à la critique le droit de sonder les produits de l'autopsie.

Force est d'observer, enfin, qu'une grande partie des œuvres conformes à cette vulgate ne touchent pas le public. Ce qui ne permet évidemment pas de les récuser mais ne constitue pas non plus un critère suffisant pour les encenser. On peut, sans céder à la dictature de l'audimat, ni dénigrer par principe l'intervention étatique, s'interroger sur le fait que les financements publics semblent prioritairement destinés à des artistes qui ne suscitent guère l'intérêt. Or, cette avant-garde officielle est d'autant plus puissante que, tout en tenant le chatoyant discours de la transgression, elle est abondamment choyée par un vaste réseau institutionnel créé à partir de 1981.

Dispensée notamment par le biais des achats des FRAC (Fonds régionaux d'art contemporain), toute l'aide publique à la création actuelle ou récente se concentre sur une centaine d'artistes conformes à la bonne conscience avant-gardiste. La plupart des décideurs se feraient hacher menu plutôt que de sélectionner un tableau « figuratif ». On peut comprendre cette « logique de la compensation », consistant à concentrer les aides sur les points aveugles du marché, selon l'analyse développée par la sociologue Nathalie Heinich. Cette perspective, remarque Pomyan, « réduit le rôle du critique d'art à celui d'un informateur sur ce que font les artistes, si ce n'est à celui de thuriféraire. Bref, les pouvoirs publics doivent aider l'artiste d'avant-garde et ce d'autant plus que le public le refuse ; quant aux musées, ils doivent l'acheter et l'exposer ». Entre la dictature du public et celle de quelques dizaines de personnes opérant en circuit fermé, l'affaire, on en convient, n'est pas simple à trancher. En attendant, à n'aider que les artistes écartés du circuit des collectionneurs et des galeries privées, on finit par compromettre le pluralisme. On peut aussi s'interroger sur le sort des milliers d'œuvres achetées dans le cadre de « l'aide à la jeune création » et pas ou peu montrées.

Dans ces conditions, ce que l'institution définit comme « art contemporain » et qui fut au cœur de violentes empoignades constitue seulement une seule partie de l'art de notre temps. Nathalie Heinich suggère, pour la clarté des débats, de réserver l'appellation à cet art qui aurait, d'un même élan, renoncé au sacré et à la représentation, à l'interdit et à la transgression, seul le geste de l'artiste déterminant la valeur de l'œuvre. Quand on expose ses sécrétions, quand on revendique l'absence absolue de règles, il ne reste plus guère de barrières à abattre. Dans cette acception, le seul strict critère chronologique ne permet donc pas de distinguer l'art contemporain qui coexiste avec l'art moderne.

En même temps qu'elle absorbait l'essentiel des aides publiques, cette « rebellocratie » bénéficiait de l'explosion du marché de l'art des années 80 à laquelle devait succéder la chute vertigineuse des années 90. Il ne s'agissait donc pas seulement de guerroyer sur la valeur symbolique de telle ou telle œuvre mais de valeur palpable, sonnante et trébuchante. Autrement dit d'argent. De beaucoup d'argent.

Ce n'est pas le lieu de se livrer au questionnement de la notion même de modernité qui est au cœur du débat. De nombreux auteurs qualifiés et érudits qui ont travaillé sur la question méritent d'être lus plutôt que sommairement plagiés. En revanche, on peut essayer de comprendre et dévoiler les mécanismes qui permirent, au fil des années, aux gardiens du nouveau temple d'imposer une implacable bi-polarité. Pas de milieu : soit on embrassait la foi révolutionnaire, soit on se rangeait parmi les hordes réactionnaires. Que les prétendus contestataires de l'ordre établi fussent en même temps les maîtres de la parole médiatique aurait dû inciter les épurateurs à quelque circonspection. Ce fut le contraire. Leur puissance, l'assurance qu'ils avaient de pouvoir, au bout du compte, terrasser leurs adversaires, leur donna des ailes. Non que les supposés classiques fussent privés de moyens d'expression. Mais on sait que, dans la définition de la pensée dominante, certains médias sont plus égaux que d'autres.

Les néo-avant-gardistes n'épargnèrent pas leur peine pour brouiller les pistes et se placer dans les pas des modernes du XIXe siècle. En jouant au besoin de la confusion sémantique (entre moderne et contemporain) qui transformait quasiment un réfractaire à l'art contemporain en adversaire de Cézanne. Et en s'appuyant sur une histoire de l'art qui réduisait celle du XXe siècle à la succession des avant-gardes, ce qui revenait à faire d'un Balthus ou d'un Lucian Freud des météores venus de nulle part. « Pour les défenseurs de l'art des années 1960-1970, explique Pomyan, celui-ci est une continuation directe de l'art moderne tel qu'il s'affirme depuis Courbet. » Joli tour de passe-passe, en vérité, et position bien confortable, dès lors que, conjuguée à la prétention révolutionnaire, elle permet d'endosser un héritage glorieux tout en se déclarant quitte de toute dette et affranchi de toute responsabilité. « L'artiste, poursuit l'historien, est ainsi érigé en prototype de l'homme libre, et l'art devient, pour ainsi dire, le premier territoire libéré de la domination bourgeoise. » Buren ne déclara-t-il pas que ceux qui n'aimaient pas ses colonnes étaient les rejetons des bourgeois qui vilipendaient Manet ? La ficelle est un peu grosse, quand le débat a lieu à fronts renversés, l'idéologie dominante se réclamant de la révolution et la résistance persistant à s'inscrire dans une certaine tradition. « Cet art n'est pas censuré par le pouvoir et interdit aux foules, il est encensé par le pouvoir et ennuie les foules », résume Duteurtre. Ce jugement ne s'applique d'ailleurs pas aux fameuses colonnes plantées dans les jardins du Palais-

Royal, plutôt appréciées du public. Et après tout, que celui-ci considère ou pas celles-là comme des œuvres d'art est peut-être secondaire. En revanche, on peut légitimement s'agacer que Buren et le CAPC, le Centre d'art et de création contemporaine de Bordeaux, aient cru bon d'exposer les palissades qui avaient protégé le chantier des colonnes, (forcément) couvertes de graffitis antisémites ou racistes.

Le bilan des vingt dernières années est consternant. À l'été 2001, dans un rapport commandé par la Direction culturelle du ministère des Affaires étrangères sur « la place de la France dans le monde de l'art international », le sociologue Alain Quemin met en lumière le lent effacement de l'art français sur la scène mondiale[1]. Sombre diagnostic fort mal accueilli du côté du ministère de la Culture où une petite troupe entend continuer à régner. Il est surprenant, voire scandaleux, que seuls trois FRAC aient accepté de répondre à une enquête publique. Quel que soit le point de vue adopté – place des artistes français dans les collections permanentes et dans les expositions temporaires des grands musées internationaux, présence sur le marché... – le constat est négatif. Sur l'ensemble des artistes présents, les USA comptent pour 34,2 % du total, l'Allemagne 29,9 %, la Grande-Bretagne 7,5 %, la France 4,3 %. On imagine les variations outrées sur « l'artiste citoyen du monde » que peut susciter un tel palmarès. Après tout, il n'est guère étonnant que des milieux qui font profession d'éradiquer toute forme de permanence soient totalement indifférents au « rayonnement de l'art français ». Mais on ne saurait accuser l'ensemble de la critique d'une telle indifférence. Il est donc incompréhensible que nombre de ses représentants trouvent plus urgent de diaboliser ceux qui résistent à la *doxa* modernitaire que d'analyser les mécanismes et

1. « Le lent effacement de l'art français sur la scène mondiale », Philippe Dagen, *Le Monde*, 9 juin 2001.

de dévoiler les responsabilités qui ont conduit à provincialiser la France.

La polémique s'annonce dès le début des années 80 avec la parution dans la revue *Le Débat* d'un texte de Claude Lévi-Strauss intitulé « Le métier perdu[1] », et surtout avec les *Considérations sur l'état des beaux arts*[2], ouvrage dans lequel Jean Clair entame sa réflexion sur la modernité et sur le système français de « subversion sous subvention », incapable selon lui d'assurer le rayonnement des artistes français à l'étranger. Or, et ses adversaires ne le lui pardonneront pas, Jean Clair a été l'animateur de *L'Art vivant*, revue défendant l'avant-garde la plus audacieuse, avant de prendre ses distances. « Transfuge, déclare-t-il aujourd'hui, je devins dès lors emblématique d'une pensée chauvine et réactionnaire. » Crime aggravé par l'exposition « Vienne, 1880-1938, Naissance d'un siècle » dont il est le commissaire à Beaubourg et avant d'être placardisé par le patron Jean Maheu : « J'étais coupable de délit de décadence dans le temple de la modernité pure et dure. » Ce qui n'empêchera pas François Mitterrand de le choisir, contre l'avis de Jack Lang, pour diriger le très convoité musée Picasso, ni les organisateurs de la Biennale de Venise de faire appel à lui pour prendre en charge le centenaire de la manifestation en 1995.

Entre-temps, *Esprit*[3], notamment sous l'impulsion de Jean-Philippe Domecq, s'est jeté dans la bataille. Plusieurs autres ouvrages attaquent bille en tête le nouvel art officiel : *L'État culturel*[4] de Marc Fumaroli,

---

1. « Le métier perdu », Claude Lévi-Strauss, *Le Débat*, n° 10, mars 1981.

2. *Considérations sur l'état des beaux-arts*, Jean Clair, Gallimard, 1983.

3. *Esprit*, « L'art aujourd'hui », I, juillet-août 1991 ; II, fevrier 1992 ; III, octobre 1992.

4. *L'État culturel*, Marc Fumaroli, De Fallois, 1991.

La Comédie de la culture[1] de l'ancien Directeur de la musique Michel Schneider, désavoué par son ministre pour avoir osé s'opposer à Boulez, *Artistes sans art*[2] ? de Domecq, *Requiem pour une avant-garde*[3] de Duteurtre. Sans oublier la salve de Jean Baudrillard qui diagnostique dans *Libération* un « complot de l'art[4] ». « La majeure partie de l'art contemporain, écrit-il, s'emploie à s'approprier la banalité, le déchet, la médiocrité comme valeur et comme idéologie. »

Dans un dialogue décapant avec Clair publié par *Le Figaro*, Marc Fumaroli[5] s'en prend « au médiatiquement correct » et à « l'histoire de l'art officielle, ésotérique et impérieuse, commune aux grands marchands et aux musées spécialisés ». « Un des malheurs de l'art contemporain, dit-il, c'est que sa théorie et son apologie excèdent de loin sa réalité. » En somme, l'encensement précède les sens... De son côté Jean Clair déclare *ex abrupto* que « l'enfermement de l'art contemporain dans son autosuffisance et son autocomplaisance sont une catastrophe intellectuelle ».

Les couteaux sortent. Très vite, il n'est plus question de jugement esthétique mais de réaction, de nostalgie et, de proche en proche, de fascisme. Bref, la lepénisation étend son ombre hideuse sur le monde de l'art. Peu importe que Domecq soit le chroniqueur pour les arts plastiques de *Politis*, que Baudrillard, Schneider et Clair soient plutôt des hommes de gauche. L'avant-garde institutionnelle qui ne fait guère preuve d'inventivité langagière tire à vue sur cette pensée frileuse et

---

1. *La Comédie de la culture*, Michel Schneider, Seuil, 1991.

2. *Artistes sans art ?*, Jean-Philippe Domecq, Éditions Esprit, 1994, Pocket.

3. *Requiem pour une avant-garde*, Benoît Duteurtre, Robert Laffont, 1995, Pocket, 2000.

4. « Le complot de l'art », Jean Baudrillard, *Libération*, 20 mai 1996.

5. « L'art contemporain est dans une impasse », Jean Clair, Marc Fumaroli, propos recueillis par François Hauter, *Le Figaro*, 22 janvier 1997.

traditionaliste. Domecq ne s'en étonne guère : « Il était prévisible, écrit-il, que le *lobbying* intellectuel de la critique d'art, se sentant menacé dans les œuvres d'art qu'il avait cautionnées de toute son autorité, use de tous les procès d'intention pour faire taire l'ironie contradictoire et empêcher que s'ouvre le débat, enfin[1]. »

Dès mars 1990, un critique s'en était pris à Duteurtre dans *Libération*[2], le trouvant « bien dégagé sur les oreilles ». Pour l'avant-gardiste, les cheveux courts sont évidemment un signe extérieur de tendances fascistes. On ne saurait trop conseiller à cet apprenti-coiffeur de lire le texte de Pasolini intitulé « Les cheveux longs[3] », lesquels se donnent comme un attribut de la révolte non sans que l'écrivain y détecte déjà les esprits formatés d'anarchistes couronnés. Loin de porter la « critique radicale et intransigeante de la société » qu'ils prétendent, les « chevelus » se conforment « à l'ordre dégradant de la horde ». Refusant de se plier à cet ordre, Duteurtre est bien un hors-la-loi.

Rendant compte, dans *Le Monde* du 14 avril 1995[4], de son *Requiem,* Anne Rey ne se contente pas de caricaturer le propos et de ne traiter dans le livre que ce qui confirme sa propre analyse. « Faurisson, écrit-elle, a commencé sa carrière en critiquant *Les Chants de Maldoror.* » Le tour est joué. Ne pas aimer Boulez revient peu ou prou à nier l'existence des chambres à gaz. Le titre de l'article, « L'avant-garde révisée », est plus que révélateur. Cette avant-garde ne peut être l'objet d'une critique mais seulement d'une odieuse

---

1. « La manie du nouveau », Jean-Philippe Domecq, *Le Monde des Débats*, février 1993.

2. « Bien dégagé sur les oreilles », Dominique Jameux, *Libération*, mars 1990.

3. « Les cheveux longs », *Écrits corsaires*, Pier Paolo Pasolini, Flammarion, 1976.

4. « L'avant-garde révisée », Anne Rey, *Le Monde*, 14 avril 1995.

entreprise de « révision ». Un peu sonné par la charge, Duteurtre obtiendra la publication d'un droit de réponse. Mais la machine à criminaliser est lancée. Désormais, tout adversaire de la ligne officielle sera considéré comme un complice des nazis. Quelques mois plus tard, interrogeant Baudrillard pour *Art Press*[1], Catherine Francblin reviendra sur cette intéressante question : « Votre critique des élites ne rejoint-elle pas une certaine démagogie d'extrême droite ? » Méthode plaisante, car discréditer les interrogations de Baudrillard est le plus sûr moyen de ne pas avoir à y répondre.

Il est vrai que les trublions aggravent leur cas, en accordant textes et entretiens à la revue *Krisis*, dirigée par Alain de Benoist, chantre infréquentable de la Nouvelle Droite. Sous le titre *Art/Non Art*[2], celui-ci publie en effet un numéro alignant les signatures prestigieuses. Aujourd'hui, beaucoup, tout en assumant leur choix sur le fond, reconnaissent qu'ils feraient peut-être preuve de plus de prudence tactique : la perspective d'être traité de nazi revêt une vertu dissuasive toute nucléaire.

Dis-moi d'où tu parles ? La vieille inquisition stalinienne est de retour. « C'est prendre des lecteurs pour des collégiens débiles ou des séminaristes incultes que de leur faire croire que les textes publiés par *Krisis* vont changer de signification par contagion et que leurs auteurs vont être souillés par contact », rétorque Jean-Joseph Goux[3]. Rien n'y fait. Le crime connu de transgression des frontières, de dialogue avec l'adversaire, est désormais constitué sur le terrain de l'art. Et en plus, on n'y comprend rien. Cette fois-ci les ennemis sont-ils de droite ou de gauche ? « Curieuse coalition

---

1. « *La commedia dell'arte* », Jean Baudrillard, entretien avec Catherine Francblin, *Art Press*, n° 216, septembre 1996.

2. *Art/Non Art*, *Krisis*, nov. 1996.

3. « *Krisis* vue d'en face », Jean-Joseph Goux, *Art Press*, n° 225, juin 1997.

d'intellos plutôt de gauche qui se retrouvent aux côtés d'écrivains plutôt de droite pour faire campagne contre l'art moderne », peut-on lire dans *Libération*[1]. Voilà, en effet, qui est contre-nature. Des gens de gauche et de droite pourraient émettre une critique convergente ? Seraient-ils, les uns et les autres, dotés d'un cerveau comparable ? Également faits de chair et de sang ? À quoi croire, alors ? Interrogé par le quotidien, Baudrillard s'agace de ces « procès de Moscou » : « Il y a un texte. Or on ne parle que du cadre idéologique dans lequel la chose est publiée mais on ne parle pas du contenu. On est jugé, mis à l'index au nom du support. C'est un préjugé aussi fasciste que l'autre. Du manichéisme. Je n'ai rien à faire avec Alain de Benoist ou avec l'extrême droite. Ni avec l'autre côté. Moi j'ai dit des choses sur l'art mais il n'y a pas moyen de parler avec lucidité des choses. »

C'est la curée. Il est désormais entendu que toute critique de toute œuvre récente – du moins si elle bénéficie de l'impunité néo-avant-gardiste – procède d'une idéologie fascisante prônant le retour à l'ordre moral. Sur une pleine page intitulée « L'art contemporain sous le regard de ses maîtres-censeurs », le critique du *Monde*[2], Philippe Dagen, qui pourtant n'est pas dupe de toutes les impostures esthétiques du temps, ouvre le feu. Réunissant les uns et les autres dans la même charrette, évoquant des « voisinages intolérables », il laisse penser que les contributeurs assimilent art moderne et art dégénéré. En clair, ils auraient repris à leur compte les critères esthétiques du nazisme. Au passage, ils sont curieusement accusés de faire du tort à la réputation de l'art français. Ou serait-ce à la cote de certains artistes ? Il faudrait cependant expliquer comment l'idée

---

1. « Quand l'extrême droite récupère la croisade anti-art moderne », Annette Lévy-Willard, *Libération*, 26 mars 1997.

2. « L'art contemporain sous le regard de ses maîtres-censeurs », Philippe Dagen, *Le Monde*, 14 février 1997.

« d'un art français » est encore tolérable quand toute revendication d'une spécificité nationale est considérée comme une insulte à la démocratie et au bon sens.

La guerre se poursuit dans les librairies où apparaissent simultanément *La Responsabilité de l'artiste*[1] de Jean Clair et *La Haine de l'art*[2] de Dagen. Peut-on encore, s'interroge Clair, « oser parler de la peinture comme expression d'une terre, d'une lumière, d'un lieu » ? Ou doit-on, au contraire, célébrer exclusivement cet « art de pur formalisme » qui ne s'affirme si résolument moderne que parce qu'il est « le seul à se prétendre pur de toute contamination, sans attache avec le passé, sans mémoire, sans dette et sans remords » ?

Pour Dagen, la réponse est nette. Le lien entre « traditionalisme esthétique, anti-intellectualisme et nationalisme » qui s'est noué au début du siècle est toujours solide. « L'Occupation, écrit-il, demeure, dans ce siècle, la période où, à la faveur de circonstances désastreuses, s'est exprimée le plus clairement l'idéologie de l'antimodernisme et de la nostalgie. [...] Et il semble que, loin de disparaître depuis lors, cette dernière a survécu et, depuis peu, a repris la parole. Autrement, sans doute. [...] Aujourd'hui ne répète pas cet hier là, quoique, parfois, quelques réminiscences se répètent au passage. » Heureuse nuance, dont Dagen ne s'embarrasse pas à l'oral. Lui qui a longtemps été un admirateur de Jean Clair fait irruption dans le bureau de ce dernier : « Vous m'aviez caché que vous étiez fasciste ! » L'interpellation indique le ton de ce qu'il est difficile de qualifier de débat. « Dagen peut-il tirer parti de la salutaire mobilisation des esprits contre l'extrême droite pour réduire le débat sur l'art à un affrontement entre progressistes et réactionnaires ? » s'interrogent de nombreux intellectuels en réponse à l'article.

---

1. *La Responsabilité de l'artiste*, Jean Clair, Gallimard, 1997.
2. *La Haine de l'art*, Philippe Dagen, Grasset, 1997.

Le Monde confie la critique de l'ouvrage de Clair à un collaborateur extérieur, Jacques Henric qui, sans surprise, va l'exécuter. Jean Clair questionne l'idée répandue selon laquelle la modernité serait toujours, par essence, cosmopolite, démocrate, résistante – du bon côté en somme. Le chroniqueur d'*Art Press* évoque, à propos du directeur du Musée Picasso, Déroulède, Jeune France ou encore Vlaminck en 1942[1]. Rien que ça !

Il faut croire que Jean Clair a levé un lièvre de taille en s'interrogeant sur la fâcheuse récurrence avec laquelle les avant-gardes artistiques se sont accommodées, voire plus si affinités, des utopies totalitaires. Dans son *Céline*, Philippe Muray évoque « cette époque du *Surréalisme au service de la révolution* (ASDLR), de la dédicace des *Nouvelles Révélations de l'Être* d'Artaud à Hitler, des alexandrins d'Aragon chantant le Guépéou, des petits vers d'Eluard chantant Staline [...] ; l'époque où Pound faisait des "causeries" fascistes à la radio mussolinienne, et où toutes les avant-gardes – futurisme russe, italien, etc. – *choisissaient leur camp*. Bref, une ruée frénétique de l'art vers les girons totalitaires[2] ». Cette affaire mériterait sans doute une exploration rigoureuse, notamment de la part de ceux qui prétendent employer toute leur énergie à ce que plus jamais « ça ». Elle demeure aujourd'hui l'impensé des adorateurs de la modernité révélée. Redouteraient-ils de ne trouver que des cadavres dans leurs placards pieusement révérés ?

Quelques années plus tard, Jean Clair récidive. Dans un texte provocateur publié par *Le Monde*[3] à la suite des attentats meurtriers du 11 septembre 2001, il esquisse une généalogie antihumaniste conduisant

1. « L'apocalypse selon Jean Clair », Jacques Henric, *Le Monde*, 31 octobre 1997.
2. *Céline*, Philippe Muray, Gallimard, 2001.
3. « Le surréalisme et la démoralisation de l'Occident », Jean Clair, *Le Monde*, 22 novembre 2001.

– mais avec force détours bien entendu – des surréalistes à Oussama Ben Laden. À l'appui de sa démonstration, il cite notamment Aragon, écrivant en 1925 dans *La Révolution surréaliste* : « Nous ruinerons cette civilisation qui vous est chère... Monde occidental, tu es condamné à mort. Nous sommes les défaitistes de l'Europe. Voyez comme cette terre est sèche et bonne pour tous les incendies. » Dans un registre encore plus inattendu, Aragon invective « nos Juifs, coupables de se couler dans un moule à rapines, nos politiques de pérorer et nos assassins judiciaires de couver leurs forfaits ». Mais Clair ne s'en tient pas à Aragon et s'en prend à Breton. La réplique est immédiate. Annie Le Brun dont on connaît pourtant l'insoumission aux pieuses vérités du temps ne livre pas le meilleur d'elle-même : « Peut-être ces dernières années n'ai-je pas assez prêté attention aux polémiques autour de l'art moderne ni aux positions "droitières" défendues par Jean Clair. Je lui ai fait crédit d'un goût de la provocation le conduisant à prendre le contre-pied du discours démagogique officiellement habilité à justifier le n'importe quoi culturel dominant[1]. » « Répugnant poujadiste », « piteux », « falsificateur », aucun qualificatif n'est épargné à Clair. Le voilà enfin démasqué pour ce qu'il est, un homme de droite !

Bien sûr cette querelle entre intellectuels peut sembler anecdotique. Mais elle témoigne, encore une fois, du refus de débattre. Ce vocabulaire qui emprunte simultanément au registre de la morale et à celui de l'invective empêche de penser. Comment réfléchir une fois qu'on a brandi l'abjection ? Il y a quelque chose de tristement paradoxal à voir un mouvement né pour détruire les idoles être ainsi érigé en temple par ses héritiers. Encore pourrait-on en tirer d'utiles conclusions sur la transgression faite norme qui sert de *credo*

1. « Clarté de Breton, noirceur de Clair », Annie Le Brun, *Le Monde*, 8 décembre 2001.

à l'époque. Non que Clair ait forcément raison. Il est possible qu'il se trompe sur la chronologie en prolongeant jusqu'en 1935 le flirt surréaliste avec le stalinisme. Peut-être, aussi, ne faut-il pas accorder aux affirmations délirantes des avant-gardistes des années 20 ou 30 plus de valeur qu'aux slogans de mai 68. Peut-être, enfin, doit-on, dans certaines circonstances, privilégier la valeur libératrice des mots par rapport à leur contenu. Mais alors, il faut accepter de ne point traquer chez les autres les sens cachés de toute parole.

La frontière qui sépare le monde en deux camps est désormais infranchissable. Il faut être pour ou contre son temps. D'un côté la fantaisie créatrice et la liberté, de l'autre la triste règle et les pesants carcans de l'ordre ; d'un côté l'enthousiasme de la jeunesse, de l'autre la pesanteur de la nostalgie. Ce partage de l'humanité est parfaitement assumé par l'écrivain Revzani : « Ne laissons pas les commissaires-censeurs au service d'une société réactionnaire étouffer l'aventure picturale. Ce phénomène de retournement nostalgique se traduit aujourd'hui par des discours et des dialogues entre un Jean Clair et un Marc Fumaroli qui font penser, en parallèle aux promesses "rassurantes" de certains hommes politiques à propos de l'insécurité », écrit-il dans un texte intitulé « L'artiste et le commissaire [1] ». Sauf que l'on se demande qui, ici, porte l'uniforme...

Dans *Libération* Élisabeth Leibovici crie au complot fomenté par « un front anti-art contemporain unifié malgré son hétérogénéité ». Ces gens-là n'aiment pas Jack Lang, c'est donc qu'ils sont de droite. Autrement dit sur la mauvaise pente[2]. « Qu'on émette des doutes sur un frigidaire de Bertrand Lavier et voilà la Répu-

---

1. « L'artiste et le commissaire », Revzani, *Libération*, 10 mars 1997.

2. « Croisade contre l'art moderne », Élisabeth Leibovici, *Libération*, 28 mars 1997.

blique en danger », écrit ironiquement Jean-Louis Pradel dans *L'Événement du jeudi*[1]. *Art Press*, quitte à risquer le ridicule, y va d'un numéro de résistance dont la « une » en lettres gothiques rouges et noires sonne la mobilisation : l'extrême droite attaque l'art contemporain. L'heure est grave, et ce sursaut de lucidité est salué par *Le Monde*.

Insensible à la noblesse du combat, Philippe Muray écrit à Jacques Henric pour lui demander de supprimer son nom de la liste des collaborateurs réguliers d'*Art Press*. Cette missive, reproduite dans *Après L'Histoire* pour des raisons qu'on expliquera ultérieurement car elles ont trait à une autre « affaire » tout aussi pathétique quant à sa tenue, résume en quelques traits l'ambition cafardeuse à laquelle vient de céder la revue chic. « Cher Jacques, écrit Muray, Je viens de prendre connaissance du dernier numéro d'*Art Press* et de la misérable campagne de dénonciation qui s'y étale. Pourrais-tu donner des consignes pour que mon nom disparaisse au plus vite de "l'ours" de cette revue ? Je ne tiens pas à ce qu'il soit associé – d'aussi loin que ce soit – aux grenouilles de bénitier qui y coassent des leçons de vertu qu'elles n'ont même pas inventées. » Les grenouilles, assurément, pataugent dans la bonne conscience de la juste lutte.

Contraints dans les numéros suivants de faire quelque place à la contradiction, les responsables d'*Art Press* refusent cependant de publier la réponse de l'artiste Ben au motif que « l'insulte sexuelle est un des signes à quoi se reconnaît une certaine extrême droite ». (Ce qui est incohérent puisque la revue, précisément, prétendait nouer un dialogue avec de supposés fourriers de l'extrême droite.) On ne résiste pas à l'innocent plaisir de citer la lettre que Jacques Henric enverra quelques années plus tard à Siné, à *Charlie-*

---

1. « Qui sont les dégénérés ? », Jean-Louis Pradel, *L'Événement du jeudi*, 10 avril 1997.

Hebdo, coupable d'avoir brocardé le livre de son épouse Catherine Millet : « Ce n'est pas une pipe que je vais te faire tailler, prétentieux (tu n'as de raide que ta canne), mais un poing que je vais te mettre sur ta gueule de vieux pleutre foireux[1] ! » Doit-on soupçonner l'auteur de cette lettre de proximité avec « une certaine extrême droite » ?

Le 26 avril, *Le Monde*, *France Culture* et la Délégation aux Arts plastiques organisent, à l'École des Beaux-Arts de Paris, un colloque qui tourne au procès en bonne et due forme. Les prévenus qu'on offre au lynchage public sont évidemment les barbares réactionnaires. Le ton est donné, dès l'ouverture de la manifestation par le Délégué aux Arts plastiques Jean-François de Canchy qui, assumant sans la moindre distance le jugement de Dagen, souligne d'emblée le risque que des « maîtres censeurs deviennent des apprentis sorciers ». Il dénonce « le populisme, l'intégrisme, le totalitarisme » manifestes derrière toute divergence. Il est évident qu'on n'est pas là pour échanger mais pour sacrifier. La séance de l'après-midi se déroule dans une atmosphère haineuse, au point que les vigiles entrent dans la salle, soucieux d'éviter une bagarre. À la tribune, Clair et Domecq doivent essuyer un feu nourri de la part de Catherine Millet, Philippe Dagen et du critique Thierry de Duve. Mais, au grand dam des organisateurs de ce règlement de compte, la salle, indocile, se retourne contre les accusateurs. Clair mouche Thierry de Duve qui s'est permis de le tutoyer (« pas cool, le mec »), et il a droit à la première ovation. Plusieurs minutes d'applaudissements suivent son intervention. À son tour, Catherine Millet fait feu sur Domecq, l'accusant d'être mû par un ressentiment de

---

1. « Au dénommé Siné », Jacques Henric, *Charlie-Hebdo*, 16 mai 2001. Lettre envoyée en réponse à « Plaisir solitaire en groupe », article de Michel Polac publié le 18 avril 2001, lequel faisait référence à une émission de Pivot à laquelle avaient notamment participé Siné, Millet, Henric, diffusée le 13 avril.

peintre raté. Hurlements indignés de la salle et rougissements de l'oratrice. Dans un compte rendu qui relève plutôt de l'exercice de propagande, *Le Monde* minimisera l'hostilité du public, tout en l'expliquant par la présence d'une « claque visiblement concertée[1] ». « C'est l'affrontement le plus violent que j'ai connu depuis mai 1968 », observe aujourd'hui Domecq.

Beaucoup de bruit pour rien, dira-t-on. Sans doute ces polémiques concernent-elles un cénacle fort restreint, deux à trois mille personnes en France. Mais si l'art est, avec l'école, l'un des vecteurs essentiels de la transmission[2], elles interrogent en réalité le devenir de notre société. Or, une fois de plus, le rouleau compresseur de la pensée juste écrase tout ce qui n'est pas elle. Une fois de plus, certains interlocuteurs sont récusés d'avance, certains points de vue exclus de la discussion. Purification esthétique menée, bien sûr, au nom du retour de la bête immonde tapie derrière toute critique de ce que les détenteurs de la vérité décrètent aimable.

Certes, on pourra reprocher aux assaillants de la forteresse avant-gardiste de tenir un discours nostalgique qui, en toute hypothèse, est insuffisant à jeter les bases d'un nouveau classicisme. Par ailleurs, ils ne s'embarrassent guère de nuances, cédant parfois à la tentation d'englober toutes les productions contemporaines dans une même détestation. Leur véhémence s'explique peut-être par la nécessité dans laquelle ils se trouvent de se lancer à l'assaut de citadelles fort bien gardées. De plus, s'ils ne font pas preuve d'une indulgence excessive, ils se contentent – au pire – de traiter leurs contradicteurs d'imposteurs subventionnés. Ce qui ne pèche pas par excès de charité, mais reste sans

---

1. « Désordres et débats sur l'art contemporain », Jean-Louis Perrier, *Le Monde*, 29 avril 1997.

2. Voir *Les Cahiers de Médiologie*, n° 11, « Transmettre/Communiquer », Gallimard, 2001.

commune mesure avec l'imputation de « fascisme » dont on sait qu'elle disqualifie radicalement l'adversaire. Faudrait-il maintenant admettre qu'à l'instar du racisme, la critique de l'art contemporain *n'est pas une opinion mais un délit* ?

Dans un cas, on critique, même durement, des œuvres ou des comportements, dans l'autre on dénie le droit à la parole. Ce qui présente l'avantage de transformer en infréquentables ceux avec qui l'on n'est pas d'accord et permet, du même coup, d'éviter de répondre à leurs arguments. Ainsi, les interrogations de Jean Clair sur l'ambiguïté du concept même d'avant-garde eussent mérité d'autres réponses et peut-être d'autres réfutations que les cris indignés qu'elles recueillirent. Tout comme les questions posées par Jean Baudrillard dans un texte d'anthologie[1]. « Ne peut-on plus l'"ouvrir" de quelque façon, proférer quoi que ce soit d'insolite, d'insolent, d'hétérodoxe ou de paradoxal sans être automatiquement d'extrême droite (ce qui est, il faut bien le dire, un hommage rendu à l'extrême droite) ? Pourquoi tout ce qui est moral, conforme et conformiste, et qui était traditionnellement à droite, est-il passé à gauche ? » La réponse est forcément inaudible, dès lors qu'elle supposerait d'admettre que le diable ne loge pas forcément là où les détenteurs du pouvoir ont décidé de situer.

Impossible de citer tous les héros qui, dans un bel élan résistant, « noient sous une même marée brune tous ceux qui contestent un système des beaux-arts bureaucratisé et arrogant », selon la formule de Pradel. Toutefois, l'article de Nicolas Bourriaud dans les *Inrockuptibles*[2] mérite une mention particulière, tant il est symptomatique de cette pensée laborieuse qui pra-

---

1. « La conjuration des imbéciles », Jean Baudrillard, *Libération*, 7 mai 1997.

2. « Sur la haine de l'art », Nicolas Bourriaud, *Les Inrockuptibles*, 2 avril 1997.

tique l'amalgame avec l'arrogance d'un adjudant-chef. Heureusement que Bourriaud est là, lui qui voit bien que « d'innombrables petits tas d'opinions épidermiques, "inavouables" hier, s'organisent sous nos yeux en un corpus idéologique autorisant le beauf à se présenter sans honte comme antisémite, pétainiste ou raciste ». C'est sans doute la même vague brune qui autorise cette pieuse conscience de gauche à mépriser le peuple, « beaufisé » sans même avoir droit à des guillemets. « Si on compare les récentes déclarations antimodernes de Jean Clair ou de Fumaroli et le programme culturel du FN, les différences ne sautent pas aux yeux, écrit le justicier de la Rive gauche. Peu importent les opinions qu'ils affichent : Clair, Domecq ou Fumaroli sont les meilleurs alliés du FN ! Il faut prendre au sérieux la vague antimoderne qui domine le débat culturel car le négationnisme est sans cesse préparé, relayé, prolongé par des révisionnismes particuliers. Pendant les manifs contre la loi Debré, Clair publie une interview dans la revue néo-fasciste *Krisis*. » Pendant que Bourriaud pétitionne, certains osent vaquer à leurs activités ? Voilà qui est inacceptable. On peut toujours espérer que ce jeune homme dans le vent, qui a été nommé conservateur du nouveau « Site de création contemporaine » inauguré le 19 janvier 2002 au Palais de Tokyo à Paris, trouvera de meilleures façons de dépenser son énergie que de peu ragoûtantes activités de police esthétique et politique.

On soulignera, cependant, l'aveu presque candide : *peu importent les opinions qu'ils affichent*. Tout est dit. Quoi que vous affirmiez, écriviez, défendiez publiquement, les brigades de la pensée vous ont à l'œil. Un an plus tard, elles sont fidèles au poste pour tenter de procéder à l'inculpation de Michel Houellebecq qui publie à l'automne 1998 *Les Particules élémentaires*[1]

---

1. *Les Particules élémentaires*, Michel Houellebecq, Flammarion, 1998.

– roman qui, assurément, ne contient pas un micron d'humanisme.

Le livre est encore l'occasion d'une de ces guerres de tranchées où il importe moins de savoir de quoi on parle que d'être certain de se retrouver dans le bon camp. De stériles arguties visent à déterminer si c'est ou non Houellebecq qui s'exprime par le truchement de ses personnages, et si le recalibrage génétique qu'il offre comme issue à l'espèce correspond à son souhait profond ou à une froide prévision – débat qui, au passage, fait régresser jusqu'à Sainte-Beuve. On cherche une réponse à une question fondamentale : Houellebecq est-il de droite ou de gauche ? Délectable retournement, un « camping libertaire », méchamment croqué dans *Les Particules*, assigne l'auteur en justice. On ne s'amusera jamais assez de la fièvre plaideuse des professionnels de la liberté. Mais la palme doit être accordée aux animateurs de la revue *Perpendiculaire* parmi lesquels figurent non seulement Bourriaud, mais aussi Jean-Yves Jouannais, alors également rédacteur en chef d'*Art Press*. Ces jeunes gens, dont la volonté affichée de « secouer le roman français » ravit les médias confits en dévotion devant l'idole du neuf, avouent trouver leur inspiration dans la musique techno ou les *sitcoms* et se targuent de leur absence de style – qu'on leur reconnaît bien volontiers. Depuis 1995, leur figure de proue n'est autre que Houellebecq, d'où la décision de Raphaël Sorin, éditeur à Flammarion, de s'offrir en bloc, à l'automne 1997, la revue et son auteur-phare – lequel, il faut rendre cette justice à Sorin, n'est pas encore l'affaire que l'on sait. Or, dans ce tout petit monde, la reconnaissance qui va à l'un fait forcément du tort à l'autre. Les « perpendicules » n'apprécient donc pas que Houellebecq soit considéré comme un immense *primus* parmi de tout petits *pares*. Non sans quelque candeur, ils somment Sorin de choisir entre la revue (2 000 exemplaires officiellement) et la poule aux mots d'or.

Devant le refus hautement prévisible de Sorin, « les six anchois croupis dans la saumure du Bien », ainsi que les qualifiera aimablement Muray [1], « pètent les plombs ». Il leur faut aboyer une mortifère rancœur à la face du monde et du *Monde*. Lequel sera contraint, dans les semaines suivantes, de consacrer quelque place aux droits de réponse légitimement obtenus par les insultés, tant on a du mal en scrutant l'attaque à y démêler les inventions pures des vérités controuvées. Dans un texte qui réussit à être à la fois intellectuellement indigent et humainement dégoûtant les « moutons enragés » commis procureurs de la République du Vrai dénoncent à tour de bras. Par ordre d'apparition : « des revues nationales-révolutionnaires (*Immédiatement*) ou proches du GRECE (*Éléments*) » ; « Jean Baudrillard, Régis Debray ou des apparatchiks culturels comme Jean Clair » ; « Philippe Muray », dont, mentent effrontément les écriveurs, on se souvient du rôle qu'il jouait « au *Figaro Magazine* à la fin des années 70, quand Louis Pauwels ouvrait largement ses pages à Alain de Benoist et la Nouvelle Droite » ; une revue patronnée par Milan Kundera, *L'Atelier du roman* (qui publie Benoît Duteurtre, interviewé également dans *Immédiatement,* le circuit fonctionne). Un peu plus loin, sont curieusement réunis « Alain Finkielkraut et l'hebdomadaire *Marianne* » à qui la « prétendue dictature de la pensée unique » sert de « fonds de commerce commun ». Enfin, il ne faudrait point omettre Dominique de Roux, « fasciste notoire mais styliste ambigu doté d'un assez bon goût », sacré icône littéraire de ce curieux attelage uni sous le drapeau de la lepénisation des esprits. Quant à Houellebecq, ils consentent qu'il « n'est pas nazi et même pas lepéniste » : ses idées proviennent d'un marécage où pataugent Spengler et Raymond Abellio. Les valeureux chevaliers de la

1. *Après l'Histoire I,* « E perpendiculoso sporgersi », Philippe Muray, Les Belles Lettres, 1999.

Vertu qui se placent sous le patronage de Pierre Bourdieu (à qui l'on souhaite des héritiers d'un autre calibre) opposent aux cohortes de la réaction « les libertés acquises par les artistes modernes » et la « littérature de recherche » pour laquelle il s'agit de militer – ce qui est assez amusant. Rédigeront-ils le programme du « parti de la littérature », édicteront-ils la ligne du Front unique de l'art acceptable ?

À vrai dire, ce texte ne mérite d'être commenté qu'à titre d'exemple, ou plutôt de cas de figure idéal. Ainsi, la théorie d'un complot étendant ses ramifications dans tous les milieux est, ici, poussée à l'extrême. La technique fielleuse de l'association par contiguïté est employée dans ses plus sémillants raffinements. Quant aux réprimandes infligées aux « journaux de gauche » coupables de défendre Houellebecq et même aux *Inrockuptibles,* journal chargé de mille péchés pour aimer « *Les Particules élémentaires* alors qu'il dénonce fort justement le caractère fascisant de la revue *Immédiatement* », elles donnent à voir ce que serait un monde où aurait triomphé le messianisme vigilant. Dans un tel monde, qu'on se le dise, il n'y aura pas de place pour les accusateurs mous, pour les avocats modérés de la correction, pour les complaisants susceptibles de pardon. Avant de s'en prendre à l'hideux ennemi lepéno-fascisto-nazi, qui, après tout, serait fort utile pour justifier l'instauration d'un état d'urgence intellectuel, la guillotine idéologique fera d'abord tomber les esprits faibles au point d'accepter la contradiction.

En attendant, la prise de ce nouveau Palais d'hiver qu'est la pensée libre n'est pas encore advenue. Les bolcheviks d'arrière-salles de cafés devront attendre un peu. Exit, donc, les « perpendiculaires » et leur fureur épuratrice. En matière d'art plastique (contemporain), une élite de fonctionnaires et de critiques peut imposer ses choix à la collectivité. Peu importe que le public soit ou non satisfait, séduit ou intéressé. Il en va tout autrement pour la littérature. Sans doute les médias exercent-ils, plus ou moins efficacement, un rôle de prescripteurs. À tout le moins, un livre peut mourir de silence. Mais, en même temps, certains ouvrages bénéficient, la même semaine, des honneurs de la « une » de tous les magazines sans que leurs ventes frémissent. Disposant de canaux plus divers pour parvenir à ses lecteurs, un livre se révèle moins dépendant des pouvoirs intellectuels dominants.

Cette affirmation doit cependant être nuancée dans la mesure où le mélange des genres bien connu entre journalistes, directeurs de collection et auteurs confère un pouvoir de sélection et d'expression aux privilégiés. À en croire un éditeur, plus de la moitié des romans publiés en France seraient signés par des journalistes. Et quand un écrivain ne « marche » pas assez, on peut toujours, par le réseau, lui procurer une chronique ici ou là. Mais c'est le public qui achète les livres et, en grande partie, l'État qui acquiert les œuvres d'art. Pour le formuler moins aimablement – certains détecteront là un fâcheux poujadisme –, il faut abuser plus de monde pour s'improviser écrivain que pour s'autoproclamer artiste. C'est sans doute l'explication d'une dissymétrie évidente : les mouvements littéraires qui ont prétendu jeter le sens aux orties pour se réduire à un pur formalisme ont tous périclité. Qui se souvient du lettrisme d'Isou ?

Cette situation, à l'évidence, présente de sérieux inconvénients, car elle conduit à faire du livre un objet commercial dont le « lancement » s'effectue parfois comme celui d'une nouvelle voiture. De même qu'on applaudit le dernier modèle de la gamme, on célèbre avec régularité les « coups de jeune » et autres « vents d'air frais » qui soufflent sur le roman. À l'exact opposé de ce qui se passe dans l'art, la tentation est forte chez les éditeurs de privilégier les ouvrages considérés comme « faciles ». Faudrait-il parler d'*easy reading* à l'image de l'*easy listening* ? On rappellera le ravissement d'Olivier Cohen, patron des éditions de l'Olivier, affirmant à l'automne 1997 qu'il était appréciable que les écrivains, enfin, « acceptent de n'être rien ». Dans la foulée, Bertrand Visage, alors patron de la *NRF*, décrétait la naissance d'une nouvelle école littéraire, livrant à ses lecteurs « une poignée d'instants mémorables, un lot ténu mais définitif de sensations, un goût acharné du plaisir [1] ». Il n'est d'ailleurs pas certain que les auteurs ainsi rassemblés (Delerm, Holder et quelques autres) apprécièrent le sobriquet de « moins-que-rien » dont ils furent alors affublés.

Cette conception d'une littérature modeste, totalement dénuée d'ambition et, en fin de compte inoffensive, a pour le moins de quoi inquiéter. Et on n'est pas obligé de communier avec l'ensemble de la critique dès qu'un ton prétendument « nouveau » apparaît ou lorsqu'un écrivain se targue, comme lecteur, de préférer les romans policiers – si possible américains – aux auteurs classiques. Interrogé sur « la nouvelle génération » d'auteurs, Olivier Cohen déclare par ailleurs à *L'Express* [2] : « Beaucoup ne savent plus guère le latin ni la culture classique. Ils ont été élevés avec le livre de poche et la littérature étrangère. Ils connaissent mieux Isaac Bashevis Singer, Cormac Mc Carthy ou James Ellroy que leurs aînés français. Tout cela a bouleversé leur rapport à l'écriture, libéré les blocages. Avec eux, l'écrivain n'a plus à se justifier de ce qu'il écrit. » Il ne s'agit aucunement de dénigrer les auteurs cités, mais doit-on comprendre que la culture classique serait désormais un fardeau trop lourd ?

Si danger il y a pour la littérature, il réside donc

---

1. « Les moins-que-rien », Bertrand Visage, *Nouvelle Revue française*, nº 540, janvier 1998.

2. « Le roman français est-il nul ? », Olivier Le Naire, *L'Express*, 20 août 1998.

moins dans le triomphe de l'élitisme branché que dans l'avènement exclusif d'écrivains participant gaiement à l'entreprise consensuelle de célébration de la société par elle-même, y compris sous couvert d'exposer ses tares. Les innombrables héritiers de Debord appliquent à merveille les règles énoncées par le Maître et la dénonciation horrifiée du Spectacle se porte fort bien dans les organes du Spectacle. En réalité, les écrivains sont menacés par l'insignifiance et le lieu commun plutôt que par une altérité si radicale qu'elle serait inaudible. Reste que, le talent de quelques éditeurs aidant, les mailles du filet sont assez lâches pour que le marché et le « milieu » ne puissent tout déterminer à l'avance. Alors, comme le remarque Angelo Rinaldi, « de temps en temps, les rails du succès et de la postérité se croisent, mais en général cela relève du hasard et du malentendu ».

Dans cette perspective, le cas de Michel Houellebecq ne manque pas d'intérêt. En effet, si efficace que soit la machine à vendre qui a placé ses livres sur orbite plusieurs mois avant parution, si bruyantes et bien orchestrées qu'aient été les polémiques qui ont accueilli leur publication, le succès des *Particules élémentaires* et celui de *Plateforme*[1], trois ans plus tard, ne sauraient être réduits à des opérations de communication. Il ne s'agit pas ici, d'analyser ces deux romans. On peut néanmoins avancer une hypothèse « optimiste » : Houellebecq fait partie des rares auteurs qui osent renifler sous le tapis de l'époque et lui tendre un miroir qui ne lui ment pas. Affirmation optimiste, en effet, car elle suppose qu'il existerait encore « un marché pour la vérité ».

1. *Plateforme*, Michel Houellebecq, Flammarion, 2001.

Vertu sans frontières

> « Vous avez aimé Vichy, vous aimerez la Chiraquie. »
>
> Affiche collée autour de l'église Saint-Bernard à Paris.

Être antinazi quand on ne voit pas un nazi à l'horizon, se révolter contre un tyran qui n'existe pas, voilà bien la guerre idéale ! Postures et poncifs, l'affaire des « sans-papiers » se nourrit de tous ceux de cette féconde époque. Contre la politique sale, la morale pure. Contre le mauvais peuple, coupable d'avoir donné Vitrolles au Front national, le bon peuple – de gauche. Contre les intérêts nationaux, l'altruisme sans frontière. Contre les cyniques et les fascistes, les résistants et les étrangers par qui viendra la rédemption des esprits lepénisés. Car les deux France sont toujours là, mais la brune, la France éternelle, est en train de métastaser toute la société tandis qu'un carré de cœurs purs a pris le maquis moral. Les termes employés par Pascale Ferran, talentueuse réalisatrice égarée dans ce festival de bonnes intentions, sont éloquents : « Après les événements de Saint-Bernard, j'ai écrit une lettre à une quinzaine de cinéastes leur parlant de l'hypothèse, moins d'une mobilisation contre le FN que contre la dérive à droite de l'ensemble du paysage politique[1]. »

1. « Douze cinéastes témoignent de leur engagement citoyen », *Le Monde*, 19 mars 1997.

À droite, autant dire en enfer. Le ver est dans le fruit. Dans tous les fruits. Dans l'âme de chacun. Enfin, surtout dans celle des autres.

Tous en scène !

La fièvre « sans-papiériste » saisit la France au cours de l'hiver 1996-1997, quand Alain Juppé et son ministre de l'Intérieur Jean-Louis Debré proposent un « toilettage » des lois Pasqua sur l'immigration. L'objectif du gouvernement est double. D'une part, il entend répondre aux attentes présumées répressives de « l'opinion sondagière » – ce qui, pour certains commentateurs, revient à « courir après les voix lepénistes ». D'autre part, il espère sortir de l'imbroglio juridique que constituent ces « étrangers en situation irrégulière » ni expulsables, ni régularisables. Situation médiatisée le 23 août avec l'évacuation, par les forces de l'ordre, des « sans-papiers » qui campaient depuis deux mois dans l'église Saint-Bernard à Paris. Préparée avec soin par la Préfecture, les occupants étrangers, sans oublier les équipes de télévision, l'opération ne donne pas lieu à la moindre violence, le responsable policier chargé de gérer l'affaire ne celant pas, d'ailleurs, sa sympathie pour la gauche. Elle n'en fournit pas moins l'imagerie indispensable à tout mouvement contestataire. Ainsi, on dénoncera à l'envi une brutalité policière qui n'existe pas. « On entre tout doucement sur le chemin du fascisme », conclut le professeur Albert Jacquard, tandis que le professeur Léon Schwartzenberg demande à Alain Juppé de « penser à tous ceux qui ont été embarqués dans des autobus de sinistre mémoire ». Autour de l'église promue au rang de nouveau Vel' d'Hiv', des militants anarchistes distribuent des tracts sur la « rafle ». Des affiches décryptent la situation à l'attention des mal-comprenants : « Vous avez aimé Vichy, vous aimerez la Chiraquie. »

Trouvaille dont on ne peut accuser les auteurs de faire un usage excessif de l'implicite ou de la nuance.

Nul ne songe à dénier à des citoyens le droit de contester démocratiquement une loi ou une politique. Et la création par la loi d'un « délit d'hospitalité » – dont se rendraient coupables les citoyens hébergeant des « étrangers en situation irrégulière » – est profondément contraire à la tradition historique de la France.

Pour autant, pensait-on faire progresser le débat public, si nécessaire en matière d'immigration, par la fascisation de l'un des points de vue, fort répandu dans la société au demeurant ? Était-il raisonnable de comparer les lois antijuives de Vichy et la législation « Debré », fût-elle restrictive sur le droit accordé aux étrangers de s'installer en France ? En réalité, une fois cette équivalence installée dans les esprits, il ne pouvait plus être question d'affrontement politique mais de combat moral. Un combat où la société dans son ensemble, étrangers y compris, avait d'autant plus à perdre qu'il allait se solder par la défaite du Bien supposé. Issue prévisible et qui avait sans doute été prévue par les dirigeants les plus politisés du mouvement. Ce discours de l'opposition radicale n'était-il pas d'abord destiné à faire oublier à ceux-là mêmes qui s'en enivraient qu'ils avaient depuis longtemps, et sans le dire, sacrifié l'idéal sur l'autel du réel ?

La polémique est relancée à la fin de l'automne avec la présentation en Conseil des ministres du projet de loi Debré et de son fâcheux article 1 qui oblige toute personne ayant hébergé un étranger à signaler son départ à la mairie. Pour la discussion en première lecture à l'Assemblée nationale, en décembre, l'opposition socialiste et communiste est quasiment absente – devenu Premier ministre, Lionel Jospin observera la même réserve. En février, le procès d'une Lilloise, jugée coupable – mais non condamnée – pour avoir accueilli un « clandestin » déclenche une première salve de propos indignés. Suivent la victoire du Front national à Vitrolles, le 9 février, et « l'affaire Châteauvallon », la dissolution par la mairie FN de Toulon du Théâtre national de la Danse et de l'Image ainsi que le licenciement de son directeur Gérard Paquet élevé au rang de figure mythique du néo-antifascisme. Il n'en faut pas plus pour que le débat sur l'immigration irrégulière se mue en *remake* de la Résistance. Et ce, grâce à une série de syllogismes aussi hâtifs que mal formés : le Front national est contre les artistes et contre les étrangers ; le gouvernement est contre les étrangers – donc contre les artistes ; les artistes sont au côté des étrangers. En conséquence, les artistes seront nécessairement à la pointe du combat contre une droite parlementaire qui n'est jamais que le faux nez de sa cousine extrême. La droite a eu beau retirer son candidat à Vitrolles et en appeler – mollement – à un « vote républicain », la loi liberticide traduit bien, à en croire *Libération*, « la lepénisation de l'esprit public [1] ».

De « jeunes cinéastes », regroupés notamment derrière Pascale Ferran et Arnaud Desplechin, vont véritablement lancer le mouvement contre la loi Debré. Le 11 février, *Le Monde* publie leur texte appelant à la désobéissance civile. « Les soixante-six fédérés posent la caméra », commentera *Libération*, jamais à court de réminiscences. Textes et signatures affluent dans les rédactions. *Le Monde*, *Libération*, *Les Inrockuptibles*, *L'Humanité*, *Le Journal du Dimanche*... Qui n'a pas sa pétition ? Le 15 février, alors que se prépare une de ces grandes manifestations où la « gauche radicale » trouve le sentiment de son existence, « 121 personnalités aux noms difficiles à prononcer » affirment se sentir « menacées car descendantes d'étrangers » et annoncent qu'elles se rendront à la gare de l'Est munies de valises en carton. « Bien que le sort de ceux

1. « La tache », Jean-Michel Helvig, *Libération*, 10 février 1997.

d'hier et d'aujourd'hui ne soit pas identique, des silences complices seraient les mêmes, qui conduisent toujours à de terribles destins », peut-on lire dans leur texte. Tentant de désamorcer la crise, le gouvernement retire l'article 1 le 20 février. Tant pis, on ne va pas renoncer à une si belle cause. Les pétitionnaires durcissent leurs revendications pour réclamer le retrait intégral du texte.

Les vannes sont ouvertes, il n'est évidemment plus question de s'interroger sereinement sur le problème posé. Et pour cause. Il n'est plus question d'immigration mais de retour du fascisme. Pourquoi s'imposer la nuance ? On s'étoile jaune, on se gare de l'est, on se valise en carton. On martèle plus que jamais que « plus jamais ça ». Toute la rhétorique de la République en danger est mobilisée. « Notre siècle, tonne le président de la Ligue des Droits de l'Homme, Me Henri Leclerc, en guise d'appel du 18 juin, a été celui des résistances. Dreyfus, résistance à Vichy et aux collabos, résistance durant la guerre à l'Algérie[1]. » Chaque page glorieuse de l'histoire de France est préemptée par les pétitionnaires. La « fracture morale » est consommée, annonce Laurent Joffrin, encouragé par l'avalanche de signatures envoyées au *Libé* de leurs belles années par des gauchistes en mal de combats. Soulagement, les deux France sont de retour.

L'une après l'autre, les différentes strates de la « gauche paillette » entrent en scène. Après les représentants du jeune cinéma français, piqués les premiers par la mouche citoyenne, s'avancent sur la scène rebelle les membres les plus éminents des diverses corporations du spectacle, suivis, enfin, par le « peuple de gauche ». Ainsi verra-t-on les présentateurs de télévision au premier rang de la manifestation du 22 février. Dans le cahier de doléances publié par *Libération*, les signataires sont rangés par corporation, ce qui confère

1. *Le Monde*, 19 février 1997.

à l'énumération un caractère involontairement cocasse : bibliothécaires ou travailleurs de la mode, sportifs, taxis parisiens, personnels de l'ANPE, salariés de l'Observatoire de Paris et du Bureau des longitudes, etc., pas une profession ne semble faire défaut à ces médiatiques états généraux. Les journalistes, toutefois, sont l'un des groupes les plus nombreux – signe, peut-être, d'un certain décalage entre cette « France citoyenne » et l'ensemble de la société. « Il ne s'agit pas de politique, avoue candidement l'un d'eux. *Je ne vois pas comment on peut être journaliste et ne pas signer* » (c'est moi qui souligne). Gageons que l'auteur de tels propos récuserait avec force l'idée qu'il se comporte en idéologue. Qu'il soit impératif d'abroger la loi Debré n'est pas, à ses yeux, une opinion mais une vérité. Refrain familier qui prétend qu'il n'y a pas d'autre choix possible. Comment peut-on ne pas être avec les « sans-papiers » ? Comment peut-on ne pas être dans le camp du Bien ? On ne va pas bouder le plaisir d'être « moralement vainqueur », affirme le philosophe André Glucksmann[1]. Pour la politique, on reviendra ultérieurement.

La « moyenne intelligentsia » fournira le gros des troupes. Si les grandes consciences, celles qui écrivent à la « une » du *Monde*, sont plutôt silencieuses – certaines s'indigneront du rappel incessant de Vichy et des lois antijuives –, ceux qui ne sont cotés que sur le second marché flaireraient-ils là une merveilleuse opportunité d'apparaître ? L'affaire des « sans-papiers » est une aubaine pour les anciens gauchistes qui, un peu dégrisés, après avoir fait de l'argent et géré leurs divorces, se rachètent une âme à bon compte.

« Nous avons bougé et nous bougerons encore », proclame l'écrivain Dan Franck. Sans doute est-il bon d'être bon, mais ne serait-il pas, cependant, intéressant

---

1. « Les pétitionnaires ne sont pas minoritaires », André Glucksmann, *Le Figaro*, 26 février 1997.

de se demander vers quel objectif on « bouge » ? Le peuple, d'ailleurs, ne suit que mollement, même si la « marche civique » réunit à Paris 100 000 personnes. Un sondage publié en pleine crise[1] est commenté du bout des lèvres. Ses résultats sont, il est vrai, troublants. Tandis qu'une moitié environ des sondés se déclarent plus ou moins favorables aux pétitionnaires, ils sont 59 % à approuver l'article 1 de la loi Debré et autant à s'opposer à l'appel à la désobéissance civile. Pis, après la modification du projet, celui-ci est, selon une autre enquête, soutenu par près de deux tiers des sondés[2]. À ce paradoxe, on peut avancer deux explications : soit les Français sont idiots, soit ils sont intimidés. Il est difficile de s'exclure volontairement du monde des « branchés », qualificatif décerné aux pétitionnaires par le philosophe Alain Finkielkraut.

À *Libération,* on se pose des questions sur la faible mobilisation des responsables syndicaux. Qu'attendent-ils pour faire circuler la pétition dans leurs usines ? Les militants questionnés laissent percer une certaine gêne. En milieu ouvrier, cela ne passerait pas, affirment-ils en substance. « On aurait sans doute une majorité pour la loi Debré, bien qu'on soit une entreprise ouverte sur le monde », lâche René Muguen, responsable CFDT à Air France. Aux élites les nobles sentiments, aux ouvriers les eaux troubles du racisme ordinaire. Chacun joue sa partition. Tout va bien.

Pour ceux qui tentent encore de penser la réponse que requiert la permanence du vote frontiste, la situation n'est pas glorieuse. En revanche, selon la logique propre à l'époque, et qu'on a déjà fréquemment croisée, la défaite de la gauche dans le champ politique est pain bénit pour tous ceux qui bénéficient de son

---

1. « Un Français sur deux pour les pétitions. Mais 59 % pour le projet Debré », Jean-Michel Thénard, *Libération*, 20 février 1997.

2. « 67 % des Français approuvent le projet Debré modifié par Mazeaud », *Le Figaro*, 22-23 février 1997.

hégémonie culturelle et peuvent ainsi s'octroyer d'un coup les grands frissons de l'opposition et les petits conforts du pouvoir. Au cours de la même période, une joyeuse nuée d'agents culturels et professionnels de la rebellocratie artistique s'abat sur les villes conquises par le parti lepéniste. Tout en se déclarant scandalisé par l'appel à la délation contenu dans la loi Debré, Pierre-André Taguieff en appelle à la raison : « Ne sombrons pas dans le ridicule de nous prendre sans risque excessif pour des Jean Moulin d'occasion. Ces entrées en résistance fantasmatiques me gênent[1]. »

Ceux qui aiment à s'imaginer comme le dernier rempart contre la tyrannie pourraient remarquer que, toutes manifestations et pétitions confondues, le destin des « sans-papiers » ne mobilise pas plus de quelques dizaines de milliers de citoyens – ils peuvent d'autant plus se penser comme une minorité assiégée que ce fantasme est entretenu par le lyrisme général. Il serait injuste cependant de ne pas souligner que de nombreuses voix tentent de raison ramener, et pas seulement dans la presse de droite – on le sait, la droite n'a pas de cœur. Jean Daniel s'indigne de voir les manifestants « se la jouer Vel' d'Hiv' ». Mais la réalité, c'est ce que montre la télévision, fidèle écho des récits autorisés. Grâce aux lois du *show-biz*, des associations groupusculaires peuvent se présenter comme des mouvements de masse. « Les associations, note Marcel Gauchet, se révèlent un tenant lieu aussi artificiel et vide que les syndicats et les partis, mais un tenant lieu qui peuple la rue et anime les ondes[2]. » Les inventeurs de ce qu'on appelle les « néo-mouvements sociaux » ont compris que, sous le règne du Spectacle, nul besoin de partisans pour peser sur le cours des choses. Mieux

---

1. « Non à la politique-spectacle », Pierre-André Taguieff, *L'Événement du jeudi*, 20-26 février 1997.

2. « Les voies secrètes de la société libérale », Marcel Gauchet, *Le Débat*, n° 111, septembre/octobre 2000.

vaut faire un bon vingt heures. « La soi-disant gauche morale, déclarera Alain Finkielkraut lors de l'épisode automnal et jospinien de l'affaire des "sans-papiers", n'a pas comme elle le prétend le souci du monde. Elle a le souci de son image, elle veut une scène publique à la hauteur de ses aspirations[1]. » La gauche morale est une gauche communicationnelle.

Internationalisme et bondieuserie

Elle est aussi une gauche de bénitier. Et, alors que la période est plutôt noire, un antifascisme dépressif s'offre un supplément d'âme grâce à la figure sublime de l'étranger, « mon semblable mon frère ». Toute la liturgie « sans-papiériste » s'organise autour des lieux saints. Et, avec la comédienne Emmanuelle Béart qui passe de nombreuses nuits à Saint-Bernard, le mouvement dispose d'une madone parfaite qui a le physique de l'emploi. Figure christique entre toutes, le « sans-papiers » offre à ses défenseurs – parrains et marraines – la rédemption par le dénuement. Le sien, pas le leur. Non seulement il n'a pas de toit mais il est privé d'identité. Pour la petite-bourgeoisie urbaine, le récit mythique qui se met en place résonne comme une promesse de salut par procuration. C'est ainsi qu'apparaît à la Ligue communiste révolutionnaire un trotskisme que l'on pourrait presque qualifier de christianisant. Devant le Comité central de l'organisation révolutionnaire, Alain Krivine se félicite de l'activisme de ses militants. La preuve, dit-il, ce sont eux qui lavent le maximum de linge de « sans-papiers ». Du Grand soir au lavoir, une organisation qui prétendait changer le monde se convertit en association charitable.

1. « Sortir du manichéisme exaltant », Alain Finkielkraut, *Le Figaro*, 7 octobre 1997.

Quant au Parti communiste, il trouve enfin l'occasion de faire repentance, non pas tant pour le Goulag que pour Thorez et le flirt esquissé sous sa houlette entre le PC et l'idée nationale ; non pas tant pour Prague et Budapest que pour les bulldozers de Vitry, envoyés un petit matin de 1980 pour détruire un foyer d'immigrés en construction. On ne saurait dire combien la méthode était calamiteuse. Il ne s'agissait pas, cependant, d'exprimer un racisme primaire mais de faire entendre aux gouvernants un message – l'impossibilité d'une « intégration » fondée sur des ghettos ethniques où aucun des manifestants de Saint-Bernard n'imaginerait pouvoir vivre. Ce qui, sommairement résumé, revenait à dire « des immigrés d'accord, mais aussi à Neuilly[1] ». Certes, on n'avait pas affaire avec une pensée politique de haut niveau, mais à l'époque, à défaut d'en tirer les conclusions adaptées, le Parti communiste savait au moins ce qui se passait dans les cités. Tenter de comprendre les préoccupations de ses électeurs, n'était-ce pas, avant la lettre, faire preuve d'un esprit lepénisé ?

« Le métier des intellectuels est de remuer toute chose sans le contrepoids des actes réels, a écrit Paul Valéry[2]. Leurs propos sont étonnants, leur politique dangereuse. Ils sont des excitants sociaux avec les avantages et les périls des excitants en général. » La nation, voilà l'ennemi ! Obsédée par une lutte « antifasciste morale » et médiatique, la « gauche radicale » ne va pas s'embarrasser d'un débat sur la nation ou sur l'État, ni, pour paraphraser de Gaulle, « se soucier des conséquences de ce qu'elle veut ». Comme toujours, l'intensité de ses clameurs et protestations est proportionnelle à leur absence d'effets réels.

Gérard Delahaye – encore trotskiste à cette époque – se rappelle les débats au sein du Comité national de

1. Voir *Le Bluff républicain*, Philippe Cohen, Arléa, 1994.
2. Cité par Claude Imbert dans *Le Point* du 11 octobre 1997.

vigilance contre l'extrême droite dont il était alors membre : « Lorsque dans les réunions, on expliquait qu'il fallait manifester avec le drapeau tricolore et en chantant *la Marseillaise*, les gens étaient effarés. Ils répétaient compulsivement : "La nation c'est l'obscurité." »

Par une feinte idéologique que l'on a déjà tenté d'expliciter, les anciens contempteurs du grand capital n'ont plus d'autre horizon indépassable à offrir que la disparition des frontières. Peu importe que l'ouverture favorise l'exploitation la plus éhontée, les filières criminelles, les marchands de sommeil. L'aveu candide de l'architecte Jean Nouvel à ce sujet ne manque pas de sel : « Que l'on ne compte pas sur nous pour mener la traque contre les étrangers qui construisent avec nous », déclare-t-il. Ce qui, corrigé par la réalité, devrait se dire : « Laissez-nous nos clandestins, ce sont eux qui acceptent les tâches les plus éprouvantes, ils ne font pas grève et ne nous coûtent pas cher. » Jean Nouvel a-t-il sursauté, quelques années plus tard, lorsque le MEDEF a défendu la même position ?

Cet internationalisme, ou plutôt ce « sans-frontiérisme » pétri de bons sentiments, et toute la rhétorique de la radicalité se retrouveront à l'œuvre dans les mouvements de contestation de la mondialisation marchande. Au-delà du tourisme manifestant qu'ils organiseront à travers le monde, ces mouvements se heurteront à une contradiction supplémentaire. Ils seront une fois de plus incapables de peser sur le cours des événements – sauf à considérer qu'imposer à la classe politique l'usage du vocabulaire messianique du monde plus juste constitue un changement de fond. Et leur suspicion à l'égard de la nation et de l'État – seules instances aujourd'hui susceptibles d'imposer une régulation différente – les conduira finalement à jouer les « idiots utiles » de ce capitalisme mondial qu'ils prétendront combattre.

Le droit aux droits

Ces questions, en vérité, ne préoccupent guère les défenseurs des « sans-papiers ». Et, coup de chance, lorsque la gauche revient, plurielle, aux affaires, c'est Jean-Pierre Chevènement qui succède à Bernard Debré. Trop national pour être vraiment de gauche, il fera un adversaire acceptable. Et les pétitionnaires repartiront en campagne, réclamant, cette fois, la régularisation sans conditions de tous les « sans-papiers ». C'est le triomphe de l'idée d'autonomie, ce « droit aux droits » que rien, à l'exception du marché, ne saurait limiter. Si l'individu a tous les droits, l'État ne peut en avoir aucun. « Le procédé a fait ses preuves, écrit Jean-François Kahn. Le clandestin qui a contourné la loi devient un "sans-papier" exclu par la loi républicaine[1]. » De là à criminaliser la loi en tant que telle, il y a encore un fossé. Philippe Mangeot, alors président d'Act-Up, le franchit allègrement, pour dénoncer « ces lois qui tuent[2] ». « Sans-papiers, prostituées ou toxicomanes, harcelés par la police, sont encore plus exposés au risque du sida. » Faire respecter les lois de la République, c'est être complice du redoutable virus. Au terme d'un raisonnement plutôt alambiqué, Mangeot propose « d'opposer à des lois scélérates des dispositifs adaptés aux exigences de la santé publique, qui sont aussi celles de la vie, du plaisir et de l'hospitalité ».

Hospitalité est bien le maître mot pour les défenseurs de la cause. En vérité, qui se vanterait d'être inhospitalier ? Jacques Derrida, cependant, établit une distinction entre « la loi inconditionnelle de l'hospitalité illimitée » et « les lois de l'hospitalité, ces droits et ces devoirs toujours conditionnés et conditionnels ».

---

1. « Les sans-papiers, histoire d'une manipulation stalinienne », Jean-François Kahn, *Marianne*, 14-20 septembre 1998.

2. « Ces lois qui tuent », Philippe Mangeot, *Libération*, 29 et 30 novembre 1997.

Le philosophe reconnaît qu'« une communauté, une famille, une nation ne peuvent pas ne pas suspendre ce principe d'hospitalité absolue » ne serait-ce que « pour rendre l'accueil effectif, déterminé, concret[1] ». Autrement dit, on ne peut accueillir que si on est autorisé à définir un endroit comme « chez-soi ». Il est donc permis de prendre en compte et même d'apprécier l'existence de frontières sans être pour autant un nationaliste frileux. Derrida s'oppose donc à la politique menée par Jean-Pierre Chevènement, car, écrit-il, « il y avait beaucoup plus de place qu'on ne le disait pour accueillir des étrangers », mais il admet cependant la légitimité d'une politique des flux migratoires.

En revanche, pour le philosophe Étienne Balibar, la liberté de circulation et d'installation à l'échelle planétaire est un « droit imprescriptible[2] ». Si un étranger souhaite s'installer en France, on ne saurait le lui interdire. « Une France pour tous[3] », réclament de même Alain Badiou, Natacha Michel et Sylvain Lazarus. La nationalité française n'est plus un état juridique. La France, comme le résume joliment Alain Finkielkraut, devient un droit de l'homme[4]. Face à l'individu universel, observe Marcel Gauchet[5], « il n'est aucune frontière qui tienne, aucune appartenance qui puisse faire critère, aucun seuil de citoyenneté qui se puisse admettre, aucune contrainte collective qui ne soit en soupçon d'illégitimité ». La controverse, toutefois, ne peut se cantonner sur les sommets de la philosophie

---

1. « L'hospitalité selon Jacques Derrida », *Le Monde*, 2 décembre 1997 (Entretien au sujet de son ouvrage *De l'hospitalité*, Calmann-Lévy, 1997).

2. « Sans-Papiers : réponse à Lionel Jospin », Étienne Balibar, *Le Monde*, 9 juillet 1998.

3. « Une France pour tous », Alain Badiou, Sylvain Lazarus, Natacha Michel, *Le Monde*, 9 décembre 1997.

4. « Le Monde de la haine et des slogans », Alain Finkielkraut, *Le Monde*, 12 décembre 1997.

5. « Sous l'amour de la nature, la haine des hommes », Marcel Gauchet, *Le Débat*, n° 60, mai-août 1990.

politique. La générosité maximaliste ne laisse pas de séduire, mais elle aboutit nécessairement à dénoncer toute politique de contrôle des flux migratoires comme fautive, voire criminelle. Et conduit, finalement, à maintenir la question de l'immigration au centre du débat, mais sans jamais y répondre. Avec les risques que l'on sait.

Vaine indignation

Chantage à l'émotion et amalgame historique sont les deux vecteurs grâce auxquels on parvient à éviter toute discussion de fond. Nul besoin de réfléchir aux problèmes posés par l'immigration illégale quand il s'agit de se déclarer pour ou contre les étrangers. Que l'afflux de clandestins pénalise les étrangers régulièrement établis en France, contribue à la création de zones de non-droit et, pour finir, alimente la xénophobie, n'est pas le problème de pétitionnaires qui, au passage, inscrivent généralement leurs enfants dans des écoles fort peu métissées. Refuser la régularisation automatique, c'est, forcément, vouloir rester entre soi. Comme du temps de... suivez mon regard. La *réductio ad petainum* est une figure inépuisable. Ainsi que l'écrit Alain Finkielkraut[1], « ce monde tout entier pénétré de volonté est divisé en deux : les amis du genre humain, les ennemis de l'humanité ; ceux qui accueillent les étrangers et ceux qui les excluent parce qu'ils les détestent ». Seulement, à vouloir fonder la politique de la France sur les élans du cœur, on s'interdit de faire de la politique et on fait miroiter sans vergogne de vaines illusions devant les yeux de ceux qu'on prétend vouloir aider. Admettre qu'il ne suffit pas de souhaiter le règne de la justice sur terre pour le réaliser, consentir à ce que la politique se place au point d'intersection entre

1. Alain Finkielkraut, *Le Monde*, 12 décembre 1997, *art. cit.*

le possible et le souhaitable suppose peut-être de se priver du bonheur de la palpitation collective. Mais c'est se redonner du même coup la possibilité d'agir sur le réel.

En juin 2000, l'opinion est, et à bon droit, bouleversée par la mort atroce des 58 clandestins chinois découverts dans des conteneurs à Douvres. On peut gager que, parmi ceux qui dénoncent alors les filières de ce nouvel esclavage, figurent certains de ceux qui, trois ans auparavant, jugeaient « fasciste » la politique de Jean-Pierre Chevènement. La contradiction est évidente. Mais il est déjà assez fatigant d'être indigné. On ne peut pas, de plus, prétendre à la cohérence.

Cachez ces origines que je ne saurais voir !

> « Du natalisme au fascisme, il n'y a qu'un pas ! »
>
> Antonio Fischetti,
> *Charlie Hebdo*, 7 octobre 1998.

« La démographie est en passe de devenir, en France, un des moyens d'expression du racisme. » Avec cette accusation, lancée par Hervé Le Bras en 1998 dans *Le Démon des origines*[1], la vigilance trouve un nouveau terrain de jeux – encore que le terme de chasse serait plus adapté. L'INED, l'Institut national des études démographiques est mis sur la sellette par l'un de ses chercheurs, croisé d'une démographie correcte, qui exerce aussi ses talents à l'École des hautes études en Sciences sociales, dont il dirige le laboratoire de démographie.

« Le trublion Le Bras n'hésite pas à monter au créneau pour dévoiler les non-dits de la vénérable maison », annonce *Le Nouvel Observateur*[2]. Quel courage, en effet, de rappeler, entre autres, que le président de l'INED, Jean-Claude Barreau, est un « ancien conseiller de Pasqua et de Debré » ! Dans l'esprit de son auteur, une telle assertion se passe d'explicitation. Tou-

---

1. *Le Démon des origines : démographie et extrême droite*, Hervé Le Bras, Éditions de l'Aube, 1998.

2. « La Guerre des démographes », Ursula Gauthier, *Le Nouvel Observateur*, 19 novembre 1998.

jours très intéressé par les fréquentations des chercheurs de l'INED, Le Bras poursuit la même veine dans *L'Événement du Jeudi.* « Quant au président du Conseil scientifique, déclare-t-il, c'est un économiste qui n'a jamais fait de démographie et qui est un des proches de Charles Millon[1]. » Cette fois-ci, il s'agit de Jean-Claude Casanova. Il n'a pas échappé à cet impartial observateur de la vie intellectuelle qu'est Le Bras que *Commentaire*, revue dirigée par Casanova et qui se propose de redonner quelque noblesse à la pensée libérale, est un repaire d'extrémistes. Sans Hervé Le Bras, nul ne l'aurait su, peut-être. Notons au passage que *Le Monde* serait, à cette aune, suspect de complaisance. Le quotidien ne recrutera-t-il pas comme « éditorialiste-associé » ce dangereux « économiste qui jamais ne fit de démographie » ?

Le Bras soutient donc que l'INED est non seulement un nid de « natalistes », le natalisme étant peut-être une sous-catégorie du pétainisme, mais aussi le bras scientifique armé de l'extrême droite. Ce lièvre mérite bien un livre. Au titre du premier crime, il relate que cinq chercheurs appartenant « au milieu du natalisme et de la recherche démographique » ont signé en 1996 un appel intitulé : « Pour que la France ne se suicide pas par dénatalité ». Parmi les signataires figurent, aux côtés de Jacques Dupâquier dont les sympathies vont à une « droite tradi » férue de valeurs familiales, la sociologue Evelyne Sullerot et l'excellent chercheur Jean-Claude Chesnais qui ne cesse d'attirer l'attention des pouvoirs publics sur leur « insouciance démographique[2] », signe selon lui d'un faible souci des générations futures. Mais il est vrai que celui-ci a un jour

---

1. « Comment l'extrême droite infiltre l'INED », Hervé Le Bras, Entretien avec Benoît Rayski, *L'Événement du jeudi*, 5 novembre 1998.

2. *L'Insouciance démographique*, Jean-Claude Chesnais, Notes de l'AFMB (ex-Fondation Marc Bloch).

publié une critique d'un livre d'Alain de Benoist – le crime de contamination aggravée est ici constitué !

Qu'il existe en France un « milieu du natalisme » préoccupé par la baisse du taux de natalité, voilà qui ne laisse pas d'inquiéter. Mais qui promet de beaux jours au seul Hervé Le Bras. En effet, dans les pays développés, nombreux sont les chercheurs et les dirigeants qui pensent que le vieillissement de la population, voire sa diminution, augure un avenir difficile. Et leur inquiétude ne signifie pas seulement qu'ils aiment les enfants ou qu'ils aimeraient replacer les sociétés sous l'ancienne férule de l'Église.

Dans la guerre que Le Bras entame alors contre l'INED, le sentiment d'injustice renforce peut-être les motivations scientifiques. Le début des hostilités coïncide avec sa mise à l'écart de la direction de la revue scientifique *Populations*, pour des raisons qui ont trait, selon lui, à ses convictions et que d'autres attribuent à son manque de goût pour l'organisation. À l'arrière-plan de cette polémique, se profile surtout la querelle des indices remontant au début des années 90, querelle que l'on ne tranchera évidemment pas ici sur le fond. Le Bras avait alors accusé l'INED de chercher à affoler la société par la publication de projections alarmistes et d'indices inadaptés ne prenant pas en compte le fait que les femmes accouchent de plus en plus tard.

Cette controverse, purement scientifique en apparence, masque bel et bien des enjeux idéologiques. Pour Le Bras, ce souci de la dénatalité cache en fait la volonté de combattre le spectre d'une invasion étrangère de la France par une fabrication accélérée de petits Blancs. Que le faible taux de natalité constitue un signe alarmant quant à la vitalité d'une nation et à la confiance en l'avenir de sa population, qu'accessoirement il puisse nourrir quelques craintes sur les futurs équilibres entre actifs et inactifs, est de peu d'importance. La natalité est un thème cher au Front national ou au *Figaro Magazine*, cela suffit à le discréditer.

Étudiant les accointances des signataires de l'appel, les associations qui les ont invités à des colloques, les auteurs d'articles publiés dans les mêmes revues, les rencontres « non fortuites » – *non fortuit*, cela fleure le complot –, il entend démontrer que tous ces chercheurs sont, de près ou de loin, arrimés à l'extrême droite. D'ailleurs, insiste-t-il, leur texte a été présenté comme un « SOS jeunesse ». À l'évidence, voilà qui rapprocherait ses auteurs des associations anti-avortement comme « SOS tout-petits » ! On pourrait objecter à Hervé Le Bras que ce nom évoque aussi bien SOS Racisme (ou SOS Plomberie !), mais ce serait trop le précéder dans cette ennuyeuse recherche de convergences. Entreprise dans laquelle il reçoit le soutien chaleureux de *Charlie Hebdo*[1], rarement en retard d'un bon combat, mais à qui il peut arriver d'en mener de meilleurs. Tout en nuances, l'hebdomadaire lance sa *fatwa* : « Du natalisme au fascisme, il n'y a qu'un pas ! » À ce compte-là, on pourrait aussi démontrer que la production automobile mène au nazisme, ou l'électrification au léninisme. L'hebdomadaire poursuit son édification des esprits lepénisés en expliquant que Dupâquier « parade aux colloques frontistes, *à Radio-Courtoisie* et dans les colonnes de *National Hebdo* ». Sur cette dernière accusation, notons simplement que la publication lepéniste a effectivement reproduit des textes du démographe. Ce mauvais voisinage est-il suffisant pour se forger une opinion ? Ne devrait-on pas, avant de rendre une sentence si lourde à l'encontre d'un chercheur, se pencher sur ses travaux ?

La suite de l'article pourrait aider à jeter les bases d'un discours de la méthode vigilante. On y apprend en effet que ce fameux Dupâquier, ainsi érigé en quelques articles au rang de porte-parole de la démographie française pourtant reconnue comme l'une des plus...

---

1. « L'INED recycle les idées sales », Antonio Fischetti, *Charlie Hebdo*, 7 octobre 1998.

fécondes du monde, « siège à la très réac Académie des sciences morales et politiques aux côtés de Jean-Marc Varaut, avocat de Papon, de Pierre Chaunu, un historien pour qui la pilule est cent fois plus dangereuse que la bombe atomique, et d'Henri Amouroux dont les complaisances collabos ont été pointées par Riss dans le procès Papon ». Douter, après cette démonstration, serait avouer ses propres tendances – suivez mon regard.

Toutefois, il y a encore plus inquiétant que le natalisme imputé à charge à certains chercheurs de l'INED. On prétendrait aussi, au sein de cette institution, établir des statistiques distinguant les populations d'origine étrangère du reste de la population. Sur ce terrain, l'adversaire de Le Bras est Michèle Tribalat, également démographe à l'INED. En 1992, elle a dirigé une vaste enquête appelée « Mobilité géographique et Insertion sociale », cofinancée par l'INSEE et par d'autres institutions publiques, sur le devenir en France des étrangers et de leurs enfants. Une mine d'informations pour tous les secteurs de l'administration qui réclament des données susceptibles de fonder et d'orienter l'action publique en faveur de l'intégration. Les principaux résultats de cette enquête pour laquelle 12 000 personnes ont été interrogées ont été mis en perspective par Michèle Tribalat dans *Faire France*[1]. L'auteur, scientifique jusque-là paisible et statisticienne rigoureuse, y développe des conclusions relativement optimistes sur le processus d'assimilation, fondées notamment sur le taux de mariages mixtes. Mais l'enquête permet aussi de mesurer l'ampleur du processus d'exclusion sociale reposant sur des bases ethniques dont chacun peut observer les méfaits. Ainsi, en Seine-Saint-Denis, découvre-t-elle, le taux de chômage des jeunes issus de l'immigration est de 40 % quand celui des Français « de souche » est seulement de 11 %.

---

1. *Faire France*, Michèle Tribalat, La Découverte, 1995.

Conclusion propre, on le voit, à alimenter les thèses du Front national. D'ailleurs, au moment où Le Bras déclenche ses foudres, Michèle Tribalat publie, avec Pierre-André Taguieff, un essai tonique intitulé *Face au Front national, Arguments pour une contre-offensive*[1]. C'est dire si ses sympathies pour l'extrême droite sont avérées.

On ne saurait donc réduire cette affaire à une querelle de personnes. L'enjeu est de savoir si les sciences sociales doivent s'interdire d'observer une réalité au prétexte qu'elle serait idéologiquement déplaisante. Une telle option aboutirait à faire prévaloir un « épistémologiquement correct à la française », selon l'expression de Taguieff, qui résume ainsi la controverse[2] : « Certains pensent qu'il suffit d'abolir le mot race du vocabulaire pour supprimer le racisme. » C'est précisément l'une des caractéristiques de la censure idéologique. Quand la réalité contrevient au point de vue dominant, il faut, sans tarder, changer la réalité. On ne s'étonnera guère que la question des étrangers en constitue l'un des champs d'application privilégiés tant il semble parfois difficile de concilier l'universalité des droits des individus avec les différences concrètes existant entre ces individus.

On peut donc résumer ainsi la question posée à la communauté scientifique. Est-il légitime et souhaitable d'observer les parcours spécifiques d'une population qui, pour être française, n'en rencontre pas moins des difficultés liées à son origine ? C'est bien ce qui est reproché à Michèle Tribalat. Pour mesurer le processus d'assimilation des populations d'origine étrangère en France, il lui faut définir, statistiquement bien sûr, les populations concernées. Or, elle estime que le critère

---

1. *Face au Front national, Arguments pour une contre-offensive*, Michèle Tribalat et Pierre-André Taguieff, La Découverte, 1998.

2. « Démographie : La polémique française », Sophie Coignard, *Le Point*, 14 novembre 1998.

de la nationalité est insuffisant. Un enfant de dix ans sait que les discriminations ou le racisme dont il peut être victime ignorent la catégorie juridique qu'est la citoyenneté. En faisant appel à la langue maternelle, au lieu de naissance des parents, Michèle Tribalat définit donc une catégorie dite de « Français de souche » dont les deux parents sont nés en France. « Les Belges, dit-elle souvent à ses détracteurs, parlent de Belges belges. » Employé par le Front national pour stigmatiser ceux qui n'en sont pas, le terme « Français de souche » est malheureux. Dans une perspective scientifique, la catégorie vise à cerner au plus près la réalité de l'assimilation, celle-ci étant entendue comme le processus d'acculturation d'une population et non comme une norme par rapport à laquelle on définirait des individus.

Branle-bas de combat. L'INSEE, pourtant cofinanceur de l'enquête, « découvre que certains travaux analysent l'exclusion sur la base de l'origine ethnique ». Quelle surprise, quand on sait que les ghettos ethniques sont la source première du délitement du lien social. Des dossiers circulent, qui sont censés prouver la dangerosité de Michèle Tribalat, promue au rang de menace pour la démocratie. Les médias sont alertés, même si on s'y montre généralement assez perplexe à l'égard de cette querelle. Mais cette notion de « Français de souche » définie par Tribalat fait office d'arme atomique. Le mot appartient à la catégorie de ceux qui empêchent de penser. « Je ne cherche pas à les compter, explique-t-elle pourtant, mais à obtenir une référence en terme de comportement. » « Cette référence aux origines me choque, rétorque Le Bras, parce que personne n'est comptable de ce qui s'est passé avant sa naissance. » Sous son air de lieu commun, cet argument devrait faire bondir les chercheurs. En effet, il revient implicitement à conférer aux statistiques un rôle de prescription normative. Le rôle d'un chercheur n'est pas de « demander des comptes » sur leurs comportements aux individus ou aux groupes qu'il observe. Distinguer serait discriminer ? Seulement on voit mal comment étudier sans distinguer. Autant dire que pareil carcan interdit toute recherche en sciences sociales.

Dans son livre, Hervé Le Bras observe que « ni le lieu de naissance, ni l'origine des parents ne peuvent être utilisés pour définir l'individu ». On aimerait bien savoir ce qui définit un individu, dès lors que son histoire et sa famille doivent être oblitérées. Encore une fois, *Charlie Hebdo* n'est pas suspect de subtilité excessive : « Le concept de Français de souche puait le béret basque, peut-on y lire. L'INED lui taille un costume Smalto. L'INED, c'est le pressing du FN. » Les racines culturelles sont merveilleuses, à condition qu'elles soient celles des autres.

Dans la foulée de cette polémique, une inquiétante rumeur circule dans Paris. Les jurés du Prix du Livre politique, décerné chaque année à l'Assemblée nationale, s'apprêteraient à couronner l'ouvrage de Taguieff et Tribalat. Les responsables du prix s'affolent. « On ne va pas décerner le prix *à une collabo* », affirme l'un d'eux, d'autant plus qu'il doit être remis par Philippe Val, le patron de *Charlie Hebdo*. Un compromis est finalement trouvé, et le prix sera décerné à un ouvrage que Taguieff s'apprête à publier, *L'Antisémitisme de plume*[1]. On ne saurait dire que le débat intellectuel est vivifié mais une crise médiatico-mondaine a été évitée.

Les querelles, animosités et rivalités sont légion dans ce monde cruel qu'est l'université. Ce qui s'est joué dans cet exemple, effacé depuis par bien d'autres, est cependant d'une tout autre portée. Soumettre la description de la réalité à des critères moraux revient

1. *L'Antisémitisme de plume*, Pierre-André Taguieff, Berg International, 1999.

nécessairement à s'interdire de peser sur cette réalité. On sait que les statistiques peuvent donner lieu aux exploitations les plus douteuses, mais faudrait-il alors se priver de leurs enseignements ? Recenser n'est pas nécessairement stigmatiser. Tout habitant d'une cité, tout enseignant en zone difficile sait que les slogans ne créent pas par enchantement le mélange des populations d'origines, de cultures et de conditions différentes. « Il nous faut retrouver le souci de la vérité, même si celle-ci nous dérange », avait écrit Michèle Tribalat dans *Le Monde*. Pour agir, il faut comprendre, et pour comprendre, il faut connaître. On ne peut imaginer que ce point de vue ne soit pas partagé par ceux qui font profession de rechercher la vérité.

Pas fraîche, ma France ?

> « S'il est une qualité substantielle de la gauche, c'est l'optimisme. »
>
> Laurent Joffrin,
> *Le Nouvel Observateur*, 1er avril 1999.

« Tout va bien. » Trop bien ? Ce 24 novembre 1998, le directeur du *Monde* Jean-Marie Colombani énumère dans son éditorial les motifs de satisfaction[1]. « La France, ironise-t-il, est incontestablement mieux gouvernée depuis la lumineuse initiative présidentielle que fut la dissolution de l'Assemblée nationale. » Et de poursuivre : le chômage décroît lentement mais sûrement ; sous l'influence française, l'Europe se fait plus sociale ; le Premier ministre a trouvé le langage propre à rassurer, successivement, chômeurs, routiers, pilotes d'Air France, lycéens ; le Front national qui constituait quelques mois auparavant « une grave menace pour la République » est miné de l'intérieur par les querelles de chiffonniers entre ses deux chefs, Jean-Marie Le Pen et Bruno Mégret ; et par-dessus tout, la boucle est bouclée, car l'opposition « n'a pas encore récupéré du choc qui lui fut administré par son patron au printemps 1997 ». Bref, « nous vivions dans la peur de l'euro et du chômage ; nous entrons confiants – trop, peut-être – dans l'euro, et la machine à créer des emplois est

---

1. « Tout va bien », Jean-Marie Colombani, *Le Monde*, 24 novembre 1998.

repartie, pour s'en tenir à l'essentiel ». Que cette vision irénique coïncide ou non avec ce que vit la population est hors de propos. Peu importent les Français, puisque la France avance.

Certes, on trouverait bien çà et là quelques adversaires à pourfendre, quelques lambeaux du passé qui s'accrochent, mais rien ne justifie l'une de ces croisades qui font le sel de la vie parisienne. On ne sait si « la France s'ennuie », mais le patron du *Monde* semble quelque peu dubitatif. Depuis la grande peur des régionales de mars, pas d'ennemi en vue. De Jacques Chirac à l'épiscopat en passant par l'Ordre des médecins et des représentants de la police, les déclarations de repentance au sujet de la Collaboration se sont succédé, et nul pétainiste impénitent ne trouble ce concert de contrition.

Bien sûr, à lire Colombani, on sent qu'il aimerait que l'on fasse mieux et plus : plus de réformes, plus d'Europe, plus de flexibilité, plus d'adaptation au monde tel qu'il va. « L'économie française est ringarde », déclara un jour le ministre du Budget Alain Lamassoure, sans que cette affirmation stupéfiante dans la bouche d'un membre du gouvernement lui attire la moindre réprimande. Les Français sont, on le sait, allergiques au changement, frileux, conservateurs. Ils se méfient de ce nouvel ordre du monde qu'est le Paradis universel de la marchandise. Ce Lionel Jospin n'est pas déplaisant, mais encore légèrement archaïque, comme en témoigne sa résistance à faire totalement du passé table rase. Sans doute a-t-il chanté les louanges des mutins de 1917, ce qui est bien moderne, mais lui, l'inventeur du droit d'inventaire concernant le mitterrandisme, prétend désormais ne pas tout jeter en bloc – ce qui paraît logique : à quoi bon inventorier si on a décidé de ne rien conserver ? Et puis, il y a ce refus de régulariser tous les « sans-papiers » – sans doute l'influence de ce Chevènement qui, non content d'être le héraut et le héros des « archéos », joue les miraculés. Mais il est difficile de l'attaquer frontalement, alors que sa maladie a révélé une surprenante, voire inquiétante, popularité. Au point de susciter une avalanche de commentaires élogieux. Même Laurent Joffrin, directeur de la rédaction de *Libération*, est touché par la grâce : « Pratiquant la religion de la République, il suscite à son tour des sentiments religieux », écrira-t-il[1], au sujet du ministre de l'Intérieur.

C'est là que, comme une promesse non moins surnaturelle, quasi messianique, survient Cohn-Bendit. Alors que les Verts français viennent de le choisir comme tête de liste pour les élections européennes de juin 1999, Colombani en semble soulagé. « Daniel Cohn-Bendit a une bonne chance de faire reculer la tentation Bourdieu : à la vision pessimiste de la construction européenne qui habite une partie de la gauche, il substitue une vision optimiste et joyeuse. Daniel-Jean-qui-rit remplace avantageusement Pierre-Jean-qui-pleure ! »

C'est une déferlante, un sacre, un triomphe. Jamais une personnalité politique n'a suscité un engouement aussi unanime. Cohn-Bendit devient l'oriflamme d'un parti auquel il vient d'adhérer, dont les militants se méfient de lui, et dont les chefs ne l'aiment pas excessivement. Simplement par la grâce des médias. « En trois jours, s'amuse Philippe Cohen dans *Marianne*, Daniel Cohn-Bendit a réalisé un grand chelem médiatique : ouverture des JT samedi, émission "Public" avec Michel Field dimanche ; la une de *Libération* et du *Monde* lundi. En équivalent d'achat d'espaces publicitaires, une telle opération représenterait des dizaines et des dizaines de millions de francs d'investissement. Que s'est-il passé qui mérite tant d'annonces et tant d'honneurs ? Ceci : une formation, qui a

1. « Le revenant superstar », dossier de *Libération*, le 4 janvier 1999.

recueilli 3 % des voix à la présidentielle de 1995, confirme la désignation de son candidat à des élections qui ne parviennent pas elles-mêmes à mobiliser la moitié des citoyens français en âge de voter[1]. » Avant qu'il ait esquissé la moindre proposition allant au-delà de la fameuse bouffée d'air frais qu'il promet à ce vieux pays, Dany enchante. « Ses yeux toujours bleus et sa tignasse toujours rousse[2] » font merveille, du *Figaro* au *Nouvel Obs*. *Le Monde* suggère qu'il soit consacré par une marionnette aux « Guignols » ? Il l'aura. Ce quinquagénaire qui est pour la génération aux commandes le « miroir de son pouvoir et de sa réussite », va ringardiser la classe politique. Il est *fun*, s'emballe Joffrin. *L'Événement du jeudi* célèbre « Dany l'emmerdeur ».

Selon le procédé habituel de la majorité subversive qui « transfigure ses Agrippines, ses Thénardiers et ses Tartarins en Gavroches de plateaux télévisés[3] », *Libération* feint, en début d'année, de se demander en « une » si Cohn-Bendit ne serait pas le « candidat antimode », Serge July faisant savoir à ses lecteurs que le trublion est assiégé de toutes parts. En effet, à cette date, selon la recension établie par Julien Lanfried[4], deux critiques, celle de Cohen dans *Marianne* et celle de Serge Halimi dans *Les Inrockuptibles*, sont venues troubler ce concert de louanges. C'est dire si le siège est féroce. C'est surtout décréter que Daniel Cohn-Bendit ne saurait être l'objet de la moindre critique. Ou alors, de la part des « infidèles » qui n'ont pas encore

1. « Cohn-Bendit, le candidat des médias », Philippe Cohen, *Marianne*, 23-29 novembre 1998.

2. « Cohn-Bendit, l'euro-enthousiaste », Ariane Chemin, *Le Monde*, 15 novembre 1998.

3. *Vivre et penser comme des porcs, de l'incitation à l'ennui et à l'envie dans les démocraties-marchés*, Gilles Châtelet, Exils, 1998.

4. « Chevènement le national... », Julien Lanfried, texte disponible sur le site www.republique.net.

embrassé la vraie foi. En un mot, de la droite. Ainsi, quand Alain Madelin, assez logiquement, rend hommage à la mue libérale de Cohn-Bendit, la presse amie évoque « l'attaque de Madelin ». Difficile d'imaginer plus efficaces propagandistes. Car, à la différence de ceux qui sévissaient dans les régimes totalitaires, les innombrables apôtres chargés de propager la parole cohn-benditienne croient à tout ce qu'ils disent et écrivent, y compris au fait que leur prophète est un martyr.

Qu'importe le programme pourvu qu'on ait la presse. « Daniel Cohn-Bendit ne dit pas que des choses vraies, fondées, cohérentes. Il est même avéré qu'il puisse dire des bêtises dans sa trop grande urgence de dire. Mais au moins il dit[1]. » Sans peut-être le mesurer, Pierre Georges, talentueux chroniqueur au *Monde*, résume la pensée communicationnelle de l'époque. L'important, c'est de parler. Communiquer, comme le rappelle Régis Debray, est un verbe intransitif. Il est vrai que le projet du candidat écolo n'a guère de quoi surprendre. Du pur « trotsko-balladurisme », dirait Jean-François Kahn. Le charme en plus. Mieux vaut donc communiquer sur sa « frimousse » avec comme référence subliminale son héroïque passé. En somme, comme l'écrit Kahn, « Cohn-Bendit présente l'avantage de symboliser à la fois la révolution pour entretenir la nostalgie et le ralliement à l'ordre des choses pour servir d'alibi *a posteriori* à ceux qui y avaient renoncé[2] ». Raisonnable, il affirme « qu'entre l'économie planifiée socialiste et l'économie capitaliste de marché, il n'y a rien ». À l'exception de sa défense affichée du fédéralisme européen, il propose un concentré des idées du temps : pour le marché, pour l'indépendance de la Banque centrale européenne, pour

1. « Cohn-Benditisme », Pierre Georges, *Le Monde*, 21 janvier 1999.

2. « L'affaire Cohn-Bendit », Jean-François Kahn, *Marianne*, 1er-7 février 1999.

la politique impériale américaine. Bref, résume Cohen, « la *Bundesbank* plus les sans-papiers ». À quoi il faut ajouter que Cohn-Bendit, contrairement à nombre de ses partisans, est réellement un homme de débats plus que d'oukazes. Intervenant dans la furie commémorationniste en mai 1998, il a clairement reconnu qu'il avait proféré lors de sa jeunesse folle un grand nombre d'énormités. Et il assume volontiers l'étiquette de « libéral-libertaire ».

Cette révision, ses adorateurs qui l'ont pourtant, eux aussi, accomplie préfèrent la passer sous silence. On est sans cesse confronté à cette rage à prendre des virages en feignant d'être dans la continuité. Cette incapacité à reconnaître qu'on s'est trompé ou qu'on ne pense pas aujourd'hui la même chose qu'hier, ce déni de la possibilité d'évoluer chez soi comme chez les autres, ont à vrai dire quelque chose de proprement stalinien. Passer du col Mao au Rotary club n'est pas forcément scandaleux – quoi qu'en pensent tous ceux qui, confortablement installés au club libéral, espèrent donner le change en arborant leur col libertaire. En revanche, faire subir à son propre passé un blanchiment permanent revient à s'adonner au mensonge et au cynisme comme d'autres s'adonnent à la boisson. Le mensonge appelant le mensonge, il arrive un moment où l'on ne peut plus s'en passer. De sourcilleux adeptes du devoir de mémoire ont, en ce qui les concerne, une mémoire en forme de lessiveuse. D'où leur irritation quand on exhume leurs vieux écrits ou leurs anciennes déclarations. La seule vérité tolérable, c'est celle de l'instant présent. Ce qui permet de changer de vérité aussi souvent que nécessaire. Mais changer pour s'adapter à l'esprit changeant de l'Histoire, n'est-ce pas la préoccupation essentielle de censeurs qui, sous couvert de faire le bien, se retrouvent toujours du côté du manche ?

Élites mondialisées

C'est donc en pleine « Danymania » que Jean-Pierre Chevènement, le « miraculé de la République », effectue sa rentrée médiatique et politique. Le 10 janvier 1999, il est l'invité de l'émission « Public ». Durant sa convalescence, le ministre de l'Intérieur a été frappé par un essai dévastateur dont le titre, *Vivre et penser comme des porcs*[1], indique assez l'ambition critique. Philosophe et mathématicien aujourd'hui disparu, Gilles Châtelet y énonce sa vision hallucinée de « démocraties-marchés » livrées, sur les décombres du « post-gauchisme », à une « Contre-Réforme libérale ». Au populisme classique des majorités silencieuses, se substitue désormais, écrit Châtelet, « un populisme yuppie – un techno-populisme – qui entend bien afficher sa postmodernité carnassière, prompte à repérer et à digérer le *best-of* des biens et services de la planète ». Les nouveaux *condottieri*, ceux qui, comme aime à le répéter Jacques Attali, savent « créer, jouir, bouger », constituent une nouvelle aristocratie transnationale, la « Surclasse nomade de prédateurs ». La thématique a d'autre part été fort bien explorée par le sociologue américain Christopher Lasch, dans *La Révolte des élites*[2]. Pour ce dernier, c'est désormais la nouvelle élite, cette classe de travailleurs immatériels et « manipulateurs de symboles » se riant des frontières et des héritages, qui concentre aujourd'hui les caractéristiques attribuées hier à « la masse » par Ortega y Gasset : insensibilité aux grands devoirs historiques et « haine mortelle de tout ce qui n'est pas elle-même ». Les représentants de cette néo-bourgeoisie confortent leur pouvoir symbolique en accablant le peuple de leur mépris. « Lorsqu'ils sont confrontés à des résistances,

---

1. *Vivre et penser comme des porcs*, *op. cit.*
2. *La Révolte des élites*, Christopher Lasch, Éditions Climats, 1996.

écrit Lasch, ils révèlent la haine venimeuse qui ne se cache pas loin sous le masque souriant de la bienveillance bourgeoise. La moindre opposition fait oublier aux humanitaristes les vertus généreuses qu'ils prétendent défendre. Ils deviennent irritables, pharisiens, intolérants. Dans le feu de la controverse politique, ils jugent impossible de dissimuler leur mépris pour ceux qui refusent obstinément de voir la lumière – ceux qui “ne sont pas dans le coup” – dans le langage autosatisfait du prêt-à-penser politique ». En leur prêtant, en toute bonne foi, son visage souriant et son charme indéniable, Daniel Cohn-Bendit est une bénédiction pour ces nouveaux maîtres du monde.

Interrogé sur le toujours-jeune *leader* que les Verts viennent de donner à la France, le ministre de l'Intérieur, qui plaide pour que ceux-ci soient écartés de la liste de la « gauche plurielle », estime que Daniel Cohn-Bendit constitue « un élément de déstabilisation » pour la majorité gouvernementale et « vaut la peine d'être combattu ». « Les Verts, poursuit-il, ont choisi d'aller chercher Cohn-Bendit en Allemagne, pour essayer de faire des voix. C'est un aveu de faiblesse de leur part. [...] Daniel Cohn-Bendit, dont je ne conteste pas la verve, est un peu le représentant des élites mondialisées – ce qu'un essayiste, Gilles Châtelet, appelle “l'anarchisme mercantiliste” : l'idéologie de ceux qui voient dans le marché, en définitive, la ruse anarchiste de l'histoire. » Cohn-Bendit, candidat de la « bourgeoisie de gauche » ? La presse ne s'émeut guère, quand elle la relève, de cette sortie, et, friande de combats singuliers plus que d'affrontements programmatiques, se borne à ironiser sur le maître d'école sermonnant un garnement.

Mais l'affaire des « élites mondialisées » ne fait que commencer. Non pas que l'expression et la réalité sociologique qu'elle entend pointer seront l'objet des échanges argumentés que l'une et l'autre exigeraient pourtant. On ne discutera pas non plus de l'idée sous-jacente selon laquelle « l'anarchie de marché » profite surtout aux riches. Mais la mise en scène de la divergence entre deux dirigeants politiques va enfin permettre à l'intelligentsia de s'adonner à son jeu de rôles favori, Résistants contre Collabos. La guerre éternelle peut recommencer entre les deux France, celle de l'avenir et celle du passé, celle du cosmopolitisme joyeux et celle du repli sur soi frileux, celle du risque prétendument rédempteur et celle de la trop commune aspiration à la protection, celle qui se délecte du temps choisi et celle qui redoute le chômage. Les Jdanov de la France qui bouge pourront, une nouvelle fois, laisser libre cours à leur francophobie[1].

Dix jours plus tard, en effet, alors que l'Allemagne, sous la pression de ses militants antinucléaires, vient d'annoncer la suspension de ses accords avec la France sur le retraitement des déchets nucléaires, le candidat écologiste décide d'aller affronter ses adversaires les plus acharnés, les personnels de l'usine de retraitement de déchets de la Cogema, à La Hague, les « nucléocrates », comme aiment à les qualifier les médias – oubliant peut-être qu'ils sont des salariés angoissés à l'idée de perdre leur emploi. Or, ceux-ci, comme s'ils voulaient se conformer à la plus ignoble caricature du « beauf-franchouillard-raciste » accueillent le visiteur et l'escorte médiatique qui l'accompagne en autobus, par des nuées de projectiles et par une bordée d'injures régressives. « Retourne en Allemagne », « sale pédé », « enculé », « boche », c'est un déchaînement de haine. Une femme qui l'accompagne a le visage griffé. Les journalistes accusés de lui « servir la soupe » ne sont pas épargnés. « Auraient-ils lu Bourdieu » ? s'inquiète l'une d'eux. Dans *Libération*, Philippe Lançon évoquera justement les cris de « Cohn-Bendit à Dachau » qui avaient horrifié François Mauriac lors de la grande

1. *Les Francophobes*, David Martin-Castelnau, Fayard, 2002.

manifestation gaulliste, à la fin de l'agitation estudiantine du printemps 1968 [1].

À l'intérieur de l'usine, la situation est plus que tendue. Cohn-Bendit, légitimement choqué, harangue les journalistes. « C'est la faute de Chevènement ! » Tout en demandant de l'aide place Beauvau : « Que feriez-vous si nous étions cinq parlementaires RPR face à 500 jeunes Maghrébins déchaînés ? » Cette saillie bien incorrecte, explicable par l'émotion, sera édulcorée dans les récits épiques qui seront faits de l'algarade. Du ministère de l'Intérieur, un conseiller explique au candidat que la France étant un État de droit, la police ne peut pénétrer dans l'usine et lui suggère de décamper. Le problème est qu'à la sortie, ce sont les chasseurs qui attendent. Du coup, tandis que les militaires affectés à la garde de l'usine assurent son « exfiltration », le provocateur doit s'engouffrer dans la voiture du Préfet protégé par une haie de CRS. La photo qui fait mal. Mais Cohn-Bendit est farouche... et ficelle. Son interprétation est toute trouvée. Celle de nombre de journalistes le sera donc aussi.

L'incident de La Hague s'inscrirait donc dans la droite ligne des déclarations de Jean-Pierre Chevènement, antérieures de dix jours ! Il aura fallu dix jours à une corporation qui se targue de sa vigilance sans faille pour déceler dans les propos du ministre de l'Intérieur des accents xénophobes et antisémites évoquant – pourquoi se modérer –, les périodes les plus sombres de notre histoire, expression devenue un *gimmick*. Chevènement ? C'est Pétain ! « Élites mondialisées ? » Une injure antisémite ! Seulement, on ne s'en était pas rendu compte. Pendant la diffusion de « Public », les journalistes vengeurs devaient tous avoir la tête ailleurs. Ils vont se rattraper.

La ligne officielle sera suivie avec cette ferveur

---

1. « Le double-décimètre », Philippe Lançon, *Libération*, 12 janvier 1999.

mimétique qui fait le charme de notre presse pluraliste. On rivalise dans la colère grave. On découvre, après-coup, que des « mort aux Juifs » ont été lancés – comme si la scène de La Hague n'était pas suffisamment tendancieuse. Soucieux, sans doute, de faire oublier leur coupable défaillance, des journalistes adoptent la posture héroïque de dénonciateurs du mal. Et c'est avec bonheur qu'ils accrochent des médailles à la poitrine des hommes et des femmes d'honneur osant prendre leur distance avec le ministre – lequel n'aura jamais été aussi isolé.

« Le sujet montait, annonce *Libération*. Lancé du sommet par le ministre de l'Intérieur. Jean-Pierre Chevènement a aligné des mots très connotés, le 10 janvier dernier sur TF1, pour parler de Daniel Cohn-Bendit. Dès le lendemain, les socialistes se dépêchaient de s'en démarquer. Mardi, à La Hague, reçu par un comité d'accueil musclé des syndicats, le candidat des Verts a entendu des mots franchement antisémites, ou des “Rentre en Allemagne !”. Bref, de haut en bas, certains lui refont le coup du “juif allemand”[1]. » Il apparaît curieux, néanmoins, qu'un organe de presse ait laissé dix jours durant sans réagir, « monter » un sujet aussi brûlant – au point de faire déborder le sirop médiatique. En guise de réparation, peut-être, *Libé* se fendra quelques jours plus tard d'un portrait croisé du « républicain nationaliste et du libertaire saute-frontières ». Ce dernier, précise sur un mode approbateur Judith Perrignon, « n'a que faire de la nation. Puisqu'il n'en a pas ». Sans doute n'imagine-t-elle pas plus beau compliment. Peut-être cette estimable consœur devrait-elle tenter, quelque jour, de rencontrer l'un de ces réfugiés que l'histoire a privés d'un passeport. Ou, au moins, s'interroger sur l'incohérence qu'il y a, si le refus de la nation est la plus belle chose du monde, à réclamer « la France pour tous » au bénéfice des mal-

1. Judith Perrignon, *Libération*, 21 janvier 2001.

heureux qui tentent d'échapper à la misère. Enfin, j'aimerais l'inviter à se souvenir que la « grande nation », comme le disent nos voisins allemands, fut la première en Europe à conférer à ses Juifs cette citoyenneté qu'elle semble considérer comme un colifichet désuet à l'usage des dinosaures.

Philippe Lançon, d'ordinaire peu coutumier des hurlements en meute, détecte, « sous ces mains manipulées qui tirent ses cheveux roux, ces mains chauffées à blanc par la démagogie de Chevènement et consorts, la même haine de l'étranger, de l'agitateur, de l'autre [1] ». Dans *L'Événement du jeudi*, Guy Konopnicki recourt à l'artillerie lourde : « Bien que Jean-Pierre Chevènement se défende d'avoir jamais fréquenté la pensée de Charles Maurras, il n'en décèle pas moins, chez Dany les trois vices du juif, selon la droite nationale : l'origine germanique, il sème le désordre et porte en lui le mercantilisme [2]. » À suivre un tel raisonnement, dès lors que l'antisémitisme a fréquemment caricaturé les Juifs sous les traits de banquiers, il serait aujourd'hui interdit de critiquer l'action des banques. Mais le plus surprenant n'est-il pas que chacun reprenne ainsi à son compte l'assimilation du Juif au capitalisme ?

Au Comité national de vigilance contre l'extrême droite, ce conglomérat au sein duquel toutes les organisations appartenant à la gauche prétendent réfléchir aux moyens politiques de faire front au Front, le représentant des Verts demande la publication d'un communiqué pour dénoncer « l'antisémitisme rampant » qui perce dans les déclarations de Jean-Pierre Chevènement, l'incident de La Hague et les propos virulents des chasseurs. Christian Piquet, représentant de la LCR, et Serge Jakubowicz, du Parti socialiste, ne s'opposent que mollement à cette idée consensuelle. Gérard

---

1. « L'étranger », Philippe Lançon, *Libération*, 22 janvier 2001.
2. *Le Terrorrisme intellectuel de 1945 à nos jours*, Jean Sévillia, Perrin, 2000.

Delahaye, militant alors en voie de conversion à la gauche républicaine, s'agace : « Vous vous prétendez tous, autour de cette table, opposés à la mondialisation ultra-libérale. Quand vous lisez, sous la plume de Denis Duclos dans *Le Monde diplomatique*, une analyse de "l'hyper-bourgeoisie", vous poussez des hurlements de joie, et quand Chevènement parle des élites mondialisées, c'est insupportable ? » L'incident est mineur, mais il révèle assez l'état de la réflexion théorique à gauche où certains réflexes surdéterminent désormais toute pensée. À la même période, à l'hôpital où agonise Maurice Najman, figure émouvante de l'extrême gauche dont l'enterrement, quelques semaines plus tard, sera vécu comme la fin d'une époque, Delahaye est pris à partie par l'un de ses anciens camarades : « Comment peux-tu assumer cette expression de l'antisémitisme français ? »

La gravité de l'affaire mérite un éditorial solennel de Jean-Marie Colombani. Les déclarations du ministre de l'Intérieur et les incidents de La Hague signalent, à en croire le directeur du *Monde*, le réveil d'« une bien vieille France ». « Ces phrases étaient de trop et ne sont pas innocentes, écrit-il. On ne joue pas impunément avec l'inconscient d'un pays, en brandissant ainsi le spectre du cosmopolitisme et la figure de l'étranger. Car, loin de la République et de son universalisme, c'est alors une bien vieille France qui se sent autorisée à resurgir, celle qui n'a pas hésité à parler par la voix d'un des travailleurs de la Hague : "Avec quoi les Allemands vont-ils faire brûler leurs centrales, avec des juifs ?" Dans un pays taraudé par l'extrême droite, il y a des images et des thèmes irrationnels avec lesquels des politiques républicains ne doivent pas jouer, même à la marge. » L'extrême droite taraude tellement la France que le même Colombani, quelques semaines plus tôt, se félicitait de son déclin. En réalité, celui-ci, imputable aux rivalités internes bien plus qu'à la diabolisation imprécatoire dont a été l'objet le Front national, est peut-être simplement conjoncturel, tant il est vrai que la tentation frontiste ne s'éteindra que lorsque les questions posées par les électeurs du FN auront trouvé une réponse.

Pour l'heure, l'ennemi principal se trouve place Beauvau. Le combat s'est déplacé, la lepénophobie cédant la place à la lutte anti-chevènementiste, l'extrême droite s'effaçant derrière ceux qui « font son jeu », ces « républicains » qui revendiquent de penser la France sans désespérer de son histoire. D'ailleurs, l'inconscient parle. Quand Georges Sarre, proche de Chevènement, ironise sur la « gau-gauche », c'est évidemment qu'il singe Le Pen qualifiant de « pu-putsch » la scission mégrétiste...

Toujours frais !

La Rive gauche est restée silencieuse. C'est Philippe Sollers qui, à son tour, cogne, dans un texte qui fera date[1]. Invité, quelques années plus tard, sur un plateau de télévision, Sollers feindra de s'étonner du bruit occasionné par sa philippique contre « La France moisie », alors qu'il a écrit, dira-t-il candidement, des milliers de pages. En effet, publier un article à la « une » du quotidien du soir pour clamer sa détestation d'un pays entier est une garantie qu'il passera inaperçu.

La France moisie, ironisent les ricaneurs, c'est toute la France, Sollers en moins. Le propos de l'éditorialiste-associé du *Monde* est à la fois plus profond et infiniment plus contestable que ne le serait un simple plaidoyer *pro domo*. Sollers ne se contente pas, après tant d'autres, de voler au secours de « Dany-la-pagaille ». En réalité, la grille de lecture « à spectre large »

1. « La France moisie », Philippe Sollers, *Le Monde*, 28 janvier 1999.

qu'il applique à la France menacée, en quelque sorte, de devenir une pourriture de l'Histoire, fleure déjà elle-même la naphtaline, puisqu'elle s'inscrit dans le droit fil du péché originel dont on nous répète depuis trente ans qu'il est l'unique permanence de la vieille nation. Inventeur du « concept », Bernard-Henri Lévy le confirme d'ailleurs dans *Marianne* : « Encore l'idéologie française[1]. » Tous ceux pour qui le dernier chic consiste à mépriser ce pays, d'abord parce que c'est le leur, et deuxièmement parce qu'il n'aurait pas encore renoncé à toute singularité, trouvent là leur manifeste.

Dans une telle France, on ne saurait être qu'un héros ou un salaud, un ange ou un démon. Face à la horde infâme des « moisis sans bruit » – quel aveu ! – des « rentiers peureux » pleins de ressentiment, face à cette « bêtise française sans équivalent » qui fascinait Flaubert, il y aurait, heureusement, quelques esprits éclairés capables d'en appeler à Heidegger, Sartre, Picasso, Stravinski, Genet, Giacometti et Céline. Ainsi assuré par ce parrainage d'être distingué des « moisis sans bruit », Sollers prend surtout le risque d'apparaître *evergreen*, lui le « toujours-frais ».

Tapie derrière le masque mensonger de 1789, la France éternelle, la vraie France serait donc Pétain plus que De Gaulle, l'OAS plus que l'anticolonialisme, le Vel' d'Hiv' plus que la révolution de 1848, les esclavagistes bordelais plus que Victor Schoelcher, Rebatet plutôt que Renan. Sollers est colère. « La France moisie a toujours détesté pêle-mêle les Allemands, les Anglais, les Juifs, les Arabes, les étrangers en général, l'art moderne, les intellectuels coupeurs de cheveux en quatre, les femmes trop indépendantes ou qui pensent, les ouvriers non encadrés, et, finalement, la liberté sous toutes ses formes. [...] La France moisie a bien aimé le XIXe siècle, sauf 1848 et la Commune de Paris. » En résumé, la France moisie n'aime pas ce qu'il convient

1. *Marianne*, 8-14 février 1999.

d'aimer. Boude-t-elle pour autant son grand écrivain ? « Cela fait longtemps, poursuit-il, que le XXe lui fait horreur, boucherie de 14 et humiliation de 40. *Elle a eu un bref espoir pendant quatre ans* (c'est moi qui souligne), mais supporte très difficilement qu'on lui rappelle l'abjection de la Collaboration. » Difficile, en effet, face à cette accusation infamante, de ne pas céder à la colère ! Certes, l'Occupation fut une période absolument délicieuse pour la population qui célébra dans l'allégresse l'entrée des troupes allemandes. Certes, les collaborateurs actifs ne se recrutèrent jamais dans une élite élégante, cosmopolite et qui entendait le rester, mais uniquement dans cette « France moisie » des clochers, des villages, du drapeau tricolore et de *la Marseillaise.* Certes, le comble de l'horreur est de marier « le national social ou le social national », même si les patrons paternalistes du XIXe siècle – difficile, au fait, de faire plus moisi – devaient apprécier au moins autant que Jean-Marie Messier ces « ouvriers non encadrés » que l'on nous donne comme preuve de la modernité d'un pays.

Mais Sollers entend-il débattre, voire polémiquer ? Il s'agit plutôt d'un exorcisme, d'expulser de la communauté tous ceux qui ne partagent pas sa terrifiante vision de la France. Typiquement placé dans la position de celui qui, habilité à juger, doit établir une séparation étanche entre lui et l'accusé, Sollers ne cherche même pas, comme le ferait un vrai juge, à comprendre d'où viennent ces « préjugés viscéraux », « les petites phrases bien rancies et bien médiocres » de ces Français qu'il assigne à moisissure. A-t-il bénéficié au berceau d'un vaccin l'immunisant contre ces peurs et ces réflexes qu'il accable de son mépris ? Est-il fait, lui, d'une matière noble qui ne saurait être comparée à celle dont sont forgés ces êtres vils ?

Dans un texte où percent à la fois l'ire et l'inquiétude[1], Jean-François Kahn brosse à grands traits le tableau de l'impitoyable guerre de tranchées qui tient lieu de débat : « Chacun s'enfermant dans le bunker de son clan, de sa caste, de son nombril ou de sa corporation, personne n'écoute plus personne. On débat comme on tue. L'intolérance est devenue le dernier chic. » « Peut-on, écrit le directeur de *Marianne*, faire référence à des « valeurs » sans être déporté à Vichy, à une "morale" sans être livré à Mgr Lefebvre, à la nécessité d'un minimum d'ordre civique sans être pinochetisé ; évoquer l'existence de classes sociales sans être identifié à Pol Pot ; décrypter des réflexes grands-bourgeois sans être assimilé à Béria ; [...] n'apprécier que modérément Sollers sans être suspecté "d'anti-intellectualisme" ? Autrement dit, peut-on encore ne point se soumettre à l'orthodoxie libérale-libertaire sans être condamné au bûcher ? »

La réponse de Sollers a au moins le mérite de la clarté. Qui n'est pas avec moi est contre la liberté. Et sera donc classé parmi les ennemis de la liberté. Dans sa fureur, il n'épargne rien : ni les angoisses de ceux qui ne communient pas dans l'adoration de l'époque, ni les nostalgies de ceux qui ne se prosternent pas devant l'idole monétaire européenne[2], ni les doutes de ceux qui ne réservent pas au monde qui vient l'accueil enthousiaste qui convient. Autant de chemins qui, on ne s'en étonnera pas, mènent à Chevènement, sacré commandant en chef des forces de « la France moisie ». Là encore, Lévy vient confirmer son propos : « Quand on est ministre de l'Intérieur, déclare-t-il encore à *Marianne*, un brin professoral, on évite "élites médiatisées". » La justice oblige à préciser que le lap-

1. « Terrorisme intellectuel, halte au feu », Jean-François Kahn, *Marianne*, 8-14 février 1999.

2. Sollers, qui fait figurer Sartre dans son Panthéon, se souvient-il du texte où, dans *La Cause du Peuple*, l'écrivain stigmatisait « l'Europe germano-américaine » ? Il est vrai que Sollers lui-même fut moins europhile qu'il ne l'est.

sus provient peut-être de la transcription effectuée par l'hebdomadaire. Mais on ne peut s'empêcher de penser que l'inconscient, à nouveau, a parlé. Le philosophe enfonce le clou. « Il serait parfaitement démontrable que Chevènement est fondamentalement un idéologique maurrassien. Il a les réflexes d'un maurrassien, il a l'idéologie d'un maurrassien : lorsqu'il se pense "de gauche", lorsqu'il s'en prend à l'argent, au grand capital, à l'impérialisme, comme il l'a fait plus jeune, il est encore et toujours maurrassien. » De la part d'un intellectuel, normalien de surcroît, et connaisseur de l'histoire des idées politiques, cette assertion, en lieu et place de la démonstration annoncée, laisse sur sa faim.

National-républicain, dites-vous ?

L'enjeu dépasse la personnalité du ministre de l'Intérieur. La constitution d'un front du refus, certes hétéroclite, mais uni par la volonté de soulever la chape de plomb qui s'est abattue sur la vie intellectuelle, est au cœur de la bataille qui s'annonce. Depuis plusieurs mois, *Le Monde* les a désignés d'un vocable dont l'intention ne laisse pas d'être péjorative. Sortis du passé, les « nationaux-républicains » arrivent [1]. Cette drôle de famille est suspecte, et à un plus d'un titre. Son côté « auberge espagnole » inquiète. Les « saute-frontières », les mondialisateurs heureux n'apprécient guère que l'on transgresse les frontières idéologiques. Or, que peut-on observer par exemple, dans la Fondation Marc Bloch [2] créée au printemps 1998, à l'initiative de

---

1. « Le refus de l'Europe mobilise les "nationaux-républicains" », Raphaëlle Bacqué et Ariane Chemin, *Le Monde*, 17-18 mai 1998.

2. Saisie par les héritiers de Marc Bloch, la justice a retiré à cette association le droit d'utiliser le nom de Marc Bloch, d'où son appellation actuelle de Fondation du 2 mars.

Philippe Cohen et de quelques autres, pour regrouper les forces intellectuelles de chercheurs et des militants qu'avait quelques années plus tôt rassemblés leur commune hostilité au traité de Maastricht ? « Une opposition qui transcende, selon leurs vœux et leurs convictions, les clivages habituels, d'une rive à l'autre », observe *Le Monde*. Les lignes de fracture fondamentales ne respectent plus le mur de Berlin de la politique française ; que des gens de droite et de gauche travaillent ensemble, que des chevènementistes et des « séguino-pasquaiens » ne refusent pas de se parler, que des communistes et des gaullistes se retrouvent face-à-face, voire côte-à-côte : cet air vaguement « Conseil national de la Résistance » a cela d'intolérable qu'il brouillerait les repères.

Or, ces gens-là ne respectent pas non plus la séparation étanche, édictée sous les auspices de « la deuxième gauche » entre une société civile parée de toutes les vertus et une classe politique stigmatisée comme amorale. Pis, ils ne sont même pas d'accord entre eux sur chaque sujet. Certains pensent qu'une « autre Europe » est possible quand la majorité d'entre eux est allergique au lyrisme européiste ; d'autres militent pour le PACS ou la parité, quand la plupart manifestent une indifférence de mauvais aloi à l'égard de ces percées sociétales. Il leur arrive même de reconnaître qu'ils se sont trompés. On admettra que cette fluidité n'est guère pratique pour qui veut les étiqueter.

On a beau leur expliquer qu'il faut être citoyen du monde, contractualiser l'ensemble des rapports humains, moderniser l'État au point d'en faire le simple notaire de la vie de la Cité, célébrer la sagesse des marchés et l'entente des journalistes et des juges, et ils répondent principe d'égalité, intérêt général, indépendance nationale – et même, autorité. On évoque devant eux le nouveau sens de l'histoire, ils revendiquent le volontarisme. On les invite à se méfier de l'irrationalité des sentiments populaires, et ils se montrent défiants à l'égard des élites, prétendent redonner de la voix au peuple, ou encore se réclament de George Orwell et de cette *common decency* qu'il observait plus dans les taudis du pays minier que dans les salons londoniens. Tout cela fleure le populisme. Comment expliquer, dès lors, que des intellectuels respectés trahissent leur caste pour se joindre à eux ?

Régis Debray, et avec superbe, relève en effet ce défi. Cela n'est pas si surprenant. Après tout, n'est-il pas le premier à avoir, dès 1989, détecté qu'un nouveau clivage, entre « démocrates » et « républicains », serait appelé à restructurer la vie intellectuelle ? « National-Républicain ? Chiche. Votre injure sera mon nom. » En novembre 1998, dans le grand amphithéâtre de la Sorbonne plein à craquer, il donne une conférence, sous les auspices de la sulfureuse fondation[1]. « Mauvais *look*, dit-il, scrutant le public avec la gourmandise de celui qui part au combat. Genre "national-socialiste" ? Avec du "rouge-brun" en filigrane ? Le "national", apanage de la droite, comme le "social" l'est de la gauche, n'implique-t-il pas la férule, le képi, le clairon et autres ringardises ? Ne serions-nous pas, petits Déroulède, tout bonnement de mauvais démocrates guettant au loin l'homme providentiel ? »

Enfin, ces nationaux-républicains sont insupportablement grincheux. Au lieu de se joindre au concert des « opineurs universels », de s'enthousiasmer devant chaque nouveauté de la marchandise immanquablement présentée comme une avancée de la modernité, ils s'interrogent, diagnostiquent un changement de civilisation et même parfois une mutation anthropologique. Il leur arrive de penser qu'une école qui transmettait des savoirs ou une société qui rétribuait le

---

1. *Le Code et le Glaive, examen de conscience d'un républicain*, Régis Debray, Albin Michel, 1999.

travail autant que le capital avait du bon. Ils émettent des réserves quant aux effets enchanteurs du néo-libéralisme mondialisé. Cette incompréhensible tiédeur désole Laurent Joffrin : « S'il est une qualité substantielle de la gauche[1], écrit-il, c'est l'optimisme. Il suppose, bien sûr, la lucidité. Mais aussi un certain enthousiasme, une ouverture, un accueil au monde qui vient : toutes qualités dramatiquement absentes au sein de cette confrérie des chagrins et des sinistres. Un peu de bonne humeur, que diable ! Simple notation psychologique ? Peut-être : ce sont les plus révélatrices. » La gauche « optimiste » venant rejoindre ses sœurs « morale » et « citoyenne », on regrettera que cet optimisme principiel ne s'applique jamais à la France incapable-de-se-réformer.

L'affaire, par-delà la caricature, est sérieuse. Deux constats conduisent en effet les membres de ce courant à se réclamer de la nation. D'une part, dans l'attente d'une nouvelle perspective historique, elle reste le seul cadre à l'intérieur duquel on peut parler de démocratie. Quoi qu'affirment les tenants de la justice universelle, les droits de l'homme s'exercent ou se bafouent dans le cadre des nations qui organisent le monde. Car les vieilles nations que nous sommes sont des concrétions historiques, anthropologiques et juridiques, autrement dit des *réalités* dont on peut certes souhaiter la disparition, mais dont on ne peut se débarrasser sous prétexte qu'elles ne seraient plus à la mode. Parler nation, note Debray, « c'est redonner le pas à l'histoire sur la sociologie, à la particularité concrète sur la généralité passe-partout, à la pratique circonstanciée sur les jargons transhistoriques ». En réponse à cette argumentation, *L'Événement du jeudi* s'interroge[2] : « Régis Debray

1. « Résister, disent-ils », Laurent Joffrin, *Le Nouvel Observateur*, 1er avril 1999.
2. « Régis Debray est-il encore de gauche ? », Brice Couturier, *L'Événement du jeudi*, 1er-6 avril 1999.

est-il encore de gauche ? » Question fondamentale, on en conviendra.

Analysant le rapport négatif à la nation qui conduit à nier l'existence même de collectivités humaines, Emmanuel Todd observe, dans *L'Illusion économique*[1], que « c'est l'*antinationisme* des élites, pour reprendre le terme efficace de Pierre-André Taguieff, qui mène à la toute-puissance du capital mondialisé. Le retour d'une conscience collective centrée sur la nation suffirait à transformer le tigre de la mondialisation en un chat domestique tout à fait acceptable ». En effet, les nations demeurent aussi le seul obstacle à la liberté absolue du commerce. D'ailleurs, sous couvert de généreuses idées, c'est bien ce qu'on leur reproche. Il n'en est pas moins paradoxal de s'extasier bruyamment sur les identités jetables, fragmentaires et cumulables générées par le marché ou par la demande infinie de regroupements ethniques ou comportementaux, pour dénigrer l'identité collective la plus ancienne et probablement la mieux à même de fédérer les différences dans la Cité.

Il ne s'agit pas pour autant de balayer d'un revers de main les soupçons ou les réserves en partie légitimes que suscite une telle référence. Tout d'abord, pour nécessaires qu'elles puissent sembler, ni la nation, ni la République ne constituent une réponse globale et infaillible à toutes les questions posées à nos sociétés. Il serait fâcheux d'opposer à l'hymne incantatoire libéral-libertaire ce qu'Emmanuel Todd qualifiera avec acrimonie de « moulin à prières républicain[2] » – avant de s'éloigner de cette mouvance. Les « nationaux-républicains » ne sont pas, assurément, à l'abri du danger consistant à conférer à sa propre pensée valeur de

1. *L'Illusion économique*, essai sur la stagnation des pays développés, Emmanuel Todd, Gallimard, 1998.

2. « J'ai de quoi être honteux de ce que Chirac a fait de mes idées », Emmanuel Todd, entretien avec Nicolas Weil, *Le Monde*, 16 septembre 2001.

dogme et donc à l'immobiliser. De même qu'il leur arrivera de s'adonner aux facilités du « campisme » et de figer leurs adversaires sans même s'apercevoir que les lignes de fracture idéologique se sont déplacées. Or, il s'agit de penser un monde dans lequel des clivages sont multiples, les frontières mouvantes. « C'est en dehors des cadres hérités, gauche contre droite, souveraineté contre européisme, république contre fascismes, que commence la pensée de la politique », écrit Pierre Nora[1].

Surtout, de la reconnaissance du fait national à la détestation des autres nations que la sienne, du patriotisme au nationalisme, il y a plus qu'un pas mais la distance n'est pas, loin s'en faut, infranchissable. Le nationalisme de Milosevic n'invalide pas l'idée nationale, mais le patriotisme gaullien ne garantit pas à jamais la virginité de celle-ci. Debray, à nouveau, fournit la clé, exhortant ceux qui entendent emprunter la voie ouverte par lui et quelques autres à réconcilier, grâce à l'indispensable trait d'union, « le sensible national et l'intelligible républicain », la nation, « contrainte par corps » et la République, « obligation de raison ». Ce qui revient, conclut-il, à se placer dans les traces « de l'abbé Grégoire, le défenseur des Juifs et des Noirs, – ce "national-républicain" avant la lettre –, lorsqu'il déclarait : "réunissons donc le courage de Sparte et le génie d'Athènes" ». On pourrait imaginer parrainage plus déshonorant.

Il est vrai aussi qu'à trop vouloir prendre en compte la peur du délitement, le risque est de l'alimenter. Il faut reconnaître que lors de sa naissance, les membres de la Fondation du 2 mars ont parfois cédé au fantasme de la Résistance sur fond de la symphonie héroïque de la France libre. Convenons que lutter contre les armées du conformisme requiert un bien moindre courage que

---

1. « Adieu aux intellectuels », Pierre Nora, *Le Débat,* n° 110, mai-août 2000.

celui qu'il fallut à Marc Bloch pour se dresser contre les Allemands. De nos jours, on se remet fort bien d'avoir été la cible des pelotons d'exécutions médiatiques.

Cependant, l'entreprise de disqualification menée contre ces « nationaux-républicains » n'opposera qu'un étonnant silence aux questions qu'ils tentent de soulever. « Il n'y a guère de probité, répond Debray, à enfourner dans le même sac Carnot et Maurras, Jaurès et Barrès, le messianisme expansif et le chauvinisme rétractile, le projet d'inclure et celui d'exclure. » Jacques Julliard, dont la probité n'est pourtant pas en cause, n'en affirme pas moins que ce courant se nourrit « du sentiment d'une partie des couches populaires d'être livrées à elles-mêmes, et de leur repli sur des positions de plus en plus conservatrices : protectionnisme, autoritarisme et, au bout du processus, lepénisme ? » s'interroge-t-il. « Crypto-lepénistes », « prélepénistes », le verdict est pour le moins injuste. La sentence, toutefois, ne sera qu'imparfaitement exécutée, puisque nombre d'entre eux continuent à sévir de la plume et de la voix. Il serait exagérément optimiste d'en conclure que les « nationaux-républicains » ont ébranlé le pouvoir de la censure. Au moins ont-ils eu le mérite de lancer l'assaut contre la forteresse des idées convenues.

La deuxième guerre du Kosovo

> « On ne peut pas mettre sur le même plan le probable millier de victimes serbes et les centaines de milliers d'Albanais massacrés. »
>
> Antoine Garapon, *Télérama*, 13 juin 2000.

Contre le crime, pour l'humanité. Sous la force, le droit. On ne saurait s'étonner que les stratèges de l'OTAN, avec l'aide de grands communicants, aient ainsi présenté le sens de leur campagne de bombardements contre la Yougoslavie au printemps 1999. La propagande, on le sait, est aussi vieille que la guerre, et la vérité, si convenue soit cette assertion, est toujours la « première victime » de celle-ci. Le fait surprenant est l'aisance avec laquelle le récit irénique de la « guerre humanitaire » fut accepté et diffusé par ceux dont c'est le métier et le devoir de douter. Les médias, presque unanimement, proposèrent une lecture convergente – qui se trouvait aussi être celle de l'une des parties au conflit. Comment une corporation qui revendique d'être un contre-pouvoir fut-elle amenée à produire et à diffuser une information dont le premier résultat, sinon l'objectif assumé, fut de conforter le pouvoir de l'Alliance militaire la plus puissante du monde[1] ? Au-delà de la tragé-

1. Ce texte reprend de nombreux éléments d'articles antérieurs, « L'insoutenable légèreté de l'information », Élisabeth Lévy,

die du Kosovo, l'enjeu est d'importance, dans des sociétés qui confèrent aux médias le magistère qui est le leur.

Qu'on ne se méprenne pas. L'on pouvait être favorable à cette guerre. Était-il nécessaire pour autant d'adopter sans inventaire l'aimable conte d'une opération menée dans le seul but de soulager les souffrances des Albanais ? Fallait-il s'interdire de rechercher toutes les motivations de dirigeants occidentaux qui, en d'autres temps et d'autres lieux, paraissent s'accommoder de l'existence du malheur ? Ne fallait-il pas manifester quelque scepticisme quand ils affirmaient être animés par le seul souci des droits de l'homme ? « Les soldats de l'An II ne se faisaient pas tuer à Valmy pour défendre les droits qu'ils venaient de proclamer mais pour défendre les frontières menacées de la nation [1] », répondra Jean Clair. Sauf à imaginer que l'on vivrait désormais dans un monde délivré des rapports de force, on souscrira sans doute à l'observation de Stanko Cerovic : « Il n'est nul besoin d'être paranoïaque pour imaginer qu'une grande puissance mène une politique de grande puissance, tandis qu'il faut être aveugle pour croire que cette grande puissance n'a pas de politique internationale, seulement humanitaire [2]. » Issu de l'opposition libérale serbe, celui-ci avait vu avec une immense tristesse son peuple courir vers l'anéantissement, ses amis succomber au vertige nationaliste. Et c'est avec désespoir qu'il assistait au châtiment s'abattant sur eux au moment où, « voyageurs de retour, chargés du lourd fardeau de la défaite », ils commençaient à guérir de leur folie collective.

« La guerre des valeurs, écrira Virilio, rend la négo-

Le Débat, nº 109, mars-avril 2000, ainsi que « Le réel ne passera pas ! », *Le Monde*, 3 mai 2000.

1. « De Guernica à Belgrade », Jean Clair, *Le Monde*, 21 mai 1999.

2. *Dans les griffes des humanistes*, Stanko Cerovic, Climats, 2000.

ciation impossible[1]. » Il semblerait qu'elle rende aussi toute réflexion suspecte. Point n'était besoin, pourtant, d'adopter un point de vue mythologique pour estimer, à l'instar par exemple de Pierre Hassner, que la guerre constituait « un mauvais pas dans la bonne direction ». Mais alors, n'aurait-il pas dû être permis de penser que c'était un mauvais pas dans la mauvaise direction ? Or, le quasi-unanimisme, observé pendant la guerre elle-même, n'eut d'égal que la violence avec laquelle les points de vue dissidents furent, en conséquence, rejetés dans le camp du crime. « Révisionnistes », « falsificateurs », « complices de la barbarie », peu d'invectives furent épargnées à ceux qui refusaient d'admettre que la justice était au bout du fusil.

L'heure était aux ruptures définitives, aux excommunications. Le ton avait été donné, à la « une », du *Monde*, par Bernard-Henri Lévy[2]. En réponse aux réserves du ministre de l'Intérieur, Jean-Pierre Chevènement, exprimées par le truchement d'un texte du philosophe allemand Hans-Magnus Enzensberger – lequel désavouera cette lecture de son œuvre –, Lévy rappelait d'abord, en forme d'argument, que l'*émotion* étant à son comble dans le pays, l'unique question tenait désormais aux « moyens de voler au secours de nos frères européens du Kosovo ». Dans la volonté du ministre de l'Intérieur de ne pas céder à la « théologie des droits de l'homme » et de ne pas « tomber dans le piège de la rhétorique universaliste », autrement dit dans son plaidoyer pour la *realpolitik*, il entendait un écho de « l'infect adage lepéniste » qui prétend hiérarchiser le souci de l'autre – en préférant la sœur à la cousine, la cousine à la voisine... « Chevènement, Le Pen, même combat ? Je ne dis pas cela », précisait Lévy, détectant toutefois entre tous les opposants à la

1. *Stratégie de la déception*, Paul Virilio, Galilée, 1999.

2. « Chasser le Chevènement de notre tête », Bernard-Henri Lévy, *Le Monde*, 8 avril 1999.

guerre « une identité de réflexes, [...], une même vision torve non seulement de la France, mais de l'Europe et de la morale ». Certes, il était loisible de contester la position du ministre de l'Intérieur ou, par ailleurs, de s'interroger sur son maintien au gouvernement. Mais il s'agissait d'autre chose. Ni partenaires, ni adversaires, Chevènement – et, plus largement, tous ceux qui étaient hostiles à la guerre de l'OTAN – devaient être promptement « chassés de nos têtes ». Lancé par cette charge, le « débat » promettait d'être sans merci. Il allait tenir ses promesses.

Cependant, cette violence symbolique exercée, comme à l'accoutumée, au nom du Bien, aura peut-être produit, au bout du compte, des effets inattendus. En effet, si le Kosovo a constitué une sorte d'acmé dans la stigmatisation de toute dissidence, l'entreprise s'est révélée un échec en raison même de sa radicalité. La force du pilonnage idéologique et la disproportion des moyens employés furent telles que nombre de partisans de l'interprétation dominante choisirent de défendre la liberté de parole de ceux avec qui ils n'étaient pas d'accord. Au point, qui sait, d'avoir peut-être convaincu les censeurs les plus sévères que tout le monde avait à perdre dans la dégradation des clivages de pensée en échange de tirs d'artillerie.

Nous sommes en mai 1999. Au plus fort des bombardements, l'issue, sur le « front secondaire » – celui des idées –, semble pourtant certaine. Tandis que, chaque soir, les avions de l'OTAN bombardent la Yougoslavie, la guerre fait aussi rage à Paris. Les mots y servent de munitions, les rédactions de centres de commandement, la rive gauche de champ de bataille. Les corps-à-corps ont lieu sur les plateaux de télévision. L'enjeu, dit-on, serait les valeurs de l'Occident, mais qui sait, peut-être cette guerre recèle-t-elle comme les autres des buts cachés. Dans ce conflit, que l'on pourrait ironiquement baptiser « guerre de la pizza » si des milliers de vies n'étaient pas en jeu, tous les coups sont permis.

À observer alors l'état des forces respectives, le chroniqueur du présent ne donnerait pas cher de la survie de l'une des armées, celle dont le haut commandement est assuré par Régis Debray – qui n'en demandait pas tant. À ce stade, elle ressemble plutôt à une troupe en déroute dont les derniers combattants ne luttent plus que dans la perspective de tomber les armes à la main. Qui pourrait, alors, pressentir que la bataille idéologique est en train de connaître un tournant ? Pourtant, c'est bien ce qui se prépare.

Retour au Kosovo

Pour comprendre ce champ de mines idéologique, il faut faire un détour, ne serait-ce que brièvement, par la longue et complexe histoire du Kosovo. Devenue majoritairement peuplée d'Albanophones[1], cette province serbe est l'objet, depuis la fin des années 70, d'un affrontement d'intensité croissante et de nature changeante qui a abouti à un conflit de légitimité entre un État autoritaire et une minorité irrédentiste – légitimité historique pour les Serbes qui voient dans le Kosovo le berceau de leur nation, légitimité démographique et donc démocratique pour les Albanophones qui, rappelons-le, y sont désormais majoritaires.

Sous Tito, qui veillait à limiter l'influence serbe au sein de la Fédération yougoslave, des milliers de familles serbes ont été expulsées – se risquer, durant la guerre de la fin du siècle, à faire état de cette information est nécessairement agir comme le propagandiste de Belgrade. À la fin des années 80 marquées par

1. Par commodité, on emploiera parfois le terme « Albanais », peu satisfaisant car il ne permet pas de distinguer les habitants du Kosovo, ressortissants yougoslaves, des citoyens d'Albanie.

une montée parallèle des nationalismes serbe et albanais, Slobodan Milosevic a compris tout le parti qu'il pouvait tirer de l'attachement – mythique plus que concret – que les Serbes vouent à la province où se trouvent les plus anciens – et les plus beaux – monastères orthodoxes de la région. Il abroge le statut d'autonomie accordé en 1974. Une répression sévère s'abat alors, non seulement sur les activistes, mais sur l'ensemble de la population albanaise qui réplique par l'instauration d'institutions parallèles dirigées par la Ligue démocratique du Kosovo (LDK) d'Ibrahim Rugova. En conséquence, les démocrates albanais refuseront avec constance de joindre leurs voix à celles de l'opposition serbe pour renverser le régime de Milosevic. En 1995, le Kosovo est le grand sacrifié de l'accord de Dayton. Pour obtenir de Milosevic qu'il abandonne à leur sort les Serbes de Bosnie, on lui promet qu'il conservera les mains libres dans la province méridionale. Abandonnés par l'Occident et confrontés à une répression accrue, une partie des indépendantistes albanais décide, en 1998, de passer à la lutte armée. L'UCK – alors qualifiée d'« organisation terroriste » par le Département d'État américain – poursuit une tactique de harcèlement des forces serbes, police et armée, dont le nombre d'hommes est en augmentation constante dans la province. Les civils serbes qui résident dans des villages isolés vivent, eux aussi, dans la peur – même si leurs souffrances ne sont pas comparables à celles qu'endurent les Albanais.

L'histoire tourmentée de cette Terre convoitée par deux peuples ne saurait donc être réduite à la volonté de domination sauvage exercée par la minorité sur la majorité – si tentante soit cette lecture simpliste. Chaque famille, au Kosovo, vit dans la mémoire de la souffrance infligée par l'Autre. Et si Belgrade mène incontestablement une « sale guerre », on ne saurait affirmer que sa politique obéit à une logique de la

« race pure » – comment expliquerait-on, en ce cas, que des milliers d'Albanais continuent à vivre en Serbie ?

Du châtiment au crime

À partir de 1998, c'est à une véritable guerre civile que l'on assiste. Forte de sa supériorité militaire, l'armée fédérale hésite d'autant moins à expulser les habitants que, comme toutes les guérillas du monde, l'UCK s'abrite précisément au milieu des civils. Ces expulsions massives, cependant, connaissent un fort ralentissement à partir de novembre 1998, après la conclusion d'un accord entre le diplomate américain Richard Holbrooke et Slobodan Milosevic[1]. Le marché, en substance, est le suivant : une trêve – qui sera violée par tout le monde, forces serbes et milices albanophones – est instaurée, Belgrade s'engageant à réduire le niveau de son engagement militaire, tandis que la présence d'observateurs de l'OSCE dissuadera l'UCK de prendre les positions ainsi abandonnées. Or, de l'avis même de plusieurs diplomates ayant appartenu à la mission internationale, celle-ci, volontairement ou pas, permettra à l'UCK de se renforcer[2].

Dans ce contexte tendu, et alors que les diplomaties européennes et américaines ont le regard fixé sur cette terre oubliée, intervient l'affaire de Racak, où, le 16 janvier 1999, quarante-cinq cadavres sont découverts dans une fosse commune. Avant que la moindre enquête ait été diligentée, le chef de l'OSCE William Walker – ancien officier de la CIA qui compte à son

---

1. Cela n'empêche pas des Albanais de fuir le climat d'insécurité général.

2. « Kosovo, la guerre derrière la paix », *Golias/Limes*, été 1999. D'après les observateurs européens cités dans ces documents, Américains et Britanniques apportèrent sous couvert de l'OSCE leur soutien à l'UCK.

actif l'organisation des *contras* au Nicaragua – reprend à son compte la version de l'UCK. Des corps trouvés au Kosovo, où personne ne semble se rappeler qu'une guerre civile met aux prises une armée et une guérilla, sont nécessairement ceux d'Albanais sans défense massacrés par les Serbes. Affirmation instantanément relayée dans toute l'Europe par les bulletins radios et les journaux télévisés qui dénoncent « l'odieux massacre ». De nombreuses voix s'élèvent, exigeant que, sans plus tarder, on entre en guerre contre la Serbie.

Or, au terme d'une enquête minutieuse, Renaud Girard, journaliste au *Figaro*[1], infirme partiellement cette version à laquelle *Le Monde*[2] et *Libération*[3] apporteront aussi des bémols. Une partie des corps, affirment-ils, a été transportée après-coup dans la fosse commune, comme si on avait voulu accroître l'horreur du crime. De plus, on a généralement omis, dans les récits et analyses de la tragédie, de préciser qu'elle était intervenue dans le cours ou à la suite d'une opération de la police serbe contre l'UCK, elle-même menée en représailles à l'assassinat de policiers dans ce village. L'UCK y avait subi une défaite militaire qu'elle saura habilement transformer en victoire politique. Bien entendu, cela ne rend pas les meurtres moins odieux, ni ne diminue le respect dû à la mémoire des victimes. Mais entre tuer des civils dans le cours d'une opération de guerre et les rassembler pour les exécuter froidement, la différence importe ainsi qu'y insiste à raison le droit international.

Les circonstances de la tragédie de Racak auraient-elles été volontairement laissées dans le flou ? En effet,

---

1. « Racak : zones obscures d'un massacre », Renaud Girard, *Le Figaro*, 20 janvier 1999.

2. « Les morts de Racak ont-ils été froidement massacrés ? », Christophe Chatelot, *Le Monde*, 21 janvier 1999.

3. « Kosovo : contre-enquête sur un massacre », Pierre Hazan, Hélène Despic-Popovic, Jean-Dominique Merchet, *Libération*, 21 janvier 1999.

tout laisse penser – à commencer par les journaux cités – à une mise en scène partielle qui se serait ajoutée à un massacre bien réel. De plus, le rapport de la légiste finlandaise chargée de l'enquête, Héléna Ranta, ne sera pas publié. Évoquant, selon *Le Monde*, « les vingt-deux corps retrouvés dans le fossé », elle se bornera à affirmer au quotidien que « rien n'indiquait que les victimes n'étaient pas des civils non armés » – sans faire mention des autres cadavres. D'où, finalement, le sentiment partagé par plusieurs observateurs que Racak a constitué un détonateur permettant de légitimer l'entrée en guerre de l'OTAN.

Or, à ce moment-là, on n'est pas très loin du compromis politique entre Serbes et Albanais que les diplomates français et allemands tentent désespérément d'imposer, en dépit du faible enthousiasme des Américains qui ne cachent guère, pour leur part, leur volonté d'en découdre. Faute de pouvoir ici relater ces négociations, on rappellera simplement que, fin février, les Serbes se sont résignés à concéder à la province une large autonomie garantie par la présence de troupes de l'OTAN, tandis que les Albanais ont accepté d'attendre trois ans avant de poser la question du statut de la province. À la suite de quoi, et bien que ces documents n'aient, eux aussi, jamais été publiés, de nombreux témoignages, formulés notamment au plus haut niveau des chancelleries concernées, font état d'un durcissement américain. La délégation serbe aurait été sommée d'accepter que les forces de l'OTAN soient autorisées à circuler librement sur l'ensemble du territoire yougoslave – principe de fait inacceptable pour tout État, démocratique ou pas. Ce dernier point ne fait pas l'objet d'un consensus, certes, mais il faudrait alors expliquer le brusque revirement de Belgrade. Il n'est pas certain, en tout cas, que l'on ait laissé toutes ses chances à la diplomatie.

Trois ans plus tard, à la veille du procès de Slobodan

Milosevic devant le Tribunal pénal international de La Haye, le journaliste du *Monde* qui avait émis des doutes sur la version officielle du massacre reviendra sur la tragédie, mais sans mentionner ses réserves initiales ni expliquer ce qui motive son changement d'interprétation [1]. On se bornera à observer que le massacre de Racak figure en tête des chefs d'inculpation du président déchu – que le caricaturiste du quotidien croque sous les traits d'un cochon, décrétant ainsi son exclusion du genre humain. Quelles que soient les responsabilités de Milosevic, certainement très lourdes, il serait néanmoins fâcheux, pour la crédibilité du TPI, que l'affaire de Racak fût entachée du moindre doute.

Le 24 mars 1999, l'Alliance atlantique lance donc sa première intervention offensive depuis sa création. Alors qu'elle s'apprête à fêter ses cinquante ans, l'organisation militaire créée pour répondre à la menace soviétique sur l'Europe occidentale pourrait avoir perdu sa raison d'être. Il n'est nullement besoin d'échafauder une théorie machiavélienne, ni d'être un anti-américain endurci, pour concevoir que la guerre de Yougoslavie sera pour l'OTAN l'occasion d'amorcer sa reconversion en une sorte de police mondiale.

Dans les premiers jours des bombardements, dont Madeleine Albright a annoncé qu'ils dureraient moins d'une semaine, l'atmosphère, dans la plupart des pays-membres de l'OTAN, frise la croisade. Rares sont les adversaires déclarés de cette guerre menée au nom du Bien, et, ce qui laisse plus perplexe, au nom du droit pourtant diversement bafoué : l'intervention n'a pas reçu l'aval de l'ONU ; la majorité des Parlements ne sont pas consultés ; à plusieurs reprises, les avions bombarderont « par erreur » des objectifs civils.

---

1. « Martyrs du Kosovo », Christophe Chatelot, *Le Monde*, 13 février 2002.

« L'omelette impériale peut être servie baveuse[1] », commentera le philosophe Daniel Bensaïd. Quant au commandant des forces de l'Alliance, Wesley Clarke, ne confessera-t-il pas ultérieurement qu'on lui avait demandé de mener une guerre « morale et sans scrupule » ? « Et la guerre fut cela, écrit Cerovic, sans scrupule sur le terrain, morale dans la propagande. »

Peu importent les formes, « il faut d'urgence mettre fin à la catastrophe humanitaire », clament alors les dirigeants des pays de l'Alliance sans même s'imposer une cohérence minimale. Pourquoi, d'ailleurs, le feraient-ils, dès lors que nul ne leur demande d'explications ? On affirme donc que les raids aériens sont destinés à mettre fin aux expulsions massives. Or, le téléspectateur le moins averti peut observer que les expulsions ont été provoquées par les bombardements – sans surprise dans la mesure où, comme le laissera encore candidement échapper Wesley Clarke, Slobodan Milosevic avait annoncé son intention de « vider la province » si son pays était attaqué. En France, seul *Canal Plus* jugera la gaffe de l'officier digne d'intérêt.

Serge July reconnaît, à sa façon, que ce sont les avions de l'OTAN qui ont provoqué les expulsions massives et non l'inverse, lorsqu'il souligne que « la légitimité de la guerre de l'Alliance s'est vue renforcée par la déportation en quelques jours de plus du tiers de la population albanaise[2] ». Et, pourrait-on ajouter, par les nombreux crimes que les forces serbes, à défaut de pouvoir riposter à leurs attaquants, commettent à l'encontre du seul ennemi qu'elles tiennent à portée d'armes, la population albanaise. Devrait-on, pour ces justifications *a posteriori*, remercier le président Milosevic ? « On a facilité le crime pour en légitimer le châtiment », conclura d'un trait Daniel Bensaïd.

---

1. *Contes et légendes de la guerre éthique*, Daniel Bensaïd, Textuel, 2000.

2. « Défaite impossible », Serge July, *Libération*, 14 avril 1999.

Quelques mois plus tard, un rapport de l'OSCE recensant les crimes, exactions et autres atteintes aux droits de l'homme commis au Kosovo jusqu'au début de la guerre, confirmera que c'est seulement après le 24 mars que des dizaines, puis des centaines de milliers de réfugiés chassés de leurs maisons se pressent aux frontières de la province.

La chronologie était fâcheuse, cependant, qui voyait les frappes déclencher ce qu'elles prétendaient empêcher. Aussi la parade fut-elle trouvée par le ministre allemand de la Défense Rudolf Scharping avec le fameux « plan Fer à cheval [1] », document supposé constituer la preuve que la « purification ethnique » avait été planifiée de longue date. De très longue date, même – on assistait là, nous expliqua-t-on, à la réalisation d'objectifs ancestraux. C'était écrit. Dans l'histoire, sinon dans les gènes de Serbes. Dès lors, le travail des journalistes ne consistait plus qu'à prendre acte d'un inévitable destin qui s'accomplissait. On ne se posa pas la moindre question sur la crédibilité d'assertions émanant d'un ministre de l'une des puissances engagées dans le conflit. Tant pis s'il ne pouvait être très précis sur l'origine de ses informations. C'était la guerre – une guerre contre un ennemi désormais figé dans la pérennité, voire l'éternité de son caractère maléfique. Mais quand on découvrira, quelques mois plus tard, que le providentiel plan secret était un faux fabriqué par les services secrets allemands, l'information ne retiendra guère l'attention.

En 2001, dans un documentaire diffusé par *Canal Plus* intitulé « Comment on nous a vendu la guerre », les *spins doctors* – les « conseillers en communication » – déclareront qu'ils avaient été stupéfaits de la facilité avec laquelle ils avaient « vendu » aux journalistes des nouvelles destinées à assurer à l'OTAN le

---

1. « Ce plan “Fer à cheval” qui programmait la déportation des Kosovars », Daniel Vernet, *Le Monde*, 8 avril 1999.

soutien des opinions publiques. Il est vrai qu'on avait quelque raison de s'attendre au pire de Milosevic. En avait-on de renoncer à tout sens critique, à toute confrontation avec le réel, à toute interrogation embarrassante ?

Mobilisation générale

Dans les médias, dès le premier jour des frappes, on s'est pourtant promis, non pas une impossible impassibilité, mais la plus grande objectivité possible. Il ne s'agit pas de rééditer les erreurs du passé – la Roumanie ou le Golfe. « La guerre, affirme Edwy Plenel, dans les premiers jours du conflit, c'est le défi le plus fou pour le journalisme. C'est là qu'il prouve ou non sa crédibilité, sa fiabilité. Parce que l'essence même du journalisme c'est de rechercher la vérité. Et cette vérité, les lecteurs, les citoyens, en ont particulièrement besoin en temps de guerre[1]. » On n'intentera pas de procès d'intention au patron des rédactions du *Monde*. Il faut reconnaître que fournir quotidiennement une information « froide », quand on dépend de sources institutionnelles et que les enjeux humains sont d'une telle intensité présente une difficulté considérable – peut-être, d'ailleurs, n'est-ce pas totalement souhaitable, dès lors qu'on ne peut exiger des journalistes qu'ils cessent d'être des citoyens. Les règles énoncées par Plenel n'en constituent pas moins la garantie d'un certain pluralisme. « Il faut donc, poursuit celui-ci, plus que jamais séparer le fait du commentaire, veiller à ne pas se laisser entraîner par la passion, maîtriser ses émotions, se défier de toute démesure. » Et de conclure : « Notre rôle n'est pas d'être un prescripteur d'opinion. C'est d'aider les lecteurs à comprendre, à faire leurs choix. » Serait-ce être trop sensible que ne

1. Récit publié sur le site internet du *Monde*, www.lemonde.fr.

pas éprouver ce choix lorsque, par exemple, le quotidien évoquera en « une », le 19 avril, « les 700 000 fantômes du Kosovo » ?

Il est permis de penser que les médias, dans leur ensemble, n'ont guère été à la hauteur de cette ambition. Une lecture unilatérale du conflit aura été proposée au public – quand bien même, dans les pages « Débats », les adversaires de la guerre se seront exprimés. « On assista, résume Cerovic, à la plus grande mobilisation médiatique de la seconde moitié du vingtième siècle. » Reste à comprendre pourquoi, dès lors que personne n'avait décidé de manipuler l'opinion. Au contraire, tout commentateur était intimement convaincu que, dans cette affaire, le Vrai et le Bien étaient confondus.

On peut évoquer rapidement trois facteurs à l'origine de cette unanimité dans la certitude. D'une façon générale, en appliquant à la situation du Kosovo la grille de lecture – déjà passablement inadaptée – qu'on a employée en Bosnie, on s'interdit *a priori* de comprendre le point de vue serbe, donc la situation. La revendication des Albanais de se constituer en État, voire, sur la base d'une origine commune, de rattacher le Kosovo à l'Albanie, est jugée légitime par définition. D'un côté, le nationalisme est criminel, de l'autre il est noble. Il est vrai aussi que le souvenir de Srebrenica, à juste raison, pèse lourdement sur les consciences. Et on peut, à cet égard, partager l'angoisse qui étreint alors nombre d'intellectuels. Allons-nous, comme à l'été 1995, assister impuissants à un terrible massacre ? Il nous faut, cette fois, être capable de l'anticiper. On ira plus loin – en laissant penser qu'il est en cours. « Personne ne se verra jamais reprocher d'avoir vu un génocide qui n'existait pas, remarque Serge Halimi ; en revanche passer à côté d'un génocide en train de se dérouler est infiniment grave. »

Ensuite, ainsi que le notera Hubert Védrine, « tout

le monde pense la même chose au même moment ». Or, « tout le monde », cela fait beaucoup de monde. Alliés à une majorité d'intellectuels et aux ONG, les médias se trouvent en outre en phase avec les politiques. Menée par une nouvelle génération de dirigeants « de gauche », la guerre contre la Yougoslavie va, d'un bout à l'autre de l'Occident, recevoir l'assentiment des intelligentsias « de gauche » – à l'exception, cependant, de la fraction radicale qui y verra la résurgence d'une politique de puissance plus communément appelée impérialisme. « Ceux qui avaient vocation à diffuser les idéaux de gauche se sont transformés en propagateurs du post-nihilisme », en conclut Stanko Cerovic.

Enfin, « la course au mieux-disant émotionnel » conduit les médias, audiovisuels au premier chef, à donner la priorité aux informations les plus alarmistes. Évolution résumée par Ignacio Ramonet : « Le journal télévisé, dans sa fascination pour le "spectacle de l'événement", a déconceptualisé l'information et l'a replongée peu à peu dans le marécage du pathétique. Il a établi, insidieusement, une sorte de nouvelle équation informationnelle qui pourrait se formuler ainsi : "Si l'émotion que vous ressentez en regardant le journal télévisé est vraie, l'information est vraie."[1] » Cette « information à l'estomac » est le moyen le plus sûr d'obtenir l'adhésion et la participation du téléspectateur pour abolir toute distance critique. Irréfutable, elle balaye tout, ignore la nuance, et *a fortiori* le discernement. « Un enfant qui pleure c'est une image qui parle », déclare un journaliste de télévision. Reste, notent Dominique Vidal et Serge Halimi, à savoir ce qu'elle doit nous dire[2].

---

1. *La Tyrannie de la communication*, Ignacio Ramonet, Galilée, 1999.

2. *L'opinion, ça se travaille*, Serge Halimi et Dominique Vidal, Agone, 2000.

Dans cette atmosphère tout à la fois belliqueuse et compassionnelle, refuser de faire chorus revient à signer son ordre de bannissement. La bataille parisienne, on l'a vu, a commencé à l'artillerie lourde. Elle va se poursuivre à l'arme nucléaire. Riposte massive, telle sera la stratégie du tout-Paris pensant après la publication, dans *Le Monde*, le 13 mai 1999 de la « Lettre d'un voyageur au président de la République[1] ». À contre-courant du discours binaire susceptible de convaincre que l'on est bien engagé dans une guerre juste, Debray brosse un tableau nuancé de ce qu'il a vu au Kosovo et en Serbie. La nuance, voilà qui est insupportable aux consciences nourries depuis plusieurs semaines à l'émotion pure.

Sans doute « le voyageur » a-t-il commis, çà et là, des erreurs d'analyse ou d'énonciation ; peut-être s'est-il trop fié à ce qu'il a vu et pas assez à ce qu'il n'a pas vu. Là n'est pas le problème. Plutôt que se demander si ce qu'il affirme est vrai ou faux pour le réfuter au besoin, on vérifie que son récit est propre à valider l'interprétation qui lui préexiste – et il ne l'est guère. Or, à partir du moment où l'on exclut, par principe, la possibilité de changer d'avis dans la discussion, celle-ci n'existe plus. Dans la livraison que les *Cahiers de médiologie* consacreront à cette guerre et à son traitement – où, fait notable cependant, tous les points de vue s'exprimeront – Louise Merzeau invoquera « un devoir de croyance[2] ». Mais peut-il y avoir débat entre croyances ?

Passe encore que Debray prétende redonner humanité aux populations sur lesquelles on déverse chaque jour des bombes, mais alors que l'Occident tout entier communie dans l'effroi, le voilà qui s'inscrit en faux

---

1. « Lettre d'un voyageur au président de la République », Régis Debray, *Le Monde*, 13 mai 1999.
2. *Croyances en guerre, l'effet Kosovo*, *Cahiers de médiologie*, n° 8, deuxième semestre 1999, Gallimard.

contre l'idée d'un « génocide en cours ». Les médias, il est vrai, n'utilisent ce terme chargé que nanti de conditionnel ou de guillemets, le reprenant de la bouche de dirigeants occidentaux qui, pour leur part, ne s'imposent pas la même prudence. Encore faudrait-il savoir ce que le public retient, des guillemets ou des déclarations. Tout en fustigeant le *black-out* imposé à l'information par Slobodan Milosevic Gerhard Schröder a parlé « d'abattoir », des responsables américains ont évoqué, à plusieurs reprises, des dizaines, voire des centaines de milliers de disparus[1]. Citant le témoignage de Paul Watson, journaliste canadien demeuré dans la province, Debray tente d'expliquer l'effet produit par la conjonction d'une guerre civile d'une extrême cruauté et d'une guerre aérienne qui, non seulement, a accru la haine des soldats serbes à l'égard des Albanais, mais encore a créé une désorganisation considérable. « Sous le déluge des bombes, écrit Debray, les pires exactions ont été commises, les trois premiers jours (24, 25 et 26 mars), avec incendies, pillages et meurtres. Plusieurs milliers d'Albanais ont alors reçu l'ordre de partir. Il [Watson] m'a assuré n'avoir pas trouvé trace, depuis, d'un crime contre l'humanité. Sans doute ces deux scrupuleux observateurs n'ont-ils pas tout vu. Et moi encore moins. » Là encore, des précautions supplémentaires eussent été bienvenues, même s'il se révélera exact que l'essentiel des crimes ont effectivement été commis durant les premiers jours.

Mais le plus significatif est qu'un détail parfaitement véridique vaudra à Debray d'être cloué au pilori. Cette phrase-là ne lui sera pas pardonnée. « À Pristina, où vivent encore des dizaines de milliers de Kosovars, on peut déjeuner dans des pizzerias albanaises, en compagnie d'Albanais. » L'esprit humain rechigne à penser

---

1. « Le nombre de victimes revu à la baisse », Hélène Despic-Popovic, *Libération*, 22 mars 2000.

que dans la guerre, dans la plupart des guerres, persiste une forme de normalité, signe de la force de la vie. Quand on prétend assister à l'affrontement entre l'ombre et la lumière, une telle affirmation est inaudible. « Depuis le début des bombardements, observe Daniel Schneidermann, Pristina se réduisait visuellement à un amas de ruines fumantes. Elle redevient peu à peu une ville, une vraie[1]. » Tout est dit – nous voulions qu'on nous laissât notre cauchemar. N'en déplaise, cependant, aux amateurs d'images reçues, Pristina n'est pas un amas de ruines ; on y croise des Albanais ; on se presse autour des étals dégarnis du marché. Cela ne changeait rien à la nature du conflit, dira-t-on. Peut-être. Surtout, comme l'indique Schneidermann, « que des Pristinais demeurés à Pristina sirotent leur café ne signifie pas que leurs cousins ou leurs frères n'aient pas été contraints à l'exil, ni même qu'au même instant, à dix kilomètres de là, des soudards ne soient pas en train de violer ni d'égorger ». Ce que montrent les caméras ne dit rien de ce qu'elles ne montrent pas. Mais doit-on ignorer ces informations sous prétexte qu'elles contreviennent à notre point de vue ou le brouillent ? On pourrait répondre d'une formule empruntée à Serge Halimi et Dominique Vidal : « Le propagandiste oui, le journaliste non. » Et l'intellectuel ne saurait être, sur cette question du rapport à la vérité, moins sourcilleux que le journaliste.

Dans *L'Emprise*[2], Debray résumera ainsi le brouhaha orchestré autour de son texte, tandis que la « discussion de fond n'eut pas lieu ». « Le signataire fut foudroyé vif, dans les vingt-quatre heures. Les plus généreux, une poignée, virent en lui un benêt à la bonne foi surprise ; le gros du pastorat un salopard invétéré qui tombait le masque. »

---

1. « Hors-champ », Daniel Schneidermann, *Le Monde*, 23 mai 2000.

2. *L'Emprise*, Régis Debray, Gallimard, 2000.

À peine vingt-quatre heures plus tard, en effet, Bernard-Henri Lévy adresse, toujours en « une » du *Monde*, ses « adieux » à Debray. Passant du dépit amical au courroux magistral, il n'hésite pas à faire tomber sur l'ancien prisonnier de Camiri le poids du passé le plus sombre. Soucieux, affirme-t-il, de comprendre comment un écrivain peut prendre « le parti de ses ennemis et, donc, de la barbarie », il concède, sans doute, que « Debray n'est pas Drieu. Ni Belgrade, Berlin. Mais enfin... D'une certaine façon, nous y sommes ». Nous y sommes, certes, mais où ? Dans un monde sans « autre », où pas une idée ne dépassera ? Lévy cherche-t-il les mots définitifs, ceux qui rendront impossibles tout dialogue, toute confrontation intellectuelle, tout échange d'arguments, même vifs ? D'aussi graves accusations ne constituent-elles pas un abus de pouvoir intellectuel ?

Le même jour, paraît une violente charge du spécialiste de stratégie Alain Joxe, lequel détecte chez celui qui était son ami des symptômes de « crétinisme international » et, surtout, l'accuse de mener une « campagne révisionniste ». Révélatrice du climat qui s'instaure et de la faible importance accordée au sens des mots, cette imputation de révisionnisme mérite qu'on s'y arrête un instant, ne serait-ce qu'en raison de sa récurrence. En effet, dans le lexique idéologique français, le terme est de ceux qui tuent. En l'espèce, celui qu'il vise est soupçonné de vouloir absoudre les crimes serbes comme d'autres prétendaient minimiser les atrocités nazies. À la suite de l'article du *Débat* dont ce chapitre s'inspire et sur lequel je reviendrai, une troïka d'enseignants irrités me reprochera, sur une pleine page du *Monde*, ce crime et son infamante généalogie – tout en m'accusant, étrangement, de « pédantisme de l'exactitude ». Soucieux d'être compris, ils prendront soin de préciser leur pensée, écrivant : « Défait et criminalisé sur le front “du passé qui ne passe pas", le révisionnisme relève la tête contre toute attente et en toute impunité sur celui du présent désastreux [1]. » Ce qui reviendra, en bon français, à m'accuser de nier l'existence des chambres à gaz – l'outrance du propos lui ôtant heureusement son pouvoir de nuisance.

On peut aussi, toutefois, entendre le mot révisionniste dans son sens général de remise en cause de la *doxa*. En ce cas, on ne saurait réviser qu'une histoire déjà écrite. Enjoindre, sous peine de disqualification morale, que l'on cessât d'interroger les événements du Kosovo, c'était refuser que soit écrite la tragique histoire de cette terre. Attaquant, dans *Libération*, « Debray ou le révisionnisme au présent », trois écrivains ont-ils conscience de manier un audacieux oxymore [2] ? Au demeurant, même validée par tous, l'histoire est susceptible de révisions fort opportunes. Le capitaine Dreyfus fut fort heureux qu'il y eût à Paris quelques courageux révisionnistes. En réalité, sur la question du Kosovo, ceux qui manient cette invective en conjuguent les deux significations. Toute personne s'écartant du point de vue majoritaire est révisionniste, et tout révisionnisme vaut négation de la barbarie. Avec pour résultat de criminaliser toute divergence. Quant à Debray, estimera pourtant Laurent Joffrin, « s'étant exprimé, il est ensuite non pas "lynché médiatiquement", mais réfuté. Nuance [3] ». Sauf qu'accuser un homme de pétainisme ou d'indifférence au crime n'est pas ouvrir la discussion mais l'interdire. Nuance. Joffrin se garde, quant à lui, de formuler des accusations excessives. La faute de Debray, à ses yeux, est de ne pas reconnaître que « certaines choses sur le Kosovo

---

1. « Un voile révisionniste jeté sur le Kosovo », Alain Brossat, Jean-Yves Potel, Muhamedin Kullashi, *Le Monde*, 17 avril 2000.

2. « Debray ou le révisionnisme au présent », Didier Daeninckx, Frédéric Fajardie et Valère Staraselski, *Libération*, 18 mai 1999.

3. « Les pizzas de l'info », Laurent Joffrin, *Le Nouvel Observateur*, 20 mai 1999.

sont établies », et « ne font pas partie des opinions, mais des faits ». Mais Joffrin est trop fin journaliste pour ignorer que les faits ne peuvent se passer d'interprétation. Que l'expulsion – incontestable – de centaines de milliers d'Albanais du Kosovo ait constitué une riposte aux bombardements ou l'exécution d'un plan préparé de longue date modifie sa signification. Or, sur ce point et sur d'autres, au moment où Debray revient de son équipée yougoslave, on est loin d'un consensus – qui n'est toujours pas réalisé à ce jour.

Des semaines durant « le cas Debray » paraît mobiliser les esprits plus encore que le sort des Albanais du Kosovo eux-mêmes. Une véritable tempête d'invectives qui s'abat sur le coupable. « Les dirigeants de la République germano-pratine ont moins cherché à discuter les arguments avancés par Debray qu'à disqualifier l'une des plus hautes figures de l'intelligentsia française », résume Joseph Macé-Scaron[1].

Jacques Julliard, à son tour, adresse des adieux, mais à l'ensemble des « républicains de gauche » auxquels, parmi d'autres griefs, il reproche de polémiquer avec Bernard-Henri Lévy. Pour Max Gallo, c'est le signe qu'existe, au sommet de la hiérarchie de l'intelligence, « une sorte de cercle, de groupe, on pourrait presque parler de secte, qui ne tolère plus qu'il y ait une pensée qui ne soit pas identique à la sienne. Et, souligne l'écrivain, c'est très curieux car les impétrants se présentent en victimes alors qu'elles disposent d'une bonne partie de l'appareil médiatique[2] ».

Comme toujours, on recherche de suspectes proximités. Que des personnalités d'extrême droite se soient, comme Debray, rendues à Belgrade, vaut, pour certains, preuve d'alliances douteuses. On rappelle et

---

1. « Kosovo : le débat piégé », Joseph Macé-Scaron, *Le Figaro*, 17 mai 1999.

2. « Le nouvel opium des intellectuels », Max Gallo, entretien avec Joseph Macé-Scaron, *Le Figaro*, 17 mai 1999.

souligne ses sympathies chevènementistes – sans que l'on sache lequel, de l'écrivain ou du ministre, contamine l'autre. « Négationniste », « partisan de Milosevic » et même « pétainiste », la démesure est de rigueur. Chacun entend apporter son fagot au bûcher. Sans doute les fidèles de Debray ou d'autres, simplement outrés par la croisade, prennent-ils la plume, eux aussi, pour dire leur colère – et il faut souligner que leurs points de vue seront publiés, notamment par *Le Monde*. Sans doute des journaux, où sa grille de lecture est admise, voire partagée, se tiennent-ils aux côtés de l'écrivain. Mais que pèsent *Marianne*, *Le Monde diplomatique*, *Le Figaro Magazine* et *Le Figaro* face à l'ensemble des autres médias, à commencer par la télévision ? Que peut le « réalisme » quand l'heure est au lyrisme ?

Dans ces conditions, nul ne semble en mesure d'entendre l'appel à la raison lancé par Jean d'Ormesson qui, sans trancher entre Lévy et Debray, s'essaie à comprendre « le double regard venu de Paris, de la rive gauche, de la rue d'Ulm, posé sur la tragédie qui déchire les Balkans[1] ». Favorable à l'intervention, l'académicien n'en estime pas moins qu'on ne saurait faire l'économie d'une réflexion sur les buts de la guerre et sur les moyens mis en œuvre. Mais peut-être ne peut-on pas, en même temps, faire la guerre et la penser.

Quoi qu'il en soit, à l'été 1999, alors que les chars de l'OTAN entrent au Kosovo – la veille des élections européennes, coïncidence peu relevée mais qui ne manque pas d'intérêt –, on peut se demander si, après la vérité victime de la guerre, la liberté de pensée ne sera pas la grande sacrifiée de la paix. Tandis que les médias filent sans états d'âme la métaphore de la Seconde Guerre mondiale, à l'unisson des petits Alba-

1. « Où allons-nous ? », Jean d'Ormesson, *Le Figaro*, 17 mai 1999.

nais qui lancent des colliers de fleurs aux soldats, la « fièvre des charniers » qui, durant quelques semaines, saisit l'ensemble des dirigeants et intellectuels occidentaux, rend proprement impossible l'expression de toute divergence. Face aux insoutenables atrocités commises par les forces serbes, un autre sentiment vertigineux s'instaure, celui de l'unanimisme obligé de la « vérité artificielle ». La précipitation avec laquelle sont publiés bilans et témoignages, bien avant que la moindre vérification ait pu être effectuée, témoigne de la volonté de confirmer la validité des anticipations avancées. La guerre achevée, il convient qu'elle soit, plus que justifiée, juste. Comment pourrait advenir *a posteriori* la discussion critique empêchée jusque-là ? « Un débat ! Devant tant de malheurs ? » – Halimi et Vidal résument, encore une fois, la neutralisation de la réflexion par l'émotion.

« On ne peut pas mettre sur le même plan le probable millier de victimes serbes et les centaines de milliers d'Albanais massacrés. » Avec cette déclaration publiée dans *Télérama* le 13 juin, Antoine Garapon, juriste et membre éminent du comité Kosovo, lance en quelque sorte la deuxième phase du combat idéologique. Non seulement il avance avec conviction des chiffres faux, mais encore prétend-il dicter ce qu'il convient d'en penser. Il y a une incohérence certaine, après avoir milité au nom du principe absolu et d'un universel de droits de l'homme qui ne se négocient ni ne se partagent, à décréter que certaines victimes sont plus égales que d'autres. Un certain nombre de belles âmes – pas toutes heureusement – qui semblaient auparavant endurer dans leur chair les souffrances albanaises se résigneront aisément à l'expulsion, voire au meurtre, des Serbes du Kosovo, durant la première année qui suivra l'arrêt des bombardements. « Vengeance regrettable mais compréhensible », dira-t-on. « Après tout ce n'est pas pire que sous la férule serbe », ajoutera-t-on. Aurait-on donc fait cette guerre pour que *ce ne soit pas pire que sous les Serbes* – et, accessoirement, pour que des assassinats, des exactions et autres actes de terreur soient commis sous la protection de nos drapeaux ?

La bataille d'idées, pourtant, finira par avoir lieu, quelques mois après la fin de la guerre, alors que de nouvelles informations viendront infirmer sur de nombreux points les thèses avancées jusque-là. Nul n'a oublié, par exemple, les spectaculaires révélations de *Newsweek* sur les résultats au plan militaire de la campagne de l'OTAN – quatorze chars yougoslaves – jusqu'alors présentée comme une réussite. On verra, surtout, converger à l'encontre des thèses dominantes, deux ordres de critiques, portant soit sur les bilans, soit sur le travail des médias.

Si horrible, en effet, soit la réalité que l'on découvre, elle ne confirme ni la volonté d'extermination prêtée plus ou moins implicitement aux Serbes, ni les massacres massifs qui leur ont été imputés. Ainsi *Le Monde* admet « qu'il n'y a jamais eu au Kosovo rien qui ressemble à un génocide » et que la comparaison, établie par Jamie Shea, entre Pol Pot et Milosevic, était une « énormité[1] ». Ce sujet douloureux est, on le comprend, fort délicat à traiter, et qui tente de s'en emparer est généralement accusé de se livrer à une comptabilité macabre. Mais c'est un fait, lorsqu'on compte des morts, c'est une comptabilité et elle est macabre. Et il est curieux que des observateurs qui trouvaient le nombre des victimes fort significatif quand on ne pouvait rien savoir et qu'on craignait qu'il atteigne des centaines de milliers, le décrètent dénué de signification une fois que l'on dispose de données, même fragmentaires. Or, l'ombre des massacres avait permis de déclencher la guerre. Puis de la poursuivre.

1. « Quelques faits sur le Kosovo », Daniel Vernet et Alain Frachon, *Le Monde*, 15 avril 2000.

Puis de la justifier. Comment peut-il être immoral de recenser des victimes s'il était noble, quelques mois plus tôt, de les enrôler sous la bannière de la guerre humanitaire ? Accueilli en toute indépendance par la respectable revue *Le Débat*, mon article à ce sujet me vaut, certes, d'être accusée par Jacques Julliard de m'abandonner à l'hypercriticisme, ainsi que plusieurs attaques en règle dans d'autres journaux, mais encore acceptent-ils, de bon gré ou pas, de publier mes réponses. Les responsables du *Débat*, quant à eux, reçoivent quelques coups de téléphone furieux ; on tempête, on les menace de rompre les ponts. Puis on se remet à travailler sur les textes commandés pour la livraison suivante.

Concernant l'analyse des médias, l'évolution est encore plus frappante. Sans doute la majorité des journalistes se déclarent-ils, à l'instar de Laurent Joffrin, satisfaits du travail de la presse en général. Que la tonalité générale ait été un soutien plus ou moins enthousiaste à la guerre menée par l'OTAN, signifierait selon eux qu'une telle adhésion allait de soi. La réalité l'aurait imposée. Tout le reste – toute critique de la presse – ne serait qu'argutie sur les détails ou tentative de réécriture de l'histoire. Et pourtant, les dossiers publiés par *Le Monde diplomatique* ou celui que *Marianne* consacre à la « dictature des médias » éveillent un écho certain, parmi les intellectuels, à l'intérieur des rédactions et aussi, dans le public qui subodore que l'affaire, finalement, n'était pas si simple. *L'Emprise*, ouvrage dans lequel Debray livre, au début de l'année 2000, son analyse de fond du « clergé médiatique », fait l'objet d'une « couverture » abondante et souvent positive.

Les lignes bougent, donc. La dissidence n'est plus limitée à quelques gauchistes impénitents, souverainistes grincheux ou sceptiques professionnels, elle pénètre au cœur de la forteresse dominante. Les habitués de la discordance reçoivent des renforts inattendus – même si on ne saurait prêter une unité de vue à l'ensemble des réfractaires. Jean Daniel redoute l'émergence d'un « fanatisme des Justes ». Rony Braumann et Denis Jeambar, le directeur de *L'Express*, admettent courageusement des erreurs d'appréciation. Franz-Olivier Giesbert qui, il est vrai, s'est trouvé dès le début de la guerre dans le camp des hérétiques dénonce « le bourrage de crâne otanien ». Jean-Christophe Rufin s'interroge sur le rôle des humanitaires. Jean d'Ormesson, pour sa part, rappelle la devise de Mérimée : « *Memneso apistein* – souviens-toi de te méfier ».

Cette redistribution des cartes aurait de quoi réjouir Edwy Plenel, lui qui, dans *L'Épreuve*[1], dénoncera les dangers du « campisme » – tout en « disputant » fermement Régis Debray, devenu éponyme du « camp national-républicain ». Comment ne serait-on pas sensible à l'hommage qu'il rend à Orwell, comment ne se joindrait-on pas à l'appel qu'il semble lui lancer, quand il reproduit cette mise en garde de l'auteur de *1984* : « Parler de liberté n'a de sens qu'à condition que ce soit la liberté de dire aux gens ce qu'ils n'ont pas envie d'entendre » ? Il n'est pas sûr qu'ils soient toujours capables de l'entendre. Encore cette liberté aura-t-elle bénéficié à tous, serait-ce à retardement.

Il serait naïf, bien sûr, de croire que le manichéisme qui tend à rejeter dans les ténèbres l'adversaire idéologique s'est définivement enlisé dans les boues du Kosovo. De même qu'on ne saurait parier sur le déclin de l'impérialisme humanitaire. En redonnant corps au rêve d'un monde juste, en ressuscitant le vieux clivage entre politique et morale, les tribulations de Slobodan Milosevic devant le Tribunal pénal international figeront à nouveau les frontières idéologiques. Il n'en demeure pas moins que la guerre de Yougoslavie et les polémiques cruelles et passionnées qu'elle a charriées

1. *L'Épreuve*, Edwy Plenel, Stock, 1999.

auront peut-être, par un étrange détour, redonné force à l'idée que, si le Mal peut être absolu – et il l'est rarement –, le Bien est forcément relatif. Tel est le point de vue défendu par Tzvetan Todorov : « Le totalitarisme peut nous apparaître parfois, à juste titre, comme l'empire du mal, écrit-il. Il ne s'ensuit nullement que la démocratie incarne, partout et toujours, le royaume du bien [1]. » Dès lors qu'on aura « la liberté de dire aux gens ce qu'ils n'ont pas envie d'entendre », on pourra retrouver le goût de douter sans lequel il n'est pas de civilisation.

---

1. *Mémoire du bien, tentation du mal*, Tzvetan Todorov, Robert Laffont, 2001.

Renvoyez la censure !

— Auriez-vous *Corbeaux* de Renaud Camus ?
— Nous ne vendons pas ce genre de livres !

Scène observée dans une librairie parisienne à l'automne 2000.

La France des lettres en campagne contre *La Campagne de France*, tel est l'événement qui, au printemps 2000, occupe le centre de la vie éditoriale parisienne. L'affaire est d'importance et le gibier de choix. On a débusqué un antisémite, un vrai, réactionnaire qui plus est. Divine surprise, commentera en substance, quelques mois plus tard, Alain Finkielkraut : « Enfin Renaud Camus vint. Les vigilants qui scrutaient désespérément le désert des Tartares furent récompensés de leur attente. L'ennemi était bien vivant. Le Mal interrompait à nouveau la morosité des jours [1]. »

Toutefois, si « l'affaire Camus » qui mit en ébullition le monde de la presse et de l'édition durant quelques semaines présente quelque intérêt, ce n'est pas seulement parce qu'elle permit de ressusciter la figure usée des « deux France », tout observateur étant sommé de se ranger dans un camp ou dans l'autre, de préférence dans le bon. Plus encore, elle fut, pour cer-

1. « La France grégaire », Alain Finkielkraut, *Le Monde*, 20 juin 2000.

tains censeurs, une occasion de s'attaquer frontalement à ce qu'eux-mêmes décrivent par ailleurs comme le domaine de la liberté absolue, à savoir la littérature. Au nom de la tolérance, on réclama donc la disparition d'un livre. La censure devint une victoire pour ceux-là mêmes qui s'en prétendent habituellement les victimes, et qu'on se serait au contraire attendu à trouver parmi les plus farouches partisans de la liberté. Des écrivains, des chercheurs, des journalistes, et même quelques libraires purent à loisir désigner à la vindicte un ouvrage dont personne ou presque n'avait pris la peine de lire plus que les quelques lignes reproduites des dizaines et des dizaines de fois dans la presse. Il est vrai que l'auteur avait fait le dangereux pari de s'exposer, par le truchement de son Journal, sans censurer sa plume ni brider ses pensées, fussent-elles inavouables. On ne peut que conclure que ce pari fut perdu, et avec lui, ce qui est bien plus grave, un peu de notre droit à la raison critique.

L'enjeu de cette querelle est donc plus fondamental que ne le laisse penser sa forme souvent caricaturale et la rapidité avec laquelle elle sera oubliée en quelques mois. « Plus une société est consensuelle, plus le style est solitaire », affirme Camus [1]. Encore une fois, ce qui est en cause est bien la liberté de penser, de penser de travers ou ailleurs, contre son époque et contre ses semblables, ainsi que le proclamera dans un texte incisif le PDG des éditions Fayard, Claude Durand, qui s'était trouvé au cœur de la tourmente. « Il est commode et généralement flatteur pour sa propre image de se battre pour la liberté d'expression de celui qui pense comme soi. [...] Mais combien plus rares, y compris parmi les intéressés, gens de presse ou du livre, sont ceux qui s'obstinent à réclamer cette liberté pour leurs adversaires, et plus généralement à accorder le bénéfice de la bonne foi, voire l'hospitalité aux mal-

1. *Corbeaux*, Renaud Camus, Impressions nouvelles, 2000.

pensants, aux mal-parlants et autres "déviants" de l'écrit. C'est encore pour quelque temps, j'espère, une singularité de l'édition par rapport à d'autres médias qui ont la prétention, les moyens et la pratique plus ou moins débonnaire, justicière ou policière de tout pouvoir, et, par leurs excès, la violence qu'ils exercent involontairement ou sciemment, donnent raison à Eschyle pour qui "un abus de justice finit par mettre le droit du côté du coupable". [1] » À quoi on pourrait ajouter qu'un excès de vertu finit par placer le bien dans le camp du vice. En tout cas, tout au long de « l'affaire Camus », les accusateurs se recruteront, pour l'essentiel, du côté des puissants tandis que la défense, à quelques prestigieuses exceptions comme Claude Durand ou Alain Finkielkraut, sera surtout composée des « sans-grades » de l'intelligence.

Le 13 avril 2000, *Libération* consacre un dossier à Renaud Camus, écrivain prolixe et méconnu, diariste impénitent, dont viennent de paraître simultanément un *Répertoire des délicatesses du Français contemporain*[2] et son journal de l'année 1994, *La Campagne de France*[3]. Pour ce dernier ouvrage, il a délaissé son éditeur habituel, P.O.L., pour Fayard, « en raison sans doute, de nouvelles considérations sur la question juive », écrit le journaliste, visiblement peu conscient de manipuler de la dynamite[4]. Non pas qu'il passe à côté du problème, comme on l'affirmera par la suite. En revanche, il n'y voit pas matière à *scoop* intellectuel ni à grande rhétorique, mais, plus calmement, à interroga-

---

1. « Avant-propos assorti de quelques matériaux et réflexions pour une étude socio-médiologique de l'"affaire Camus" », Claude Durand, texte publié dans l'édition expurgée de *La Campagne de France*, Fayard, 2000.

2. *Répertoire des délicatesses du Français contemporain*, Renaud Camus, P.O.L., 2000.

3. *La Campagne de France*, Renaud Camus, Fayard, 2000.

4. « Renaud Camus monte aux créneaux », Stéphane Boucuet, *Libération*, 13 avril 2000.

tion et à demande d'éclaircissement. C'est donc sans faire part à son lecteur de son éventuel émoi ou de sa salutaire indignation que le critique interroge Camus sur ce point pour le moins délicat. « Moi, je n'ai pas du tout le sentiment d'être antisémite, évidemment, répond Camus. Mais [...] je suis passionné par l'origine de quiconque et de tout discours. Or, comme on vit dans un soupçon permanent et d'ailleurs très compréhensible, d'antisémitisme, il est difficile de parler de l'origine des Juifs. Mais moi, je parle de celle de tout le monde, et je l'aime, et je ne vois pas pourquoi je ne parlerais pas de celle des Juifs, qui est l'une des plus profondes qui soient, des plus rayonnantes, des plus exploratrices et productrices de sens – même si ce sont des sens contradictoires, bien sûr, comme tous les autres. » On le voit, il y aurait là de quoi ouvrir une passionnante controverse, tant le concept d'origine, qui a aussi donné lieu aux exploitations les plus monstrueuses, mériterait un examen attentif. Ce n'est pas ce qui va se produire.

Camus n'est alors qu'un auteur aristocratique, légèrement « réac » dans son souci de la langue, mais qui a connu son heure de gloire en 1978 avec *Tricks*, roman de l'homosexualité revendiquée, préfacé par Roland Barthes. De lui, ses quelques milliers de fidèles savent aussi qu'il ne goûte guère « l'idéologie du sympa », qu'il organise des expositions d'art contemporain en son château de Plieux dans le Gers qu'il peine au demeurant à entretenir. Tel est l'homme qui, en quelques jours, va être propulsé au panthéon déjà fort peuplé de l'ignominie française. Chronographe de la paroisse subversive, Jacques Henric, dans *Art Press*, ne manque pas d'afficher la déception que lui cause le destin imprévu de cet auteur autrefois prometteur. Il affirme vouloir comprendre – mais se garde bien d'essayer – « comment un écrivain d'avant-garde, cultivé, marginal par sa sexualité, qui fut lié à Roland Barthes, a pu devenir cet auteur atrabilaire qui coiffe le képi d'une vieille culotte de peau chauvine et réactionnaire[1] ». Comment peut-on, en somme, être homosexuel et réactionnaire, voilà qui dépasse, semble-t-il, l'entendement d'Henric. Sans doute celui-ci serait-il fort surpris si on lui faisait observer qu'il essentialise l'homosexualité, comme si elle devait recouvrir toutes les autres caractéristiques de l'individu. Pour être positive, cette discrimination dans le jugement n'en est pas moins une discrimination.

Dans *Corbeaux*[2], son journal de bord de ces semaines de bruit et de fureur, Camus commentera, un peu désabusé, mais avec humour, cette gloire malvenue : « Je n'ai vraiment pas de chance : je n'ai connu que deux fois la notoriété. La première fois comme pornographe il y a vingt ans et maintenant comme antisémite. » La légèreté du ton et celle de l'humeur ne perdureront pas, et on le comprend. C'est à sa mise à mort symbolique que Camus va être convié, dans le feu d'une guerre impitoyable où il doit se battre, seul ou presque, sinon contre tous, du moins contre tant de coalisés. Il lui faut affronter une haine d'autant plus féroce qu'elle est bardée de bons sentiments, tenter de réfuter des lieux communs galvanisés par la force de l'évidence. Entreprise qui paraît d'avance vouée à l'échec, dès lors que toute argumentation est réduite à néant par l'émotion. Lors de la parution, dans un silence pesant, de trois nouveaux ouvrages de Camus – dont, justement, *Corbeaux* –, Philippe Lançon, journaliste à *Libération*, enfreindra avec panache la loi du nombre pour décrire « une guerre balzacienne où tous les coups, dans ce monde intellectuel et plus mesquin qu'une cité en déroute, sont permis[3] ».

1. « La gaffe », Jacques Henric, *Art Press*, juin 2000.
2. *Corbeaux*, Renaud Camus, *op. cit.*
3. « L'étrangeté de Camus », Philippe Lançon, *Libération*, 16 novembre 2000.

Le samedi suivant la parution du dossier de *Libération*, Renaud Camus est, avec l'écrivain Richard Millet, l'invité de « Répliques », l'émission de *France Culture* produite et animée par Alain Finkielkraut, lequel ne cache pas son enthousiasme pour ce *Répertoire des délicatesses* et pour la conception exigeante que Camus a du génie de la langue, conception jugée atrocement répressive par les partisans de la souplesse en toute chose. « S'ils l'avaient lu, analysera ultérieurement Finkielkraut au cours d'une conférence, les adversaires de Camus diraient qu'il existe un lien entre l'antisémitisme dont il fait preuve et sa définition restrictive, "constipée" a même dit un journaliste, de la langue. Il commence par exclure les mots et il finit par exclure les Juifs [1]. »

Dans les dîners parisiens, cependant, on rivalise dans l'indignation au sujet de certains passages de l'autre livre, *La Campagne de France*, qui, dit-on, prouvent irréfutablement l'antisémitisme de Renaud Camus. Il y est question, murmure-t-on, du « Panorama », l'ancienne émission littéraire de *France Culture* dont la suppression, quelques mois auparavant, a valu des critiques acerbes à Laure Adler, la directrice de la station. Dans les couloirs de la Maison de la Radio, bruissant déjà des inévitables mécontentements provoqués par la rénovation de « la grille », on ne parle plus que de « ça ». Au cours d'une réunion, Sylvain Bourmeau, rédacteur en chef des *Inrockuptibles* et producteur de « La suite dans les idées » qui, coïncidence, occupe le créneau horaire du « Panorama », alerte ses collègues sur les attaques racistes dont serait victime la défunte émission. Sommairement caricaturé, le propos de Camus devient : « Il y a trop de Juifs à "Panorama". » Les intellectuels de cette fin de siècle auraient-ils enfin leur *Affaire* ?

---

1. « Le destin de la culture », Alain Finkielkraut, conférence donnée le 14 juin 2000 à l'invitation de la Fondation du 2 mars.

La première salve est tirée le 18 avril par Marc Weitzmann dans les *Inrockuptibles*. En réalité, dans son article, celui-ci s'en prend presque plus à *Libération*, accusé de complaisance, qu'à Camus lui-même. Le lendemain, c'est au tour de Laure Adler d'annoncer dans un communiqué son intention d'attaquer l'écrivain en justice, « pour défendre, déclare-t-elle à l'AFP, l'honneur des journalistes de "Panorama" » – qu'elle avait remerciés. Inutile de préciser que le « judéocentrisme » imputé à l'émission par Renaud Camus – qui n'emploie d'ailleurs pas ce terme – n'a bien sûr pas été le motif de la suppression de celle-ci. Si Laure Adler, sincère à l'évidence, s'emballe aussi promptement, c'est qu'elle croit réellement que Camus s'est lancé, rétrospectivement, dans une sorte de chasse aux Juifs.

Pour comprendre ce qui s'est joué, on ne saurait se contenter du commentaire de commentaires. Aussi faut-il ici reproduire *in extenso* les fragments abondamment cités hors de leur contexte[1]. Même s'il est impossible de restituer les hésitations, doutes et remords de l'écrivain qui, au fil des pages, revient sur ses réflexions antérieures, poursuivant ainsi un long dialogue avec lui-même.

À propos du « Panorama » de 1994, voilà ce qu'écrit Camus. « Cinq participants, et quelle proportion de non-juifs, parmi eux ? Infime sinon inexistante. Or je trouve cela non pas tout à fait scandaleux, peut-être, mais exagéré, déplacé, incorrect. Et non je ne suis pas antisémite. Et oui je trouve que la race juive a apporté à l'humanité une des contributions spirituelles, intellectuelles et artistiques parmi les plus hautes qui soient. Et oui je trouve que les crimes antisémites nazis constituent probablement le point le plus extrême qu'ait

---

1. « Fragments du "Journal de 1994" », *Le Monde*, 1er juin 2000. Mais, tout au long de la polémique, ces passages ont été abondamment reproduits dans toute la presse.

atteint l'humanité dans l'abomination. Mais non, non et non, je ne trouve pas convenable qu'une discussion, préparée, annoncée, officielle en somme, à propos de l'intégration dans notre pays, sur une radio de service public, au cours d'une émission de caractère général, se déroule presque exclusivement entre journalistes et intellectuels juifs ou d'origine juive[1]. »

Ce pointage peu ragoûtant a de quoi choquer, bouleverser même ; mais cette noble réaction ne saurait interdire, dans un second temps, d'aller y voir de plus près, devrait-on pour cela pénétrer dans la zone décrétée interdite à toute réflexion. Osons donc dire l'indicible, ceux qui ont fréquenté *France Culture* à cette époque – et nombre des censeurs de Camus sont dans ce cas – savent bien qu'il y avait un « problème Panorama », ainsi résumé par Alain Finkielkraut : « C'était une émission terrible, une émission où se jouait en effet le destin de la culture. Quelques intellectuels sans foi ni loi, sans vocabulaire, sans goût de la langue, sans amour de la langue, s'installaient aux commandes et déchiquetaient à belles dents qui ils voulaient, comme ils le voulaient, avec la violence la plus arbitraire. Ces intellectuels ne se gênaient pas pour traiter d'antisémites ceux qui avaient le malheur de leur déplaire[2]. » Seulement, contrairement à ce qu'écrit Camus – et la différence est de taille –, le malaise qu'il ressentait n'était pas lié à l'origine des collaborateurs de l'émission, mais au *contenu* des débats dont une importante proportion était liée à ce qu'on pourrait appeler « les questions juives », notamment la Shoah et Israël. Que celles-ci méritent une place spécifique et un traitement abondant, nul n'en disconvient. On a le droit de penser qu'elles ne devraient pas constituer l'objet principal d'une émission culturelle. Est-ce antisémite de plaider

1. Les passages suivants ont été reproduits de nombreuses fois dans la presse.
2. Propos recueillis durant la conférence citée.

pour que la culture et la transmission ne soient pas exclusivement centrées sur la mémoire du Mal ? Est-ce raciste de considérer que le Service public doit se garder de toute préférence communautaire, et ceci quelle que soit la communauté ? Renaud Camus, visiblement, ne le croit pas. Il est parfaitement respectable de défendre une opinion contraire à la sienne. Faut-il pour autant voir en lui un émule de Hitler ?

Mais l'heure n'est pas plus aux réponses sereines qu'aux questions franches. À plusieurs reprises, Camus affirmera qu'il aurait réagi de la même façon si, à la place des Juifs, les participants du « Panorama » avaient été majoritairement des homosexuels ou des Bretons. Et insistera-t-il, ce n'en est pas aux Juifs qu'il en a mais bien à l'émission « Panorama ». Il n'y a aucune raison de refuser par principe de le croire. Il n'en reste pas moins vrai qu'il manifeste une terrible incompréhension du monde dans lequel il vit. Son insensibilité à la sensibilité collective à l'antisémitisme laisse pour le moins perplexe. Analysant la distinction qu'il conviendrait d'établir entre « la dénotation » et « la connotation », entre le sens immédiat, « ordinaire » des mots et leur sens « impliqué, supposé, présupposé », l'écrivain en conviendra. « Pour des raisons évidentes, épouvantables entre toutes, écrit-il ultérieurement, l'adjectif *juif* n'a pas de sens *ordinaire*. Il ne peut pas, conclut l'écrivain, être manié comme un autre mot[1]. » À l'avoir compris plus tôt, il se serait sans doute épargné cette encombrante notoriété.

Peut-être eût-il été préférable que la question abordée par Camus ne fût jamais posée. Mais puisqu'elle l'était, mieux aurait valu l'affronter, sauf à prendre le risque d'accréditer le sentiment trouble qu'elle risquait d'ébranler quelque inavouable construction. Osera-t-on rappeler ici que le judaïsme propose une éthique de la

1. « L'adjectif juif n'a pas de sens ordinaire », Renaud Camus, *Le Figaro*, 7 juin 2000.

vérité ? Faut-il accepter que des écrits soient simplement recouverts d'une chape d'indignation comme s'ils étaient spirituellement radioactifs ?

Rédacteur en chef du quotidien genevois *Le Temps*, Eric Hoesli est peut-être l'un des rares acteurs de la polémique à avoir osé *examiner* les propos scandaleux de Camus, ceci dans le cours d'un échange de courriers avec Laure Adler. Ce sont bien, au-delà du ton plutôt vif, deux conceptions de la critique qui s'affrontent. La directrice de *France Culture* s'émeut que la critique de *La Campagne de France* publiée par le journal suisse n'ait pas mentionné les passages litigieux [1] : « Que penser d'un silence partiel qui pourrait être compris comme une approbation tacite ? » écrit-elle. Son interlocuteur refuse fermement de céder à l'injonction de traiter Camus en criminel : « Si je vous comprends bien, réplique-t-il, s'interroger sur la proportion de collaborateurs juifs d'une émission de *France Culture* est une insulte à la mémoire. Permettez-moi de trouver cet amalgame parfaitement abusif. Je préférerais vous voir répondre sereinement à cette question plutôt que de vouloir interdire à son auteur de vous interroger. Il n'y a là ni désinvolture, ni approbation tacite de quoi que ce soit. J'ai le sentiment, en revanche, qu'à vous suivre, on finira par être taxé de complice des exactions nazies et de l'Holocauste pour le seul motif qu'on s'interroge sur l'attitude d'estimés confrères juifs. C'est tout de même un comble. »

Même ce thème, pour infiniment grave et douloureux qu'il soit, devrait pouvoir faire l'objet d'une libre interrogation. Or c'est un culte que l'on nous propose. Par-delà son indigeste comptabilité des « collaborateurs juifs » d'une émission de radio, ce qui paraît into-

1. Une première critique parue le 22 avril dans le supplément culturel bouclé avant l'éclatement de la polémique ne mentionne pas celle-ci. Elle sera traitée ultérieurement par deux articles, les 25 et 27 avril.

lérable chez Camus est peut-être, plus profondément, son refus de conférer un caractère sacré à tout ce qui pourrait, ne serait-ce que par associations successives, avoir à faire avec le génocide juif. « L'humanité, et pas seulement la composante juive de celle-ci, a besoin du culte de la mémoire et du respect des morts, écrit Patrick Kéchichian dans *Le Monde*. Nier, même à mots couverts, la validité et la légitimité permanentes de cette piété ne pouvait que provoquer colère et scandale[1]. » On est d'abord tenté de s'incliner devant cette sommation, d'approuver la colère et de redouter le scandale. Et pourtant, on ne peut accepter que ce qui nous est donné comme le socle du lien social soit ainsi soustrait à tout questionnement. Face à l'abîme qu'ouvre à la pensée l'évocation de la Shoah, seule la première personne du singulier est de mise. Que l'on me permette donc de contester ici, *à mots ouverts*, « la validité et la légitimité permanentes », non pas du respect et de la compassion dus pour l'éternité aux victimes, ni même « de la piété », mais du culte : *honorer n'est pas adorer*, et les ombres d'Auschwitz ne peuvent être, à mon sens, requises pour remplacer ce Dieu venu mourir en Occident.

Dans un registre moins grave, beaucoup ont cru déceler, entre les lignes de *La Campagne de France,* le souhait de voir instauré sur les ondes un *numerus clausus* ethnique. Précisons donc qu'il n'en est rien. On aimerait voir ces âmes délicates faire preuve d'une vigilance comparable lorsqu'une association réclame l'instauration d'un quota pour les Noirs à la télévision, ou qu'une autre établit un recensement minutieux des homosexuels sur les écrans, allant jusqu'à se demander si la télévision donne une « bonne image » des homosexuels. Seulement, dans ces deux cas, personne ne voit matière à scandale. Aurait-on le droit de « comp-

---

1. « Rhétorique d'un discours antisémite », Patrick Kéchichian, *Le Monde*, 4 mai 2000.

ter » dans un sens – pour étayer l'affirmation selon laquelle une minorité serait insuffisamment ou mal représentée sur les ondes ou sur les écrans ? Catherine Tasca se déclarera indignée que Camus « essaie de faire croire que le contenu des émissions pourrait être influencé par la composition des équipes ». Mais à qui fera-t-on croire le contraire ? Qui peut se prétendre totalement libéré de son histoire ? Et d'ailleurs, est-ce si souhaitable ? Peut-être, mais il faudrait, alors, se donner la peine d'esquisser une démonstration.

Un second passage de *La Campagne de France* est aussi largement cité et commenté d'une façon qui semble encore plus malveillante. « Mais les hôtes furent trop nombreux dans la maison. Peut-être aussi restèrent-ils trop longtemps. Ils cessèrent de se considérer comme des hôtes, et, encouragés sans doute par la curieuse amphibologie qui affecte le mot dans notre langue, ils commencèrent à se considérer eux-mêmes comme des hôtes, c'est-à-dire comme étant chez eux. L'idéologie dominante antiraciste leur a donné raison. Il n'est plus temps de réagir, sauf à céder à des violences qui ne sont pas dans notre nature, et en tout cas pas dans la mienne. Je n'oublie pas notre ancien rôle d'amphitryons, toutefois, même si nous ne l'avons pas toujours très bien tenu ; et si nous ne sommes plus désormais que des commensaux ordinaires parmi nos anciens invités. » On conviendra que le sens de ces phrases varie considérablement si l'on omet de préciser qu'elles sont précédées par celles-ci. « Les lois que personnellement j'aurais voulu voir appliquer, aux groupes et surtout aux individus d'autres cultures et d'autres races qui se présentaient chez nous, ce sont les lois de l'hospitalité. Il est trop tard désormais. Elles impliquaient que l'on sût de part et d'autre qui était l'hôte, et qui l'hôte. À chacun ses devoirs, ses responsabilités, ses privilèges. »

De quel reproche, dans ces conditions, est passible

Renaud Camus ? Il n'est assurément pas favorable à l'application sans restriction du droit du sol. Il importe, pense-t-il, que l'on puisse continuer à distinguer des « nationaux » et des « étrangers ». Plus largement, il accorde une importance démesurée à l'origine des êtres humains – origine à laquelle il confère d'ailleurs un coefficient positif. La beauté de la nation politique, le creuset de la citoyenneté le laissent passablement indifférent. Ignorant la possibilité qu'ont les hommes de s'affranchir, ne serait-ce que partiellement, de leur naissance, il préfère la chair des identités à l'abstraction de l'universalité. On peut, on doit le discuter. Mérite-t-il pour cela d'être moralement disqualifié ? Il faudrait aussi, alors, brûler Chateaubriand que n'enthousiasmait guère la perspective d'une « société universelle qui n'aurait point de pays particulier » : « Qu'en résulterait-il pour ses mœurs, ses sciences, ses arts, sa poésie ? s'interroge-t-il. Comment s'exprimeraient des passions ressenties à la fois à la manière des différents peuples dans les différents climats ? Comment entrerait dans le langage cette confusion de besoins et d'images produits des divers soleils qui auraient éclairé une jeunesse, une virilité et une vieillesses communes ? Et quel serait ce langage ? Sous quelle règle semblable, sous quelle loi unique existerait cette société ? Comment trouver place, sur une terre agrandie par la puissance d'ubiquité, et rétrécie par les petites proportions d'un globe souillé partout ? Il ne resterait qu'à demander à la science le moyen de changer de planète[1]. »

Toutefois, le monde dans lequel nous vivons n'est pas celui de Chateaubriand. Aussi ne s'agit-il pas, loin s'en faut, d'exonérer Camus de toute responsabilité. Encore une fois, les origines ne peuvent plus être seulement tenues pour un aimable bagage de coutumes et

---

1. *Mémoires d'outre-tombe*, 4e Partie, livre 44, « L'Avenir, difficulté de le comprendre »).

usages, elles ont été l'outil de légitimation des génocides du siècle. D'où l'amertume exprimée par Finkielkraut. « Il a fallu beaucoup de malhonnêteté à ses adversaires pour le peindre en Hitler et en Le Pen ; il a fallu des manipulations, il a fallu des morceaux choisis pour nuire, il a fallu chasser toutes les citations qui allaient dans un autre sens, il a fallu tout cela. Mais lui-même aurait dû être plus exigeant envers son propre travail, il aurait dû se réclamer davantage. Cela, il ne l'a pas fait, et le discours qui nous étouffe a été renforcé par cette malheureuse affaire. Ce n'est pas la moins triste de ses conclusions [1]. »

Renaud Camus semble fournir les verges pour le battre, aussi le flagelle-t-on sans pitié. Les esprits s'échauffent, les invectives fusent, les téléphones sonnent sans relâche, au point que le 20 avril, Claude Durand, PDG de Fayard, annonce le retrait de la vente de *La Campagne de France*. Décision singulière qui n'est requise par aucun tribunal, à l'exception, il est vrai, de la puissante inquisition des idées. Si on en croit le récit que livre Camus, le patron de Fayard songerait même, en cet instant, à la démission. La lassitude aidant, l'idée a peut-être traversé l'esprit de Claude Durand. Mais celui-ci n'est pas homme à plier. Est-ce en raison de son âge et, comme il le dira, de la proximité avec « la ligne d'arrivée (en fait de départ) » ? Après quarante ans de métier, l'éditeur de Soljenitsyne et de Raul Hillberg n'a nullement besoin de brevet de bonne conscience. Il est un homme libre. Il le prouvera dans sa réplique enlevée – et drôle – à ceux qu'il qualifiera de « nouveaux barbares à visage humaniste [2] ». En attendant, peut-il déserter le champ de bataille quand celle-ci fait rage au sein même de sa maison ?

---

1. Propos recueillis durant la conférence citée.
2. « Avant-propos assorti de quelques matériaux et réflexions pour une étude socio-médiologique de l'"affaire Camus" », Claude Durand, texte publié dans l'édition expurgée de *La Campagne de France*, Fayard, 2000.

Olivier Bétourné, son second, ayant précédemment affirmé « qu'il n'avait pas lu le livre », on se précipite, en ville, pour se gausser des « éditeurs qui publient sans lire ». De fait, Bétourné ne s'est nullement occupé d'un manuscrit à la publication duquel il n'était pas favorable. Ces désaccords sont quotidiens dans les maisons d'édition, et cela est bien compréhensible dès lors que ce métier, individuel par nature, consiste en un exercice permanent de subjectivité et de liberté. En revanche, il est exceptionnel que les différences d'appréciation et de sensibilité soient portées à la connaissance du public.

En tout cas, la décision spectaculaire de retrait annoncée par Claude Durand comme « provisoire », dans l'attente du retour de l'auteur, alors en voyage aux États-Unis, ne calme pas la fièvre, bien au contraire. Alliances, mariages, amitiés de jeunesse, rivalités, inimitiés, intérêts communs, toutes les passions d'un milieu aussi puissant idéologiquement qu'il est restreint numériquement et mineur financièrement, se conjuguent sans que soit jamais débattu au fond ce que l'on reproche à Camus. Les coteries anciennes se reforment, les haines assoupies se réveillent. En quarante ans de vie éditoriale, Durand s'est évidemment fait quelques ennemis, lesquels sont probablement enchantés de l'occasion qui leur est offerte de mener un juste combat tout en réglant leurs vieux comptes. Des auteurs reçoivent d'étranges injonctions de se joindre à la croisade. Après avoir hésité un instant, des professionnels de la pétition, redoutant le vent mauvais, tournent casaque, signe que leur point de vue n'est pas dicté par la conviction, mais par l'hésitation, à la mesure des gains et des pertes qu'ils peuvent espérer ou redouter de leur ralliement.

Chacun doit y aller de sa tribune pour montrer avec quelle détermination il se place dans le bon camp. Renaud Camus, nous dit-on, est « un antisémite forcené », un « pétainiste attardé », « l'auteur de propos absolument pestilentiels ». La France moisie faite homme. « Pétain prenait grand plaisir à la séance hebdomadaire de l'Académie française (où Renaud Camus s'est porté candidat) [1] », rappelle Bernard Comment, écrivain et responsable de la fiction à *France Culture*, dans un texte exemplaire, à la vérité, du procès en analogie. Le public, qui doit se contenter de compter les coups échangés sans jamais être informé des rancœurs et rivalités qui se dissimulent derrière la noble cause du combat contre l'antisémitisme, n'a plus aucun moyen de se forger une opinion, sinon la lecture des seuls passages reproduits par la presse, le plus souvent à charge.

L'accusé, certes, résiste, mobilisant ses amis et son énergie pour répliquer aux attaques. « J'envoie aux journaux communiqués sur communiqués, je réponds à des interviews, j'abreuve les médias de rectificatifs mais à peine un dixième de la copie que je puis produire à jet continu parvient à se frayer un chemin jusqu'à la page écrite – quant aux radios, n'en parlons même pas, écrit-il. Encore ce dixième est-il affreusement déformé, la plupart du temps. »

Mieux, quand il nie avec la dernière énergie être antisémite, ses adversaires triomphent : cette dénégation n'est-elle pas la preuve éclatante qu'il l'est ? « Comme bien des propagateurs de thèses racistes, Renaud Camus déclare qu'il n'est pas antisémite », décrète par exemple le ministre de la Culture Catherine Tasca sur l'air de qui ne s'en laisse pas conter. Quelques années plus tard, elle aura l'occasion de manifester à nouveau une conception arbitraire plus qu'arbitrale de sa fonction en s'en prenant à l'un des personnages les plus haïs de la presse française (mais élu par les Italiens, si désolant que soit ce fait et forte

---

1. « Renaud Camus, pétainiste attardé », Bernard Comment, *Le Monde*, 27 avril 2000.

l'antipathie qu'il puisse inspirer), le Premier ministre Silvio Berlusconi.

Dans cette atmosphère électrique où l'on perd tout sens de la mesure, aucun des accusateurs de Camus ne semble réaliser que le quasi-consensus qui s'est établi contre lui justifierait non seulement que l'on cessât de mimer la Résistance, mais aussi que l'on prît au sérieux les explications qu'il tente de fournir. Et nul ne paraît sensible au caractère légèrement ridicule de cet héroïsme d'autant plus farouche qu'il est majoritaire. Dans le miroir que constituent pour eux les plateaux de télévision et les rubriques ouvertes aux points de vue extérieurs des journaux, les censeurs se voient sous les traits de nouveaux Jean Moulin.

Le premier résultat de l'effroi bienséant des uns et des autres est de donner une publicité maximale à l'écrivain qu'ils dénoncent. On entendra jusqu'à l'écœurement répéter, pour les fustiger bien sûr, les propos prêtés à Camus, qui, passés par la moulinette de la simplification, se résument à deux phrases : « Il y a trop de Juifs à *France Culture* » ; « Les Juifs ne sont pas tout à fait français ». Mais quand bien même il serait le monstre antisémite que l'on décrit, ne vaudrait-il pas mieux, alors, l'abandonner à ses noires pensées et à ses quelques milliers de lecteurs réguliers, sans doute tout aussi corrompus que lui ? Peut-on éprouver dans le fond de son âme la terreur de voir l'antisémitisme faire retour et lui opposer ce déchaînement verbal et scriptural ? Quiconque a déjà rencontré des rescapés de la Shoah sait bien, pourtant, combien la plupart répugnent à rompre le silence. Faut-il alors, une fois de plus, conclure que l'objectif affiché – lutter contre l'antisémitisme – se voit contredit par l'ambition inconsciente – proclamer sa propre vertu ? Renouant avec la problématique de l'identité victimaire qui est la sienne depuis *Le Juif imaginaire*[1],

---

1. *Le Juif imaginaire*, Alain Finkielkraut, Seuil, 1980.

Alain Finkielkraut estime que « pour nombre de Français dont la famille a été antisémite, l'occasion était belle de montrer que c'en était désormais fini, qu'ils réparaient, en quelque sorte, le tort des ancêtres. Et pour nombre de Juifs qui avaient échappé à toute violence, l'occasion était belle de se donner le frisson de la persécution[1] ».

Il faut préciser que la controverse fait rage entre les contempteurs de Camus eux-mêmes. Certains, parmi lesquels figurent nombre de journalistes et notamment ceux des *Inrockuptibles*, regrettent que le livre ait été retiré de la vente, précisément au motif qu'il serait antisémite et qu'il conviendrait qu'il fût exposé au regard du public comme une plaie jamais refermée. C'est aussi le cas de Bernard-Henri Lévy, qui affirme ne pas nourrir d'illusion sur son pays : « Aujourd'hui, déclare-t-il dans *L'Événement du jeudi*, de bons et beaux esprits [...] se contentent d'émettre des réserves sur des pages, des propos, absolument pestilentiels ! Des réserves ? [...] Il ne devrait pas s'agir de réserves mais d'horreur, de répulsion, d'urgence à dénoncer[2] ! » On pourrait objecter à l'écrivain qu'il est toujours plus urgent de réfuter que de dénoncer, de convaincre que de diaboliser. Mais sans doute verrait-on là la marque d'un esprit munichois.

D'autres, en revanche, réclament fermement que jamais des pages aussi sulfureuses ne soient portées à la connaissance des lecteurs dont on semble croire qu'ils sont tout prêts à être contaminés par la mauvaise pensée de Renaud Camus. Parmi ces partisans de la censure radicale, on citera la psychanalyste Élisabeth Roudinesco, auteur d'une remarquable biographie de Lacan, qui prend très à cœur la controverse. Elle s'en

---

1. « Le destin de la culture », conférence donnée le 14 juin 2000 à l'invitation de la Fondation du 2 mars.

2. « Il faut regarder la saloperie en face », Bernard-Henri Lévy, entretien avec Claude Askolovitch, *L'Événement du jeudi*, 25-31 mai 2000.

expliquera dans un dialogue avec le philosophe Jacques Derrida[1] face auquel elle expose, dans un chapitre significativement intitulé « De l'antisémitisme à venir », un raisonnement qui pourra à tout le moins sembler paradoxal. En effet, y explique-t-elle en substance, l'affaiblissement du Front national justifie que l'on inflige à Camus la peine maximale. « Pour en revenir à ce droit *de tout dire* – y compris de publier aujourd'hui et demain des écrits antisémites, j'ai le sentiment que tant que l'extrême droite organisée pesait sur la vie politique, il était impossible, notamment dans certains milieux "intellectuels", de donner libre cours au bon vieil antisémitisme français d'avant le nazisme. Un parti "pas comme les autres" prenait en charge, en quelque sorte, la haine consciente et inconsciente de toute une société contre les Juifs. Or, les choses ont changé et nous devons désormais être attentifs aux formes sournoises et dangereuses de cet antisémitisme "bon chic bon genre", ne serait-ce que parce que nous savons maintenant qu'il a finalement conduit à la solution finale. » De Maurras à Auschwitz, même Bernard-Henri Lévy n'avait pas, dans *L'Idéologie française*, établi cette filiation qui franchit le Rhin d'une phrase. On perçoit bien à la lecture de ce texte que son auteur est profondément persuadée de l'existence de cette haine que vouerait aux Juifs « toute une société », mais une telle accusation mériterait tout de même un brin de démonstration. Enfin, le tombereau d'imprécations qui s'est déversé sur Camus permet-il d'affirmer que l'antisémitisme, en France, est « bon chic bon genre » ?

En attendant, près de trois semaines après la disparition de l'ouvrage des librairies, *La Campagne de France* continue d'alimenter la polémique. Le 17 mai, dans un texte intitulé « Un livre a disparu », une cen-

1. *De quoi demain...*, Jacques Derrida, Élisabeth Roudinesco, Fayard/Galilée, 2001.

taine de personnes, tout en exprimant leurs « réserves » sur le fond, s'élèvent contre « le climat de violence inquiétant » et soulignent que le retrait du livre, non seulement, « prive les lecteurs de la liberté de juger par eux-mêmes », mais encore place Camus « dans l'impossibilité de se défendre ». Parmi les signataires, figurent des intellectuels, artistes et écrivains venus d'horizons très divers, notamment Dominique Noguez, Frédéric Mitterrand, Emmanuel Carrère. Justement, le lendemain, Claude Durand annonce que l'ouvrage reparaîtra bientôt, expurgé des passages litigieux par l'auteur lui-même, dans le but d'éviter une saga judiciaire. Mais cette auto-censure infligée à l'écrivain ne suffit pas. Une semaine plus tard, paraît dans *Le Monde* une pétition dont la radicalité n'a pas d'équivalent dans les annales contemporaines. Le ton est guerrier, les termes sont choisis pour exclure tous ceux qui oseraient s'écarter, ne fût-ce que légèrement, de la sentence ; le terme « criminel » figure cinq fois dans ce texte très court. Mais les signataires de cette « déclaration des hôtes-trop-nombreux-de-la-France-de-souche[1] » ne se contentent pas de frapper Renaud Camus du sceau de l'infamie. Ils entendent clairement que la condamnation soit étendue à tous ceux qui refuseraient de rallier leur croisade ou même à ceux qui la rallieraient trop mollement. « Nous déclarons que les propos de Renaud Camus sont des opinions criminelles, et donc que défendre, publier, republier son livre au nom de la liberté d'expression ou pour toute autre raison, c'est, qu'on le veuille ou non, défendre et publier des opinions criminelles et condamnables. Il faut le savoir. Cela ne s'expurge pas. » Le message, adressé à Claude Durand, est fort clair. La réplique de ce dernier est cinglante. « Même les censeurs les plus endurcis des totalitarismes du XXe siècle, écrit-il, n'avaient pas

---

1. « Déclaration des hôtes-trop-nombreux-de-la-France-de-souche », *Le Monde*, 25 mai 2000.

inventé la formule qui vient ici d'éclore à l'aube du siècle nouveau : dans un texte donné, l'interdiction des blancs. » Non seulement les passages déplaisants doivent disparaître, mais il faut effacer jusqu'au souvenir de leur disparition. En fait, *La Campagne de France* est aujourd'hui disponible avec ces zébrures blanches comme autant de cicatrices infligées à notre liberté, et d'abord celle de critiquer.

La liste de ces jusqu'au-boutistes du ciseau ne laisse pas d'affoler ou d'attrister. À côté de « grandes signatures lacaniennes » malicieusement pointées par Durand, figurent, en effet, des noms parmi les plus prestigieux de l'intelligence française : Jean-Pierre Vernant, Jacques Derrida, Claude Lanzmann. Comment des esprits aussi fertiles en sont-ils réduits à employer contre leurs adversaires des armes inventées par les dictatures les plus mensongères ? Pourquoi ont-ils oublié ce génie de la controverse qui, durant des années, a valu à notre scène intellectuelle l'admiration du monde entier ?

Et que dire de Philippe Sollers qui n'est jamais autant lui-même que lorsqu'il défend la liberté radicale de la littérature ? Cet amoureux de Céline fait preuve, dans l'affaire, d'une contradiction qui laisse pantois. Il a publié Marc-Edouard Nabe, auteur décrit par Claude Durand comme « plus excessivement célinien que modérément barrésien » ; quelques mois plus tard, il « acquittera » Paul Morand, que personne, d'ailleurs, ne cherche à censurer ; seul Camus connaît ses foudres jupitériennes. Peut-être Sollers, si on l'interrogeait, répondrait-il, comme il le fera au cours d'une émission télévisée, que Camus est un écrivain « moyen ». On lui laissera la responsabilité de ce décret. Quoi qu'il en soit, ce n'est pas en se fondant sur des critères esthétiques qu'il a prononcé la condamnation de Camus, mais pour sanctionner ses fautes morales supposées. De cet apparent solécisme sollersien, on peut cependant trouver une autre explication dans la philippique mi-moqueuse mi-sérieuse qu'il adresse aux « nouveaux bien-pensants[1] » suivant un renversement désormais coutumier qui décèle le conformisme dans la minorité et le courage dans la majorité dominante. Ce qui pose problème chez Camus et chez ses défenseurs ne serait pas tant l'antisémitisme de l'un et la complaisance des autres que la volonté que leur prête Sollers de défendre « l'école, la famille, la nation » alors que « la survie de la culture et de la langue françaises l'exige ». École, famille, culture, langue, nation : on pourrait trouver des combats plus douteux. Mais pour Philippe Sollers, le fascisme semble déjà contenu dans ces idées.

« On doit pouvoir mal penser », écrit Sylviane Agacinski[2]. Assurément, sous peine de ne plus pouvoir penser du tout. La philosophe poursuit, esquissant un avenir qui n'est guère enchanteur : « De quels sentiments "condamnables" faudra-t-il, demain, interdire l'expression ? De l'homophobie ? Du sexisme ? (Là, les libraires n'auront plus qu'à fermer boutique !) De cela, on peut, on doit discuter : mais vers quelle oppression culturelle irait-on, vers quelle société moralement ou "politiquement correcte", si l'on remplaçait la critique par la censure ? » Eh bien, nous y sommes. Telle est l'issue à laquelle nous condamnerait une intelligentsia qui semble malheureusement avoir renoncé à penser le monde et l'homme tels qu'ils sont.

Renaud Camus, estiment peut-être ces censeurs, devait être châtié pour l'exemple. Encore faudrait-il savoir de quoi son châtiment aura été exemplaire. On ne peut s'empêcher d'y voir un signe annonciateur de la mort – mort de l'esprit comme flamme individuelle, mort de la culture comme ambition collective. « On

---

1. « Les nouveaux bien-pensants », Philippe Sollers, *Le Monde*, 17 juin 2000.

2. « Pour le droit de penser mal », Sylviane Agacinski, *Le Monde*, 10 juin 2000.

ne lit pas Camus pour penser comme lui ou pour se “reconnaître” en lui, comme on dit à la télé, écrit Philippe Lançon. On le lit plutôt [...] pour retrouver ce que cette talentueuse tête à claques a de singulier. On le lit pour se méfier de lui et de soi[1]. » Le journaliste touche peut-être là à l'essentiel. À ce qu'on nomme littérature, les censeurs ont toutes les raisons de préférer l'expression complaisante et inoffensive du « moi-moïsme victimaire[2] ». Et si ce qu'ils ne peuvent tolérer, ni chez Camus, ni chez quiconque, était bien l'affirmation insolente d'une singularité ?

---

1. « La mauvaise réputation », Philippe Lançon, *Epok*, février 2001.

2. « Le moment où nous sommes », Cécile Guilbert, *Revue des Deux Mondes*, mars 2001.

Le jeunisme est un naufrage

« Vous avez le droit de déconner. »

Yann Galut, député socialiste,
Le Nouvel Observateur, 14-20 juin 2001.

Légalisons les « tournantes », ces viols collectifs par lesquels de petits caïds de banlieue scellent leur belle camaraderie d'hommes. Pourquoi les jeunes des cités ne défendraient-ils pas « leur droit à la fête [1] » en célébrant des rites que les adultes ne comprennent pas ? « Engageons le dialogue ». « La répression, craint-on dans les entourages ministériels, discréditerait le discours du gouvernement vis-à-vis des jeunes. » Interdiction ? Une ministre écrit au chef du gouvernement, sans mâcher ses mots : « Ce faisant, on envoie à la jeunesse un signe de désaveu et de défiance qui accentue la sensation de coupure avec le monde politique [2]. » Cessons donc, sous peine d'apparaître comme des vieux et des « réacs », d'ennuyer nos jeunes avec cet « ordre moral qui ne sait plus que brandir des interdits et des jugements de valeur [3] » dont se désole un député socialiste [4]. Pourquoi brimer ces free-partouzes « clan-

---

1. « Ces jeunes qui défendent leur droit à la fête », *Le Monde*, 17-18 juin 2001.
2. « Comment Jospin a réinterprété les raves », Eric Aeschimann, *Libération*, 30 juin et 1er juillet 2001.
3. « Salauds de jeunes ! », Marie-France Etchegoin, *Le Nouvel Observateur*, 14-20 juin 2001.
4. *Ibidem*.

destines et impromptues » ? Laissons-les exprimer leur révolte.

Une tempête secoue le gouvernement, déchiré entre libertaires et répressifs. Au cours d'une réunion, face au représentant de son collègue de l'Intérieur, « sec comme une trique[1] », le ministre de l'Éducation dénonce « la politique anti-jeunes visant à faire peur, à créer l'inquiétude, et, une fois de plus, à attiser les fantasmes de toute sorte contre une certaine liberté d'être et de vivre ». On ne va tout de même pas, pour une simple affaire de loi, se couper de cette génération « à laquelle les politiques donnent l'impression de ne rien comprendre[2] », s'indigne un éditorialiste. Un rien menaçant : « À chaque fois que les jeunes ont eu l'impression que le pouvoir politique s'en prenait à leurs libertés cela n'a pas souri au dit pouvoir », ajoute-t-il. Rien ne doit s'opposer à la marche triomphale du désir.

Les plus exaltés demandent qu'on aille plus vite. On ne va pas s'arrêter en si bon chemin. Après les « tournantes », il conviendrait d'encourager les vols. Certes, le droit de propriété des paysans, « ces autochtones » qui ne remercient pas quand des nuées festives s'abattent sur leurs champs, doit être aboli en premier. Mais il faudra rapidement étendre le champ d'application de cette importante réforme. Pourquoi victimiser les jeunes en leur interdisant les beaux quartiers ? Interdit d'interdire ! Toute limite sera réprimée. Manifestons donc sans tarder pour la reconnaissance du « droit à l'agression », signe d'une saine rébellion contre l'ordre établi ou encore possible traduction de la « joyeuse créativité de cette jeunesse[3] » – qui a le bon goût de récompenser en

---

1. « Comment Jospin a réinterprété les raves », *art. cit.*

2. « Mépris », Jean-Michel Thénard, *Libération*, 30 mai 2001.

3. Pierre Bellanger, à propos de Skyrock, entendu sur *France Inter* au printemps 2001.

consommant ceux qui l'assomment en l'encensant. Que chaque nouvelle année soit l'occasion d'un concours d'incendie de voitures dans la France entière : une fête de la casse, une *fire-pride* nationale pour retisser le lien social.

Science-fiction, dira-t-on. À raison. Nos gouvernants ne sont pas devenus fous ! Loin d'eux l'idée de cautionner ou de minimiser des abominations comme les viols collectifs perpétrés dans les caves des cités ou les attaques de vieilles dames. Le lyrisme libertaire dont on a isolé ci-dessus quelques proclamations ne concerne aucunement des activités criminelles mais d'innocentes *rave-parties* où on ne meurt qu'exceptionnellement – et accidentellement. Et les appels jeunistes lancés par nombre de ministres et autres responsables socialistes ne visent que le ministre de l'Intérieur Daniel Vaillant coupable d'avoir cherché, en ce printemps 2001, à réglementer ces *teufs* organisées en pleine campagne.

Dans le cours de cette instructive polémique à usage adolescent, on a pu apprendre que seuls les « thuriféraires de l'ordre ou les adultes angoissés[1] » étaient « ulcérés » par les jeunes. Faut-il appartenir à l'une de ces deux catégories condamnées par l'histoire pour estimer que, poussée au bout de sa logique, l'argumentation des ravophiles justifie en réalité le mépris de toute règle ?

À vrai dire, les défenseurs les plus zélés des droits du *teufeur* sont le plus souvent d'inoffensifs bourgeois qui encouragent d'autant plus la contestation qu'elle ne menace en rien leur droit de faire la morale aux « ploucs ». Car ces jeunes, note le musicologue « spécialiste des *free parties* » Emmanuel Grynszpan, « se disent anarchistes mais sans vraiment théoriser et sans s'investir dans une dimension politique. On reste souvent dans le non-dit. C'est lié au

1. « Salauds de jeunes ! », *art. cit.*

fait que la techno est une forme musicale et non-verbale, qui exclut le langage et s'en méfie[1] ». Ayant jeté le langage aux orties, ils ne courent guère le risque de manifester ce qu'on appelait en des temps reculés l'esprit critique.

Cependant, le plus pathétique, en général, est de voir des quinquagénaires courir après la jeunesse afin de rattraper la leur. Une vieille affaire, à en croire Pierre Desproges : « Depuis 30 ans, a-t-il écrit, la jeunesse, c'est-à-dire la frange la plus totalement parasitaire de la population, bénéficie, sous nos climats, d'une dévotion frileuse qui confine à la bigoterie. Malheur à celui qui n'a rien fait pour les jeunes, c'est le péché suprême et la marque satanique de la pédophobie est sur lui[2]. » Preuve, cependant, qu'elle n'est pas dépourvue de bon sens, il arrive que cette jeunesse refuse cette main tendue, ignore les supplications de ses aînés. Ainsi, quelques mois avant la « guerre des raves » le mensuel *Technikart*, dont les rédacteurs brandissent leur jeune âge comme s'il s'agissait d'un haut fait d'armes ou d'une raison sociale, publiait un dossier venimeux sur les soixante-huitards coupables d'occuper les postes de pouvoir. La revendication tenait d'ailleurs en un mot : ôtez-vous de là qu'on s'y mette ! On ne leur compta pas les invitations à s'exprimer, les tribunes et la compréhension affectueuse. « Aimez-nous, nous aussi avons été jeunes », semblait-on leur dire. Peine perdue.

Sans doute restait-il des progrès à accomplir. « Ceux qui gouvernent, se désola *Le Nouvel Observateur*, sont à mille lieues des références des teufeurs. » Ce n'était pas tout à fait juste d'ailleurs. Le ministre de l'Éducation, Jack Lang, fit preuve, pour

---

1. « Le public ne se réduit pas à une bande de drogués », Emmanuel Grynszpan, entretien avec Frédéric Chambon, *Le Monde*, 17-18 juin 2001.

2. « Non aux jeunes », Pierre Desproges, *La Haine ordinaire*, avril 1986.

plaire à cette jeunesse, d'une inventivité multiforme qui ne se limita pas, loin s'en faut, à l'apologie des raves. Ainsi se targua-t-il, lors de son retour à l'Éducation nationale, de nommer comme déléguée nationale à la vie lycéenne une jeune qui avait raté trois fois son bac – rafraîchissante audace qui fut saluée comme il convenait.

Nos médiatiques défenseurs de la jeunesse auraient donc poussé de déchirants hurlements si on leur avait dit que leur défense des libertés revenait en réalité à prôner le retour à la jungle. De fait, ils n'eurent pas de termes assez durs pour condamner les viols collectifs ou la violence qui alimentait les « fantasmes sécuritaires » d'un peuple qu'ils jugaient à la dérive.

C'est dire si cette mobilisation juvénophile était incohérente. L'affaire Skyrock en fournit une autre illustration. Au cours d'une accalmie sur le front des raves, le CSA crut de son devoir de condamner certains propos entendus à l'antenne – et qui, tenus en d'autres lieux, eussent jeté dans la rue des milliers de manifestants contre le sexisme – voire contre le retour de la bête immonde. Il n'était pas question, cependant, d'injures raciales, mais du « cul pourri » d'une jeune femme nommément désignée et autres joliesses de la même élégance. Le fort débonnaire gendarme du PAF se risqua à ce qu'on appelle une mise en demeure, autrement dit à un avertissement. Résultat, le ministre de l'Adolescence éternelle, Jack Lang, vola, au mépris d'une autorité dite indépendante, au secours de la courageuse petite radio promptement sacrée Skyrock la rebelle.

À propos des fameuses raves-parties, dont les free-parties, si d'aucuns l'ignoraient encore, constituent une sous-catégorie, on admettra volontiers qu'il n'est pas en soi problématique que des adolescents se rassemblent pour danser au son de la musique techno. Sans doute était-il arrivé qu'ils quittent les lieux jonchés de détritus et de canettes, ou même qu'ils dévastent quelque culture. Mais on ne s'en offusqua guère, dès lors que les victimes – à qui incombait la charge des réparations – n'étaient pas les « bobos » sûrs d'eux qui peuplent nos grandes villes mais des paysans, des habitants de la France d'en bas, des « autochtones » n'ayant accès aux médias que par la voie du ridicule. D'ailleurs, le député qui imagina de légiférer pour assurer la tranquillité des riverains, n'était-il pas, souligna un journaliste, un élu du RPR du Vaucluse, voisin de la citadelle lepéniste d'Orange ? C'est bien connu, le virus frontiste, comme celui de la fièvre aphteuse, vole à travers les airs !

Plus ennuyeuse était la question de la drogue qui s'y consommait sans grande modération – et c'est d'ailleurs sur ce point que se focalisa le débat. On se rassura un peu, cependant, en apprenant que l'ecstasy était testée par Médecins du Monde et on demanda aux ravistes de se montrer prudents. Quelques mois plus tard, suivant le principe irréfutable que tout ce qui est existe et doit être approuvé, l'hebdomadaire *Elle* démontrait magistralement, qu'il convenait de légaliser le haschich sans tarder, *puisque tout le monde en fumait*[1]. Ce qui est ne peut être interdit : sous son air tautologique, ce principe ouvre de réjouissantes perspectives de transformation des sociétés. D'autant qu'on ne saurait se limiter à abattre les barrières entre le licite et l'illicite. Pourquoi s'encombrer de désuètes différences entre générations ? Ainsi, précisait *Elle* à l'appui de son argumentation, « le joint, désormais, est transgénérationnel ». On voit mal ce qu'on pourrait opposer à un argument aussi fumant.

Reste, cependant, à tenter de comprendre l'enthousiasme avec lequel le pouvoir médiatique en est arrivé

---

1. « Le hasch, chiche ? », Michèle Fitoussi, *Elle*, 3 décembre 2001.

à propager le mépris de toute règle, de toute autorité. Les jeunes, devenus adultes, ne risquent-ils pas de leur demander des comptes sur un discours libertaire devenu une entreprise d'asservissement, effaçant toute possibilité de transgression ?

« Vous avez le droit de déconner », lança courageusement le député socialiste du Cher Yann Galut. Merveilleux oxymore, tant il est vrai que « déconner » n'a guère de sens si on en a le droit ! On ne voit plus très bien de quelles règles, de quels interdits, cette belle jeunesse devrait s'affranchir pour devenir adulte. Mais peut-être n'était-ce pas l'objectif ?

Jacques Attali, ancien conseiller présidentiel devenu l'apôtre d'un monde sans territoire, a bien perçu l'intérêt que peuvent présenter de telles réjouissances pour l'ordre social. « La police, a-t-il remarqué, ne comprend pas que les rave-parties sont ses meilleurs alliés : défoulement, apprentissage de la répétition, disparition dans la foule, silence face à l'autorité, tout y est. Comme le carnaval aida à supporter le carême, la rave-party apprend aux jeunes à accepter la vie répétitive à laquelle la plupart d'entre eux sont promis [1]. » Seulement, si les antiques religions sont simultanément répressives et libératrices, une religion sans sacré n'engendre que soumission.

Peut-être les adolescentophiles et autres apologistes de la cause raviste sentaient-ils confusément que les bénédictions qu'ils prodiguaient à tout ersatz de révolte étaient le meilleur moyen d'éliminer le risque de remise en cause profonde, de critique réelle. En réalité, la libération des mœurs, ou plus précisément l'injonction de libération, va de pair avec la libéralisation du marché, comme le reconnut Attali : « Tout pouvoir a toujours craint que les fêtes populaires dérapent en révoltes. Alors qu'elles sont surtout des occasions de défoulement (vivre un instant ce qu'on

1. « Faisons un rave », Jacques Attali, *L'Express*, 28 juin 2001.

ne sera jamais) et des moyens d'apprendre le métier de consommateur (désirer ce qu'ont les autres et avoir ce qu'ils n'ont pas). » À défaut de loi pour fédérer la Cité, il restera au moins celle du marché.

On se lève tous pour Dany !

« Nous étions dupes et libres à la fois. »
Gérard Miller, *Minoritaire*.

L'ordre moral est de retour. La Restauration est en marche. Alors que le troisième millénaire commence, les hordes de la réaction s'avancent en rangs serrés. Les censeurs, les peine-à-jouir, les grognons, les embastilleurs menacent de prendre la France en main. Les libertés libertaires sont menacées. Le Flore est assiégé. Depuis des années, les plus lucides nous mettaient en garde. Les Français sont des ennemis du plaisir. Des adversaires acharnés de la volupté. De tristes partisans de la shlague. Des asservis volontaires. Des brûleurs d'hérétiques. Des bourgeois engoncés. Mais qu'on se le dise : la résistance s'organise. Les trains-trains vont dérailler. Les plateaux de télévision vont s'enflammer. La subversion va subvertir. Les enragés de la Rive gauche ne se rendront pas ! En garde, soixantehuitiens !

Jusqu'à ce soir de février 2001, la contre-révolution était sournoise, insidieuse. Certes, on sentait bien que ces républicains ronchons, ces maîtres d'école impénitents, remuaient encore. Désormais, la preuve est faite. Le combat est engagé. Heureusement, le Saint Office de l'interdiction d'interdire dispose enfin d'un crucifié : Dany le Rouge devenu Vert, Dany le rebelle éternel, Dany le centriste radical, Dany le libéral gauchiste,

Dany le bourgeois épateur de bourgeois. Par lui, la rédemption va arriver. Saint Dany, ange et martyr, meurt pour que nous puissions pécher. Tous ensemble. Car les adeptes de la libération imposée, de l'anticonformisme formaté n'aiment rien tant que penser et vivre en bande.

Curieusement, tout le monde semble avoir totalement oublié que, deux ans plus tôt, Daniel Cohn-Bendit, lors de sa rentrée parisienne a déjà été « victime » d'une pseudo-crucifixion, et qu'il a pareillement été défendu par une levée en masse journaline. Mais, lors de ce premier épisode, on avait peu brandi le flambeau de Mai. Plus que Dany le libertaire, c'était alors Cohn-Bendit le libéral qui était au centre du débat. Cette fois-ci, à travers Dany le maudit, c'est une génération qui se prétend visée, et dans ce qu'elle a de plus précieux depuis qu'elle a renoncé à changer le monde, à savoir ses fameuses avancées sociétales.

Seul avec tous

Le commun des mortels ne peut acquérir *L'Express* que le jeudi matin. Mais dès le mercredi soir, le 21 février 2001, les rédactions où, aux étages supérieurs, officient généralement les contemporains de Cohn-Bendit, sont en émoi. C'est la guerre ! En s'attaquant au « meilleur d'entre nous », l'hebdomadaire lance une offensive qu'il faut bien, affirmera Philippe Sollers, appeler par son nom : « de droite ou réactionnaire[1] ». Tout est dit. Encore qu'à l'heure où rien n'est plus « progressiste » que le capitalisme, être « de gauche », si un tel mot avait un sens autre que magique, exigerait justement quelque réaction. Passons.

Quel événement tragique exige donc que l'on érige

1. « Il y a des abîmes entre 7 et 13 ans », Philippe Sollers, *Libération*, 23 février 2002.

sans tarder de nouvelles barricades ? L'affaire est d'importance. Emboîtant le pas à de grands journaux européens, *The Observer, La Repubblica, The Independant* et *Bild, L'Express* publie, dans le cadre d'un dossier intitulé « Pédophilie : la loi du silence », un article évoquant « Le remords de Cohn-Bendit ». Diable ! Dany le révolté fait repentance ! Regretterait-il d'avoir traité de SS des policiers dont certains avaient sans doute été d'authentiques résistants ? D'avoir tellement libéré l'école que le savoir s'en est échappé ? D'avoir si bien affranchi l'économie que les marchés sont désormais tout-puissants ? D'avoir joui sans entraves quand il découvre sur le tard qu'on peut trouver quelque plaisir dans l'inassouvissement ? Nullement. De ce qu'il a *fait*, Dany ne regrette rien. Ce qu'il a *écrit*, en revanche, il préférerait l'oublier. Mais on le sait, *scripta manent*.

Multipliant les justifications, s'entourant de mille précautions, pesant chacun de ses mots comme si elle avait conscience de pénétrer dans un sanctuaire réputé inviolable, la journaliste Jacqueline Remy – elle-même ancienne soixantehuiteuse – rappelle donc au mauvais souvenir de Dany le ludion quelques lignes écrites dans *Le Grand Bazar*, livre publié en 1977 par Belfond et aujourd'hui épuisé. Dany le transgressif y raconte son expérience d'éducateur dans un jardin d'enfants autogéré de Francfort : « Il m'était arrivé plusieurs fois que certains gosses ouvrent ma braguette et commencent à me chatouiller. Je réagissais de manière différente selon les circonstances, mais leur désir me posait un problème. Je leur demandais : “Pourquoi ne jouez-vous pas ensemble, pourquoi m'avez-vous choisi, moi et pas les autres gosses ?” Mais s'ils insistaient, je les caressais quand même. »

À vrai dire, il n'y a pas de quoi fouetter un éternel ado, pour peu qu'on accepte de se replacer dans le contexte délirant d'une époque où ce qu'on disait pouvait n'avoir qu'un lien fort ténu avec la réalité. Car Cohn-Bendit assure que ces propos, et d'autres de la même eau, étaient de la pure provocation, et il n'y a aucune raison de ne pas le croire. Heureusement pour eux et pour leurs enfants, la majorité des « libérés sexuels » des années 70 se sont contentés d'exalter verbalement une sexualité enfin affranchie des interdits générationnels, de pérorer des nuits durant sur la nécessité de faire bénéficier leurs bambins de l'épanouissement chèrement conquis. Reste que quiconque aime regarder sous les jupes de son époque peut trouver qu'il y a là, dans le simple fait que tant d'absurdités aient pu être proférées avec tant d'enthousiasme, matière à réfléchir. C'est trop demander. En lieu et place du débat que mériterait tout de même une société qui ne sait pas très bien à quel saint se vouer entre la traque des présumés pédophiles d'aujourd'hui et l'encensement des apologues verbaux du touchi-toucha enfantin d'hier, on aura droit au théâtre d'ombres caractéristique du temps, dans lequel le héros joue à être seul avec tous.

Car à peine la machine médiatique s'est-elle mise en branle que le même cri fuse de nombre de poitrines journalistiques : c'est un lynchage ! Une chasse à l'homme ! Un procès stalinien ! On parle de « nauséeuse conspiration », de « déferlantes d'ordures ». « C'est la curée », décrète gravement Jacques Henric dans *Art Press*. Drôle de chasse à l'homme que celle où le gibier est protégé par la meute tandis que le prétendu chasseur est mis en joue. Étrange procès dans lequel l'accusé répond à une accusation qui n'est pas formulée. Curieux assassinat médiatique où la victime et ses avocats sont omniprésents dans les médias. « C'est dégueulasse, déclare-t-il à *Libération*. Prétendre que j'étais pédophile est une insanité. La pédophilie est un crime[1]. » Certes, mais personne n'accuse

1. « L'affaire Daniel Cohn-Bendit ou le procès de Mai 68 », Paul Quinio, *Libération*, 23 février 2002.

Dany l'innocent d'avoir été pédophile. Et, cerise sur cet indigeste gâteau, Philippe de Villiers demande qu'il renonce à son mandat de député européen. Or, en soixantehuitie, être attaqué par « le caricatural vicomte », selon l'expression du chroniqueur de *Libération* Pierre Marcelle [1], spécialiste du tir à bout portant sur les victimes désignées par l'air du temps, cela revient à obtenir l'Ordre du mérite. Il ne manque au lynché qu'un coup bas venu de Christine Boutin, ou, mieux encore, de Jean-Marie Le Pen, pour que son assomption soit instantanée.

Dans cette affaire, en réalité, Dany l'indigné devra subir un mauvais quart d'heure, un seul. Le 22 février au soir, il décide d'honorer une invitation programmée depuis plusieurs semaines pour intervenir au cours du journal de TF1 présenté par Jean-Claude Narcy. Lequel malmène, non sans maladresse, son invité, pour lui demander en conclusion s'il compte obtempérer à la requête de Philippe de Villiers et démissionner. Certes, ce n'est guère aimable, alors que Dany le fragile accuse visiblement le coup. Mais enfin, ce vieux routier de la politique en a vu d'autres. Il vient de passer trois semaines éprouvantes en Allemagne, aux côtés de son ami, le ministre allemand des Affaires étrangères Joshka Fischer, également rattrapé par sa jeunesse contestataire. Seulement Fischer doit répondre d'actes présumés de violence contre la police, voire de liens avec les terroristes, et non d'idioties proférées ou écrites.

Jean-Claude Narcy se montre donc ce soir-là franchement déplaisant. Mais alors, quel charivari ! Il va apprendre, ce « pseudo-journaliste », ce que coûte un crime de lèse-Dany. Nos soixantehuiteurs ne tolèrent pas la moindre ombre au tableau idyllique dont ils entendent faire l'histoire officielle, mais ils manient

1. « Halte au feu ? », Pierre Marcelle, *Libération*, 26 février 2001.

gaillardement l'injure. Quatre articles, au moins, sont consacrés, à ces quelques minutes de télévision. Pierre Marcelle se surpasse[1]. Visiblement tout ragaillardi par ce combat sans risque, il semble vouloir écraser son confrère de sa plume : « abject », « anguleux », ressemblant, « au physique et au moral » à Jean Royer (garde des Sceaux de Pompidou), et travaillant, qui plus est, pour TF1, « l'ennemi du bien public », Narcy, pour clore le tout, a fait cause commune avec de Villiers, révélant bien là « l'alliance de Versailles et de la Vendée ». Marcelle, quant à lui, ne révèle pas sa connaissance de l'histoire et de la sociologie françaises.

Passé ce malheureux épisode, la défense de Dany peut reprendre son cours d'autant plus tranquille que l'attaque, on l'a vu, est inexistante. Même des hommes aussi peu suspects de libéralisme sexuel débridé ou de Danyphilie excessive que Régis Debray, Jean-Claude Guillebaud et Paul Thibaud, volent au secours du martyr, rappelant qu'ils entendent avoir avec lui un débat loyal[2].

Certes, il faut rendre hommage aux esprits libres qui, tout en disculpant l'innocenté, acceptent, puisqu'une question est posée – non pas à Cohn-Bendit, mais à une génération –, d'essayer d'y répondre. Dans *Le Nouvel Observateur*[3], Laurent Joffrin relève avec talent le gant et s'impose un « devoir d'inventaire : « Aujourd'hui, écrit-il, le libéral-libertaire, en sapant l'idée même de la loi, n'est plus l'artisan d'une libération. Il est l'idiot utile du libéralisme. » On s'interroge sur la frénésie pétitionnaire de ces années qui conduisait, comme le reconnaît Sollers, à signer sans lire à peu près n'importe quoi pourvu qu'il y fût question de lutter contre

---

1. « Halte au feu ? », art. cit.

2. « Le débat, pas la chasse à l'homme », Régis Debray, Jean-Claude Guillebaud, Paul Thibaud, *Le Monde*, 27 février 2001.

3. « Cette révolution qu'on disait sexuelle », Laurent Joffrin, *Le Nouvel Observateur*, 1er-7 mars 2001.

un interdit. Sympathisante du gauchisme dans sa jeunesse, Jacqueline Remy parle aujourd'hui de son trouble croissant au fil des années, alors que les causes les plus douteuses étaient transformées en combat pour la liberté. « D'abord, il y avait eu l'horrible affaire de Bruay-en-Artois, et ce notaire forcément coupable, puisque bourgeois. Plus tard, souvenez-vous de la mobilisation en faveur de Luc Tangore. À sa sortie de prison, après sa grâce par Mitterrand, il avait violé deux Américaines. Il y a eu aussi l'affaire du Coral, ce lieu de vie pour enfants, en 1982, dans laquelle *Libé* avait, sans précaution, pris fait et cause pour le patron qui était accusé de viols. Dans les années 70, on légitimait tous ces dérapages. Et, quand, en 1995, avant l'affaire Dutroux, j'ai publié un gros dossier, le premier à *L'Express* sur la pédophilie, cela a provoqué l'hostilité de certains : les "réacs" trouvaient qu'on n'avait pas à parler de sexe et les libertaires craignaient un retour de bâton. Seulement, il ne s'agissait pas, il ne s'agit pas de sexe ou de liberté sexuelle, mais d'actes de barbarie, de crimes et de délits. »

Dans un très beau texte[1], Sorj Chalandon évoque cette époque fiévreuse et parfois glaçante dans laquelle *Libération*, « écho particulier du vertige commun », publie tout et donc n'importe quoi, tant on panique à l'idée de revêtir les oripeaux du censeur. « L'interdiction, n'importe laquelle, est ressentie comme appartenant au vieux monde, à celui des aigris, des oppresseurs, des milices patronales, des policiers matraqueurs, des corrompus. La pensée est en confusion. La violence politique est un autre moyen de la politique. On a raison de séquestrer les patrons, on a raison de traquer les possédants, on a raison de se révolter et de jouir sans entrave. On a raison de soutenir les prisonniers, les homosexuels, les fous, les

---

1. « Libé, en écho d'un vertige commun », Sorj Chalandon, *Libération*, 23 février 2001.

drogués. Dans ce tumulte, ce retournement des sens, cet ancrage de repères nouveaux, dans cette nouvelle préhension de la morale et du droit, cette fragilité et cette urgence, tout ce qui se dresse sur le chemin de toutes les libertés est à abattre. »

Tout en rappelant l'étouffoir qu'a pu être la France gaullo-pompidolienne, Jean-Claude Guillebaud, auteur, deux années plus tôt, de *La Tyrannie du plaisir*[1] demande que soit revisitée cette époque durant laquelle des « crétins dans le vent » et des écrivains « exaltaient dans les colonnes de *Libération* ce qu'ils appelaient "l'aventure pédophile" ». Verdict immédiat de Pierre Marcelle : porte-parole « des flics et des curés », « l'abbé Guillebaud » ne doit pas être bien libéré, suggère-t-il, lui « dont la soutane idéologique jamais ne porta de braguette[2] ».

Chacun peut l'éprouver au quotidien, la France de 2001 est menacée par la férule des policiers, des curés, et, tant qu'on y est, des militaires. Élisabeth Roudinesco, spécialiste de Lacan, fait chorus. « On fait un procès puritain aux libertaires. Après avoir accusé à tort un certain nombre d'intellectuels d'avoir été des suppôts du Goulag, on les accuse maintenant d'avoir été des suppôts de la pédophilie[3]. » À croire, donc, que l'aveuglement sur le Goulag est une invention !

En quelques semaines, on assiste à un festival. On se lève tous pour Dany ! Le talent des « dadaïstes d'État », selon l'heureuse expression de Guy Debord, donne toute sa mesure. On a envie de décerner la palme au cinéaste Romain Goupil qui, apparemment, se réveille un matin en pensant qu'il a rajeuni de trente années. « Ça me donne envie de dire aux réactionnaires qui nous tombent dessus : oui, je suis pédophile, oui je

---

1. *La Tyrannie du plaisir*, Jean-Claude Guillebaud, Seuil, 1998.

2. « Soutane de Guillebaud », Pierre Marcelle, *Libération*, 23 février 2001.

3. « Un procès puritain », Élisabeth Roudinesco, *L'Humanité*, 24-25 février 2001.

suis gay, oui je suis lesbienne[1]. » Et pourquoi pas : nous sommes tous députés européens ? Et Goupil de détecter, dans la contestation d'ailleurs fort hétérogène, de 1968 « une nouvelle forme de souverainisme ». Mais il ne va pas, c'est regrettable, jusqu'à expliquer à ses malheureux lecteurs qui ne demandent qu'à être convaincus pourquoi ce souverainisme serait par essence une chose maléfique. C'est évident, n'est-ce pas ? Évoquant le concept gramscien de « bloc historique » constitué par « les croyances qu'une génération tient pour acquises définitivement », Jean-Christophe Buisson observe comment, « institutionnalisées, ces croyances deviennent des évidences presque sacrées. Toute remise en cause de celles-ci s'apparente dès lors à un acte criminel iconoclaste, fasciste[2]. »

La meute médiatique, cependant, a trouvé une proie d'autant plus appétissante qu'elle est issue de ses rangs. Il faut un coupable. Ce ne peut être Dany le barricadiste. Bien sûr, Bettina Röhl, la fille de la terroriste Ulrike Meinhof, ne serait pas mauvaise dans le rôle. Après tout, c'est elle qui, depuis des mois, harcèle la presse allemande et européenne avec ces « révélations » sur le passé de Cohn-Bendit et surtout sur celui de Joshka Fischer. Elle accuse l'ancien contestataire gauchiste devenu le chef de la diplomatie allemande d'avoir exploité l'émotion née du suicide de sa mère en prison et surtout d'être responsable de la mort du policier tué lors de la manifestation organisée après cet événement. Certes, l'acharnement et le ressentiment de Bettina Röhl n'attirent pas forcément la sympathie. Mais nul n'aura un mot de compassion pour le terrible destin de cette femme, qui fut, enfant, envoyée avec sa sœur jumelle dans un camp d'entraînement palestinien

---

1. « J'ai envie de dire : oui je suis pédophile ! », Romain Goupil, *Libération*, 23 février 2001.

2. *Maos, Trotskos, Dodo*, Jean-Christophe Buisson, Éditions du Rocher, 2001.

pour orphelins. Avant de se retrouver réellement orpheline, chargée du lourd fardeau du passé terroriste de sa mère et de l'abandon qu'elle infligea à ses enfants. « Ces révélations sont intéressées », commente dédaigneusement *Libération* qui se félicite d'avoir dans un premier temps repoussé les avances de Bettina Röhl[1].

Rares sont les commentateurs qui s'interrogent sur la nature de ce qui sourd du passé de ces deux personnages emblématiques que sont Joshka Fischer et Daniel Cohn-Bendit. Cet absolu de la libération morale, cet imperium de la jouissance, n'auraient-ils pas à faire avec *Les Démons* de Dostoïevski – avec le nihilisme du temps ? À défaut de questions métaphysiques, mieux vaut, répétons-le, trouver un bouc émissaire. Le cas de cette Bettina Röhl est trop compliqué. Et puis, elle est allemande. On ne transige pas avec la sacro-sainte règle de la proximité. C'est donc la journaliste de *L'Express*, traître au clan, qui sera jugée. « Au printemps de 1968 ou après, je n'aimerais pas avoir "couché" comme elle écrit avec élégance, avec cette Jacqueline Remy, qui, à *L'Express*, cultive obstinément le ragot peu ragoûtant dont il lui importe qu'il reste quelque chose », écrit le justicier de *Libération* qui, pour sa part, n'est guère suspect de la moindre élégance[2]. L'architecte Roland Castro fait savoir qu'il n'achètera plus l'hebdomadaire, héroïsme du kiosque qui force l'admiration. La « donneuse », on le comprend, conçoit de tout cela une certaine perplexité. « J'avais, à titre personnel, beaucoup de sympathie pour Daniel Cohn-Bendit, dit-elle. Je ne défendais pas une cause, j'essayais de mettre au jour un symptôme. »

---

1. « Des révélations bien intéressées », Lorraine Millot, *Libération*, 23 février 2001.
2. « De la vertu vicieuse », Pierre Marcelle, *Libération*, 5 mars 2001. Notons que le terme « couché » n'avait pas été utilisé par la journaliste.

Justement, c'est ce qu'on lui reproche. Reste à savoir sur quelle maladie honteuse elle a mis le doigt.

L'enjeu de cette empoignade n'est pas, en effet, une liberté sexuelle que nul ne songe à remettre en cause. Et ce n'est pas non plus une volonté de renier en bloc la désacralisation de l'autorité conquise dans la foulée de 1968. « Les courants puissants qui appellent au retour de l'ordre moral et de l'autorité ne sont pas, loin de là, le monopole de la droite », écrit le sociologue Michel Wievorka[1]. Outre la délectation que certains – sans doute pas Wievorka lui-même – trouvent à démasquer des traîtres dans leur propre camp, confondre habilement la revendication – quasi inexistante – de retour à l'ordre moral et la demande, bien réelle, d'autorité permet, par contiguïté, de discréditer la seconde.

En attendant, l'on ne s'étonnera pas que la corporation soixantehuitide, en particulier sa fort influente branche médiatique, s'estime qualifiée pour décider de ce qui peut être porté à la connaissance du public. Le 11 mars, au cours de l'émission télévisée « Arrêt sur image », Jean-Michel Apathie de *France Inter* raconte que, lors du retour en fanfare de Dany pour la campagne européenne de 1999, des journalistes politiques avaient entendu parler de *Grand Bazar*. « C'est un tout petit monde, le journalisme politique, déclare-t-il. Il y a eu des discussions sur le fait d'en parler ou pas. » Et tous étaient arrivés à la conclusion qu'il valait mieux ne pas en parler. « Daniel Cohn-Bendit, poursuit-il, apportait de la fraîcheur dans la vie politique. Les journalistes concernés, dont, ne traitant pas les Verts, je ne faisais pas partie, sont convenus que ces lignes n'avaient pas une légitimité suffisante pour perturber la vie d'un acteur politique. » On avait pu le constater dans l'affaire des « élites mondialisées », Daniel Cohn-

1. « Mai 68 dans la tenaille », Michel Wievorka, *Le Monde des débats*, n° 24, avril 2001.

Bendit est un catalyseur de solidarités « naturelles ». « Comment osez-vous conclure de cela qu'il y aurait un directoire des journalistes ? », gronde Apathie, drapé dans sa vertu professionnelle que nul ne conteste au demeurant. Point n'est besoin en effet d'un directoire formel. Il suffit que tous pensent la même chose au même moment. Au besoin, l'une de ces petites conversations de café ou de couloir d'assemblée, bien naturelles entre confrères, permettra à chacun de vérifier qu'il est dans la ligne.

Narcissisme de groupe

Ce qui frappe, en effet, dans cette levée en masse générationnelle, c'est d'abord la résurgence de la pensée collective. Comme au bon vieux temps. La « génération de la jeunesse éternelle » croquée, voire disséquée par l'écrivain canadien François Ricard[1] pense en groupe. Comme groupe. Au passage, elle réécrit discrètement l'histoire afin de la faire sienne, comme le souligne fort justement Eric Conan : « De même que dans les photos retouchées des pays de l'Est, le peuple a disparu des chromos que se repassent les soixante-huitards. [...] Mai 68, ce fut pourtant la grève générale la plus puissante du XXe siècle (7 à 10 millions de grévistes). Les accords de Grenelle, et notamment l'augmentation du SMIC, ont beaucoup plus marqué les salariés que les nuits agitées du VIe arrondissement[2]. » Peu importe ce maudit peuple, on sait bien ce qu'il est devenu. Le souvenir glorieux de Mai, c'est le grand monôme étudiant.

Bien entendu, on ne saurait affubler du même uni-

---

1. *La Génération lyrique*, essai sur la vie et l'œuvre des premiers-nés du *baby boom*, François Ricard, Climats, 2001.

2. « Mai 68, la génération gâtée », Eric Conan, *L'Express*, 24 mai 2001.

forme mental tous les *baby boomers*. L'amalgame pratiqué par les contempteurs de *La Pensée 68*[1] qui placent dans le même sac de l'anti-humanisme tous ceux qui eurent le malheur d'être contemporains de l'agitation étudiante est injuste. Et sans doute devrait-on être capable aujourd'hui d'éviter en même temps l'allégeance aux « maîtres à penser » et le rejet sans discussion des « maîtres penseurs ». Dominique Lecourt entend réhabiliter ces « penseurs audacieux qui partaient de cette idée que pour changer le monde il faut le penser ; et que pour le penser à fond, il faut vouloir le changer[2] ». Fidélité honorable en ces temps oublieux, mais qui peut conduire à minimiser les erreurs des uns pour concentrer les attaques sur les supercheries des autres. On peut reconnaître le travail et l'audace intellectuelle de penseurs de la « génération des années 60 » sans se leurrer sur leur vision du monde ou sur leur postérité. En somme, on ne voit pas pourquoi on serait obligé de choisir entre l'horizon indépassable de la révolution et celui des droits de l'homme.

Quoi qu'il en soit, il ne s'agit évidemment pas ici de se pencher sur le destin de toute une génération mais de s'intéresser à ceux qui, aujourd'hui, prétendent en être les porte-parole et les continuateurs. Cette cohésion ne concerne peut-être qu'une minorité, mais une minorité dominante, qui, de surcroît, dispense en permanence un discours mythique. « Les phrases générationnelles se multiplient comme les drapeaux sur les champs de bataille », remarque finement Philippe Lançon, épinglant Gérard Miller dans *Libération*[3]. Lançon cite quelques perles extraites de l'un des manuels

---

1. *La Pensée 68, essai sur l'anti-humanisme contemporain*, Luc Ferry et Alain Renaut, Gallimard, 1985.

2. *Les Piètres Penseurs*, Dominique Lecourt, Flammarion, 1999.

3. « Miroirs clinquants d'une génération », Philippe Lançon, *Libération*, 18 décembre 2001.

d'auto-glorification annuel du « télé-psy » qui informe régulièrement le public de sa courageuse bataille contre le fascisme revenant. « Nous étions dupes et libres à la fois », écrit Miller dans ce livre intitulé, sans doute par antiphrase, *Minoritaire*[1]. Ou, dans le même style emphatique : « Nous détestions l'idée même d'être une avant-garde, c'est sans doute ce qui nous a sauvés. » Pour Miller, le salut se résumerait-il à la jouissance des gratifications narcissiques bas de gamme qu'offre la célébrité cathodique ? Mais combien d'autres, qui portaient une œuvre, ont-ils sacrifié l'éternité de l'art aux misérables récompenses accessibles ici-bas ?

Qu'un seul soit critiqué et tous sont frappés. Évoquant les années de « l'agitation lyrique », Ricard touche juste : « Pour ces garçons et ces filles, le narcissisme collectif est d'abord une donnée concrète. Nombreux comme ils sont, ils vivent toujours dans le nombre et entre eux. Tout ce qu'ils font, tout ce qu'ils écrivent, tout ce qu'ils pensent, ils sont invariablement une foule à le faire, l'éprouver, le penser. Leur cadre de vie, leur milieu naturel, c'est la multitude. » On ne peut s'empêcher, ici, de penser à la foule à roulettes qui se déploie avec assurance dans Paris le vendredi soir. Pierrette, soixante-quatre ans, y livra un jour ce commentaire quasi programmatique, justement moqué par *Le Canard enchaîné* : « Ça me rappelle ces années où j'ai milité en tant que féministe. Ce sentiment de transgression quand la police nous ouvre la route... » Des centaines, peut-être des milliers d'êtres humains mimétiques, qualifient de libération le simple fait de se livrer à la même activité au même moment, au nom de l'individu-roi. Seulement, cet individu n'a plus grand-chose de commun avec son ancêtre, affranchi au nom des Lumières. C'est un clone, rien de plus. Un clone incapable de supposer, et *a fortiori*, de supporter l'altérité.

1. *Minoritaire*, Gérard Miller, Stock, 2001.

Forte par le nombre, la *Génération lyrique* – nos soixantehuitains – est aussi, ce n'est pas une découverte, idéologiquement hégémonique. N'est-elle pas arrivée aux affaires en disqualifiant ses pères, coupables, non seulement d'avoir livré le monde aux totalitarismes, mais aussi, et peut-être surtout, d'incarner le désir d'une certaine stabilité, voire d'un ordre minimal ? Pour Ricard, cette génération est l'agent « du triomphe final, dans nos sociétés, des formes et des contenus de ce qu'on appelle *modernité* », celle-ci étant définie, non pas par un corpus particulier mais plutôt par « le soupçon jeté sur tout contenu stable ou hérité et la recherche incessante du nouveau ». Cette détestation de la durée est sans doute la première explication du quasi-culte voué à Internet qui, explique le chercheur Paul Soriano, présente le douteux avantage d'abolir l'espace et le temps : « Le nouveau temps du réseau, cet éternel présent qui est une permanente présence, tend à s'imposer dans tous les temps de l'existence individuelle et collective[1]. »

Nombre des habitants plus ou moins illustres de la soixantehuitardie sont désormais fondamentalement convaincus que tout ce qui relève du passé est condamnable en bloc. Ils pensent sincèrement avoir libéré le monde des antiques oppressions. « Nous étions nés pour ne jamais vieillir, pour ne mourir jamais », clamait Raoul Vaneigem. Nous sommes jeunes à jamais et nous avons raison en tout, affirment les adolescents à cheveux gris qui, à la tête des médias et des entreprises – les véritables lieux du pouvoir –, imposent leurs valeurs et leurs intérêts à l'ensemble de la société. Serge July remarque que les soixantehuitaires ne sont pas au premier plan en politique. Peut-être pense-t-il ainsi affaiblir la thèse de « la génération au pouvoir » ? Il n'a pourtant pas échappé au patron de *Libé* que les

---

1. *Internet, l'inquiétante extase*, Alain Finkielkraut et Paul Soriano, Mille et Une Nuits/Fondation du 2 mars, 2001.

journalistes peuvent disserter à l'envi sur les politiques quand ceux-ci se montrent fort prudents si on leur demande leur opinion sur les médias. En public en tout cas. De même, peut-être July a-t-il remarqué que les premiers bénéficiaires de l'encensoir médiatique sont les grands patrons – surtout quand ils sont « de gauche » – et leurs amis « intellos ». Il y a lieu de le déplorer, mais il est empiriquement observable que la responsabilité de la Cité n'appartient plus guère aux dépositaires du suffrage universel – dont la plupart sont au demeurant enchantés de se débarrasser de cette charge pour n'en conserver que les chatoyants atours.

Les véritables détenteurs du pouvoir – économique, médiatique, culturel – se sont fait une spécialité de demander des comptes à leurs aînés et aussi à leurs cadets quand ceux-ci ont l'insolence de ne pas accepter en bloc le *pudding* libéral-libertaire célébrant la transformation de l'existence en Noël permanent. Mais ils détestent qu'on leur pose des questions. C'est, ainsi que le résume Philippe Muray, le syndrome de « l'accuseur accusé [1] » : « Ce monde capable des anachronismes les plus ridicules lorsqu'il s'agit de faire valoir sa belle âme, et qui ne se gêne pas pour stigmatiser la xénophobie des Croisades, vilipender Don Juan en tant que harceleur sexuel, traiter Aristote de machiste et comptabiliser avec une minutie hargneuse tous les manquements aux droits de l'homme de la papauté à travers les siècles, souhaiterait que ne lui soit jamais appliqué un pareil traitement. »

Quand elles sont à court d'arguments, les pleureuses du printemps statufié finissent par gémir : « c'est la haine de Mai » – et, si l'attaque vient de leurs rangs, « la haine de soi », c'est-à-dire « la haine de nous ». Un épisode historique devait donc échapper à la compréhension pour relever seulement de l'affectivité

1. « L'accuseur accusé », Philippe Muray, *La Montagne*, mars 2001.

infantile : « J'aime » ou « je n'aime pas » – et en général je n'aime pas – la Renaissance, Azincourt, Marignan, les Cent jours... D'ailleurs, quand bien même « la haine de Mai » serait ? Existe-t-il une loi non écrite imposant que tous communient dans l'adoration de ce printemps majusculisé ? Faudrait-il donner quitus en bloc à tous ses protagonistes et à eux seuls ? Faut-il passer par pertes les profits de tous ordres qu'ils tirent de leur révolutionnette ? « On a pu les voir se défendre en invoquant le "contexte de l'époque [1]", note encore Muray, et sans doute s'agissait-il dans leur esprit d'une circonstance atténuante ; mais il est alors curieux qu'ils n'aient jamais estimé devoir tenir compte de ce "contexte de l'époque" lorsqu'il s'agissait de condamner les crimes ou les délires d'autres époques "troubles", mais également complexes comme toutes les époques, et pourvues bien évidemment elles aussi d'un contexte. »

De fait, nos modernes maîtres du temps ont le droit de fouiller dans le passé de tout homme politique, de tout écrivain mort ou vivant, ils adorent rappeler les accointances passées des uns ou des autres, mais qu'on les interroge sur leurs agissements et on est un monstre. « Aller chercher le Fischer ou le Cohn-Bendit d'il y a trente ans, c'est énorme ! » dit Sollers. On aimerait savoir ce qu'il y a d'énorme à demander à des responsables politiques quel regard ils portent sur leurs engagements passés. Ayant décrété que ceux qu'ils dénoncent sont incapables de la moindre évolution, les censeurs redouteraient-ils d'être jugés à la même aune ?

1. *Ibidem.*

L'ordre règne en soixantehuistan

Malheureusement, il n'est guère gratifiant de défendre la pensée dominante. Bien au-delà du cas de Daniel Cohn-Bendit, l'une des activités préférées des représentants du nouvel ordre consiste donc à se plaindre bruyamment de la censure. Seulement, dans une société de plus en plus tolérante quant aux mœurs, et c'est heureux, on n'a pas tous les jours l'occasion de se dresser contre le vieux monde bourgeois ou de résister à la bigoterie ambiante. Faute d'ennemis réels, il faut s'en inventer. Le mécanisme, cette fois encore, a été dévoilé par Philippe Muray[1]. « Il n'y a plus de censure parce qu'il n'y a plus de société constituée, ni d'ordre moral, et encore moins bourgeois ; mais le zèle des innombrables associations de "minorités" en lutte, comme on sait, contre "toutes les discriminations", consiste sans relâche à faire exister des adversaires qui ne sont plus que des épouvantails, et qu'il s'agit d'agiter pour perpétuer leur domination, tout en faisant encore croire qu'ils sont dominés. »

Orfèvre en cette matière de riposte en forme de retournement, Philippe Sollers livre, dans un texte publié à la « une » du *Monde* sa profession de foi néo-soixantehuitée[2]. Sollers se découvre soixante-huitard sur le tard, lui qui, en 1968, adhérent du Parti communiste, stigmatisait les déviations gauchistes[3].

Le ton qu'il emploie trente ans après pour s'étourdir à l'esprit de Mai se veut plus amusé que les accents pontifiants avec lesquels il avait stigmatisé « La France moisie », mais la démonstration est toujours la même.

---

1. « Les championnats du monde de la censure », Philippe Muray, *Le Figaro magazine*, avril 2001.

2. « Drôle d'histoire », Philippe Sollers, *Le Monde*, 3 avril 2001.

3. Philippe Sollers me précise par courrier du 25 mars 2002 qu'il n'a jamais été « adhérent » du Parti communiste. Dont acte. « Faux compagnon de route serait exact », poursuit-il. Il est permis d'apprécier différemment la qualité de ce compagnonnage...

D'un côté les esprits libres et fantaisistes, les clowns, les jouisseurs, les héritiers de Mozart justement convaincus de « détenir seuls le sens de leur aventure » ; de l'autre les ennuyeux, les carcéraux, les républicains, le peuple de droite, tous les esprits étroits qui croient que la vie est « une immémoriale question de transmission ». Sur ce dernier point, on peut rendre hommage à la lucidité de Sollers. En effet, pour la première fois dans l'histoire, une génération refuse en toute bonne conscience d'accomplir son devoir de transmission, de rendre des comptes à ses parents sur ce qu'elle a reçu et de remettre le monde à ses enfants pour qu'ils l'habitent. Et cette conviction de n'être porteur ni d'héritage ni de promesse est au cœur de la volonté d'affranchissement absolu censée caractériser la révolution « libertino-libertaire ».

Sollers y préfère évidemment le conte héroïque de la forteresse assiégée – mais néanmoins dangereuse pour l'univers. On voudrait, dit-il, soigner les malades du « virus 68 » parce que ceux-ci, en vrac, contestent *a priori* l'autorité parentale, méprisent les professeurs méritants – deux comportements indiquant bien le courage d'être libre – et se précipitent sur des lectures peu souhaitables – Sade, Bataille, Debord, sans oublier Artaud et Burroughs. Il est bien connu, en effet, que seuls les esprits passés par l'université en rébellion qu'aurait été ce Mai si décrié, y compris par Sollers lui-même à l'époque, sont susceptibles d'apprécier les auteurs classés au rayon sulfureux mais dont la plupart seraient furieux de se voir imputer la responsabilité de l'éradication des interdits. Quant à ceux qui n'osent se brûler au contact de ces œuvres transgressives, chacun peut le constater autour de lui, ils se délectent de Chardonne et Paul Guth. À moins que cela ne soit de Rebatet ou de Maurras. Mais ce n'est pas tout. « Le contaminé, poursuit Sollers, lit, écoute de la musique, regarde la peinture d'un œil tendancieux, s'autorise des interprétations personnelles. » Sollers est trop fin connaisseur de la peinture, de la littérature et de la réalité, pour ignorer que, justement, les « mutins de Panurge » préfèrent souvent les manifestations culturelles à la peinture, les installations à la sculpture, l'étalage complaisant d'un moi souffrant à tout ce qu'on appelle la littérature et qu'ils détestent tout ce qui peut ressembler à un point de vue personnel, qualifié par leurs soins de « bien-pensance ». Curieusement, Sollers finit par un pied de nez en forme d'aveu. « Pas étonnant, écrit-il, qu'avec leurs complices "lilis", "bobos" et leurs antennes vertes, ils se soient emparés d'une grande partie de l'opinion. » Le contraire l'eût été, en effet.

Dans ces conditions, il est bien fâcheux que cette libertocratie soit l'objet d'une adoration consensuelle. Au printemps 2001, le soufflé Cohn-Bendit vient à peine de retomber que s'offre, avec la parution de *La Vie sexuelle de Catherine M.*[1], une nouvelle occasion de guerroyer contre des ennemis imaginaires. Héroïne et auteur de ce livre, fort intéressant au demeurant, directrice de la revue *Art Press*, Catherine Millet règne sur la province la plus snob du soixantehuistan, le Lubéron esthétique où l'élite décide de ce qui est beau et de ce qui ne l'est pas. Dans son ouvrage, elle narre, avec une distance qui évoque celle de *L'Étranger*, la compulsion sexuelle à laquelle, hors de tout érotisme, elle s'est livrée des années durant. Son succès en soixantehuitie repose peut-être sur un malentendu. En effet, les militants du plaisir obligatoire auraient pu, au contraire, trouver un démenti à leur tranquille optimisme dans l'énonciation de cette consommation du corps dénuée de joie. Bien avant sa sortie, le livre est labellisé scandaleux. Dans *Le Journal du Dimanche*, qui l'a, selon le mot d'un éditorialiste, recruté « pour

---

1. *La Vie sexuelle de Catherine M.*, Catherine Millet, Seuil, 2001.

s'embourgeoiser », Sollers ferraille préventivement contre « les mollahs » qui n'aimeront pas le chef-d'œuvre [1]. Et en profite pour saluer l'époux de Madame Millet, Jacques Henric, qui publie de son côté des photographies de sa belle : « Je ne serais pas étonné d'apprendre qu'il est lui aussi un ancien soixantehuitard, écrit Sollers. Un couple infernal, voilà la vérité. » Manque de chance, en fait de bûcher, le livre de Catherine Millet ne connaît que celui des têtes de gondole de supermarché. Car l'ouvrage est un triomphe commercial et médiatique. Ce qui n'empêche pas ses partisans enthousiastes de dénoncer le complot dont il est victime. Chaque fausse note est sévèrement sanctionnée. Les rares journalistes qui se risquent à l'ironie sont immédiatement gratifiés d'une réplique sans appel de l'époux indigné. Tout n'est pas perdu. Pour être libertaire, on n'en est pas moins chevaleresque.

En conclusion de ce succès, *L'Infini*, revue dirigée par Sollers, revient quelques mois plus tard avec plusieurs articles sur « l'affaire Catherine M. ». « Le tournant », annonce un bandeau sur la couverture. De fait, on assiste là à un épisode inouï, une première dans l'histoire de la critique. Le mari de l'auteur d'un livre qui s'est vendu, nous précise-t-il avec gourmandise, à 320 000 exemplaires, dresse la liste de tous les déviants qui ont osé ne pas l'aimer. Rien n'a échappé à l'œil vigilant de Jacques Henric [2]. La moindre tribune, aurait-elle été signée par un inconnu, se voit épinglée, la moindre trace d'ironie vaut à son auteur une volée de mots verts. On sent cependant, chez cet époux sourcilleux, une infime trace de désarroi. S'il existe « un arrière-plan politique aux attaques dont a été l'objet le livre », « ces charges n'obéissent pas à une logique

1. « Journal du mois », Philippe Sollers, *Le Journal du Dimanche*, 25 mars 2001.

2. « Lu et entendu », Jacques Henric, *L'Infini*, n° 77, hiver 2002.

droite/gauche ». Ce qui n'empêche pas ce justicier de flairer çà et là des pulsions « droitières ». Apparemment, il n'est pas passé par l'esprit d'Henric que l'on était en droit de trouver, par exemple, ce livre ennuyeux.

Pour jouir sans entraves, on ne saurait donc se passer d'ennemis. Notre majorité assiégée excelle à s'en inventer, car on n'a pas tous les jours la chance de se trouver nez à nez avec un censeur officiel. De ce point de vue, l'affaire *Baise-moi*, film réalisé par l'écrivain Virginie Despentes, aura été une aubaine.

Oh oui, censure-moi !

Le 30 juin 2000, soit deux jours après sa sortie en salle, le Conseil d'État, saisi par Promouvoir, une association familiale proche de Bruno Mégret, anciennement lieutenant de Jean-Marie Le Pen, annule le visa d'exploitation de *Baise-moi,* accordé par le ministère de la Culture assorti d'une interdiction aux moins de seize ans. La haute juridiction demande que le film soit classé X au terme d'un raisonnement en deux temps. Tout d'abord, il « est composé pour l'essentiel d'une succession de scènes de grande violence et de scènes de sexe non simulées, sans que les autres séquences traduisent l'intention, affichée par les réalisatrices, de dénoncer la violence faite aux femmes par la société ; il constitue ainsi un message pornographique et d'incitation à la violence susceptible d'être vu ou perçu par des mineurs et qui pourrait relever des dispositions de l'article 227-24 du code pénal ». Or, souligne le Conseil, « il n'y a pas d'autre possibilité en France d'interdire un film de représentation aux mineurs autrement que par l'inscription sur la liste des films pornographiques ». Si on admet que *Baise-moi* peut être sans scandale interdit aux mineurs, ce que feront sans barguigner ses plus ardents partisans, la haute juridiction est inattaquable en droit – et sa mission est bien de veiller au respect du droit existant, cette vieille lune des phobiques du plaisir. En réalité, cet arrêt constitue un appel du pied aux pouvoirs publics, sommés de réviser une réglementation à l'évidence obsolète, autrement dit de réintroduire une possibilité d'assujettir la vision d'un film à l'accession à la majorité légale sans pour autant l'étouffer dans les réseaux « porno ». C'est d'ailleurs la décision que prendra Catherine Tasca quelques mois plus tard.

Mais la bagarre qui se présente est d'autant plus tentante que l'interdiction a été demandée par une association d'extrême droite. Le cas idéal. Sans compter que, la veille, le Conseil, également saisi par une association familiale, a annulé la possibilité de distribution de « la pilule du lendemain » aux lycéennes par les infirmières scolaires, au motif que tout médicament doit être prescrit par un médecin. N'y a-t-il pas la preuve éclatante du terrible machisme de ces énarques ? N'est-ce pas le début d'une pente glissante de penser que le droit est aussi valable pour les « fachos » ? C'est visiblement l'avis de Virginie Despentes. On a juridiquement tort quand on est politiquement déplaisant. « Cette décision me touche vraiment, parce que c'est Bruno Mégret qui, en face, se réjouit, déclare-t-elle dans *Libération*. Je suis révoltée que le Conseil d'État ait pu, en l'espace de 48 heures, donner deux fois raison à des associations d'extrême droite, sur la pilule du lendemain et sur *Baise-moi*. Symboliquement, c'est terrible. »

Révolte libertine, résistance antifasciste, combat féministe : *Baise-moi*, décidément, réunit toutes les bonnes causes. Excipant de ses origines prolétaires, Virginie Despentes détecte même une censure de classe. « Il a échappé à peu de monde, même à ses détracteurs, que c'était un film du côté des femmes, poursuit-elle. Qui sont ces gens, au fait, qui siègent au

Conseil d'État ? Ça me semble bien opaque. En tous cas, dans leurs deux dernières interventions, je constate que ce sont les femmes qui sont visées. Surtout, ça me fait vachement chier pour les comédiennes, qui savent ce que c'est que le X, elles. » Non, on ne voit vraiment pas comment on pourrait ne pas être en phase avec une artiste *vachement* libre au point de briser le triste corset du langage. De son côté, le producteur du film, Philippe Godeau, administre la preuve de sa lucidité : pas question, gronde-t-il, de baisser les bras devant une censure qui, au-delà du film de Virginie Despentes, menace les principes fondamentaux de la démocratie.

Les censurés-associés ne vont donc pas se contenter de demander la restauration de la vieille « interdiction aux moins de 18 ans ». Certes, elle résoudrait le problème concret. Mais cela ne serait pas une revendication très sexy pour des combattants de la liberté. Le concret, est-ce jamais le problème ? Notons cependant que « le mouvement » cessera net lorsque la ministre annoncera qu'un nouveau décret est en préparation.

On n'en est pas là. Derrière la bannière de Marin Karmitz, producteur et distributeur engagé, la contre-attaque citoyenne s'organise, dans une atmosphère de pseudo-clandestinité très pailletée. Des salles « résistantes » – forcément résistantes – continuent à diffuser un film qui bénéficie, sous couvert de censure, d'une affluence inespérée – alors qu'il ne tiendra pas très longtemps l'affiche après sa deuxième sortie, « légale », à l'été 2001. On pétitionne, évidemment. On brandit Sade, Genet et Rivette – celui de *La Religieuse*. *Télérama*, à l'automne, finira par flairer, derrière l'arrêt du Conseil d'État, une résurgence pétainiste. En effet, l'association Promouvoir qui avait intenté le premier recours n'entend pas lâcher sa proie. Elle attaque donc Marin Karmitz en correctionnelle pour avoir passé outre au retrait du visa d'exploitation. Ce qui donne à l'hebdomadaire l'occasion de livrer à ses lecteurs, sous le titre « Obsession pour obsession[1] », un morceau d'anthologie. « L'audience, peut-on lire, a été fixée au 2 octobre. Ironie de l'histoire, *c'est la veille du soixantième anniversaire de la loi du 3 octobre 1940 "portant statut des Juifs"* (c'est moi qui souligne), qui alignait la France de Vichy sur l'Allemagne nazie. L'association Promouvoir, deux générations plus tard, n'est-elle pas mue par un inquiétant goût de "revenez-y" en voulant réduire au néant professionnel un immigré roumain d'origine juive ? » Halte à la mégrétisation du calendrier ! Signe que la vigilance faiblit, nul n'avait encore songé à dénoncer cette dérive ! Cette découverte ne laisse pas d'être prometteuse. En effet, on imagine avec délectation les incriminations à venir. Untel a parlé trois siècles, quatre-vingt-dix-neuf ans, trois mois et six jours après que Giordano Bruno a péri sur le bûcher de l'intolérance ; cette loi liberticide intervient cinquante-neuf ans, deux mois et six heures après le vote des pleins pouvoirs à Pétain. Ce livre est publié vingt-deux jours après une déclaration de Jean-Marie Le Pen. Tout événement déplaisant peut ainsi être doté d'un acolyte historique, ce qui permet, non seulement, de disqualifier ses adversaires d'aujourd'hui, mais également de rappeler aux consciences oublieuses à quel point il convient de déprécier tout ce qui appartient au passé. Chapeau bas.

La critique, qui s'était montrée fort réservée lors de la présentation du film, fait front commun. Interdit d'interdire ! Du coup, plus personne ne questionne le fond. Sans doute n'est-ce pas le sujet du débat, mais est-il si stupide de s'interroger sur la valeur artistique de ce « cinéma-vérité », où des actrices recrutées pour leur expérience du *hard* sont appelées à se produire, non moins *live*, devant les caméras ? La cinéaste Jeanne Labrune se risque sur ce terrain, demandant,

1. « Obsession pour obsession », Antoine Perraud, *Télérama*, 4 octobre 2000.

dans un texte très profond[1] qui ne cède en rien au conformisme révolutionnaire ambiant, que le film soit montré, afin, justement, que l'on puisse en parler. Elle s'interroge « sur la confusion qui règne aujourd'hui autour de la représentation du sexe à l'écran ». « La pornographie, écrit-elle, c'est la captation des diverses modalités de l'acte sexuel non pas jouées mais agies par les "acteurs" devant une caméra qui se propose de rendre le spectateur voyeur d'un acte qui s'est réellement produit. À l'inverse, le cinéma est un acte de représentation et tout l'art est de faire que l'acte sexuel soit représenté sans jamais être agi. La télévision, avec ses *talk-shows* et *live-shows*, est pour partie responsable de l'intrusion de "l'agi" dans le cinéma au détriment du "représenté". Elle a parfois contaminé le cinéma en lui faisant renoncer à ce qui fait qu'il est un art : l'obligation qu'il se donne de fuir le réel de l'agi pour atteindre à la réalité de l'œuvre artistique, qui est représentation et simulacre. Si *L'Empire des sens* d'Oshima reste et pour longtemps une œuvre majeure, c'est que les excès même dont il fait son sujet, jusqu'à l'émasculation du personnage principal, sont représentés et non agis dans la réalité. Si le dessin est la probité de l'art, la mise en scène, le découpage, la facticité, sont la probité du cinéma. De même qu'il serait à mes yeux profondément obscène de demander à un acteur, qui doit gifler un autre avec violence, de lui faire frapper son partenaire avec violence, de même, exiger d'un acteur qu'il fasse réellement l'amour devant la caméra ou prendre un *hardeur* pour le faire parce que c'est son habitude et son métier, sont des concessions faites à la véritable pornographie : non pas celle qui consiste à représenter l'acte sexuel mais celle qui consiste à exiger que du réel puisse être offert à la captation de la caméra. Cet appel au réel, ce recours à

---

1. « Entrons dans l'âge adulte du sexe au cinéma », Jeanne Labrune, *Libération*, 6 juillet 2000.

l'authenticité de l'acte, loin d'être un courage de réalisateur(trice), est le signe d'une incapacité à représenter et d'une démission artistique qui substitue le courage de convaincre un acteur de bander, ce qui revient à s'en remettre à lui, au courage de penser pour obtenir le même effet à partir du simulacre et de la facticité. » Haine du symbolique – et donc du langage –, obsession de l'authentique : c'est bien entre ces deux pôles que se réalisent les dévastations de la *Génération lyrique*.

Quand un peuple dit non, c'est oui

> « Oui à l'affaissement des États-nations. comme à la découverte de l'ADN. Il existe des faits économiques et sociaux aussi incontestables que les mécanismes de la biologie. »
>
> Alain Minc, *Le Fracas du monde.*

Une proposition qu'on ne saurait refuser. Ainsi la construction européenne est-elle, depuis plus de vingt ans, présentée aux peuples d'Europe. Dans les axiomes qui constituent notre prêt-à-penser, l'impératif de l'Union est sans doute celui qui est le mieux parvenu à s'imposer comme une loi de la Nature ou de l'Histoire. En vérité, il n'y a rien là que de très logique dès lors que le mythe européen accomplit simultanément la promesse des droits de l'homme et celle du marché.

On ne proposera ici ni une analyse des mécanismes bruxellois ni un recensement des méthodes proposées pour les rendre plus performants ou plus démocratiques. On ne discutera pas plus les avantages évidents que les indéniables inconvénients produits, concrètement, par l'unification du Continent. Le propos ne sera pas, enfin, de critiquer le projet initial qui, au-delà de sa « générosité », visait à créer un cadre favorable à l'établissement de relations étroites entre anciens ennemis, mais de s'interroger sur la logique supranationale mise en œuvre à partir de 1990, et surtout, sur l'interdiction qui fut faite de la contester. « L'Union fait la force », disait-on. Et suivant la pente qui transforme un slogan en évidence et une évidence en vérité, ce lieu commun se mua en dogme sans que quiconque ait jamais eu à démontrer sa véracité. Paré de la force du bon sens, le « rêve européen » allait devenir un instrument privilégié de l'éradication des différences et des frontières que la pensée dominante donne comme notre indépassable horizon.

Il s'agit bien de cela – de la mythologie qui constitue en quelque sorte la superstructure d'un projet dont la traduction institutionnelle n'est que l'infrastructure, voire l'intendance. Ce qui frappe l'esprit, bien plus que la machinerie mille fois brocardée, est le statut exorbitant acquis par ce que l'on nommera, faute de mieux, l'idéologie européenne. « Par-delà les vicissitudes du court terme, l'Europe et l'euro sont exemplaires comme projet collectif et comme ambition pour le XXIe siècle [1] », affirme l'économiste Christian de Boissieu. Ce qui est exemplaire est surtout que de telles proclamations, qui abondent dans le discours public, ne nécessitent plus la moindre argumentation. Ainsi, au sujet de la monnaie unique, Alain Minc évoque « sa conviction en forme d'évidence [2] ». Célébrée par un discours qui cumule les séductions de la raison technicienne et de la mystique la plus exaltée, l'idéologie européenne prétend, par son auto-référentialité supposée, échapper à tout questionnement. Tout se passe comme si elle devait s'imposer à la sphère humaine sans pour autant être placée à portée de la volonté de celle-ci.

Bien plus que notre avenir radieux, l'Europe apparaît donc, dans le discours enthousiaste de ses nombreux zélateurs, comme un nouveau sacré, une

1. « Tony Blair et l'Europe », Christian de Boissieu, *Le Figaro*, 3 décembre 2001.

2. *Le Fracas du monde*, journal de l'année 2001, Alain Minc, Seuil, 2002.

transcendance retrouvée. Nul n'est besoin de la justifier ou de l'expliquer – elle *est*. Sacré de pacotille, transcendance de bazar, sans doute, dès lors qu'elle prétend réduire la finalité des sociétés humaines à l'accroissement de leurs productions matérielles ou de leurs fonctionnalités, mais qui n'en occupe pas moins avec succès le terrain des antiques croyances. Comment expliquer, sinon, que nul n'ait trouvé à redire aux ridicules célébrations orchestrées pour le lancement de l'euro ? Que penser de la clameur unanimement approbatrice qui accueillit la transition monétaire annoncée ? Comment interpréter l'invitation qui nous fut lancée de fêter la nouvelle monnaie ? Que dire du spectacle offert, à travers l'*Euroland*, par des milliers de personnes célébrant l'année naissante compressés dans les longues files qui s'étaient formées devant des distributeurs de billets de banque ? Quel sens donner à l'étrange cérémonie d'adieu qui se déroula, à la mi-février 2002, au ministère des Finances, et culmina avec un autodafé de francs sur fond d'*Hymne à la Joie* – on ne nous précisa point quelle formule avait prononcée Laurent Fabius, promu alchimiste de ce rite « occulto-socialiste » tout à la fois grotesque et terrifiant ? L'on est cependant en droit de s'étonner que personne n'ait simplement éprouvé le besoin de rire, mais il est vrai que l'humour indique une distance de mauvais aloi quand l'adhésion totale de chacun est requise.

Quelques semaines plus tôt, des commentaires ravis et tout aussi unanimes avaient salué l'engouement prétendument suscité par l'apparition physique de la nouvelle monnaie. On avait entendu sur toutes les radios répéter que ce miraculeux sachet était un bien joli cadeau à accrocher sous le sapin – au moins était-il à portée de nombreuses bourses. Et l'éditorialiste du *Journal du Dimanche*, soulagé, voyait là le signe qu'enfin, le peuple adhérait à la nouvelle foi. « L'Europe virtuelle descendait enfin dans la rue, s'incarnait sur le comptoir au bar-tabac du coin. On pouvait la toucher sur pièces. Comme saint Thomas, le Français veut toucher pour croire. C'est fait[1]. » On interrogeait sans se lasser le public patientant sagement devant les guichets pour posséder ce bien encore inutile et dont chacun savait qu'il serait massivement mis en circulation quelques jours plus tard, au moment précis où il deviendrait nécessaire. Il est vrai que certains, abusés par l'énergie que les banques avaient déployée pour distribuer ce cadeau de singe, crurent qu'il s'agissait vraiment d'un cadeau. En tout cas, il fallait, effectivement, entendre les commentateurs répéter les mêmes phrases vides sur le caractère « ludique » et « festif » de ce divin euro, prodiguer les mêmes encouragements insensés à ceux qui n'avaient point encore contribué à ce marathon national, tirer les mêmes conclusions absurdes de la pénurie qui pointait – parfaitement imaginaire d'ailleurs –, pour consentir à croire que l'euro devait être plus qu'une monnaie, puisqu'il semblait capable d'abolir toute trace de bon sens des esprits les mieux formés. Car enfin, s'attendait-on à ce que les Français revinssent à l'économie de troc ? Pensait-on que les « europhobes » allaient créer une économie résistante fonctionnant clandestinement avec la monnaie disparue ?

Entamant, quelques semaines plus tard, dans la *Revue des Deux Mondes*, une chronique de la « Révolution européenne », l'écrivain François Taillandier commentait cet engouement fondateur : « Il n'y a que la télévision et M. le Ministre des Finances pour croire (ou feindre de croire) que l'euro est un succès parce que les Français (ou les autres) se sont précipités à la banque afin de se procurer pièces et billets. Il n'y a que M. de Villiers pour croire (ou feindre de croire)

---

1. « L'euro lance l'Europe », Jean-Claude Maurice, *Le Journal du Dimanche*, 16 décembre 2001.

que la disparition du franc, de la lire, du florin et autres trésors de la numismatique soit une blessure grave faite à l'identité des peuples. La réalité me paraît beaucoup plus grisâtre. Les gens se sont mis à utiliser l'euro parce que c'est la monnaie en vigueur, voilà tout. [...] L'immense majorité ne croit pas que l'euro soit une meilleure monnaie que les précédentes ; ni que les institutions européennes soient meilleures que les systèmes nationaux encore partiellement en vigueur. L'immense majorité ne croit pas que la construction européenne fera des miracles. Ou, si d'aucuns croient qu'ils le croient, ils seraient incapables d'expliquer pourquoi et de donner un ou deux arguments sérieux. (Peut-être en va-t-il de même de ceux qui s'y opposent). En réalité, tout cela est accepté *parce que c'est comme ça*[1]. » Ainsi résumée, l'affaire avait, il faut le reconnaître, moins de panache. Aussi, après tout, avait-on quelque motif de se féliciter collectivement d'avoir ainsi réussi, par l'effet d'une propagande frénétique mais qui se croyait, bien sûr, information, à transformer une vaste et technique opération monétaire en scène originelle.

Il faut croire qu'en matière européenne notre faculté de jugement est fortement amoindrie, tant il est vrai que l'Europe semble vouée à détruire sans pitié cet esprit critique que l'on dit pourtant européen. Dès 1946, cette mutation avait été anticipée par Bernanos, et avec quelle acuité, dans une conférence intitulée « L'esprit européen et le monde des machines[2] ». Portée, on le sait, par l'idée que si les économies s'imbriquaient, le reste – la chair, l'histoire, le projet – viendraient d'eux-mêmes, la mythologie bruxelloise incarne à la perfection le triomphe de l'économisme

---

1. « Souvenirs de la révolution européenne, I », François Taillandier, *Revue des Deux Mondes*, janvier 2002.

2. « L'esprit européen et le monde des machines », in *La liberté, pour quoi faire* ? Georges Bernanos, Gallimard, 1995.

où l'écrivain voyait, non sans désespoir, le drame spirituel de l'Europe. « Le cadavre en décomposition ressemble beaucoup à un monde où l'économique l'a décidément emporté sur le politique, et qui n'est plus qu'un système d'intérêts, antagonistes, inconciliables, un équilibre sans cesse détruit dont le point doit être cherché toujours plus bas. [...] Et si vous demandiez leur avis aux vers et qu'ils fussent capables de vous le donner, ils se diraient engagés dans une prodigieuse aventure, dans la plus hardie, la plus totale des aventures, une expérience irréversible ». *Prodigieuse aventure, expérience irréversible* – chaque jour, la littérature publicitaire qui se donne pour le mode d'emploi de l'époque regorge de telles expressions, et de bien d'autres encore, destinées à nous faire prendre les vessies de notre commune soumission aux injonctions du temps pour les lanternes de la libération. « Et pourtant, poursuit Bernanos, il n'en est pas moins vrai qu'un cadavre n'a pas d'histoire, ou, si vous aimez mieux, son histoire est une histoire admirablement conforme à la dialectique matérialiste de l'histoire. Il ne s'y trouve pas de place pour la liberté, sous quelque forme que ce soit, le déterminisme y est absolu. L'erreur du ver de cadavre, aussi longtemps que le cadavre le nourrit, est de prendre une liquidation pour l'Histoire. »

La ruse de cette Histoire renoncée allait précisément être de nommer Europe son projet de décomposition de la civilisation européenne, projet d'abord fondé sur la destruction de tout ce qui l'avait précédé, renvoyé dans l'obscurité de la tradition. Susceptible d'engendrer de coupables liens entre les hommes, la nation devait être promptement sacrifiée à la nouvelle idole, parée, qui plus est, des atours de la science. « Oui à la réalité comme, il y a deux siècles à la loi de la gravitation universelle, écrit Minc. Oui à l'affaissement des États-nations, comme à la découverte de l'ADN. Il existe des faits économiques et sociaux aussi incontestables que les mécanismes de la biologie. » Une vérité si positive se peut-elle discuter ? Aussi se garda-t-on bien de se demander si, à tout prendre, la vieille allégeance nationale n'était pas préférable à l'absence d'allégeance, ou, pour le dire autrement, de monde commun. Ce que Bernanos, encore, pressentait : « Hélas ! Rien n'est plus dangereux qu'un homme esclave de ses préjugés nationaux sinon l'homme qui se donne, grâce à une espèce de facile disponibilité, l'illusion d'en être réellement détaché » !

Sans doute multiplia-t-on les incantations destinées à faire naître un sentiment et une citoyenneté européens. On pensa même, de bonne foi, y parvenir – et eût-on emprunté une autre voie que celle consistant à proposer aux peuples, pour tout dessein, le triomphe de la raison marchande, l'ambition pouvait sembler honorable. Mais dès lors que l'idéologie européenne ne se donnait que comme le programme local de la mondialisation économique, dès lors qu'elle se réduisait, suivant la formule de Roland Hureaux, à une construction « monnetiste et monétariste[1] », l'échec était programmé. Il est facile de disqualifier un sentiment d'appartenance à une collectivité humaine, beaucoup moins d'en construire un nouveau. Conséquence, de 1979 à 1999, la participation moyenne aux élections européennes tomba de 60 % à 50 %, souligne Timothy Garton Ash. « Et encore, écrit-il, le vote est-il obligatoire dans quatre pays. Mais en Grande-Bretagne, les gens ont été moins nombreux à voter aux élections européennes que pour éliminer un candidat de l'émission *Big brother*[2]. »

Pour Paul Thibaud, cette incapacité à créer une

---

1. *Les Hauteurs béantes de l'Europe*, Roland Hureaux, François-Xavier de Guibert, 1999.

2. « L'orchestre européen », Timothy Garton Ash, *Le Débat*, nº 116, sept./oct. 2001.

citoyenneté de substitution est à l'origine de l'échec – démocratique et non technique – de la construction européenne. « Il y a, en effet, quelque chose d'exclusif dans la citoyenneté. [...] Il ne s'agit pas d'exprimer un (des) attachements, ni même de dire à quoi je m'identifie plus ou moins. Mais de savoir qu'elle est, en dernière instance, le garant de ma participation à l'histoire en même temps que mes droits et libertés. Et, de dernière instance, il n'y en a jamais qu'une [1]. » Reste donc à se demander comment, privés de passé, nous pourrions être pourvus d'un avenir allant au-delà de la jouissance du présent.

Dès lors qu'elle est, plus que dominante, régnante, l'idéologie européenne n'a guère besoin du concours des censeurs. Bien sûr, on tolère encore du « vulgaire » qu'il affirme naïvement vouloir « une autre Europe ». On le sait, l'homme du commun ne peut percevoir le sens profond des mutations historiques qu'une fois celles-ci irréversiblement achevées. Il est donc admis de discuter – sans d'ailleurs que cela porte à conséquence – le rythme ou les modalités d'instauration de ce royaume divin sur terre. Il faut bien qu'Histoire se passe – de même, les illusions démocratiques.

En revanche, critiquer le principe même de la construction européenne paraît aussi incongru que si l'on décrétait tout à trac que l'on refusera désormais d'inhaler de l'oxygène. On ne choisit pas plus d'adhérer à l'idée européenne qu'on ne choisit de respirer. L'euroscepticisme ne saurait s'expliquer que par méconnaissance, masochisme, conservatisme de mauvais aloi ou encore par une inquiétante perversion des âmes. Ainsi, à l'automne 2000, alors que le Danemark vient de rejeter la monnaie unique, un sondage, apprend-on opportunément dans *Libération,* révèle un

1. « Une construction sans légitimité démocratique », Paul Thibaud, *L'euro sans l'Europe*, « manière de voir », n° 61, janv-fév. 2002.

lien entre racisme et euroscepticisme. « Le Danemark, pays le plus eurosceptique, est aussi le plus xénophobe » – la démonstration est concluante. A l'inverse, on imagine volontiers que l'enthousiasme européen se trouve avoir quelque vertu curative, voire préventive. « La xénophobie est-elle soluble dans l'Union européenne [1] ? » s'interroge le quotidien. Concernant la France, la conclusion, heureusement, est encourageante : « La demande d'Europe reste forte dans l'Hexagone. » On conviendra que la perspective d'être soupçonné de racisme a de quoi inciter les souverainistes les plus déterminés à quelques concessions. Comment, dans ces conditions, pourrait-on ne pas être européen ?

On peut rétorquer que les anti-européens ne sont pas interdits de parole. Sans doute. Mais on observera que pour acquérir une stature d'homme d'Etat, il est prudent de se présenter comme « autre-europiste » plutôt que comme *refuznik* impénitent. Et le vocabulaire employé pour qualifier – ou disqualifier – les réfractaires affichés, toujours désignés comme le « dernier carré », indique assez qu'ils ne sont tolérés dans l'espace public que comme une survivance du passé. « Plus que jamais, le choix est entre le déclin et la survie [2] », déclarait Jacques Delors au lendemain du référendum par lequel les Irlandais, alors élèves appliqués de la classe européenne, venaient, les premiers, de ratifier le traité de Maastricht.

En France, où la consultation est prévue quelques jours plus tard, l'on commence alors, dans les cercles dirigeants à redouter un mauvais coup du peuple. Au cours d'une campagne dont l'intensité dramatique n'a cessé de croître à mesure que le parti du « non » pro-

---

1. « La xénophobie est-elle soluble dans l'Union européenne ? », Jean Quatremer, *Libération*, 1er novembre 2000.

2. « L'immense satisfaction de Jacques Delors », Baudouin Bollaert, *Le Figaro*, 20 juin 1992.

gressait, les électeurs ont été sommés de choisir entre l'ombre et la lumière, la guerre et la paix. Alain Cotta, économiste qui se définit comme « néogaulliste », dénoncera le « terrorisme » des partisans de Maastricht : « Au pays de Voltaire, le débat ne pourrait plus avoir lieu. C'est invraisemblable [1] ! » Mais, malgré leur hétérogénéité, les opposants au Traité ont donné de la voix. Et il se trouve encore une moitié des électeurs pour refuser de céder au chantage à la paix et à la modernité. « En tout état de cause, affirme au lendemain du scrutin Sir Ralf Dahrendorf, directeur de *Saint Antony's College* à Oxford et européen convaincu, les gouvernements ne pourront pas ignorer les fortes minorités qui contestent l'Europe de Maastricht [2]. » Sage conseil qui ne sera pas suivi, bien au contraire. L'alerte a été chaude. Désormais, on ignorera avec constance les messages venus des urnes. Il s'agit de faire comprendre aux grincheux la vanité de toute résistance.

L'entreprise européenne devient, pour les élites, une voie de contournement des peuples. On peut même se demander si l'objectif, ne serait-ce qu'inconscient, des « bâtisseurs d'Europe », n'est pas d'en finir, non seulement avec ces populations imprévisibles, mais, plus largement, avec les tourments de la politique. Désormais équipée du logiciel adéquat, l'humanité n'aurait plus qu'à se mettre en pilotage automatique – les gouvernants, selon Minc, n'ayant « d'autre liberté que de se fixer sur les boussoles mondiale et européenne ». « Il n'existe de vrais enjeux politiques qu'au niveau

---

1. « Le terrorisme des partisans de Maastricht », Alain Cotta, *L'Humanité*, janvier 1996.

2. « L'Europe, un mauvais traité qu'il fallait ratifier », Sir Ralf Dahrendorf, entretien avec Jacques Duplouich, *Le Figaro*, 21 juin 1992.

européen[1] », observe-t-il encore. Mais, même à ce niveau-là, les choix sont strictement délimités par « le cercle de la raison ». Quitte à réduire le fonctionnement de la démocratie à quelques rituels folkoriques autrement appelés élections ? Tout en paraissant plus réservé dans le jugement qu'il porte sur cette évolution, l'économiste Jean-Paul Fitoussi observe également cette perte de substance de la politique et le prévisible accroissement du taux général d'abstention : « Les contraintes librement consenties par les gouvernements dans le cadre des règles européennes réduisent assez considérablement les enjeux des élections nationales[2]. »

On assiste alors à l'émergence d'une démocratie tellement apaisée qu'elle en est « affaissée », observe Pierre-André Taguieff, « une démocratie sans *demos* ni *kratos*[3] ». L'idéologie européenne apparaît bien comme un merveilleux substitut aux croyances collectives déclinantes, alors que pas un jour ne se passe sans qu'un esprit éclairé annonce, le plus souvent pour s'en féliciter, la fin du politique. « Ce qui s'épuise aujourd'hui, conclut Michel Maffesoli, c'est une conception du politique comme action sur la société. Le souci de transformer, de réformer, de révolutionner ou même de conserver la société me paraît s'effacer progressivement[4]. » Il ne reste plus qu'à regarder passer le train de la post-Histoire. Seulement, cette assertion définitive a tout d'une prophétie auto-réalisante, autrement dit d'une plate tautologie. La politique, en somme, mour-

1. « Le haut et le bas », Alain Minc, entretien avec Nathalie de Baudry d'Asson, in *L'avenir du politique*, *Revue des deux Mondes*, juin 2001.

2. « Premières élections générales après l'euro », Jean-Paul Fitoussi, *Le Monde*, 17/18 février 2001.

3. *Résister au bougisme*, Pierre-André Taguieff, Mille et Une Nuits/Fondation du 2 mars, 2001.

4. « La communauté post-moderne », Michel Maffesoli, *Krisis*, juin 1994, cité in *Zéro politique*, Jean-Christophe Comor et Olivier Beyeler, Mille et Une Nuits/Fondation du 2 mars, 2002.

rait de son impuissance, elle-même imputable à la mort de la politique !

L'Europe ou comment s'en débarrasser. Le processus qui voit l'apolitisme devenir l'idéologie du temps se déploie tout au long des années 90 en même temps que chaque « avancée » de l'Union est offerte aux peuples avec l'insistante persuasion de ces vendeurs à qui l'on cède pour qu'ils cessent leur boniment. Inutile de « sortir l'Europe par les urnes », elle revient par d'autres urnes. « La démocratie jusqu'à ce que oui s'ensuive », énoncera *L'Humanité*. Lors du vote de Maastricht, on teste sur les Danois cette technique qui s'avérera des plus efficaces. Ceux-ci ayant rejeté le Traité, par 50,3 % des suffrages le 2 juin 1993, on leur concocte une variante qu'ils adopteront à une large majorité quelques mois plus tard. « Un vote de raison », commentera-t-on d'un bout à l'autre du Continent. Obligation constitutionnelle, le référendum est désormais le cauchemar des europhiles danois – ce qui résonne comme un aveu.

En France, on se gardera bien de réitérer la malheureuse expérience de Maastricht après la conclusion, en 1997, du traité d'Amsterdam. Mais la mauvaise surprise viendra de l'ancien bon élève promu au rôle de cancre. Le 8 juin 2001, les Irlandais rejettent le traité de Nice par 54 % des voix. Dans toutes les capitales européennes, la consternation le dispute à la réprobation. « Pas question de renégocier le traité », déclare-t-on sans fioritures, ce qui revient à affirmer que le vote irlandais est nul et non avenu. Tollé immédiat dans les capitales européennes. Le lendemain du scrutin, les présentateurs des bulletins d'information radiodiffusés sont visiblement estomaqués. Pourquoi, tout d'abord, les Irlandais ont-ils mal voté ? L'explication de cette faute collective est un déficit de communication ou de pédagogie. Autrement dit, c'est parce que l'affaire leur a été mal expliquée. Nul ne semble envisager que les Irlandais pourraient avoir eu de sérieuses raisons de rejeter le texte.

Par ailleurs, répète-t-on comme pour conjurer le spectre d'un ralentissement dans l'avènement de l'Europe, il ne s'agit pas de se laisser arrêter par si peu – un vote populaire. On disserte donc sur la meilleure façon de repasser l'indigeste plat et d'arracher, la prochaine fois, le consentement de ces électeurs inconscients. Alain Minc, pour sa part, ne s'émeut guère : « L'Europe, écrit-il, trouvera l'argutie juridique qui permettra d'embarquer les Irlandais comme passagers clandestins. Aussi longtemps que les à-coups demeurent le fait de petits pays, le convoi ne déraille pas. » Interrogé par *Le Monde*, Eamon O Cuiv, secrétaire d'État irlandais à l'Agriculture, semble hésiter entre indignation et résignation. « Les gens se disent qu'on les prend pour des idiots, qu'ils n'avaient pas le droit de voter comme ils l'ont fait et que, puisque c'est ainsi, ils n'ont qu'à revoter dans la direction voulue par l'*establishment*[1]. » La distribution est immuable : aux élites, le nomadisme planétaire, aux peuples, l'ancrage dans la glaise. La froideur de *Mc World* a besoin de la chaleur des identités, comme l'analyse le politologue américain Benjamin Barber[2].

Refusant d'écouter la rumeur qui vient de « la vie en dessous, là où sont les gens », pour reprendre la formule de Jean-Paul II, les classes dirigeantes n'entendent-elles pas, messianisme européen aidant, s'affranchir de toute responsabilité à l'égard des sociétés ? Le philosophe allemand Hans-Magnus Enzensberger commente ce qui ressemble à une forme d'autisme des élites politiques. « Sans cesse, on constate que même les signaux flagrants et les échecs électoraux cinglants

---

1. « L'Irlande dénonce l'arrogance de l'Europe qui ignore son vote et organisera un second référendum », Patrice Claude, *Le Monde*, 16 juin 2001.

2. *Djihad Versus Mc World*, Benjamin Barber, Desclée de Brouwer, 1995.

ne servent pas de leçon au personnel politique, écrit-il. Après la débâcle que constitua le vote des Danois sur l'Europe, le réflexe unanime de tous les cadres fut de dire : "raison de plus ! On ferme les yeux et on fonce !" Même surdité, poursuit-il, chez l'administration américaine face aux émeutes de Los Angeles, dans l'État japonais et son parti dominant face aux ravages criminels de la corruption[1]. » On pourrait cependant rappeler le dicton populaire qui affirme qu'il n'est pire sourd que celui qui ne veut pas entendre.

Manifeste dans les comportements à l'égard du dogme européen et dans l'encensement sans nuances dont il est l'objet, cette fracture entre « branchés sans frontières » et « repliés frileux » est, bien plus profondément, caractéristique des temps. Évoquant la rumeur d'Abbeville qui vit les inondés de la Somme crier à la conspiration venue de Paris, Philippe Muray y déchiffre la métaphore du « dégoût » manifesté vis-à-vis de « l'« élite » actuelle et de son incroyable contentement de soi ». « La France d'"en bas", comme on nomme maintenant l'ancien monde réel, écrit-il, se sent inondée par la France d'"en haut" qui roule en Mégane cabriolet, fréquente les *greens* et habite des lofts remplis de droits de l'homme. La France moisie est victime de la France à roulettes. Paris déborde sur le reste du territoire, et celui-ci se voit noyé dans les eaux glacées du bon, du beau, du bien, de l'écologiquement correct, du moralement irréprochable. Même s'il n'a peut-être pas les moyens de le formuler ainsi, le peuple sait maintenant qu'il n'a plus d'autre ennemi que le *people*[2]. »

Le divorce, ainsi, semble consommé. Il n'est même plus besoin de changer le peuple qu'on peut se conten-

---

1. « Pitié pour les politiques », *in Feuilletages*, Hans-Magnus Enzensberger, Gallimard, 1998.

2. « Jetez le bobo avec l'eau du bain », Philippe Muray, *La Montagne*, 2001.

ter d'ignorer en lui substituant le fumeux et docile concept d'opinion. Les sociétés européennes ne seraient plus que des véhicules lancés à toute vitesse dont aucun conducteur ne pourrait infléchir la trajectoire. En aurait-on, alors, fini avec la Cité ? « Durant des siècles, écrit Hannah Arendt, des hommes sont entrés dans le domaine public parce qu'ils voulaient que quelque chose d'eux-mêmes ou quelque chose qu'ils avaient en commun avec d'autres fût plus durable que leur vie terrestre. » Rien n'impose d'abandonner cette ambition. Rien, sinon le renoncement des élites et l'acceptation, fût-elle résignée, des peuples. Lesquels ne sont pas acquis pour l'éternité. L'Histoire, en somme, est toujours écrite par les hommes. Que ceux-ci renoncent à renoncer et il redevient possible d'agir sur le monde.

La morale de l'Histoire

Du mur de Berlin aux *Twin Towers*, deux monuments effondrés s'interpellent par-delà la décennie que l'on vient d'explorer. Effondrement réel mais aussi symbolique qui a, par deux fois, jeté à bas des illusions concurrentes, impériales l'une et l'autre. Certes, on ne saurait pousser plus loin la comparaison entre les deux empires, l'un qui voulut imposer un règne sans partage par le contrôle et l'autre une hégémonie sans précédent au nom du marché. Toujours est-il que cette période entre parenthèses qui aura vu le déclin du premier se conjuguer à l'affirmation de l'hyperpuissance du second apparaîtra sans doute à l'historien des idées comme le moment transitoire et singulier d'une vaste redistribution des cartes idéologiques.

À peine l'utopie mondialiste semblait-elle sur le point de s'accomplir qu'il fallut, en effet, renoncer au rêve, aussi terrifiant que tentant, d'un monde délivré du Mal. Contraints de penser de si grands bouleversements, les spectateurs engagés purent éprouver la sensation que le sens du sens, désormais, leur échappait. D'autant que c'est en Amérique que s'élaboraient les théories à prétention globales de ce nouveau monde, théories antagonistes mais également radicales – fin de l'Histoire ou choc des civilisations.

Terre de naissance des intellectuels, la France ne pouvait qu'être violemment ébranlée par un séisme dont l'onde de choc devait se propager, de proche en proche, à toutes ses traditions de pensée. L'intensité des remises en cause, la vivacité des interrogations, la profondeur des déchirements ouvraient à la réflexion un abîme qui explique que le débat ait été tout entier absorbé par la polémique.

Embarquant pour cette traversée dans le monde des idées, je pensais brosser la chronique d'une guerre totale quoique dépourvue d'enjeu véritable. Dans le cours de ce périple dont je ne revendique pas qu'il soit exhaustif, je n'ai eu ni la prétention, ni le désir d'effacer ma subjectivité : le combat des idées ne se mène pas sans passion. Ridicules ou graves, souvent vaines, toujours spectaculaires, les batailles dont j'ai tenté de relater la succession n'éliminent pas cependant la dimension véritable de l'affrontement.

Certes, dans le feu de ces disputes, il a été question de vaincre plus que de convaincre, de juger plus que d'analyser. Et si l'on a pu observer une dissymétrie évidente, elle ne réside pas dans la pureté des intentions ou la sincérité des convictions, mais dans le rapport des forces. Il serait insensé d'imputer à un seul camp le monopole de la tentation de la diabolisation. Mais entre les gardiens de l'esprit du temps et les assaillants de l'esprit du temps, la partie ne pouvait être qu'inégale.

On ne saurait cependant combattre la tentation de la censure en se contentant de le caricaturer. Quelles qu'aient été la forme paroxystique et les méthodes détestables de la querelle, l'objet s'en est révélé plus fondamental que mes pressentiments ne le laissaient supposer. Au-delà des terribles mais éphémères batailles d'egos et de pouvoir, ce sont bien deux visions du monde qui sont en débat. Un débat essentiel dont il faut tenter d'expliciter les termes afin d'en élucider l'enjeu.

Parmi les controverses relatées dans ce livre, certaines relèvent de l'épiphénomène quand d'autres engagent les grandes blessures de l'époque. Et pourtant, plus ou moins profondément enfouie derrière l'écume des choses, affleure la même question : que doit-on aujourd'hui nommer droits de l'homme ? À cette interrogation, en dépit des divergences ou peut-être à cause d'elles, nul ne peut se soustraire tant elle conditionne le fondement et le devenir de la civilisation.

Dans cette perspective, ce livre ne saurait en aucun cas se donner comme une leçon de morale. S'il a une ambition, c'est de rappeler que cette question des droits de l'homme, de leur définition et de leur statut est plus que jamais ouverte. Mais, contrairement à ce que laissent parfois penser les joutes verbales ou imprimées, la divergence porte moins sur la définition des *droits* que sur la nature – ou l'absence de nature – de *l'homme*.

Qu'est-ce que l'homme ? Répondre à une telle question requiert de retrouver l'origine du débat, d'en établir la généalogie afin, sinon de résoudre, du moins d'éclaircir une querelle de filiation, un héritage disputé entre des protagonistes qui, *volens nolens*, sont tous des enfants des Lumières. C'est donc à la figure emblématique des Lumières, au penseur de la Raison et des limites de la Raison, à Emmanuel Kant, qu'il faut demander, non pas de trancher mais de nous donner à comprendre ce qui nous divise. Son legs, sans doute, est d'abord l'impératif catégorique – les mains blanches, selon l'implacable formule de Péguy. Pour autant, le sujet kantien n'est pas nécessairement sourd à l'histoire, dont il prétend garantir la dimension proprement politique – même s'il semble souvent près de la sacrifier. Reste à savoir si la raison critique est d'abord un tribunal éthique ou un devoir de libération.

Que faire ? L'homme est-il moral *ou* historique ? Peut-il être moral *et* historique ? Qui se place – et c'est mon cas – dans le camp de l'histoire, qui entend faire prévaloir la contingence sur l'absolu, le souci d'être au monde sur le désir de le juger, peut être tenté d'assigner l'autre à une impuissance vertueuse. Toutefois, au terme des heures passées, par le truchement de leurs écrits, dans la compagnie de ces « moralistes » dont j'ai ici critiqué les idées, parfois la posture, et, plus souvent encore, les méthodes, il me faut admettre qu'à leur façon – et je revendique le droit de la contester –, ils n'ignorent pas ce souci de la réalité du monde. Morale ou histoire, la frontière existe, mais peut-être traverse-t-elle chacun de nous. Après tout, la prise de la Bastille avait conduit Kant à bouleverser l'ordonnancement de ses jours – une histoire française, déjà.

De cette histoire il nous faut retrouver le fil perdu, voire rompu – et pas dans le seul et charitable but de produire un faux et ennuyeux consensus qui serait hors de propos. Il ne s'agit nullement ici de réclamer que l'on introduise dans la sphère des idées un humanitarisme qui me hérisse dans le monde réel. Mais *notre dispute même est notre monde commun*. Il nous faut en retrouver la signification, sous peine d'anéantir l'idée même de la Cité et de découvrir que ce que la pensée française a à dire au monde est devenu inaudible. Le débat, sans doute, est un combat. Il est temps qu'il cesse d'être une guerre. Dans l'affrontement des idées, si vif soit-il, on s'oppose à des adversaires. Gardons-nous de les traiter en ennemis.

Table

Composition réalisée par NORD COMPO

Imprimé en France sur Presse Offset par

BRODARD & TAUPIN

GROUPE CPI

La Flèche (Sarthe).
N° d'imprimeur : 15617 – Dépôt légal Édit. 27830-11/2002
LIBRAIRIE GÉNÉRALE FRANÇAISE - 43, quai de Grenelle - 75015 Paris.
ISBN : 2 - 253 - 15282- X

31/5282/4